Anoche Escuché el mar

Junior Pérez Lagombra.

Romance
en el corazón
de Playa Sosúa

Ninguna parte de este libro puede ser reproducido, almacenado en un sistema o transmitido de cualquier forma o por cualquier medio electrónico, mecánico, fotocopia, grabación u otros métodos, sin previo y expreso consentimiento del propietario del copyright.

Esta es una obra de ficción. Los nombres, personajes, lugares, eventos, circunstancias e incidentes de esta novela son productos de la imaginación del autor o se usan de manera ficticia. Cualquier parecido con personas reales, vivos o muertos, o eventos reales es pura coincidencia.

Copyright © 2022 Junior Pérez Lagombra

Todos los derechos reservados.

ISBN: 978-9945-18-069-5
Independently published

A Dios y a mi familia.

CONTENIDO

I	Sueños	1
II	Susurros del viento	11
III	Tentaciones	29
IV	Pánico	41
V	Esperanza	54
VI	¡Chicas en el bosque!	62
VII	Lágrimas azules	73
VIII	Esmeralda	82
IX	Amigas	91
X	Conexión	102
XI	Monstruo	112
XII	Corazón espinado	123
XIII	Suspiros del alma	134
XIV	Encantos del mar	145
XV	Penas de amor	158
XVI	Eclipse	168
XVII	Dieciséis años	179
XVIII	Miradas del corazón	201
XIX	Rasguños del alma	218
XX	Enojo y amor	232
XXI	Pasado gris	246
XXII	Latidos del alma	260
XXIII	Corazones cálidos	291
XXIV	Cartas agridulces	310
XXV	Confesión del Diablo	332
XXVI	Sueños y delirios	345
XXVII	Rumores grises	358
XXVIII	Cadenas rotas	374

CONTENIDO

I	Sueños	1
II	Susurros del viento	11
III	Tentaciones	29
IV	Pánico	41
V	Esperanza	54
VI	¡Chicas en el bosque!	62
VII	Lágrimas azules	73
VIII	Esmeralda	82
IX	Amigas	91
X	Conexión	102
XI	Monstruo	112
XII	Corazón espinado	123
XIII	Suspiros del alma	134
XIV	Encantos del mar	145
XV	Penas de amor	158
XVI	Eclipse	168
XVII	Dieciséis años	179
XVIII	Miradas del corazón	201
XIX	Rasguños del alma	218
XX	Enojo y amor	232
XXI	Pasado gris	246
XXII	Latidos del alma	260
XXIII	Corazones cálidos	291
XXIV	Cartas agridulces	310
XXV	Confesión del Diablo	332
XXVI	Sueños y delirios	345
XXVII	Rumores grises	358
XXVIII	Cadenas rotas	374

I
Sueños

Ha sido un vano prejuicio, que enaltece a los hombres, que al tener de compañía una mujer, lo ha hecho pensar ser poseedor de una prenda. Una propiedad para enaltecer la galantería de su hombría y atizar la codicia de aquellos extasiados por tal deslumbre de hermosura. Tras sus pasos, dejaba los susurros del fuego de las leñas al arder, encendiendo la pasión, celos y codicias, y las cenizas resguardadas en sus palpitaciones que le estremeció el orgullo del machismo. La fogata irradió su imponente presencia, su cautivadora belleza, y crispó su ego. Entonces, los celos encendieron el odio que el pecado matizara excitando la intolerancia.

Sus sueños se aferraron a intensos anhelos. Llenos de sonrisas, alegrías; otras veces tonalidades grises, lágrimas tristes. Un contraste entre felicidad y lágrimas, sentimientos que emanaron desde el alma, surgieron como la razón de su corazón latir. Lágrimas que plasmaron surcos sobre la suave piel de su rostro, la emoción del alma, unas veces dejando cicatrices y en otras, nostalgia amada.

Fueron sueños donde su ansiado anhelo se mezcló con esa fuerza insaciable que la impulsó a querer, a amar. Con esa mirada vagando por todo el horizonte buscando en el sí anhelado lo que el corazón ansió en cada latir. Esperanza de convertir en realidad los pensamientos. Era la fuerza del corazón con toda el alma. Reconstruyó tantas veces los deseos que el pecado se convirtió en el más dulce de los néctares. Su ingenuidad la hizo amar, su amor la hizo zozobrar.

Era la vida de Emma mientras el vientre marcaba el crecimiento de su embarazo. Su vista cruzaba la ventana, toda la libertad que disfrutaba. Solo sabía que un poco más allá rugía el mar. Salpicaba las costas con las furias de sus fuerzas. Cada noche sus susurros la acompañaban y así comprendía las largas y frías noches de sus desvelos.

Cada amanecer, la fresca brisa, el cantar de las aves, las melodías agradables de los periquitos del amor, las ciguas palmeras, los suaves zumbidos del aleteo de los colibríes y el sonido majestuoso del gallo despertador anunciaban la partida de la larga y oscura noche. Los hermosos tonos ámbar festejaban la venida del astro rey: ¡el alba! Pero no pudo ni con el desvelo espantar la soledad. ¡Era la aurora! ¡El brillo del amanecer!

Las aves danzaban en círculos sobre el pueblo al compás de sus cantos. Sus alas jugueteaban con las suaves brisas que descendían de las colinas y como militares, hacían formaciones de júbilos. La majestuosidad con la que en sus alas resplandecían los rayos tibios mañanero que impactaban en ellas, jugaban a crear el día, jugaban a parirla con sus melodías. La naturaleza a sus pies, sustituyeron las rutinas diarias del barrio en que vivió. Así arrancaba del alma las añoranzas de sus padres. La nostalgia la tambaleaba, agitaba su alma y una vez sacudida, las gotas de lágrimas surcaban sus mejillas.

Ansió tantas veces cruzar el umbral de la puerta, pero de alguna forma sentía que las paredes de la casa la atrapaban. Otras veces, percibió estar frente a un pelotón de fusilamiento por las intensas miradas de Altagracia, que esquivaba. Sentía el embarazo como una pesada cadena que hacían a sus pies arrastrarse. Pero los saltos en el vientre arrancaban una sonrisa que compartía con la felicidad de su alma.

Una sensación de soledad invadió la casa donde con tantas alegrías, sueños y esperanzas se esperó el fruto de la más sublime muestra de amor. ¡Una fiesta de lágrimas! ¡Sin música y desgarradora! Era la misma cama donde la expresión de amor se apoderó de ambos, la desnudez arrancó del alma el miedo, la pasión convirtió en juego de colores los besos, florecían las caricias, donde plasmaban la confesión de sus corazones. Era la misma cama, las mismas sábanas que fueron testigo de su amor y que en su triste adiós regaló su más preciado fruto.

Su mirada se posó sobre el niño, un momento más su rostro sonrió de satisfacción, aunque se apagaba su propia luz; sonrió mientras caían sus párpados. La sonrisa se apagaba, como la llama encendida del cirio mientras se agotaba la cera que le sostenía, y el bebé en los brazos de la comadrona responsaba al momento en que la habitación se llenó de un silencio sepulcral, espantoso, amargo, desolado y triste. Y durmió su madre y su partida rompió en pedazos el corazón del padre. ¡La tristeza cundió! El momento de oscuridad dejó un rayito de luz.

Era la esperanza de una alegría cobijada por la sombra de la oscuridad. Abandonó el mundo dejando en sus brazos el símbolo de su pasión. Cerró los ojos, apenas escuchó el llanto de su hijo, fue su adiós. Pero la impotencia rompió en llantos al encender la flama en las velas. Su grito retumbó. Ansió arrancar su corazón, creyó desfallecer cuando comprendió que su amada murió.

El sacerdote roció a todos con agua bendita. Cundió el silencio, luego susurros indiscretos entonaron emociones diversas: ¿Quién es la madre? ¡Es Altagracia! Un chorro de agua humedeció la cabeza de la niña que descansaba en el regazo de su madre. La madre sonrió llena de felicidad. La niña gritó. Augusto Real expresó una falsa sonrisa cuando sintió el calor de la mirada larga, fría y despectiva del párroco que le paralizó.

El nacimiento de la niña fue alegría que enarbolaron los susurros del pueblo como rocío de la mañana, como lluvia temprana, como suaves gotas de aguas primaveral. Altagracia festejó su distinguida posición al lado de la madre con una de sus manos sobre la cabeza de la niña. El soplar del viento cálido que parió el mar, levantó junto al polvo, las curiosidades que animaron los murmullos entre los vecinos.

Era un pueblo que surgía a la orilla del mar, bordeado de playas de blancas y suaves arenas, embriagadas por el aroma de las uvas, adornados con las sombras de palmares y flamboyanes, protegido por las cayenas de flores rojas. Los lugareños, olvidando todos sus quehaceres, cambiaron sus habituales actividades, atónitos por tantas bellezas jamás vista en los alrededores y los más mayores se sumergieron en las memorias de sus pensamientos sin lograr que el pasado recordara momentos similares: ¡una rosa!

Cuatro cirios encendidos hicieron guardia al ataúd, sobre dos sillas en el centro de la sala, mientras los vecinos expresaban sus condolencias a la tristeza vestidos de lutos. Yacía como una princesa su cuerpo inerte, conservando en su rostro la frescura de la hermosura de su última sonrisa. Un eclipse total de luna apagaba una luz. Repercutieron entre el eco los sollozos. El incienso arropó los recuerdos que enarbolaban los rosarios.

El aroma de los claveles y las margaritas adornaron el ataúd. La marcha fúnebre dejó atrás el olor penetrante del café colado acompañado de cánticos de esperanza. Una expresión de empatía se manifestó con la débil llovizna que los atrapó mientras marchaban silentes en procesión. La lluvia se mezcló con las lágrimas. El crepitar de las gotas sobre el ataúd se confundió con los latidos de los corazones.

Eran tonalidades blancas y negras, la inocencia de la elegancia y el vacío de la desolación. Los sentimientos de pena y frustración se apoderaron del corazón de Adriel Coral. Las amarguras fueron sus pasos, más sus deseos yacían en la tumba. Ella se llevó consigo el amor, el disfrute de su alegría.

La sonrisa de la niña compitió con las melodías de las aves intentando despojar la melancolía del semblante de Emma. El tiempo pasaba triste y callado; sumergidos en ilusiones que espabilaba la fuerte voz de Altagracia. Plasmó sus ansiedades y vivencias sobre papeles que convirtió en cartas para su madre. Relató en ellas como los chirridos, los gritos y la suave voz de Rosalba acosaban el silencio. Escribió como sus pisadas torpes retumbaban alarmando el ruido que corría por toda la casa. La niña saltaba de alegría al escuchar el ruido de la camioneta, festejando al ver a su padre. Los encantos de Rosalba se apoderaban del corazón de su padre. Cada tarde esperaba a su esposo con la ilusión de un beso, en cambio, recibía el agrado de una sonrisa que cada vez más se apagaba, se disipaba su calor y la conformidad le regalaba el rocío del polvo que levantaba su llegada. La calidez se hacía fría.

Su triste mirada se hizo borrosa tras los pasos lentos de Altagracia al caer la tarde. La miró irse silente, sin mirar atrás. Marchaba como la nave sobre las calmadas aguas del mar, apresurada en alcanzar el horizonte abandonando la estela a su suerte, dejando un rastro difuso en sus pensamientos. Augusto Real se embriagaba de los gestos de la niña, y desde un rincón, Emma observaba callada. Su vestido se estrujaba de las ansiedades de su alma y sus labios perdían la humedad suplicando una caricia. El brillo de su piel se disipaba y las lágrimas se escondían en la almohada.

La desesperación ardía en el corazón de Doña Malia con el niño en los brazos. Adriel Coral se ahogaba en sus penas. Charcos de lágrimas rociaron el césped verde que cubrió la tumba. Su cordura se había extraviado y sus pies cansados atinaban a ir en la dirección que retumbaba en su corazón. Adoraba su imagen en la foto que colgaba de la fría pared de la sala. Apretaba con todas sus fuerzas la almohada que ahogaba sus llantos. Las congojas vestían de un luto funesto a las escasas sonrisas que lograba arrancar la abuela al niño.

Los años pasaban tropezando con el tiempo. Uriel crecía bajo la falda de su abuela y las escasas presencias de su padre. La pared no lucía el aroma que impregnó su madre. El tiempo lo acorraló a una habitación donde los pétalos marchitados relucían la amargura que encarnaba la tristeza. Los domingos eran de misa en compañía de su abuela; Adriel Coral intentaba borrar su historia con el alcohol.

Sus largos cabellos negros recogían su espalda. Su piel ámbar claro disfrutaba la caricia de los rayos del sol. Sus ojos azules mostraban la luz de su sonrisa. Rosalba vivía sumergida entre las páginas de los libros y las carcajadas que compartía con su amiga. Era una escena adorable que observaba Emma con una mirada tétrica y melancólica. Se apresuraba cada día más a apoderarse de Emma la soledad y la amargura de su corazón.

Pasaba los días encerrada en su habitación, interrumpida por la sagaz vigilancia de Altagracia. Los años la atraparon entre sueños rotos de falsas ilusiones de cristal. Los días se evaporaban sin notar cuando pasaron a su lado. Su piel dejó de ansiar las caricias que ahora las sábanas regalaban. Las historias de su adorada hija eran todo cuanto su alma vivía.

Su voz retumbó tan fuerte que el silencio se apresuró a vivirlo. Estrujó en su rostro la miserable vida que disfrutaba.

—¿Qué crees que estás haciendo? Si fuera solo tu vida estaría bien, pero destruye hasta la inocencia de tu hijo. ¿Sabes que tienes un hijo? ¡¡Mírate!!, pareces un mendigo embriagado de resentimientos. Da asco tu presencia. Apesta a alcohol.

Los ojos negros de Adriel Coral se expandieron en sus órbitas queriendo saltar. Inclinó su cabeza. Se echó sobre la mecedora con su mirada al suelo. Vestía un semblante gris. Una vela apagada sin flama. Doña Malia reclamó a su hijo luchar por su propia vida. Uriel escuchó atento, asustado tras la pared. Su cuerpo tembló de miedo y su rostro se humedeció. Dejó caer su cuerpo al suelo y recostado de la pared, lloró con amargura en silencio.

—¿Cómo has podido entregarte a la ruina? Ahí está su hijo, su amor. ¡Lo has despreciado! ¡Lo has abandonado! Lo estás dejando crecer sin padre, huérfano, solitario. No es a la tumba que tienes que ir a amar, ella no está ahí. Es a sus memorias, sus recuerdos, pero sobre todo al hijo que te regaló que debes amar. Ojalá no sea tarde para desangrar en arrepentimientos.

El alba la sorprendió en la cama. Su piel ardía, su alma se quemaba y sus pulmones suspiraban. Los párpados mimaron sus ojos que expresaban la sed de su alma. La sábana yacía estrujada entre sus piernas. Esta vez escuchó el ruido de la camioneta alejarse con la cabeza recostada sobre la almohada. Luego, sentándose, buscó a través de la ventana, la luz que tocara su piel y acarició sus cabellos. Sintió unos pasos que llegaban en cuclillas. Con su pequeña y suave mano, levantó su mejilla y con su mirada preguntó por qué lloraba. Se abrazaron con todas sus fuerzas. Limpió sus mejillas de la humedad que destelló su tristeza, y sonrió.

—¿Estás triste? —preguntó Rosalba afligida con su dulce voz quebrada.

Negó con la cabeza. Sus labios permanecieron inertes, un nudo en la garganta estropeó su voz. La tierna mirada inocente de Rosalba sabía que su corazón gemía y que lloraba para callar la sed de caricias, una extraña sensación de vida. Le perturbaba si lo comprendía. Las ganas de llorar la acompañaron.

—Entonces, ¿por qué lloras?
—Es nada... pensaba en la...
—En la abuela, ¿verdad? —interrumpió la niña con una sonrisa ingenua—. Yo estoy contigo... yo te voy a cuidar, mami.
—Lo sé, cariño, lo sé.

Era solo una niña de doce años captando la fría vida de su madre. Regaló una promesa que podía disiparse con su inocencia. Era un sublime acto de amor, pero ya su memoria olvidaba los besos y caricias que crearon una coraza que impedía ver el alma desnuda bajo la tenue luz de una lámpara.

—Ese niño lleva doce años pronunciado tu nombre y tú de manera miserable, en vez de ver en él una luz, es como si fuera una estaca que te ha cercenado el corazón. Apresúrate, porque aún estás a tiempo, no sea que a la postre tengas que implorar perdón, donde encuentres desprecio.

La obsesión de haber tenido algo se desvaneció en sus manos. Ya no era el luto que lloraba. Ya no era la nostalgia que lo apegaba a la melancolía en la que se embriagaba. Eran las miradas, la complicidad de los susurros, la impotencia, el dolor de llevar sus manos vacías, aun sin las caricias del viento. De la soledad con la que su sombra andaba. Era no encontrar esos ojos que brillaban para él. Era el dolor de su orgullo sangrando. Nada poseía, nada atizaba el engreimiento de su orgullo. Sentía las olas golpear con ímpetu. La negrura de la neblina ocultar su visión. Las nubes arrebatando los titilares del cielo. El horizonte huyendo de su persecución y en el barco que guiaba, los hombres embriagarse de sus burlas y el timón negarse a su dirección.

La herrumbre de la coraza de la inocencia de Rosalba se

desnudaba. Los susurros de agonía de su madre atizaron sus sentidos y desgarraban su conciencia. Comprendió el silencio que rodeaba su soledad. Las insinuaciones intimidantes y cobardes de su padre denegando libertad. El susurro de las brasas que anunciaban la agonía del fuego al arder las leñas. Rosalba se sentó al borde de la cama, sonrió a su madre y recostó su cabeza sobre sus muslos. Se envolvió en sus brazos. Una lágrima la arropó y contristó su corazón. Emma jugueteó con los cabellos dejando su vista vagar tras la ventana buscando en el azul del cielo calmar sus ansiedades.

—Estoy escuchando tu corazón. ¿Duele? —preguntó la niña con un tono tierno y dulce.
—Sí, duele... —contestó Emma con un tono trémulo y desgarrado—. Mucho.
—¿Cómo duele? —insistió la niña.
—Es una estaca que quieres que se retuerza en tu corazón. Ansías que encienda una fogata en tu alma y al desgarrarte desprenda tantas ansiedades como la tortura que hace vibrar tu piel. Así, duele... la deseas, aunque agonices... es un dolor que amas.

Apartó su mirada de la ventana. Reordenó los cabellos que ocultaban su rostro y descubrió que ella dormía. Quizás, no escuchó la respuesta. Quizás, solo pensó en voz alta. Sonrió meciendo la cabeza con incredulidad al escuchar unos pasos detrás de la pared, próxima a la puerta. Eran unas paredes con vida que daban la sensación de robar los sueños para que no se cumplieran. Protagonizaba el plan perfecto.

Entonces se aproximó al niño mucho antes que el alba reinara. Gimoteó frente a su cama y susurró pedir perdón. El aroma del café inundaba la casa cuando abrazó a su madre. Esta vez sus pasos iban en sentido contrario al cementerio. A su lado, agarrando su mano, la felicidad de un niño destellando de alegría. Caminaba con entusiasmo al lado de su padre. Era un niño fuerte, de piel clara, ojos negros de grandes pestañas, inquieto y muy creativo. Tomó sus pertrechos y caminaron a internarse en la oscuridad del bosque. Levantaron vuelos las aves con sus espantos. Chirriaban con el eco de sus carcajadas. Las respuestas se enorgullecían en complacer las preguntas.

Juguetearon a las escondidas como las ramas de los árboles queriendo ocultar los rayos del sol. Corrieron, saltaron y sumergiéndose en las aguas del río doblegaron el frío que estremecía sus pieles con el calor de sus abrazos.

II
Susurros del viento

El estruendo de los fusiles y los zumbidos de las metralletas agitaban el viento. Persistía el temor de las pisadas que doblegaron a Santo Domingo. Sus huellas, sombras temibles, deambulaban disfrazadas de jueces, enardeciendo el coraje. Aunque septiembre del 1966 los vio marcharse, el sabor amargo de la intervención permaneció hiriendo el orgullo. Las cartas iban y venían, abarrotando el correo, pero la novedad era cargada por los rumores que se convirtieron en historia. La ciudad se vistió de penumbra, los pueblos lejanos en el faro de tenues luces verdes. Cartas contando inútiles historias que nadie leía.

Era el verano del 1968, cuando Emma desnudó su sumisión. Levantó la voz, aunque con un tono quebrado y tembloroso. Esperó estar a solas con Augusto Real en la habitación, aunque su cuerpo se estremecía de miedo, pudo sacar el coraje suficiente para levantar la frente y mirarlo a los ojos.

—Estoy cansada de tus intimidaciones con esas historias de la revolución. Cansada de que me digas que Balaguer es el mismo Diablo encarnando a Trujillo. ¡A mí que me importa! ¡¡Ya basta, es suficiente!! No me hagas creer que son artimañas para guardar distancia entre nosotros, la capital y mi familia.

—Mujer, qué locuras dices. ¿Por qué hablas así? ¿Cómo puedes ser tan ignorante? Pero ¿es que no sabes? Han pasado dos años y se rumora que aún andan boletas entre los bolsillos de los militares.

—¡Oye eso! No me hagas reír. No te das cuenta, ¿verdad? Rosalba ya no es una niña, es una adolescente llena de inquietudes. Así que, tú sabrás.

Augusto Real, quiso dudar de su valentía, sin embargo, sintió el calor correr por sus sangres. Sintió que su mirada ansiaba fulminarlo.

—¡Los arbolitos más tristes! —se quejó Emma con enojo y tristezas—. Las cenas han sido solo un encuentro ante las llamas de fogatas frías. La fuiste apagando por la falta del rocío de una pizca de amor.

—Ya sabía yo… otra vez con el mismo tema. Tú has estado ahí, ¿y qué has hecho?

—Claro que he estado ahí. Por supuesto que sí. Lidiando como salvar un náufrago que renegaba sobrevivir. Sales huyendo con el alba, y regresa apestado de amargura. Dejándonos abandonadas en esta trinchera, humillando nuestro honor.

Augusto Real hizo silencio. Controló su temperamento, prefirió callar. La triste voz de Emma reñía con el silencio de un hombre que se escondía detrás su sombra.

—Ve, tú crees que las navidades solo son un arbolito y una cena. Juguetes y dulces, lo más importante faltó, ¡¡amor!! Nunca las rociaste con amor, ni tan solo una pizca. Una tras otra, el mismo frío.

La noche transcurrió sumida entre las telarañas que atraparon los pensamientos de Augusto Real. Ansiaba la llegada del alba. La desesperación lo consumía. Emma levantó la voz, un destello de bravura que lo atormentó embriagándolo en un abismo de interrogantes que le agobiaron. Se marchó, pero esta vez, en sentido contrario al rancho. Parqueó su camioneta y esperó bajo la débil sombra de la mata de carolina en el parque. Sus flores rosadas embellecían sus desnudas ramas en la ausencia de sus hojas. Jugueteó con una de sus flores, una escobilla, hasta que alcanzara a ver a Altagracia.

—¿Qué has hecho? Porqué se ha atrevido a enfrentarme. Mas te vale que lo arregle —dijo Augusto al interponerse en su camino.
—¿Qué quieres que haga? Le he contado las historias que tú quieres. He narrado las noticias que tú quieres. Le he inculcado el miedo que siente. No la dejas libre, pero la celas. Tú me has vuelto loca. ¿Quién vive así? La has despreciado, y vas a perder a tu hija, porque dudo que conserve su amor. Deja esa mujer, mientras aún es joven... Déjala ir... María Teresa te abandonó, no soportó tu asfixiante y enfermiza obsesión. Le cortaste sus alas, su libertad, le robaste el amor por la vida. En cambio, Emma, pobre chica ingenua, te clavará una daga envenenada... y lo que más quieres, tu hija...
—Eso no es de tu incumbencia —interrumpió Augusto al sentir la fuerte mirada de Altagracia querer doblegarlo.
—Sí que lo es, y lo sabes muy bien —advirtió Altagracia con ímpetu.
—Ah, qué más da —dijo él menospreciando sus palabras.
—Jamás olvidarás tu pasado y, nunca podrás alejarte de él. Sin embargo, te aferraste tanto que, entre el odio, la venganza y el rencor olvidaste iniciar una nueva vida. Has tenido tiempo suficiente para convencerte de que ella cayó en las mismas garras de tu hermano. Termina eso, cura la herida de tu odio. Te has convertido en un monstruo, en uno amargado y solitario —amonestó Altagracia.
—Mejor desaparece de mi vista, ¡ya! —amenazó Augusto dándole la espalda—. Anda, ve, ya sabes lo que tienes que hacer.

—Al final saldrás lastimado, un aguijón te cercenará tu corazón, uno que no podrás evitar.

***

Rosalba se convertía en una adolescente. La soledad comenzaba a surtir efectos abrumadores. Aquellas historias comenzaron a inquietarles y, de momento, comenzó a sentir curiosidad por saborear algo más de lo que conocía como libertad, y así, la oportunidad de enfrentar un mundo más allá de la casa que en cierta forma bromeaban llamándole "la cárcel". Era una casa de un nivel, alta, tan alta que daba la impresión de ser dos juntas. Sus paredes vestidas de adornos mudos, sin significados. Pintada de blanco, como si fuera una espesa nube reposando en el jardín que le rodeaba y que intentaba ocultarla de los curiosos. Las ventanas de cristal custodiadas por cortinas cremas, regalaban la más hermosa vista en el horizonte, el color del mar que apenas alcazaba a ver.

Ella siempre estaba consciente de ese miedo inculcado desde temprana edad, provocado por historias fantásticas del momento de su nacimiento "la Luna, vestida de azul, vino al pueblo". Ella misma se encargaba de burlarse de los fantásticos acontecimientos, sin embargo, le inquietaba saber el por qué. Emma, preocupada, le atormentaba las restricciones, su exceso de protección, temiendo que corriera la misma suerte. Augusto Real no muy convencido, cedió a regañadientes en que se le permitiera a Rosalba compartir con su amiga fuera de los límites del hogar. Así, el día menos pensado, ella misma invitó a su más íntima amiga Isabela a caminar una tarde por las polvoreadas calles del pueblo.

Era una de esas hermosas tardes de verano, un sol radiante y el cielo pintado de azul con escasas nubes. Las dos jóvenes, con sus grandes sombreros y sus sombrillas, salieron de paseo, caminaban distraídas mientras se alejaban de la casa. Paseaban marcando cada paso como si estuvieran jugueteando con las luces de una pasarela, dejando atónitos a los curiosos que las observaban. Era su paseo, la expresión de disfrute de estar a solas entre tanta gente y alejadas de las rejas, su alegría. Emergía en sus semblantes la necesidad de nuevos aires. Para Rosalba, una conquista de libertad, para su amiga, en cambio, más que complacida, una meta lograda.

Rosalba tenía todo, hasta la imagen de las bonanzas económicas de su padre. Los compueblanos hacían de sus palabras: ley. Más que respetado, era temido, hombre de carácter fuerte. Isabela notó que su sonrisa, a pesar de esforzarse en mostrar cierta alegría, le faltaba brillo, como lucían las demás. Y como se mostraba abstraída al escuchar sus anécdotas. Se preguntó el por qué fue tan fácil que su padre consintió a que saliera solas con su amiga. Su amiga intentó alentarla a disfrutar del momento como ave con sus alas extendidas dejándose llevar por el viento y disfrutar las caricias de los rayos del sol. Rosalba se mostraba inquieta y nerviosa, sentía ser un velero rodeado del azul del mar buscando el faro de la libertad, evitando encallar.

Isabela hizo todo lo posible para que el paseo fuera ameno y divertido. A pesar de eso, aquellas miradas infundieron miedo y temor, y Rosalba, sintió pánico. Los curiosos dejaron sus pasatiempos a un lado y su atención se centró en las dos jóvenes. Las rociaron sonrisas de saludos de jóvenes incrédulos de las fabulas y cuentos que se entretejieron alrededor de su nacimiento, y atrevidas expresiones que las sonrojaron. Embelesado por la belleza de las jóvenes, el machismo dio riendas sueltas a sus imaginaciones. Entonces, entonaron los silbidos y las expresiones alegóricas a su belleza, el caminar y lo que la perversidad de la imaginación les hizo ver.

No acostumbrada Rosalba a tales manifestaciones, su rostro se paralizó, abandonando la radiante sonrisa que exhibía. La tarde avanzaba y el Sol comenzaba a descender más aprisa, dejando notar su despedida entre las nubes que sus tibios rayos coloreaban, así sus pasos.

—¡Chicos!

Exclamó Isabela con una tímida sonrisa, queriendo cambiar en Rosalba, la expresión tétrica de su rostro provocado por la tensión que las miradas y los piropos produjeron en ella. Rosalba sintió sentirse sucia, acosada, Isabela la tomó por la mano, susurrándole mirar hacia el frente e ignorar sus perversas galanterías. Esquivándolos, tomaron otro rumbo. El corazón de Rosalba latía agitado y veloz, el color de su piel cambió a un rojo encendido. Apresurando el paso, decidieron terminar el paseo. Habían cruzado todo el jardín de la playa, y de pronto, aquel gentío contrastó con el callado boscaje en que vivían.

—¡Estúpidos! Si supieran lo ridículos que se ven.
—¿Por qué hacen eso? —preguntó Rosalba en un tono bajo, apagado y trémulo.
—Machismo, amiga. Una batalla de poder entre ellos mismos. Se creen más que nadie. No tienen ni idea de lo cobarde que lucen. Debería caerle un rayo...
—No digas eso, me da miedo —interrumpió Rosalba mirando al cielo de manera inconsciente. Las frases blanquearon la tez de Rosalba; los silbidos estremecieron sus vellos.

***

Aquella noche la cena se caracterizó por el silencio. Apenas se escuchaban los leves sonidos que producían el roce de los cubiertos con los platos. Los padres disfrutaban escuchar los relatos que Rosalba acostumbraba a narrar de la más reciente obra literaria que estaba leyendo. Pero esa noche, perturbaron su cabeza cientos de preguntas que temía hacer. El silencio inquietó a Augusto Real. La motivaba a platicar, sin embargo, ella parecía estar ausente. Su mirada se perdía con la misma fluidez que pasaban las aguas del río frente al ensimismado perdido en sus pensamientos. Parecía estar preocupada por lo inesperado que el horizonte podría mostrar. Sus pensamientos estaban ausentes, y ni siquiera se le observaba disfrutar la cena.

La escena de los jóvenes permanecía impregnada en su mente. A diferencia de los curiosos que con sus extraños comportamientos mantenían vivo el acontecimiento de su nacimiento, ellos parecían restarles importancia a esas historias o las ignoraban, disfrutaban sus conversaciones de forma animada, se reían, se mostraban felices. Las expresiones de los chicos se repetían en su cabeza, como si las estuviera escuchando. ¡Los silbidos eran una desagradable melodía que retumbaba en sus sentidos!

La felicidad no estaba en su habitación, ni en el jardín de la casa, ni siquiera entre las paredes que la separaban del resto del mundo. Su vida transcurrió entre complacencias y cumplidos. Los libros que disfrutaba leer ni siquiera ella lo seleccionaba. El correo traía siempre las últimas novedades de la literatura que llegaba al país y de forma automática estaban en sus manos, una religión.

El ambiente familiar era muy elaborado. Todo funcionaba acorde a mantener una armonía agradable para que la joven Rosalba se sintiera como una princesa a gusto de su padre. Las amistades de su madre eran las madres de sus compañeras con conversaciones aleatoria en alguna actividad del colegio. Sus amigas: sus compañeras del aula.

Prefería creer que Isabela, más que su amiga, era una hermana. La hermana que deseó tener. Su confidente, a quien solo podría confiar sus verdaderos sentimientos. Pero de pronto, el tiempo cambió el interés de los temas de conversaciones. Isabela se convertiría en la ventana a un mundo desconocido y diferente al que ha vivido. Ahora le interesaba saber, no el contenido de la obra, sino, la razón de aquellas miradas que le causaron cambio de tonalidad en su piel, el papel de cada personaje. Estaban allí, agrupados, en una esquina, complacidos viendo pasar el tiempo, compartiendo sus hazañas. Sin preocupaciones, alardeando cada vez que una doncella pasaba por su lado. Alardeaban jugar a Don Juan, con sus poses de conquistadores expresaban su admiración, lo agradable que a la vista esas jovencitas les eran. En cambio, Rosalba, creyó vivir en un extraño mundo, atrapado en el silencio, llenos de guayabas y mangos y la presencia del zumbido de las avispas que surgía del follaje de su entorno.

Qué tan alejada vivía del mundo, se preguntaba a sí misma, mientras recreaba la escena de aquella esquina. Vivía en un mundo de falsedades, y las dudas se adueñaron de ella y su mente no dejaba de pensar en buscar respuestas a la forma de vida, al aislamiento controlado en que vivía. Al terminar la cena, se levantó como de costumbre. Miró el derredor, sonriéndole a sus padres, temiendo que hayan interpretado sus pensamientos. Sin poder ocultar esa expresión extraña cuando se pretende ocultar el que al fin conocemos por lo menos cierta luz de una verdad llena de intrigas que ha quitado una venda. Les mostró una sonrisa en señal de despedida y se dirigió a su habitación, y una vez dentro, recostándose en su cama, fijó su mirada en el techo como rayo de fuego intentando atravesarlo hasta el infinito. Su mente permaneció eclipsada por las imágenes grabadas en sus pensamientos. Imágenes que la perturbaron, que la inquietaron, llenas de preguntas sin respuestas, y que la asfixiaban en un mar de dudas.

¿Qué significaba aquella expresión de Isabela? ¿Qué quiso decir? Retumbaba en su interior la expresión: "¡chicos!". El intercambio de miradas en sus padres que la espabiló, más que una pregunta, una tormenta, la llama de la curiosidad ardiendo.

—¡Tu brillante idea de permitir que salga sola a las calles! —arremetió Augusto con una voz áspera y perturbado.

—Ya esperaba tu paranoico sermón —dijo Emma sin dejar de esconder lo desagradable del comentario de su esposo—. Qué esperabas de este confinamiento, ya a su edad tarde o temprano le surgirán dudas, ¿no crees? ¿Qué quieres? Ella tiene dieciséis. ¿Acaso te dice algo esa edad? Se te ve el miedo que tu pecado sea su maldición.

Él golpeó con el puño derecho sobre la mesa haciéndola

tambalear. Las aguas contenidas en los vasos corrieron a apagar el fuego con el que ella ansiaba fulminarlo. Emma permaneció sentada, sus ojos se negaron a parpadear y no emanó lágrima alguna de su ser.

—¡¡Cállate!! —gritó Augusto mientras sus dientes crujían.

Augusto Real mudó unos pasos con una mano levantada. Tiró a un lado la silla que estorbaba en su camino. La rabia emergió en su semblante. Emma se levantó. Adoptó una posición amenazante con las manos descansando en su cintura y con la frente en alto buscando su rostro.

—Así de esbelto, tenía mi cuerpo cuando...
—Pero ¿qué pasa aquí? Le vas a pegar —interrumpió Rosalba cuando fue alertada por los gritos.

Rosalba se interpuso entre ambos, más cerca de su madre. Contuvo su rabia, el enojo se desvaneció, su semblante simuló una expresión fresca cuando sus sentidos reconocieron la presencia de Rosalba. Él se lanzó sobre el sofá al dar la espalda, encendió la radio y alcanzando una botella de *whisky* intentó esconderse. Emma se dirigió a su habitación. Rosalba limpió la mesa dejando caer sobre su padre miradas de compasión.

La noche se prolongó a la eternidad, el sueño no encontraba lugar, ni para Rosalba con sus inquietudes e interrogantes que surcaban en sus pensamientos ni para sus padres que no lograban entender su actitud. El efecto del alcohol lo sumergió en las curiosidades de sus cuestionamientos: ¿Qué ha fallado? ¿Qué no se comprende? ¿Cómo no pueden pensar en el peligro ahí afuera? Todas bajo el calor de la fogata del enojo.

***

El amanecer no les sorprendió, el desvelo los había

acompañado durante toda la noche. El cantar de las aves se convirtió en la única música agradable que envolvía el tenso ambiente creado por una simple confusión de una jovencita aterrada por la conducta de unos muchachos. Aquella noche, el mar quiso callar, enmudeció. El acoso desplazaba una luz estampada, un sello en sus memorias, la conexión de amor que ocupaba el susurro de las olas. Retumbó en sus pensamientos la música que lo envolvió al intoxicarse con la bebida que lo arropó. Surgió el dolor de una caricia ansiada, no un ameno recuerdo, sino una espina albergada en su corazón y que el tiempo ha sido incapaz de sanar. Augusto Real salió temprano, como de costumbre a su trabajo, llevándose el desvelo en el que lo sumergió la conducta de Rosalba.

—¿Cómo amanece, mi princesa? —preguntó Emma al ver a Rosalba acercarse a la cocina donde ella preparaba el desayuno, esperando de ella la acostumbrada sonrisa y sus contagiosos abrazos.
—¡Bien! —exclamó con un tono triste, acercándose a su madre y dándole un beso en la mejilla. Un beso que transmitió tantas dudas como podría.
—¿Solo bien? —insistió Emma.
—Que sí, estoy bien.

En ese instante, escucharon unos pasos, era Isabela que se acercaba y que al penetrar a la casa se dirigía a la habitación de Rosalba.

—¡Hola! —Saludó Rosalba—. Estoy por aquí, Isabela.

Isabela respondió con su peculiar saludo, mientras se acercaba a ambas. Emma dejó escapar un suspiro profundo que revelaba sus inquietudes, y agradó con un cordial gesto de bienvenida, en un intento de romper el hielo de la conversación que sostenía con Rosalba.

Con la compañía de Emma y la astuta presencia de Altagracia, las dos jovencitas compartieron el desayuno entre sonrisas y carcajadas que emanaban de su conversación. Ellas pretendieron ignorar la presencia de Emma mientras charlaban sobre sus temas triviales. Un momento de tranquilidad envolvió a Emma, pero al mismo tiempo, inquieta por conocer que trataban en sus charlas. Los ojos de Rosalba pasaban revista sobre Altagracia que parecía acaparar la conversación. Entonces, pasaron al jardín, y al alejarse el tema de conversación cambió.

—¿Qué te pasa, Rosalba? —preguntó Isabela asegurándose que nadie escucharía sus palabras—. Ayer noté lo perturbada que te sentiste ante aquellos piropos. Eso es normal.

Rosalba desvió su mirada sobre la cerca de cayenas hasta perderse en la montaña que se une al firmamento, después de un ligero suspiro, respondió con un tono triste y apenada.

—Esas anécdotas acerca de mi nacimiento, y todo eso que se dice, no le veo ningún sentido… —Enmudeció al escuchar la voz de su madre que le llamaba.
—¡Rosalba, Isabela!, vengan, por favor —llamó Emma con insistencia.
—A la verdad, no logro comprender eso que dicen de ti… es como si fuera un rumor creado a propósito… —susurró Isabela.

Mientras se les acercaban a Emma, sus voces se apagaban. Rosalba fingió sonreír al percatarse de paquete que su madre sostenía en sus manos.

—¡Correo! —exclamó Emma mostrando el paquete.
—Te das cuenta —musitó Rosalba apenas moviendo sus labios.

Tomaron el paquete y lo abrieron, extrajeron del sobre manila un libro forrado en plástico, para indicar que nadie lo hubiera leído.

—*"Orgullo y prejuicio"* —leyó Rosalba en la portada del libro y continuó—, de "Jane Austen", ¡interesante! —comentó luego de pasárselo a Isabela quien asintió con la cabeza.

Percatándose de la ausencia de su madre, Rosalba tomó el libro y lo colocó sobre la mesita próxima a la ventana que miraba hacia el jardín, mostrando menos interés de lo acostumbrado. Ante tal inusual costumbre y conociendo a su amiga, Isabela se le acercó gesticulando sus dudas, mientras le preguntó:

—¿Qué haces?
—¿No te das cuenta? Todo me lo controlan —respondió Rosalba bajando la voz para que nadie más escuchara—. Nunca me han preguntado sobre qué me gustaría leer, solo lo ordenan y ya. Deberían preguntarme que me gustaría, ¿no?

Isabela se sintió incómoda y sorprendida, observaba la actitud de su amiga tratando de comprender esta nueva conducta de Rosalba. Para ella fue extraño el cumplido de aquellos jóvenes, las historias de su nacimiento y la perturbación por la selección de sus padres con los libros. Como las personas susurraban entre sí a su paso, sin disimular en lo más mínimos. La curiosidad de los compueblanos, la manera en que la miraban. Sonámbulos deambulando por las calles de Los Charamicos, tal parecía el caso. Quedaron grabadas en su mente aquellas imágenes. Sintió que cada mirada trapazaba lo más íntimo de su propia alma y que tocaba lo más sensible de su corazón. Entonces notando tal situación, Isabela atinó a acercarse más a ella. Al caminar se convirtieron en un solo ser humano tratando de desviar su atención sobre los muchachos aglomerados en las esquinas con su ingenua sonrisa de conquistadores. Sin embargo, Isabela intentó desviar la atención, comentando de manera sarcástica o pretender, por lo menos, menospreciar cualquier momento de confusión, resumió en una sola palabra todo lo vivido: ¡chicos!

Emma avistaba tormentas. Rosalba permaneció sumergida en sus pensamientos a la salida de Isabela. Permaneció por un largo rato pasiva y tranquila con su vista borrosa observando el pasar del tiempo. Sintió que unos sentimientos la catapultaban, en una pesadilla, por unas interrogantes que emergían de las mismas raíces de su ser, con el extraño anhelo de permanecer sumergida.

Canceló sus clases de inglés con la profesora Josefa. *Cocola*, originaria de las islas caribeñas Turcas y Caicos dedicada a impartir clases de inglés a domicilio para su sustento. Residía en Monte Llano, y cada día recorría kilómetros a pie, para impartir su docencia. Los rasgos de su juventud aún delataban su fornido cuerpo, su fortaleza y su imponente estatura. Llegó del Este junto a sus padres y hermanos como braceros del corte de cañas de azúcar, pero más tarde decidió tomar el camino de los estudios con la clara convicción de que debía superarse, aludiendo a un cambio de vida diferente al trabajo que hacía el resto de su familia. La negativa de Rosalba puso en aprieto a Emma. La profesora Josefa se había ganado el respeto de la familia y la justificación convincente de una excusa no afloró a la vista.

Al despedirse la tarde, Augusto Real regresó a la casa, agotado. Emma lo recibió ofreciéndole una tímida sonrisa de bienvenida, llegó todo sudado y traía las ropas llenas de polvos. El saludo no tenía la misma intensidad como solía suceder, era más bien, una bienvenida de respeto saturado con las inquietudes que creó la conducta inesperada de Rosalba. Pero transmitió el cómo había transcurrido el día.

Augusto Real ignoró la presencia de Emma, entró a la sala, buscó con su vista tratando de localizar a su hija. Un momento más y se volvió a su esposa al sentir su mirada sobre sus hombros. Emma que interpretó los gestos de su rostro comprendió sus inquietudes y, haciendo movimiento con la mano derecha señaló hacia la habitación. Aquella señal era más que suficiente para entender que continuaba embarcada sobre las mismas aguas turbulentas que generó en ella una incomprensibilidad de su conducta.

Como si estuviera esperándolo a él todo el tiempo. Sobre la mesita junto a la ventana que miraba el jardín, reposaba el libro que por título traía *"Orgullo y prejuicio"*. El libro permanecía intacto, forrado con el plástico. Augusto Real se detuvo, observó el libro dejando escapar un suspiro. Era la inequívoca señal de una gran tormenta que se avecinaba, dio una vuelta, miró una vez más a su mujer y cabizbajo caminó hacia el acostumbrado sofá dejándose caer en él. Emma se le acercó, más él hizo señal con la mano izquierda de que se detuviera, recostó su cabeza, dirigió su mirada al cielo a través de la misma ventana que permitía que los rayos del crepúsculo acariciaban el libro, como en busca de auxilio de algún ser superior.

Los cubrió la noche, el silencio se adueñó del hogar. Los grillos entonaban su acostumbrada melodía en un afán de romper el silencio. La distancia del horizonte se hizo más lejana y las horas parecían dormitar como dando tumbos. La escasez de palabras reinó tras la conquista inesperada de la confusión traída por los vientos de curiosos y pendencieros que lograron penetrar el alma joven de una doncella envuelta en felicidad. Sus susurros lograron llenar de dudas cada pensamiento, lograron nublar su entendimiento, el miedo la consumía y caía vencida.

***

El desvelo acompañó al viento frío de la noche. La brisa acariciaba con suavidad los árboles al derredor. Emma hizo guardia, pensativa, le inquietaba la tormenta que se desataba en su interior. Los sentimientos de culpa la doblegaban. ¿Qué de malo había en eso?, se preguntó. Sus ojos se aguaron, pero hizo todo lo posible para contener que las lágrimas se derramaran sobre sus mejillas.

Con su mirada fija sobre la mesita donde reposaba el libro, abrazado de la oscuridad de la noche, Augusto Real, parecía esperar el amanecer de un nuevo día. Sus puños apretados aguantaron cualquier acto abrupto. Con sus pensamientos turbados observó el vacío oscuro que ofrecía la ventana, un reflejo de su alma. Susurró palabras impublicables, se dijo a sí mismo barbaridades. Se aguantó, se controló tanto como el amor por su propia hija, porque lastimarla no era parte de ningún plan. Y venció la noche, el sueño apareció, y fue un día.

La inocencia que una vez brotaba como agua torrencial en las cascadas, se disipaba como vence la luz del alba, anunciado por el canto del gallo. Rosalba esperó que el olor a café llegara a su habitación. Luego, se presentó en la cocina fingiendo estar adormecida.

—¿Saben qué?, he pensado en no continuar con las clases de inglés —dijo Rosalba sin dirigir su mirada a su madre y cabizbaja.

—¿Por qué? —preguntó Emma sorprendida después de un prolongado silencio.

—Un día tenía que terminar, ¿no?

—Sí, claro que sí —respondió Emma al momento de captar en el rostro de Rosalba la misma expresión de manipulación de su padre, mientras colocaba su mano sobre su espalda—. Explícale a la profesora Josefa, ella entenderá.

—Ese es el problema —confesó Rosalba pasando sus dedos por el borde de la taza y con rostro de tristona, agregó—. Me da pena, no quiero que se sienta mal.

—No, no, jovencita —dijo Emma levantándose de la mesa y alejándose—. Es tu problema, una buena explicación siempre se entiende. Asume tus responsabilidades.

Huyó con el temor de ser atada a los hilos de la marioneta, una debilidad que despojaba su coraje. Deben ser los genes, dijo para sí

Emma. Decidió suspender los pedidos de los libros, por lo menos los que seleccionaban sus padres y ahora sintió que debiera abandonar las clases de inglés.

—Será un duro golpe para su padre, esa decisión —comentó Altagracia.

—Sí, lo sé... pero... ya se le pasará —respondió ella con un ligero suspiro al comentario de Altagracia—. Es que ya prefiero tomar mis decisiones, elegir lo que creo es importante para mí. No me dejan crecer, siempre deciden por mí...

Se levantó de la mesa con la taza en la mano, la colocó cerca del fregadero, se recostó de la meseta de la cocina, frente a Altagracia, y con su mirada buscó su rostro. La observó por un breve momento, Altagracia interrumpió lo que estaba haciendo y le prestó su atención.

—No quiero entrometerme, por favor.

Ella continuó con su penetrante mirada, como si quisiera hipnotizarla. Altagracia conocía esa mirada de Rosalba, era la manera en la que ella trataba a sus padres para obtener lo que deseara. Por esa razón, su madre, se alejó de inmediato, no quería ser manipulada.

—Hablaré con ella —respondió Altagracia sintiendo su fuerte e intimidante mirada que la acorralaba—. Con esta decisión, le romperás el corazón.

—Gracias —susurró Rosalba con un rostro sonriente y mientras se alejaba le regaló un destello de cariño.

***

—Vine a visitarte porque me alegro de que hayas permitido que Rosalba acompañe a Isabela. Los jóvenes de aquí no creo que se propasen más allá de un cumplido.

—Te lo agradezco. Estos días han sido terrible. Su padre es tan terco, el mismo molde del mío. Son como los caballos, le ponen anteojeras para que sigan derecho el camino. Creen que los demás son así. ¡Maldita sea! —susurro queriendo ocultar su enojado rostro.

—¿Algo te molesta, Emma? Tú tono de voz te delata. Siento que estás muy triste. Pueda que necesites ayuda o a lo mejor, sería bueno que hablaras de eso que tanto te duele.

Era una tarde cálida, donde el viento parecía no existir. El ocaso no planeaba presentarse y el cielo brillaba de un azul intenso. Disfrutaron un café alejadas de los tropiezos de las miradas de Altagracia. El semblante de Emma palideció y desviando su mirada, ocultándose dijo con un tono de voz átono, quebrado y desgarrado.

—Mi vida es muy triste. Creí haberme enamorado; era el efecto de unos tragos, la música, las luces, sus palabras. Creí que con el embarazo podíamos... ya sabes, una familia. ¡Solo fui una estúpida! Pero no, el tiempo pasaba y comprendí tarde la distancia entre los dos. Era como si a la fogata se le apagaran las chispas, mientras el frío viento esparcía las cenizas. Pero.... Anoche escuché el mar, una vez más, las olas agitadas en sí mismas, golpeándose contra las rocas; así los latidos contra mi pecho. Las imaginé arrastrándose en la arena, débil, buscando consuelo, piedad, cansadas y a veces rebelde, golpeándose hasta perder sus fuerzas; así llegaban los susurros del mar rogando clemencia en su agonía por el consuelo de unas caricias, mientras me revolcaba entre mis sábanas. Se zambullían entre las burbujas de la resaca; yo en mis suspiros, mis deseos. Los escuché a mi lado, en la almohada; entretejidos en mis gemidos, partiéndome con su calor mi pecho, entre mis senos. El silencio era tan negro, así la misma noche con su eternidad, la soledad de estar solos.

Amanda sintió su alma estremecerse cuando escuchó la síntesis de la desgarradora historia de su amiga. Emma habló, cada palabra emitió un gemido de ansiedades que la ahogaban en su agonía. Amanda enmudeció, solo escuchó creyendo vivir una pesadilla.

III
Tentaciones

Cuando el corazón de Adriel Coral tocó fondo, entre las nostalgias y las melancolías, vagó como alma en penas por los caminos en que solía sonreír. Los murmullos callaron a su entrada, ellos celebraban la despedida de la semana, una excusa para compartir tragos. No obstante, quedaron en suspenso, mostraron la alegría de volver a verlo. Su presencia acentuó más el traqueteo de las fichas sobre la mesa. Los jugadores golpeaban con más firmezas, mientras que, en cada jugada, desafiaban a sus contrincantes. A pesar de que los vestigios del luto persistían en su rostro con tenues líneas grises, rompía la barrera de la soledad. Era el primer sábado de abril del 1970, en hora de la tarde, cuando se acercó con timidez.

Era su lugar preferido. Confesionario natural bajo el estímulo del alcohol. Privados de los amarres que imponía la cordura, sueltos a la libertad hasta que la cabeza se mareaba y el tino se disipaba. Entre sorbos de ron y cervezas, dieron riendas sueltas a sus pensamientos, afloraron los sinsabores de las faenas de trabajos, los males y bienes de los negocios y hasta los vientos huracanados que surgían debajo de las sábanas. ¡Un brindis al reencuentro! ¡El hombre ha tomado el camino correcto!, vociferaron levantando sus vasos. Despidieron el luto casi dieciocho años después. El juego era sin contabilizar vencedores o perdedores, se trataba del desahogo, de gritar a la libertad, de huir de la sombra de la mujer, sus garras; aunque al final con el alcohol encima caían vencidos ante el refajo. Al final de tantas algarabías, de tantos machismos echados al aire, doblaban las rodillas y cerradas las puertas de las casas, arriaban la bandera del machismo cayendo vencido ante las mieles que ofrecían las sábanas y las almohadas.

—La tierra pronto nos tragará —se lamentó José con su vaso en mano después de beber un sorbo—. Las nubes nos han olvidado, ni siquiera se juntan para darnos un poco de sombra —se quejó observando al interior del vaso con los ojos cansados y la piel arrugada.
—¡Cierto! —confirmó Ignacio levantando su gorra y rascando sus canas, perdiendo su capacidad de hilar las palabras—, ya no recuerdo cuando fue la última vez que vi llover en este pueblo olvidado.

Se quejaban entre ellos, se lamentaban entre ellos, sus esperanzas dependían de un poco de lluvia para poder salvar la cosecha y sus animales. La yerba perdió el color verde y se mostraba quemada por los vientos calientes que soplaban como si trajeran el mismo infierno. Así las tonalidades de sus cuerpos.

—Dicen que Augusto Real está comprando camiones de agua para poder sostener el ganado —comentó Martin de una manera egoísta mientras se esforzaba en combinar la ficha—, ¡eso es tener dinero! —agregó a su lamento deseando ahogarse en las espumas de la cerveza que contenía su vaso.
—¡Al que Dios se lo dio, San Pedro se lo bendiga! —exclamó José al golpear la ficha sobre la mesa y cantar capicúa. Haciendo alusión a la riqueza que se le atribuye a Augusto Real y las buenas relaciones que le ha dado dinero.

—Están yendo río arriba. Bella Vista, dicen —apuntó Don Manuel al son de la algarabía que se produjo con la jugada de José—. Son como ocho barricas de agua que bajan en cada camión.

—Son muchas las vueltas que dan esos camiones en el día —agregó Juan que observaba las jugadas y llevaba las anotaciones—, porque para alimentar ese ganado necesita todo un río y no cualquiera. Además, eso solo pueden hacerlos los ricos de cuna. Los que no tienen nada que ocultar.

Con mucha atención escuchaba Adriel Coral los comentarios de sus amigos. En ese momento, le era difícil distinguir si le estaban informando acerca de la capacidad económica de Augusto Real o si se estaban comportando como niños egoístas por la suerte de aquel hombre, o quizás, los rumores, era lo único que llovía en el pueblo. Observó como ellos se afanaban a descuartizar con sus expresiones desatinadas a cualquier viviente. Era una batallaba que lidiaba con armonizar al ritmo del juego de dominó, haciéndolo más ameno. Pero cuando el alcohol se adueñó de sus mentes, revelaron las intenciones que resguardaban en sus corazones y con un tono de voz egoísta y mal intencionado.

—¿Vas a jugar a la soltería? —preguntó José con una sonrisa cargada de maldad.

El silencio reinó. Las vistas de todos se refugiaron en la cabeza inclinada de Adriel Coral. Apenas se dejaba escuchar en el radio azul de pilas de Don Manuel *"aquellos ojos verdes"* de Eduardo Brito apoderándose de todo el ambiente. Recordó lo mismo ojos verdes que tanto apreció y que destellaban en sus nostalgias. En aquel momento Adriel Coral dejó escapar muestra de tristeza cuando fugaces imágenes de su esposa revolotearon sus pensamientos. Miró a su amigo José, con una sonrisa forzada y acongojada, y una mirada cortante.

—Bueno, muchachos, me alegro de verlos. Hora de irme —respondió Adriel intentando opacar la tristeza que cargaban sus palabras. Colocó el vaso con todo su contenido debajo de la mesa al lado del pote de ron, se levantó y se marchó cabizbajo.

Los amigos se miraron entre sí, mientras Adriel Coral se marchaba, hicieron gestos de sorpresas unos, otros ignoraron su respuesta. La torpeza de sus pasos delató los golpes de la expresión de José. Resistió a los impactos, resistió caer en la lona. Ellos eran los mismos amigos acongojados que lo acompañaron en sus condolencias. Dejó atrás a sus amigos y apesadumbrado, a pasos cortos, inició su caminata hacia su casa. Su vista recorrió el panorama de los alrededores con un sentimiento apesadumbrado. Observó el revoloteo agitado de las palomas sobre el caserío y los árboles, causado por las corridas de los muchachos tratando de agarrarlas antes de levantar el vuelo. El joven vendiendo palomitas de maíz en fundas de papel. Los rostros lánguidos de los ancianos cobijados del techo de sus galerías y otros recostados del tronco de un árbol resguardándose del calor.

Se desplazó meditando sobre lo que ocurrió. En su cabeza, un mar agitado de interrogantes: "¿Qué han pensado todos estos años en que he estado alejado?", "¿Qué tipo de comentarios hacían en mi ausencia?". Mientras se dirigía a su casa trató de caminar debajo de las sombras de los árboles que custodiaban el largo camino. Pero su dolor fue mayor a la decepción que lo conmovió al notar la falta de empatía al luto que nubló el muelle de Puerto Plata. Las balas tiranas que ensangrentaron a los humildes obreros. Un poco tarde se percató del paso de un camión cargado de barricas con agua y que levantó una nube de polvo que lo cubrió, recordándole que la vida seguía. Cubrió la nariz y la boca con el pañuelo que llevaba en el bolsillo de su camisa. Un pañuelo azul con las iniciales de su esposa bordada en verde claro en una de sus esquinas. Un recuerdo de su amada que llevaba siempre con él como talismán, tal vez para la buena suerte, o quizás fuera más bien un adorno para mantener vivo la pasión de un cariño. La brisa venció el polvo y el camino se hizo más visible. La insistencia de una voz, lo detuvo.

—Papi, ¿por dónde andabas? —preguntó Uriel sorprendido de haberlo encontrado en el camino.

—Salí a dar una vuelta, caminar un poco y... —contestó mostrando la alegría de verle como si el tiempo había transcurrido en largos años—. Pero, dime, ¿cómo estuvo la playa? —preguntó para evitar comentar de lo incómodo que se sintió en el reencuentro con sus amigos.

—¡Salada!

Ambos se echaron los brazos a los hombros y rieron a carcajadas con la respuesta de Uriel. A sugerencia de Adriel Coral, decidieron tomar un atajo y así pasar por el colmado de Juan Nieto para comprar provisiones. Un camino custodiado por cayenas a ambos lados resaltando el rojo encendido de sus flores. El espeso de las cayenas, que en sus cogollos se entrelazaban dando forma a un túnel opacaba la iluminación, sin embargo, su penumbra destacaba la magia de la luz al final. A la salida del túnel de cayenas, la inclinación reclamó de Adriel Coral la edad, y forzado a detenerse cuando sus pulmones pidieron con urgencia el aire.

—¡Viejo, papa! —exclamó Uriel sonriendo cuando él se detuvo.

—No —respondió con voz entrecortada inhalando boconadas de aire. Con el vano intento de querer apurar el paso como si fuese corriendo tras Uriel—. Mejor nos detenemos un rato —pidió rendido al cansancio.

Fue la solicitud de Adriel Coral para tomar un segundo aire, rendido y agotado. Se sentaron por un momento sobre unas piedras que reposaban al lado del camino, en la cima de la colina y que, por el uso, guardaban en su pulido ser testigo de innumerables momentos de descanso de aquellos que las han tomado por sillas, tal como un refrigerio al sediento.

—¡Hermosa vista! —exclamó Adriel con un tono afligido.

Con el temor de que su padre fuera atrapado por la nostalgia, Uriel solo asintió con la cabeza, lo miró y después observó el firmamento, sin saber que comentar, pues, desde que su padre lo invitó a tomar ese atajo pensó que era una excusa para remontarse al pasado y hablarle de su madre. Había sido difícil y el tiempo no ha sido suficiente para sobrellevar esa carga que aún en su corazón guardaba como vestigio viviente de un amor que se resistía a morir. Tanto Doña Malia, como Uriel, conocían de los momentos en que se apartaba, entregándose a unos recuerdos que lo transportaban al pasado. A la distancia se le observaba taciturno, reflejando oscuridad, ahogado en amargura y borracho de desdicha.

—¡El colmado de Juan Nieto! —exclamó Uriel buscando romper el silencio a que lo entregó el apesadumbrado momento.

Juan Nieto llegó de la frontera con su familia. Salió rumbo al Norte buscando mejores oportunidades. Afirmaba que en la frontera solo se podía ver cactus por todas partes y la tierra convertirse en polvo que los pies, al caminar se hundían en el seco suelo, como si fuera un desierto. Era un hombre alto, de piel oscura y un pasado lleno de espinas. Agradecido de las oportunidades que le ha dado Sosúa que podría besar el suelo cada amanecer. Su esposa y sus hijas ayudaban en el colmado, las noches en que la Luna le permitía ir de pesca, pues el colmado, no era suficiente para sustentar a los cinco miembros de la familia. Llevaba siempre en su bolsillo un almanaque de Bristol para conocer las fases lunares y las mareas, y colgado de un clavo en el estante del colmado un calendario con la imagen de la Virgen de la Altagracia que hacía de fondo a la balanza colgante. Adriel se adelantó, sorprendiendo a Juan Nieto al entrar al colmado.

—¡Señor! —exclamó Juan Nieto sorprendido. Disminuyó el volumen de la radio hasta el silencio al sentir la presencia de Adriel Coral— ¿Y eso usted por aquí y a pie? ¡Caramba!
—Solo caminando un poco —respondió sonriendo al cumplido de los gestos de agrado mostrado por Juan Nieto al recibirle.
—¡Eso está bien! Esos vehículos van a tullir a uno —alegó Juan Nieto con cortesía, mientras echaba un vistazo al exterior y algo inquieto agregó—. Veo que no anda solo.

Uriel permaneció afuera, quitándose las arenas de los pies, debajo del flamboyán, y luego agregó:

—Los noticieros dicen que ellos protestaban para que las máquinas no le quitaran su trabajo. Un reclamo justo, ¿qué está pasando en el país? —susurró con voz temblorosa Juan Nieto.
—Usted cree que los secuaces de Trujillo iban a soltar el poder tan fácil. Ha sido un cambio de ropa, pero es el mismo mono —atinó Adriel Coral desconcertado.

Juan Nieto reveló el terror en su semblante, entonces, Adriel Coral lo recató de las perturbaciones que estremecían su alma.

—Sí, así es, y la familia, ¿cómo está? —preguntó Adriel al ver que no veía ni escuchaba a nadie más que lo acompañara en el colmado, notando que una de las dos puertas permanecía cerrada. Fingió ignorar el terror que vestía a Juan Nieto, quizás la tiranía lo doblegaba. Pero a diferencia de sus amigos, el miedo le hizo sentir las balas cortándole el futuro a sus hijos.

El colmado de Juan Nieto ocupaba la parte delantera de la casa que solía ser la sala. Era una casa de tablas de palma techada de hojas de zinc. Unos escalones de cementos reposaban en cada puerta.

—La mujer y las muchachas están por ahí, haciendo menesteres de la casa, ya sabe usted cómo son, siempre están haciendo algo. Esos oficios nunca terminan, ja, ja, ja.
—Así mismo es, cuando no es la casa son los cabellos —agregó Adriel.
—Imagínese, usted —se quejó Juan Nieto y al pasarse la mano por la cabeza añadió—, se pasan los sábados alisando los cabellos, ja, ja, ja…. Ya usted me comprende, ¡qué bueno! Aquí solo llega el humo a cabellos quemados por las tenazas. ¡Válgame, Dios!

Ambos se rieron de sus comentarios. Uriel alcanzó a ver a una joven de piel trigueña que recogía ropa del tendedero en la parte posterior de la casa que lo dejó boquiabierto. La joven llevaba puesta una bata que el viento, al adherirla a su cuerpo, mostraba su silueta. Miró sin pestañear al enfocarse en sus caderas. A su espalda, el agua que corría por sus largos cabellos negros mojaba su vestimenta. Adriel Coral al darse cuenta de lo que Uriel estaba observando, lo espabiló del flechazo embrujado en que parecía haber caído, y llamándolo, lo hizo entrar al colmado mientras continuó su conversación con Juan Nieto.

—Juan Nieto, ¿y el hombre de la familia? —preguntó Adriel.

Se refirió a Carlos Nieto, Carlitos como le apodaban, era el más pequeño de la familia. Obvió referirse a su hijo, su expresión alegre se esfumó al instante en que escuchó la pregunta. A los catorce lucía un cuerpo de atleta, alto y fuerte. Era la misma imagen de su padre.

—En su pelota —respondió Juan Nieto disconforme con un tono apagado.

—¿Qué tiene de malo? —preguntó Adriel al darse cuenta de que no se sintió cómodo al mencionar que Carlitos estuviera jugando pelota.

—¡Qué sueño es ese! —exclamó airado—. Pasarse el día entero debajo del sol jugando pelota nada más porque el dirigente cree que puede llegar a las Grandes Ligas. Ya ni lo reconozco, ahora está más tostado que un pedazo de carbón y mire nuestro color.

Mientras tanto, Uriel, sin mostrar ningún tipo de interés a la conversación entre Juan Nieto y su padre, buscaba la forma de acercarse a la ventana para así continuar observando a la joven que continuaba dedicada a sus labores, en el patio de la casa. La joven pareció sentir las insistentes miradas y dando un suave giro a la cabeza por encima de su hombro, miró hacia la ventana del colmado y dejó escapar una tímida sonrisa a la que él saludó con un ligero movimiento de su mano derecha.

—¡Grandes Ligas! —exclamó Adriel—. Esta sí que es buena noticia, por fin llegan esas palabras a Sosúa, ¿y qué base juega? —preguntó levantando las cejas mientras se recostó al mostrador.

Con un gran suspiro que externó la incomodidad de la conversación, Juan Nieto, dejó entrever a Adriel Coral, lo desagradable que resultaba para él continuar hablando de pelotas y mucho menos del interés de su hijo en ese pasatiempo. Y dándole un giro rotundo al tema preguntó:

—¿Qué va a llevar? ¿Necesita algo?
—¡Ah, sí! sí, sí, deme... dos libras de espaguetis, hoy estoy deseoso de comerlo con abundante salsa roja —pidió sonriendo por la actitud de Juan Nieto.

—¿Pan? —preguntó Juan Nieto sin darle importancia a los comentarios sobre los espaguetis.

—Solo eso, Juan, en casa tengo unas yucas que de solo ver el agua hervir se ablandan —respondió Adriel mientras Juan Nieto colocaba los espaguetis en una funda de papel y luego agregó—. Dele una oportunidad a ese muchacho, solo Dios sabe del mañana.

Juan Nieto quedó pensativo, en silencio, apoyado del mostrador con ambas manos. Observó con envidia como Adriel Coral se enganchó de su hijo. Se acercó al pequeño radio de pilas que descansaba en los tramos y subió el volumen queriendo espantar la dosis de fraternidad que lo conmovió.

—¿Arrepentido de la caminata? —preguntó Uriel a su padre al notar que este había bajado la velocidad al caminar.

—Creo que sí, son unos años encima —respondió con franqueza con una sonrisa sarcástica—. Pero, si no tomamos ese atajo, de otra forma no te hubieran brillado los ojos como dos luceros al ver a esa joven.

—¡Padre! —exclamó Uriel.

Ambos volvieron a reír mientras continuaban acercándose a la casa. A la distancia, Doña Malia que estaba sentada en el jardín frente a la casa, los distinguió, y resplandeció en ella la alegría al notar que se convertían en grandes amigos y que cada vez más compartían tiempo entre ellos. Al llegar al portal de entrada, Adriel Coral miró el cielo, buscando con la vista las nubes con la esperanza de lluvias.

—¡Esas nubes solo traen sombras!

—La tierra está muy seca —agregó Uriel a la observación de su padre quien ya mostraba rostro de preocupación—. Esta sequía solo traerá desgracia, podría perderse todo.

—Sí, vamos a pagar un alto precio —se quejó Adriel con un tono apagado.

Adriel Coral, al entrar en la casa, se tumbó en la mecedora. Estaba cansado y agobiado, a pesar de que fue rescatado por su hijo de la penumbra a la que sus amigos lo empujaron.

—¡El agua de la playa está salada! —comentó Adriel de forma jocosa.
—¿En verdad, mi hijo? —preguntó Doña Malia sonriendo ante tal inusual expresión y, haciéndose cómplice de Adriel.
—¡Abuela! No creerás que he dicho eso, ¿verdad?

Doña Malia sonrió mientras las carcajadas de Adriel Coral retumbaron en la casa. Uriel sonrojó al darse cuenta de que le habían tomado el pelo. Adriel Coral, recostado, dejaba perder su mirada entre las colinas y las pocas nubes que aparecieran en un cielo que cedía a la oscuridad de la noche. La tarde se marchaba, cansada y serena, creando momentos de melancolía, y algunos vestigios de alegría que agregó Uriel.

—Siempre se ha dicho que el jugo de limón es bueno para el calor, ¿cierto? —explicó su madre mientras le pasaba la limonada rescatándolo del silencio en el que cayó.
—¡Gracias, madre! Dices una gran verdad —contestó Adriel como un cumplido a la sabiduría de su madre y que siempre se mostraba dispuesta a rescatarlo de sus funestos letargos.
—Estoy seguro de que la limonada ha sido preparada para el nieto preferido también, ¿verdad? —reclamó Uriel al ver que su abuela solo traía un vaso.
—Sabes bien que sí, solo quería ver esa hermosa tonalidad que resalta tu piel.

A pesar de la armonía en la que desearon sumergirse, la

nostalgia les embargó. Los efímeros momentos de alegría solo acentuaron más la ausencia de la persona que con su partida creó un profundo hueco que les ha sido imposible llenarlo. Adriel Coral y Uriel permanecieron en la galería platicando, eran conversaciones monótonas, triviales y secas, en la que mirarse al rostro desplegaba la tristeza que emergía con dolor, lastimando el alma. El Sol caía vencido ante la oscuridad y el reinado de la noche tomaba lugar. Las estrellas cubrieron el firmamento indicando que las nubes estaban ausentes. En los matorrales surgían los chirridos adormeciendo la vida en un profundo silencio. Los recuerdos se mantenían vivo en el corazón de Adriel Coral. Era una vela encendida, su débil flama lidiaba con el viento que ansiaba callarla. La nostalgia lo envolvió en una cautividad que le era imposible abandonar. Uriel y su abuela, hacían todo lo posible por crear un ambiente de felicidad en el hogar, aunque llenar el vacío dejado requería tiempo, única medicina.

IV
Pánico

Era una mañana de primavera, vestida como suele hacerlo el verano. El calor llegó temprano, apenas con los primeros rayos de sol. El cielo vistió de azul. Las aves de corral entonaron sus mejores melodías. Los cacareos de orgullo, arrogancia y pretensiones de los gallos al romperse el pecho con el volumen de su canto, espabiló a todos. El olor fresco de yerbas húmedas del rocío de la mañana penetró a la casa mezclándose con el aroma del café colado. Los rayos de sol se hicieron sentir a través de las cortinas que jugueteaban con las suaves brisas que descendían de las colinas.

—¡Hola, mami!

Expresó con su dulce y encantadora voz juvenil mientras se aproximaba a la cocina donde Emma tomaba café. Las alegres melodías del tono de voz de Rosalba, hizo que su corazón dejara escapar el júbilo que noches anteriores decidió esconder ante la situación provocada por la caminata junto a Isabela.

—Bendiciones, hija mía —respondió Emma sorprendida.

Pareció como si todo hubiera cambiado de la noche a la mañana. Rosalba mostraba un rostro reluciente, como los encantadores destellos del alba. Perpleja en su totalidad, Emma, no se atrevió a preguntar nada en absoluto, temiendo volver a esos incómodos momentos y de los cuales se sintió culpable.

—¿Y mi padre? —preguntó Rosalba a pesar de conocer la respuesta.

Augusto Real mostraba un celo especial por el ganado y no dejaba en mano de nadie el cuidado de ellos. Sabía que se había ido a la hora de costumbre, a las cuatro y treinta de la mañana, al primer ordeño, a lidiar con hombres y animales. El rancho estaba a ocho kilómetros del pueblo, en el extremo Este, y en su camino recogía a los hombres que trabajaban con él. Un camino de tierra colorada y piedras afiladas que entorpecían el paso, y adornado de alambres de púas entretejidos entre las matas de piñones a ambos lados.

—En el rancho. Con esa costumbre que tiene de salir corriendo antes que el alba lo sorprenda —respondió Emma—. Por qué preguntas, ¿pasa algo? —preguntó Emma queriendo saber que se proponía Rosalba.

Rosalba pretendió ignorar la pregunta de su madre y se acercó al refrigerador en busca de un jugo de naranja, y la mermelada de guayaba. Su madre le alcanzó el pan, un cuchillo de mesa y un vaso para el jugo. Ambas se sentaron a la mesa de la cocina tratando de llevar una conversación amena. Una pequeña mesa de pino en forma circular de cuatro sillas con asientos tapizados era su lugar preferido y que, de alguna forma extraña, le recordaba la casa de sus padres.

—¿Altagracia? —preguntó Rosalba.

—Hija, en verdad que no sabes qué hora es. Apenas se ha levantado el alba.

A Emma le inquietaba el tono sonriente de Rosalba. Una inusual alegría que dejara percibir una animada sonrisa pícara. No dejó de mirarla, la analizaba. Observó todos sus movimientos, la brillantez de sus ojos, la luz que irradiaba su rostro. Mientras bebía sorbos de café, sosteniendo la taza con ambas manos, desorientada porque no lograba comprender la actitud de Rosalba, simuló no inquietarse. Por un momento, las imágenes se tornaron borrosa, dejándola suspendida, atrapada en el tiempo inerte, abstraída y no escuchaba lo que Rosalba le decía.

—¡Mami! ¡¡Mami!!
—¿¡Qué!? —respondió Emma liberándose del trance en que estaba sumergida.

Sabía que tomaría el control sobre su madre. ¡Era fácil! El temor que sobre ella influenció su padre la convirtió en una presa dócil y Rosalba tomaba esa ventaja. Se sentía presa en su propia casa; su mundo, cuatro paredes, un jardín de espinas y la ventana que le permitía apreciar el color del mar. Pareciendo estar estancada en un pasado que no lograba superar. Su intención estaba lejos de la rebeldía, pero continuar viviendo en un mundo planeado, bajo los deseos de sus padres, tocaba fondo. Ahora entendía la libertad de la que disfrutaban sus amigas y la confianza con sus padres. Esos celos enfermizos, esas miradas de terror, una incomprensible paranoia que la ha hecho vivir en un desierto, aislada. Su madre seguía los pasos de sus sombras, actuando como un personaje sonámbulo y deambulando para complacer sus deseos y caprichos. Siempre aterrada, sola. Eran enigmas que surcaban sus pensamientos y que sentía debería encontrar respuestas.

Los encuentros con su amiga y las insinuaciones en sus charlas la inquietaban. Predecían la suerte que podría acarrear como resultado de las opresiones de su padre. Conocer el pasado de Augusto Real ha sido comidillas en el pueblo. Todo lo conocían por su poder económico, sus influencias de poder, además de reservado y solitario. Una misteriosa rutina convertida en costumbre, del trabajo a la casa.

Su madre llegó apenas conoció de su embarazo. Trajo con ella una ligera maleta que arrastró por un largo camino desconocido, sin saber a donde era llevada. Viajó en silencio, aferrada a sí misma, acariciando lo que el vientre guardaba. Apenas una jovencita, quince años menor que su esposo. A Rosalba le inquietaba conocer las respuestas de las razones de su obediencia y sumisión a un hombre que solo le ha regalado la cobardía del terror con el que le deslució su juventud.

Mientras desayunaba, Rosalba mantuvo una postura inquietante, dejó entrever que no aceptaría un rechazo a lo que solicitaría. De reojo observó el libro que aún reposaba sobre la mesita, permanecía en la misma posición que lo dejó. Lo miró dejándole entender que era el último que ordenarían por ella. Todavía no había sido adornado con las rosas rojas, permanecían a su lado unos pétalos marchitados, descoloridos y abandonados. El café de Emma se enfrió en la taza y, aun así, continuó bebiéndolo. Sus nervios se agitaron y la ansiedad la torturaba deseando saber que tramaba Rosalba.

—*Orgullo y prejuicio,* ¡qué bien! —musitó entre dientes, mientras volvió a echar una mirada al libro y agregó con un tono sarcástico—. ¡Toda una vida!

—Isabela, ¿viene hoy por aquí? —preguntó Emma deseando conocer sus planes.

Una vez más, Rosalba pretendió no escuchar a su madre. Actuaba como si estuviera a sola disfrutando su desayuno. Pero mantener la calma era una tarea difícil para Emma ante la actitud grosera de Rosalba. Emma se levantó de la mesa con su taza en mano y la colocó sobre la meseta de la cocina y respirando profundo, como recargando alguna energía de valentía, se volteó hacia Rosalba y le dijo:

—Está bien, jovencita.

Traicionada por los nervios y la impaciencia, dejó expresar sus disgustos y desesperación. Se arruinaba la hermosa mañana de primavera. Coló su café deseando disfrutarlo contemplando el silencio que el panorama de las colinas regalaba en la distancia. Era su momento de quietud antes de ser devorada por las miradas de Altagracia. Su agitado tono de voz la traicionó. Sus palabras quebradas y tímidas perdieron las fuerzas, delatando la debilidad del miedo encerrado en su ser.

—Madre, ¡cálmate! —aconsejó Rosalba a su desesperada actitud.

Recogió el cuchillo, el vaso que utilizó para el desayuno y los colocó junto a la taza de su madre en la meseta. Avanzó unos pasos hacia la sala y se volvió a su madre que aún permanecía recostada de la meseta con las manos sobre su cintura y dijo:

—Voy a visitar a Isabela.

Sin esperar el consentimiento, tomó su sombrilla azul cielo y continúo hacia la puerta principal de la casa decidida a salir. Era la primera vez que salía sin compañía. Isabela residía cinco cuadras más abajo, frente a la costa, acostumbraba a levantarse con el cantar del gallo, bien temprano en la mañana. Cuando se dejó escuchar el sonido de la puerta contra los marcos, fue entonces que Emma entendió que en verdad se marchaba. Sintió que el mundo giraba a su alrededor y que ella permanecía inerte, mientras todo daba vuelta. La osadía de Rosalba se convertía en una rebeldía que la enfrentaba contra su padre.

Esperó la llegada de Altagracia, mujer de cuerpo corpulento y bajita de estatura con los años que le caían encima. Un pañuelo ocultaba sus canas que brotaban entre vestigios de residuos negros. Su extensa falda ocultaba el polvo que levantaban sus pasos. Cargaba su pesada cartera que atrapaba el sudor de la axila y la sombrilla que en ocasiones servía como arma para espantar los perros callejeros. Llegó con el sudor que atrapaba mientras cruzaba la playa unas veces alborotada, otras en plenitud de calma. Se escabulló por el jardín, silente para que sus oídos captaran el nerviosismo que dejó tras sí la presencia de Augusto Real. Enfocaba sus pequeños ojos altivos de una manera tan penetrante que obligaba a desviar el rostro a quien osaba enfrentarla. Su pausada manera de hablar reflejaba el cansancio de la carga de sus años.

Desorientada, sin saber qué hacer, apenas, hizo un gesto humano a la llegada de Altagracia que se unía a su soledad. Augusto Real regresaría del rancho en la tarde, fastidiado de preocupaciones con la sequía que azotaba el pueblo y sus afanes de ir río arriba a buscar agua para el ganado. Se sentía sola en casa, sola en el pueblo y toda su familia a kilómetros de distancia, esperando con ansiedad respuestas de un correo perdido en el tiempo. Solo la calmaba la confianza que tenía en la madre de Isabela, Amanda. Pero el terror carcomía su ser. Rosalba era inteligente y astuta. ¿Esa rebeldía? ¿Qué deseaba desvelar? Ante la presencia de Altagracia fingió en vano que todo estaba bien.

—¿Y a usted que le pasa? —preguntó al notar el semblante lúgubre que mostraba Altagracia.

—Esos pobres hombres del muelle —respondió Altagracia con un tono triste.

—No me venga con otra historia, por favor. Tiraron otra bomba en la playa, ¿eh? —dijo Emma al punto de perder los estribos.

—¡Dios nos guarde! El cuartel de la guardia estaba ahí. Usted cree que son invento. ¡Hay noticias que conmueven! Así no agarró de sorpresa la muerte de las hermanas y el chófer. Y para colmo la muerte de El Chivo...

—¿Qué chivo? —preguntó Emma de manera ingenua.

—¡Ay, hija mía!, es que usted no oye noticias... ya no es tan niña, quien más, Trujillo.

—Mire... ya tengo demasiado con Rosalba... para escuchar sus historias... —expresó Emma aguantando no herir sus sentimientos mientras daba la espalda.

Intentó desviar la verdadera razón de su incomodidad, aun sabiendo que era difícil engañar la astucia de una mujer tan sagaz como Altagracia. Se retiró a su habitación llevándose consigo la desesperación, su sofocante mirada y un inusual desprecio a sus historias que colmó su paciencia.

—¡Bueno! Ese fuego la tiene loca.

Si frente a su madre actuó como una joven valiente, era una escena de poca valía. Al verse a sola en la calle resurgió el miedo, sus poros se humedecieron y su vista imaginó ver la traición de su mente. Sintió que eran las cinco cuadras más largas del mundo. El silencio era abrumador y los ladridos que escuchaba aceleraron los latidos de su corazón. El sudor que brotaba en su frente empapó sus mejillas. Vino a su mente aquellas morbosas miradas de los jóvenes alardeando de su machismo ante sus encantos, y que Isabela tomó como algo natural. Sus pasos acelerados parecieron no avanzar, como si el tiempo se detuviera. Sabía que se había portado mal frente a su madre y que era una víctima de la presión y el control de su padre. Pero al mismo tiempo le era difícil comprender como su madre cedió todo su espacio sin reclamar nada a cambio.

Caminó desesperada y de manera constante, volvía su vista hacia su espalda. El arrepentimiento le reclamó. El olor fétido e insoportable del suero de leche tambaleó su cabeza y penetrando a sus entrañas, activó una sensación de náuseas que le llevó a presionar su vientre. Sus agitados pasos, en complicidad con el viento, levantaron la falda del vestido poniendo al descubierto sus rodillas y que alertó el morbo de los hombres que recogían el suero. Miró hacia atrás, y luego a sus alrededores, con su vista borrosa por el miedo que provocó en ella los silbatos de los hombres, entonces comprendió que, en su afán por ocultarse de Altagracia, tomó el camino más largo. Era tan temprano que nadie jugaba pelota, y la sinagoga de los judíos lucía desierta. Una cuadra más y estaría frente a la casa de su gran amiga, la única persona con la que hablaba con libertad.

Pero a diferencia de ella, Isabela y su madre disfrutaban de una gran amistad. Ellas actuaban como amiga, algo que admiraba y no envidiaba. Su mente lidiaba con confusos pensamientos que hacían incompresible la conducta de su madre, la fantástica historia y los incontables rumores que circulan por todo el pueblo acerca de su nacimiento. Detuvo sus pasos enfrente de la puerta de metal. El rechinar delató su presencia. Su respiración reflejó la ansiedad que produjo al llegar a la casa de Isabela. Respiraba con la boca abierta y sintió sus nervios absorber las fuerzas de sus rodillas.

Rosalba pasó su niñez dentro de cuatro paredes que la mantenían alejada de la realidad. Era un pueblo que se levantaba bajo el silencio que en ocasiones rompían las furias de las olas al arremeter contra las rocas y los murmullos con que intoxicaban las historias de Altagracia a los débiles pensamientos de Emma. Bajo la cobija de un cielo azul asistía a la escuela, en un tortuoso y largo camino hacia Puerto Plata, era toda su salida. Un estrellado firmamento que solía exhibir los encantos de la Luna cuando se reflejaba en los coquetos ojos de los enamorados, una mera ilusión. A los dieciséis había comprendido las angustias y desdichas que destrozaban el alma de su madre y el porqué de la miserable vida que ocultaba tras las líneas que dibujaba su triste rostro. Absorbía todo cuanto podía de su amiga Isabela, sobre todo lo que las páginas de los libros no podían satisfacer. Su esbelto cuerpo y su hermosa apariencia hicieron surgir inquietudes que robaban sonrisas, dudas y curiosidades frente al espejo cuando observaba los cambios florecidos en su cuerpo. Permanecía embelesada, ante sus inquietudes, cuando la toalla caía a sus pies. Entonces se preguntaba del porqué de la sombría aura que rodeaba a su madre, las poses ensimismadas ante los destellos del cielo en la noche más oscura y vacía. Cómo de soslayo buscaba la Luna en sus súplicas. Cómo se arropaba con sus abrazos a acosar un atrevido frío que espantaba un ansiado calor. La ingenuidad se disipaba como se atrevía hacerlo el calor cada mañana a la blanca neblina. La adolescencia la atrapó en una encrucijada de sentimientos marcados por el odio, el amor, el desdén y las sombras de la aberración. Sentía el intenso calor de los ojos atrevidos que la acariciaban; sentía el electrizante deseo de sus pensamientos, quererlos. Callaba en silencio aquellas voces que clamaban a su cuerpo; ardía en su ser la extraña sensación que ruborizada su piel. Pero aquellos susurros, las frases que resaltaban ya su cuerpo adolescente, no era su imaginación frente al espejo, era el desvelo de las emociones que sus encantos protagonizaban. La leña de la fogata ardía; las chispas danzaban con el atrevido viento, ella en las perturbaciones de sus imaginaciones. En la niñez solo observaba, la adolescencia desveló una cruel realidad y se marchaba dejando una imagen borrosa y conquista de respuestas ansiadas.

Mientras tanto, Amanda e Isabela, platicaban acerca de los colores de las nuevas cortinas que deseaban colocar en las ventanas de caoba de la sala. Amanda sostenía en su mano una taza de café, Isabela aún vestía sus pijamas.

—Creo que azul turqués se vería bien en las ventanas de la sala —comentó Amanda señalando las ventanas que daban al patio lateral de la casa y que su vista disfrutaba una colección de las *Corona de Cristo*.

—No sé, mami, yo prefiero azul cielo —propuso Isabela—. Además, combinan mejor con el juego de sala —acentuó con timidez.

—Creo que...

Fue entonces que el chirrido de la puerta las interrumpió, segundos después, se asombraron por los desesperados toques a la puerta. El reloj en la pared aún no marcaba las ocho de la mañana. La insistencia del llamado les preocupó e Isabela decidió mirar por la ventana ocultándose tras la cortina y sin pensarlo corrió a abrir la puerta.

—¡Rosalba!

Exclamó el nombre de su amiga mientras se aproximó a la puerta. Amanda sorprendida y estupefacta, su mirada aún estaba encima del reloj. Isabela la sostuvo por un brazo y la hizo entrar a la casa. Rosalba dejó caer la sombrilla y quitándose el sobrero desveló el momento de terror por el cual había pasado. Respiraba con dificultad. Su piel estaba empapada. El sudor corría por su frente y sus cabellos desaliñados. Isabela, ante la mudez de Rosalba, echó un vistazo al exterior temiendo que alguien la estuviera siguiendo.

—Mi niña, ¿qué pasa? —preguntó Amanda mientras la ayudaba a sentarse—. Por favor, trae un poco de agua —pidió con urgencia a Isabela.

Bebió con desesperación. Sus manos temblaban. La palidez de su piel delató su debilidad. En su retorno a la normalidad, dibujó una tímida sonrisa, al mismo tiempo que balbuceó un confuso hola. Sus ojos brillaron, sus nervios se calmaban, su respiración se normalizaba y su sudor se evaporaba. Expresó su saludo, quizás traicionada por los nervios, quizás envuelta en la vergüenza, pero delataba más el arrepentimiento de la proeza. Amanda e Isabela sonrieron, les mataba la curiosidad por saber qué pasaba. Qué la hizo entrar en pánico. La angustia en la que zozobraba. Isabela se sentó en el sofá junto a ella, tomó sus manos, sonrió mientras su mirada recorría su rostro buscando una sonrisa de respuesta que le indicara que todo estaba bien.

—Hola —respondió en tono bajo Isabela y luego agregó— ¡Qué bueno verte en mi casa! —exclamó mientras miraba a su madre quien asentía con la cabeza.

—Sí, mi niña... —corroboró Amanda con una voz tierna y dulce.

La piel blanca de Amanda volvió a su tonalidad habitual y su voz se liberaba del control de los nervios que el susto le provocó. Pero sintió que Rosalba buscaba un refugio, o quizás extendió su mano ansiando ser rescatada de las aguas turbulentas que la arrastraban.

—¿Quieres explicarnos que ha pasado, Rosalba?

Amanda le preguntó mirándola directo a sus ojos. Calculó expresarse con el tono de voz más adecuado que no le infundiera temor ni presión. La paciencia y la calma definían la actitud de Amanda. Dócil, comprensiva, su mirada se sentía con un aliciente que rociaba paz, y su voz, una agradable melodía. Rosalba permaneció callada, deseó estar callada. Miró a Amanda que, reordenaba sus cabellos castaños, con tristeza y volcada en vergüenzas. Apretó las manos de Isabela, su amiga y confidente, e inclinó su cabeza, las lágrimas inundaron sus ojos. Isabela la abrazó y colocó su cabeza en su hombro. Hizo seña a su madre para que las dejara a solas.

Permanecieron solas, toda aquella mañana. Salieron al jardín, caminaron con las manos agarradas. La sonrisa de Rosalba volvió a lucir su hermosura dando a entender que las pequeñas tormentas habían pasado. Por alguna razón se sentía cómoda y tranquila al lado de Isabela con quien compartía sus secretos, sus penas y sus sueños. Se acercaron a la costa, hasta donde el césped lograba germinar. Aquella mañana el mar estaba agitado y las olas volaban por los aires al chocar con las rocas. Les salpicaron las gotas que el viento hizo llover sobre ellas. Jugaron a lanzar piedras al mar. La brisa cargada de agua humedeció sus cuerpos y las carcajadas resonaron por doquier.

—¡Todo está bien! Solo me perdí —declaró Rosalba—. Qué tonta soy.
—Pero ni siquiera sabías la hora. ¿A qué le huías?
—No sé… todo es tan extraño con mi padre… mi madre…
—¡Dios mío!, cálmate ya. ¿Por qué lanza con tantas furias las piedras al mar? —interrumpió Isabela al notar su inusual conducta.
—Quisiera callarlo. Quisiera silenciar los susurros del mar. Siento sus olas recorrer mi cuerpo, agitándolo. Como si quisieran abrazarme, tenerme.
—Con que eso, ¿eh? Me imagino que con el mismo anhelo que quería desaparecer la distancia a Puerto Plata al regresar del colegio.
—Sí, eso me gustaría… y los desvelos que provoca cada noche… ¡Cállate!

Continuó recogiendo más piedras y lanzándolas lo más fuerte que podía mientras le reclamaban ser parte de un dolor que sentía en su esencia. Isabela se le acercó y queriéndola detener, la abrazó por la espalda hasta que estallara en lágrimas.

—Tranquila, todo estará bien, ¿sí? Ven, sentémonos un rato.

Se sentaron sobre el césped, alejadas de la casa. Isabela sonrió, queriendo reír.

—¿Estás más tranquila? —preguntó Isabela.
—Sí, solo me aterré... y entré en pánico.
—Es inevitable, está en sus hormonas.
—Cómo puedes decir algo así, Isabela. ¡Es asqueroso!
—Es sexo opuesto, atracción. El machismo les hace creer ser superiores. Y nosotras hemos fortalecido esa religión con nuestra debilidad, nuestra sumisión.
—Por Dios, Isabela, me aterra. Qué dices...
—Te digo la verdad, somos amigas. Las entrepiernas son un tesoro ansiado que les atormenta. Ven tu falda jugar con el viento y su cerebro piensa en las caderas.
—Ja, ja, ja, ¿dónde has aprendido todo eso?
—¡Hay, mi amiga! Qué ingenua eres. Acaso no te da curiosidad, ¿eh? Dime que no.

Rosalba sonrió, sus nervios se tranquilizaron. Tomó varias piedrecitas y las lanzó tan lejos como sus fuerzas lo permitieron. Esta vez más calmada, no podían parar de sonreír, la curiosidad despertaba una chispa de calor en ellas.

Desde la cocina, a través de la ventana, Amanda las observaba. Intentaba leer los labios, saber que expresaban. Intentaba escuchar lo que el viento arrastraba hasta ella, pero solo podía imaginar que Isabela buscaba calmar la sed con su dulce voz. La abrupta llegada de Rosalba le conmovió. Por un momento temió que había pasado lo peor. Comprendía el sufrimiento de Emma, pero la sumisión en la que vivía no le encajaba. La cera que se derretía en su interior y apagó su luz, reposaba ardiente en su hija que buscaba respuesta a la sombra en la que gemía su alma.

—¿Qué pasará debajo de esas sábanas? —susurró Amanda para sí.

V
Esperanza

El día estuvo lleno de emociones: ansiedad, confusión y miedo. La esperanza se escapaba entre lágrimas azules, dolores de cabezas e incluso un intenso calor. El sonido de la camioneta Ford de Augusto Real se dejó escuchar. Regresó del rancho lleno de mugres, sudado y cargado de un cansancio agotador. Emma se acercó a la galería y observó el rostro de frustración plasmado por la tensión que la escasez de agua causó. Después de salir de la camioneta, se detuvo un instante y, levantando la mirada, observó hacia el Este, buscando si el viento traía algunas nubes en recompensa que aliviara las preocupaciones que se amontonaban en su cabeza. Sentía que la presión de tantos problemas haría explotar su cabeza. Cerró la puerta de la camioneta y con la llave en mano avanzó hacia Emma que esperaba recostada de una de las columnas de madera. Mostró su mejor sonrisa, al menos se esforzaba para que su llegada sea menos abrumada. La casa era, un oasis, un escape al cúmulo de problemas, pero mudaba sus pasos con la intención de nunca llegar.

—¿Café? Acabo de preparar un poco.

Emma habló turbada, con voz temblorosa, mirándolo con

timidez, mientras las manos se retorcían, intentando agradar a su llegada. Augusto Real la ignoró, no habló, continuó al interior, pasó a su lado como si solo estuviera ahí la columna. Instante después, él salió a la galería con la misma expresión despectiva con que entró. Ella trató de interpretarlo. Enseguida entró en la casa, y dirigiéndose a la cocina tomó una taza y vertió en ella el café con las manos temblorosas. Después de agregarle el azúcar y colocarlo en una bandeja lo trajo a su esposo que se había sentado en una de las mecedoras de la galería con su vista perdida en el horizonte, pensativo. Tomó la taza dejándole la bandeja en las manos. La palabra gracias escaseaba en su vocabulario. Ella se había acostumbrado a la falta de delicadeza. Era un hombre tosco y malhumorado. Las galanterías eran estupideces, y el machismo lo hacía rústico en el trato humano.

Las ilusiones resaltaron su alegría cuando Rosalba fue presentada en la capilla San Rafael. Una pequeña casa de madera de tablas de palma y techada de zinc que dejaba caer todo su calor sobre los feligreses ardiéndole la piel. A ambos lados, dos ventanas dejaban penetrar el aire que fracasaba en sofocar el calor. Una hilera de bancos y enfrente, una mesa arropada con un mantel blanco que fungía de altar. Sus paredes desnudas, apenas exhibían el pálido color que la vestía. Creyó en un nuevo comienzo, pero el tiempo le enseñó que actuaba en una escena de personajes torpes y sin libretos. Fue una ilusión más que se sumó a las decepciones. Los murmullos atizados, enarbolaron la belleza de la niña, y las expresiones de júbilo al ver la hermosura con la que vestía Altagracia. Cada vez más él se preñaba de desconfianza, y los amigos escaseaban convirtiéndolo en un solitario. Las conversaciones giraron en torno a Rosalba, a quien amaba con fervor, en otro caso solo eran monólogos y murmullos como signo de vida.

Con la taza aún en las manos, en total silencio, continuó observando el horizonte, como el que busca algo perdido, pero convencido de la poca esperanza de encontrarlo. Emma lo miró y sus ojos se nublaron, enrojecieron. Su alma guardaba la amarga tristeza de vivir en soledad, viendo pasar el tiempo confinada entre cuatro paredes. Parada a su lado, como si estuviera ausente, aún con la bandeja en las manos, deseaba que por lo menos el día pasara. Entonces, tras del telón, Rosalba hizo su entrada y encendió el lúgubre rostro de Augusto Real con chispas vida. Emma se apartó a ocupar su lugar de espectadora y la escena de frustración y amargura se transformó en una encantada fogata llenas de destello y amor.

—Hola, papi.

Su dulce voz irrumpió rompiendo el silencio. La energía y entusiasmo reflejaron un encuentro que el tiempo en su complicidad desveló con asombro. Emma giró y pretendió ocultar su rostro, enjugó sus lágrimas que emergían con los dolores de la rotura de su corazón. Quiso envidiar la sonrisa que el sonido de la voz de Rosalba arrancó a su rostro.

—¡Niña mía!
—¡Papi, ya son casi dieciocho! —reclamó Rosalba frunciendo el ceño.
—Sé que eres una jovencita, aun así...

Extendió sus brazos con alegría mientras mostraba la mugre que le cubría. La presencia de Rosalba lo iluminó. Los ojos de Augusto Real brillaron, su rostro abandonó el aspecto sombrío que exhibía. Emma agregó su mejor actuación, fingió su más reluciente sonrisa que resaltó la imagen de una pareja feliz.

—Mejor te das un buen baño —apuntó Rosalba a su padre cubriéndose la nariz—. ¡Apesta!
—Sí, será mejor —corroboró Augusto.

Al levantarse, mostró gestos de dolor en la cadera. Le pasó la taza a Emma, que aún tenía la bandeja en las manos, con algo de café todavía, sin mirarle el rostro, detalle que simuló pasar por alto Rosalba. Sin embargo, observó como su madre lo seguía con su vista hasta que sus miradas se encontraron. La confusión y el miedo la aterraba. Su corazón aún sangraba de dolor. Rosalba sabía manipular a su padre, unas veces lograba lo que quería por ella misma, otras veces lo hacía a través de la debilidad e ingenuidad de su madre, otras veces, Emma, permitía ser utilizada para sostener un equilibrio armonioso e impedir el naufragio de la débil embarcación. Eran juegos que interpretaban en aguas turbulentas; escenas que aparentaban calma.

Rosalba bajó los escalones y se sentó en el segundo de los tres apoyando sus pies del primero. Emma colocó la bandeja con la taza en la mesita que descansaba entre las mecedoras de la galería, se le acercó y tomó un lugar a su lado. Rosalba inclinó su cabeza sobre el hombro de su madre. Ambas permanecieron calladas. Las garzas volaban con destino a la morada que le daría albergue durante la noche. En el camino, hombres cargados de cansancio regresaban a sus hogares, haciendo señales de saludos entre ellos. Regresaban arrastrando sus pasos llevando en sus manos sucias las migajas de la esperanza. Apenas un grupo de mozalbetes deambulaban en las calles montando bicicletas y correteando, dándole señal de vida al pueblo, causando nerviosismos entre los perros haciéndolos ladrar desesperados. El tiempo transcurrió lento y así la luz del día decía adiós. Ninguna de las dos dijo una palabra, solo dejaron su vista vagar, sin mirarse la cara. Un momento después, Emma se levantó, besó la mejilla de su hija, y regresó al interior de la casa. Augusto Real se recostaba en su sillón. El silencio fue interrumpido por las suaves melodías de las baladas que se dejaban escuchar en la radio, una costumbre de Augusto Real al caer la tarde. Rosalba continuó sentada en los escalones, envuelta en su silencio. Lidiaba con las tormentas de preguntas que surcaban su cabeza, sin saber cuáles serían las respuestas. Lidiaron sus pensamientos con las melodías, los chirridos y las ansias de repuestas y la angustia que revelaba la sombría sonrisa de su madre.

Las brisas de las colinas agitaron los árboles alrededor de la casa y la temperatura comenzó a descender. Sosúa daba la impresión de ser un pueblo fantasma durante la noche, donde los chirridos de los grillos y saltamontes se dejaban escuchar, como único signo de vida. Las luciérnagas con su vuelo curvilíneo dibujaban hermosas danzas, un adorno de la naturaleza que despreciaba la triste mirada de una joven inmersa en angustia. Y a lo lejos, tenues señales de luces destellaban a través de la oscuridad dando indicio de existencia en un silencio sepulcral.

—¿Qué has hecho hoy, hija? —preguntó Augusto una vez tomó su lugar en la mesa rompiendo el silencio que lidiaba con la música de la radio.

—No mucho, papi —respondió mirando a su madre de reojo quien sonrió inclinando la cabeza hacia su plato y luego agregó—. ¿Y usted?

Por un momento Augusto Real calló, masticó sus alimentos despacio como de costumbre, bebió un poco de agua y mirando a Emma respondió.

—Solo algunos percances, como es natural, mucho trabajo —dijo mientras Rosalba simulaba comprender lo que decía—. La yerba se nos muere. El ordeño no rinde. Los viajes de los camiones de agua son un tormento. El calor agobia a los animales que buscan desesperado la sombra para guarecerse, pero... los árboles pierden sus hojas, y muchos, apenas son ramas secas.

El sonido de los tenedores y cuchillos callaron. Emma permaneció con su mirada sobre el plato, inerte, asombrada, escuchaba pasiva. Rosalba asentía en cada frase que su padre pronunciaba: un tono rústico, quebrado y apagado. Su alma sintió la necesidad de narrar su historia.

—Madre, ¡qué dulce está el aguacate!

Expresó Rosalba con un tono amable buscando que su madre interviniera en la conversación, pero a la vez confusa sin saber que decir. Una oportunidad que aprovechó para agradecer lo complicada de haber recibido el beso que momentos antes le dio en la mejilla. Emma sabía que a Rosalba le fascinaban los aguacates y le pareció oportuno traerlo a la mesa. Emma sonrió con timidez, sus labios quisieron expresar algunas palabras, pero calló, sintió un ardor en su rostro que la atemorizó. Rosalba observó los agitados movimientos en las manos de su madre, perdiendo su firmeza y el cambio de tonalidad de su piel. Un manto blanco cambió su apariencia y en Rosalba, la torpeza activó su ingenuidad queriendo continuar con la armonía sobre la mesa.

—Estos días, he visto muchos camiones con unas barricas, es con agua, ¿verdad?

Comentó Rosalba con inocencia, quizás con toda la ignorancia, solo expresó sin pensar lo que ha visto, dando muestra de lo ajena que estaba a la realidad que se vivía. Emma quiso intervenir, pero al tiempo que sus labios se movían, Augusto Real la hizo callar, impidiendo su intervención.

—Hija, la falta de lluvia y el calor ha sido un tormento en estos meses, y sobre todo para el ganado y demás obligaciones en el rancho.

Con toda paciencia y calma Augusto Real le explicaba a su hija. Quizás, callaba los labios de Emma, quizás ignoraba su presencia. Mientras su padre hablaba, Rosalba sentía vergüenza y culpa, creyó que solo era una pregunta sin ninguna importancia, no reconocía los camiones de su padre, y fue entonces cuando comprendió las razones del saludo de los trabajadores que los conducían. Se sintió torpe y a pesar de que su padre comprendió sus inquietudes, solo lo vio como una forma de dialogar con su hija. Sin embargo, Rosalba captó una escena más de menosprecio.

—No te entristezcas, hija —agregó Augusto, al observar el rostro pálido y avergonzado de Rosalba—. A su debido tiempo comprenderás este difícil oficio. La escasez de lluvia ha hecho difícil la situación. Como todo en la vida, el agua es indispensable.
—Lo siento, solo quise saber que estaba pasando con todos estos camiones moviéndose de un lugar a otro —se disculpó Rosalba sin poder ocultar la timidez de su sonrisa, deseando bajar el telón a tan triste escenario. Su padre asentía, pero la sonrisa que expresó le pareció querer calmarla, una complicidad extraña.

La curiosidad de Rosalba no solo era por los camiones de agua, más bien, buscaba comprender los amables gestos de saludos de los conductores cada vez que se encontraban. Relacionaba los saludos con las imágenes que persistía en sus pensamientos de los jóvenes en las calles, pero estos eran diferentes; no le atemorizaron para nada. La sonrisa de su padre ante su ingenuidad trajo un momento de sosiego. Salieron a la galería, se sentaron a tomar aires frescos, porque a pesar del gran calor que reinaba durante las noches, el fresco de la brisa aliviaba su ardiente desesperación.

Esa noche por un momento se olvidaron de la falta de lluvia, de las tensiones que provocaban la sequía a la que estaba expuesto el pueblo. Esa noche a pesar de la actitud grosera y tosca, Augusto Real sonrió frente a su familia y en Emma se dejó sentir una calma, una paz interior, una efímera tranquilidad que la llenó de alegría, no obstante, él la ignoraba. Sus lágrimas las derramadas a solas. En ocasiones, los oídos de Altagracia actuaban como confesionario, un desliz que la estremecía y movida por la compasión, confusa deseaba ofrecerle sus brazos.

Las estrellas llenaron todo el firmamento. El silencio de la noche se envolvía entre las baladas que se escuchaba a través de la radio. A lo lejos, el ladrido de los caninos en la oscuridad advertía la presencia de un curioso distraído. De manera pausada, apagaban las luces cediendo a la oscuridad de la noche, y los hombres caían cargado de frustración en su lecho frío con la esperanza de soñar un mejor mañana. Dejaban dormir sus ojos para que apresurara el paso de la noche y ver pronto los azotes de un nuevo sol sobre sus espaldas matando su vida. Las olas golpeaban las costas y sus resacas besaban con egoísmos las blancas arenas de la playa borrando las huellas de los atrevidos que buscaban con las gotas de sus sudores, matar el hambre.

El alma de Rosalba se agitaba como lo hacía el viento contra el mar que escupía con furia las olas contra las rocas. Observó como su padre evitaba mirar a su madre, evitaba escuchar su voz, ignoraba su presencia. Lidiaba en aquella tormenta que consumía su vida que apagaba la existencia de su madre arrastrando la suya a un calvario infernal.

VI
¡Chicas en el bosque!

La desesperación carcomía la paciencia; la esperanza sucumbía en lamentos. Los campos perdían su color verde. Los caminos eran nubes de polvos acosados por el viento. Trabajar la tierra fatigaba a los hombres con el doble esfuerzo en sus labores diarias. El látigo del capataz nada motivaba y los trabajadores perdían la mirada en el cielo implorando por lluvias. Los camiones pasaban el día en el afán de acabar el agua de La Represa, Madre Vieja, un lugar que solo el trayecto lo hacía lejos.

Uriel acompañó a su padre. Calzó sus botas, pantalones azul marino y una gorra deportiva. Estaba listo para una jornada de batalla bajo los implacables ardientes rayos del sol. Con la taza de café todavía humeante, para acosar el sueño, emprendieron su salida con la bendición de Doña Malia y en total oscuridad. Salieron en su camioneta Toyota rumbo al Sur, un camino empedrado y polvoriento con un trayecto que daba la sensación de estar sobre una montaña rusa. Precipicios interminables y curvas que retorcían de terror al corazón. La neblina jugaba al escondite sorprendiéndolos con animales y en ocasiones con árboles apostados en el camino.

—Llegaremos antes del amanecer —explicó Adriel a un adormecido Uriel que no acostumbraba a levantarse tan temprano.

Sintió un inmenso orgullo que su hijo lo acompañara, aunque comprendía la negativa por las labores del campo. Como todos los jóvenes evitaba agarrar un machete, lidiar con malezas y llenarse de suciedades.

—Está bien —respondió Uriel—, el aire fresco de la mañana... —agregó al momento de inhalar con intensidad mientras extendía los brazos y piernas, sin terminal la frase.
—Sueño o haraganería, ja, ja, ja... —bromeó Adriel mientras lo vio bostezar retorciéndose en su cuerpo.
—Solo trato de ayudar a que el café termine de despertarme —comentó Uriel alcanzando la taza y bebiendo de un sorbo de lo que restaba del líquido.

La poca visibilidad, por la hora de la mañana, quitaba interés en el paisaje, toda la atención estaba sobre el camino iluminado por los faroles de la camioneta. Era como llevar los ojos vendados. Adriel Coral se mantuvo animando a un adormecido joven que daba muestra de arrepentimiento de haber decidido acompañar a su padre.

—¿Pensando en la playa? O... ¿en alguien? —preguntó Adriel a un callado acompañante.
—No, nada de eso —respondió a secas.

En realidad, su mente no estaba en la camioneta, ni siquiera en llegar a la finca. Su mente estaba en la playa, en sus arenas blancas, donde el Sol era preferible a las nubes cargadas de aguas. Pero también, sentía estar en una encrucijada de confusiones. Respondía a solicitudes que le eran imposibles evadir, aunque no entendía nada sobre cultivos y plantaciones. De pronto, el paisaje cobraba vida. El día aclaraba, y aunque la neblina persistía, desde lo alto de una colina, Adriel Coral señaló con júbilo el lugar de destino.

—¡Ahí está!
—Pensé que nunca llegaríamos —se quejó Uriel sin mostrar entusiasmo.

Una casa de madera levantada en cinco hileras de blocks, y techada con zinc, alcanzó Uriel a ver mientras su padre señaló al frente. Pintada en crema y azul cielo, colores que la hacían sobresalir en lo alto de la colina. La casa se levantaba rodeada de árboles de mangos y limoncillos que sus ramas desnudas recordaban su frondosidad. Su entusiasmo fue notorio, sonrió, la casa dio la impresión de estar en el centro de unos marcos adornando la pared de una sala. Sus ojos brillaron, ya por el café que lo había espabilado o por la felicidad de su padre. La camioneta comenzó el descenso y al final de la colina, disminuyó la velocidad, para aparcarse frente a la entrada debajo de un árbol de piñón. Ambos se desmontaron, Adriel Coral se adelantó para abrir el portal de acceso, mientras Uriel permaneció rezagado, un poco más entusiasmado. Uriel no tenía idea que el lugar donde su padre pasaba gran parte del día podía ser tan llamativo ante sus ojos. El capataz de la finca, Teófilo, se apresuró a recibirlos.

—¡Buenos días, señor Adriel! —exclamó con entusiasmos el capataz.
—Buenos días —respondieron.
—Joven Uriel, ¿cómo estás? —preguntó Teófilo y en un acto de cortesía agregó—. ¡Bienvenido a Arenoso!
—Bien —respondió Uriel perplejo—. Todo está muy cambiando aquí.
—Teo es un magnífico capataz —comentó Adriel.

María los recibió ofreciéndoles café. Preparado con un colador de trapo. Hervía el agua sobre brasas de carbono en un anafe de metal. Ella era una mujer de cuerpo débil, delgada y de poco hablar, la belleza era su gracia; discrepaba del aspecto robusto y fornido de Teófilo, su voz de trueno y la agudeza temible de su mirada. Adriel Coral y Teófilo comenzaron su conversación de los pormenores a la situación de la falta de agua y a la poca esperanza que tuvieran de que lloviera. Al igual que los demás, buscaban agua río arriba, ya que, entre todas las plantaciones, las hortalizas requerían más agua, lo que les preocupaba.

—¿Qué pasa con el mecánico? —preguntó Adriel con un tono preocupado.

—He insistido, me ha dicho que vendría temprano —respondió Teófilo cabizbajo.

—De no ser por la urgencia, llevaría yo mismo la bomba a Puerto Plata —replicó Adriel con inconformidad—. ¡Irresponsables! Son unos vagos, eso es lo que son.

—Creo que deberías considerar una bomba nueva... esta ha dado muchos problemas...

—¡Son los números, Teo! —interrumpió Adriel de manera brusca—. Estamos muy cerca de la línea roja y si esta sequía continua quién sabe qué pasará.

—Me dicen que los ganaderos han acabado con Bella Vista y ahora van a La Represa... ¡Válgame, Dios! —comentó Teófilo con rostro de preocupación.

—Así mismo es. Solo se pueden ver las nubes de polvos que levantan. La desesperación se ha apoderado de todos, no es para menos.

Uriel caminó por todo el derredor de la casa, evitando la conversación entre el capataz y su padre. Se alejó un poco, y echó un vistazo a las plantaciones de hortaliza próxima a la casa. En eso escucharon la voz de María que los invitaba a desayunar. Una pequeña mesa de cuatro sillas colocadas cerca de la ventana del comedor. Su conversación continuó, planificando sus deberes, el tiempo requerido para que se arreglara la bomba de agua, los hombres a contratar. Sus preocupaciones por la irresponsabilidad del mecánico. La finca Coral era el centro de una tormenta de preocupaciones que azotaba la cabeza de Adriel Coral sin misericordia.

—¡Carajo, Teo! Tenemos que pensar en utilizar mejor el agua —exigió Adriel molesto.
—Se hace todo lo posible, pero los hombres están cansados. El riachuelo no tiene mucho que ofrecer. Ahí lo que hay es un fango, se está secando.

Uriel se mantuvo absorto al escuchar el tosco tono de voz de su padre. Nunca lo había escuchado hablar de esa manera, ni mucho menos, pronunciar tales clases de palabras. Sorprendido miró a Adriel Coral y luego giró su mirada a Teófilo que escuchaba con un rostro tenso y firme. Continuó su desayuno y solo se limitó a escuchar. La taza de leche parecía hervir de tan caliente y sobre los trozos de plátanos el vapor surgía como si estuvieran en la olla.

—Señor... —expuso Teófilo nervioso—, el mecánico hará un trabajo que nos aguantará unos días. Creo que lo mejor es una bomba nueva. Mire usted, cada camión apenas puede dar tres viajes al día. Y... mantener los tres camiones en eso, es agotador.
—Lo sé. Pero tenemos que seguir adelante. Esta cosecha hay que salvarla.
—Hacemos todo lo posible...
—Sí, lo sé.

En ese momento llegaba uno de los camiones cargados de agua. Traía ocho barricas de cincuenta y cinco galones de agua cada una. Adriel Coral observó las maniobras que hacían los hombres. Luego, abandonando la mesa, él y el capataz se les acercaron y les daban instrucciones, escuchaban y actuaban de inmediato, como sonámbulos adiestrados. Uriel se quedó atrás, miraba todo en su derredor, relacionó lo que estaba viendo a las preocupaciones que escuchaba de su padre y los momentos pensativos y solitarios a los que se sumergía. Recordó sus andadas que terminaban ahogándolo en nostalgia y alcohol. Transmitía su estado de tristeza a unos hombres temerosos de la rudeza de sus palabras y que, utilizaban la fuerza bruta para hacer el trabajo, por lo tanto, al final del día solo obtendrán cansancio como paga. Entonces, decidió alejarse de la casa hasta donde no pudiera escuchar las tensas conversaciones que lo agobiaba.

—¡Hacen mucho trabajo bruto! —susurró una voz femenina a su espalda sorprendiéndolo mientras se le acercaba.
—¡Hola!

Tardó Uriel en expresar sorprendido y girando de manera brusca con un tono tembloroso y absorto, observando a la joven que lucía un vestido crema claro y una melena corta negra que descansaba sobre sus hombros. Abstraído con su presencia, deslumbrado por el brillo de sus ojos marrones claros, y la radiante sonrisa, creyó soñar despierto.

—¡Con que hablas! Santa, mi nombre es Santa —dijo ella con su mano derecha extendida esperando por una reacción que tardaba.
—Uriel… soy Uriel —tartamudeó con torpeza ante el asombro que le causó la hermosura de la joven.

Uriel permaneció inerte, embrujado, ante las miradas altivas y penetrantes de Santa. El destello de luz de sus pendientes y el juego de sus cabellos con la brisa lo hipnotizaron. Sus ojos marrones parecían escudriñarle el alma. Su tez acariciada por el calor de los rayos del sol y la esbelta delgadez de su cuerpo la hacían ser deseada. Alardeaba sus encantos; su belleza. Uriel salió del trance cuando el agradable tono de voz insistió en rescatarlo.

—¿Perdido? —preguntó Santa avanzando unos pasos hacia él creando la sensación de un ángel ante sus ojos.

—¿Quién eres? —inquirió Uriel mientras miraba a su derredor dando la vuelta en círculo, pasmado con su presencia.

—¿Quién soy? Por lo visto no contesta. Pues bien, ve esa casita que está ahí, ahora frente a ti… —contestó Santa sonriendo a un asombrado joven.

—¿Qué? ¿Eres hija de Teófilo? —preguntó Uriel sorprendido siguiendo la indicación de su mano—. Acabo de estar ahí y no te vi.

—Yo, sí —dijo ella sonriendo y luego agregó de forma jocosa—. Te observé darle la vuelta a la casita cuando llegaste con tu padre. Los que vienen del pueblo siempre se sorprenden al ver los tantos frutos en los árboles.

—Bueno, no estoy perdido, solo que no esperaba…. —respondió Uriel mientras ella lo interrumpía.

—¡Chicas en el bosque! —exclamó Santa de manera pícara y sonriente.

—Exacto. No, no espera, no quiero decir eso… —dijo Uriel mientras ambos se miraban y reían.

—Entonces, ¿huyes? —preguntó Santa con un tono sarcástico.

—Creo que sí. ¡Qué lista eres! ¿Cómo sabes que huyo? ¿Eres adivina o algo así?

—Ah, preguntas mucho. Solo se pregunta cuando se está perdido.

—¿Y qué te hace pensar que estoy perdido?

El Sol iniciaba su ascenso y así el calor. Uriel y Santa se refugiaron bajo el flamboyán, buscando su sombra. Buscaban alejarse, esconderse, huían a las voces y los ajetreos de los hombres que lidiaban con el polvo y el sudor. Su instinto delató querer acercársele, mientras Uriel se tambaleaba con torpeza ante su presencia.

—Es hermoso, ¿verdad? —curioseó Santa extendiendo sus manos al viento y exponiendo su rostro a los rayos del sol dejando que el viento jugara con su vestido.
—Muy cierto, tanto trabajo que cuesta cultivar la tierra —comentó Uriel sin poder impedir que sus ojos captaran la forma en que el vestido se adhería al cuerpo.
—No, chico, hablo de esta parte de la colina —dijo Santa dejando su vista vagar al horizonte—. Mira, allá en el horizonte, el cielo se junta con el mar. La más bella expresión de amor. Solo pueden mirarse, pero la distancia parece que los une.
—¿Qué? ¿Se juntan? Todo lo que veo es un cielo azul. ¡Es buena tu imaginación! —alegó Uriel expandiendo la órbita de sus ojos y sintiendo que el cuerpo se le calentaba.
—Estás tan tenso que ni siquiera puedes apreciar la belleza de la naturaleza.
—No tienes idea —se quejó Uriel con un tono de voz átono—. A los doce años, mi padre hizo que lo acompañara por todo este lugar. Exploramos todo. Me enseñó a usar el lazo y sus nudos, trepar, hacer fuego y hasta aprendí a lanzar flecha con su arco... quizás sea la parte buena que guardo de sus recuerdos. Un ritual de las vacaciones escolares.

Ella escuchó en silencio. Su tono de voz indicó que ansiaba desahogarse y liberarse de un nudo que lo asfixiaba. Le regaló su más hermosa sonrisa mientras hablaba. Después de un momento de silencio y tímidos suspiros, ella lo tomó por la mano y lo hizo acompañar a la cima de la colina. Disfrutaron del paisaje que le había llamado la atención a Santa. Cruzaron miradas, ella con su atrevimiento, él quizás confundido por la soltura con la que ella se expresaba. Al descender la colina de regreso a la casita, ella se adelantó, parecía como si toda la vida había vivido allí. Por momentos se detenía, acercando sus cuerpos hasta colisionar y arrancar en ella, una sonrisa que lo estremecía.

—¿No te cansas? —preguntó Uriel impresionado con la agilidad de descender la colina.

Ella continuó caminando, ignorando su pregunta. Al llegar a la casita se detuvo y esperó que él se acercara.

—¿Un poco de agua? —preguntó ella.
—Sí, por favor —contestó él agotado y respirando forzado.

Ella fue por el agua y él se sentó en la media galería de la casita. Se quitó su gorra y la colocó en su rodilla derecha. Miró la colina donde hacía un momento estaba, luego reclinó su cabeza sobre el espaldar de la silla y extendió las piernas dejando caer los brazos. Su cuerpo ardía de calor, aunque apenas sudaba. Ella sonreí, él la contemplaba.

—Esta es la diferencia comparada con la playa —comentó Santa interponiéndose entre él y el Sol—. Sí, hace unos días te vi en la playa, allí no te cansas, ja, ja, ja…

Bebió el agua ansiando apagar el fuego en su interior. Él permaneció mudo, la luz reflejó la esbelta silueta oculta tras su vestido, sus ojos se expandieron en su órbita y la expresión embobada de su rostro delataba el aceleramiento de sus latidos. Parecía que ella conociera todo de él. Parecía que ella sabía cómo jugar con él.

—Un momento —reveló Uriel sonriendo—, tú también le diste la vuelta a la casita, ¿verdad?

La torpeza de su pregunta los hizo reír. Sus nervios estaban agitados y el color de su piel explotaba. El día avanzaba y de igual forma la temperatura aumentaba. El calor agobiaba. Uriel que tenía sus dudas al emprender el viaje hacia la finca, por el momento, había cambiado de pensar. Santa había salvado el día, se mostraba como una joven conversadora, amable, inteligente y atrevida.

—Sabes, el campo no es lo mío —expuso Uriel un poco más relajado—, ni mucho menos las grandes ciudades. La capital me aterra, todo va muy rápido. Esas miradas de desconfianza, vacías e inquisidoras...

—¿Y eso? No puedo creer que eres un niño mimado —interrumpió Santa a la triste expresión de Uriel—. Por mi parte nací en la capital, quizás tenga razón, pero esa selva de concretos y espectadores apáticos te fortalecen o muere. Pero de vez en cuando uno se escapa, ¿entiendes?

—Escaparse, eres afortunada...

—¿Eso crees? Aquí veo libertad. La gente es amable, en cambio, la ciudad es, frívola. Te das cuenta de que solo eres una persona más entre un montón de seres correteando tras una meta que les roba la vida... ¡Me gusta estar aquí!

El silencio hizo lugar entre ellos, comprendiendo el significado de sus palabras. Revelaron algo de su vida. Un intercambio de lo que el reflejo expresaba de su imagen. María, vistiendo su delantal, les hizo compañía. Necesitaba alejarse de la cocina por un tiempo, además, Santa era una buena conversadora, y por lo menos la alejaba del tema de la sequía que la volvía loca. Entendía la responsabilidad de su esposo como capataz de la finca, pero hacer llover o cambiar el estado del tiempo no dependía de ellos, pensaba. Adriel Coral y Teófilo se les unieron. Sus rostros mostraban preocupaciones. Adriel Coral observó a Uriel y luego miró a Santa y comprendió la razón por la cual las quejas de su hijo se habían evaporado. Teófilo presentó a su sobrina. Santa sonrió a la sorpresa de Uriel cuando Teófilo desveló quien era. La cordialidad de Santa y su educación contrastó ante todos.

El regreso fue animado. Adriel Coral miraba con curiosidad a Uriel y dejaba escapar sonrisas cargadas de picardías.

—Santa.

Susurró Adriel Coral como para espabilar a un Uriel que parecía estar ausente. Adriel Coral alcanzó el botón del volumen del radio y disminuyó el sonido.

—¡¡Oye!!, ¿te estoy hablando? —vociferó Adriel.
—Lo siento, ¿qué dices? —preguntó Uriel intentando ocultar una sonrisa pícara que relucía en su rostro.
—El paisaje, es hermoso, ¿verdad?

Uriel respondió de forma afirmativa moviendo su cabeza, dejando perder su mirada en la distancia al mismo tiempo que recuperaba el sonido de su música. Santa hizo que apreciara el aroma del campo, ella había dejado una colección de sonrisas que persistían resplandecer en sus pensamientos. Aunque Adriel Coral deseaba una historia diferente, por lo menos, la visita a la finca creaba esperanza. Uriel sintió las miradas de su padre, mientras traía consigo en su alma, custodiando los caprichos de su corazón, la sonrisa de aquella joven que le deslumbró. Sus pensamientos navegaban en el aroma del perfume que le acariciaba y del cual soñaba ser parte.

VII
Lágrimas azules

Tras la cortina de la ventana, lo observó alejarse, sin despedirse. Esbozó una sonrisa lánguida al azul horizonte, al mar. Por casi dieciocho años ha escuchado el sonido de su camioneta, dejándola en su soledad. Organizó su habitación aun vistiendo su pijama. Se sentó frente al tocador y no pudo impedir que de sus ojos brotaran lágrimas. Las dejó correr por sus suaves mejillas como si quisiera empaparse de ellas o ahogarse en su propia amargura, mientras las observaba. Tomó su cepillo y sin perder de vista su imagen en el espejo, acarició sus largos cabellos ondulados. Las lágrimas dejaron de brotar, su fuerza interior construyó una represa al momento. Sus ojos pintados de rojo continuaban mirándola como extraño reflejo ante el cuadro de amargura, desdicha y desventura a la que una mala jugada del destino la enjauló. Su vista se tornó borrosa ante el mísero reflejo de su rostro.

Emma extrañaba su familia. Hubiera querido borrar el tiempo y componer los pasos que la llevaron a tan funesta velada. La nostalgia recordaba momentos de felicidad que aún permanecían presente en su mente, en un pueblo tan lejos de su mundo. Una chispa en su interior ardía: su madre, la arrastraba a la melancolía. Se colocó una cinta de seda azul para sostener sus cabellos dejándolos caer sobre su espalda. Se alejó del tocador, abandonando la intención de borrar los surcos plasmado por las lágrimas y de darle un poco de color a sus pálidos labios. Se sentó por un instante en el sofá frente a la cama a observarla, su mirada recorrió cada centímetro de ella. Se paró, dirigió sus pasos al espaldar donde reposaban las almohadas, sus fieles compañeras de incontables noches de desvelos, las tomó y, sosteniéndolas en sus manos, las sujetó contra su pecho, las acarició en un ahogado gemido de desdicha. ¡Clamó tan fuerte que hizo estremecer su corazón!

Altagracia ya rondaba en la cocina, se había convertido en su confidente, quizás fuera parte de sus labores, quizás por lástima. Ella escuchaba en silencio cada palabra que unos tristes labios tiernos pronunciaban. Sus cabellos blancos delataban su edad, sus pasos lentos los confirmaban. Su fuerte espíritu incansable acumulaba el saber de sus años, la confianza que las arrugas les hacían propia. Se guardaba para sí como baúl antiguo, en lo más íntimo de su ser, cada secreto de que eran testigo las frías paredes de la casa. Maestra en paciencia, devota del sagrado compromiso de la fidelidad y la confianza atenuaba sus impacientes nervios, su confiable arma. La empatía la estremeció cuando encontró a Emma ahogada de angustia en la soledad de una casa fría y con dos meses de embarazo. Conocedora de los caminos de Augusto Real, se convirtió en paño de lágrimas de la mujer que en su vientre concebía a su hija.

Emma salió de su habitación envuelta en tristeza, pasó de la sala al comedor y luego a la cocina, deteniéndose allí. Se sentó como de costumbre en la pequeña mesa circular. Altagracia al verla, detuvo lo que hacía y recostándose de la meseta de la cocina, conmovida por un sentimiento materno, la miró con tristeza, al verla angustiada. Su corazón se contristó. Su rostro no tardó en reflejar el dolor en la que la empatía conmovió su alma.

—¡Hija mía, hija mía! —susurró Altagracia con una voz tierna y ronca.

Conocía aquel funesto cuadro de nostalgia y desdicha que adornaban las sombras de la casa. Nostalgia que surge de la profunda soledad gris que la distancia y las memorias asedian en Emma. Desterrada a un futuro que el pasado cultivó en su vida. Clavada a su alma como estaca al corazón del vampiro, resistía a la agonía. Altagracia se le acercó, tomó su mano derecha entre las de ellas y se sentó a su lado.

—Calma, ten conformidad —susurró Altagracia una vez más temiendo que Rosalba alcanzara a escuchar—, no deberías permitir que Rosalba la vea en ese estado

La soledad la persuadió a escribirle a su familia, una y otra vez. Escribía como si fuera una tarea impuesta por el tiempo. Relató su regocijo por la cadena que les regalaron a su nieta y que fue recibida con tanto aprecio. La felicidad reflejada en el rostro de su madre cuando la sostuvo en sus brazos. Sin embargo, entre sus líneas, podría leerse el ruego de misericordia suplicando perdón. Consolaba su conformidad creyendo que las cartas se perdían en el tiempo al no encontrar destinatario. Nunca recibió respuesta, solo una esperanza que renunciaba a morir. En ocasiones, recostada del marco de la ventana, permanecía inmóvil mirando hacia el portal, aguardando el cartero, un breve momento de felicidad. Su mirada se perdía tras la ilusión hasta que los parpadeos de sus grandes ojos azules la traían de vuelta de su imaginación, a la realidad, al encontrarse con el reflejo del mar en el cielo azul.

¡Las bodas! ¡La ilusión de caminar hacia el altar! ¡La sonrisa de la madre! Vestidos blancos, largos, con escote descubriendo la espalda, o cayendo, acariciando el pecho. El rostro cubierto por el velo transparente. La interminable y desesperada espera en que en algún momento las dudas de dejar plantado resurgen como torbellino en la mente. Lanzar el ramo de flores a su espalda con el deseo de que sea atrapado por la mejor amiga. Las fotos, el beso, el sí. Como retoque de pincel al perfecto cuadro del artista, la expresión de Cupido al corazón: *"Hasta que la muerte los separe"*. Fue su sueño; todo se redujo a un abrazo de su madre y la compañía de una amiga, exhibiendo un vestido cualquiera en una angosta y polvorienta oficina del Registro Civil.

Los abrazos, los besos de familiares y amigos. La ilusión perfecta del sueño anhelado. Los brindis, las palabras de esperanza y el deseo de la mejor suerte. La música, el baile, las risas y sonrisas de regocijos de las amigas complacidas. Quedaba en las ilusiones de Emma. El tiempo cruel lo degustaba a su paso, corroído como metal oxidado. Eran los sueños que regresaban una y otra vez a su memoria y la hacían presa de la nostalgia. Eran quimeras, ilusiones que el tiempo ha consumido devorándolas en las cenizas de las fantasías. No hubo cuentos de hadas; un largo camino se convirtió en luna de miel.

—Si quieres, puedes hablarme.

Como si sintiera en carne propia el mismo peso de la desdicha que el tiempo colocó sobre los hombros de Emma, con un tono de voz lleno de una culpa ajena, Altagracia, en su esfuerzo de calmarla ofreció la más simple de la ayuda, el acto más humilde que podía hacer: escuchar.

Emma enmudeció por un instante. Observó a Altagracia y secándose las lágrimas, sonrió. Se levantó y marchó hacia el jardín por la puerta de la cocina. Caminó entre las rosas que hicieron honor a su amada hija y que nunca sintió la vergüenza de llevar en su vientre. Rosas plantadas para embellecer no solo el jardín, sino que entonaban en alta voz con orgullo de que Rosalba llegó al mundo. Tomó una, cortó otra, hasta tres rosas cortó. Olió su aroma, inhaló profundo, hasta embriagar sus sentidos con los ojos cerrados y luego las acercó a su corazón.

Altagracia observó desde la puerta la triste escena. Resguardaba esas escenas entre sus secretos, junto a los mismos que conservaba de Augusto Real, arropados en ardientes cenizas de desprecios. Hervían en las turbulencias de las desgracias consumiendo su alma en la agonía, sin embargo, sabía que Emma debía sobrellevar su cruz, la misma que su pasado levantó sobre su ingenuidad. La fidelidad y la confianza ha sido su carta de presentación; la obediencia sus méritos. Callar su mejor virtud. Saber callar, saber mirar sin ver nada, le ha dado el color que enarbola sus cabellos y el paso lento de su corpulento cuerpo como herramienta de sobrevivencia.

La observó cortar las rosas en el jardín envuelta en un aura de ingenuidad. Una espina pinchó su delicada mano, la sangre brotó en pesadas gotas de enojo, de rabia, de impotencia. Altagracia se le acercó ofreciéndole un paño limpio para detener el sangrado. Emma la miró, transmitió un mil gracias con su apagada sonrisa. Una tras otras, las gotas de sangre cayeron sobre su pecho manchando su vestido. Como si fueran garabatos que describieran los gritos que su alma callaba y que el aura ocultaba.

Tomó sus rosas rojas, alcanzó un florero azul de porcelana, vertió agua y allí las colocó. Hizo un lugar para ellas sobre la mesita donde aún descansaba el libro *"Orgullo y prejuicio"* que el polvo intentaba cubrir. Las flores formaron un triángulo una vez las dejó libre. Se alejó un poco y mirando a Altagracia comentó.

—¡Hermosas!

Con los brazos cruzados contra su pecho, Altagracia asintió con la cabeza, dibujando una sonrisa forzada que buscaba agradar el cumplido de Emma, entonces, en sus dudas, le inquietó descubrir si Emma fingía.

—¡Qué hermosas, madre! —exclamó Rosalba con una voz potente cargada de alegría y felicidad.

Rosalba se acercó feliz de ver las rosas sobre la mesita en el florero. Se aproximó a su madre, la abrazó y le ofreció un beso en la mejilla. El abrazo fue tan fuerte que Altagracia expresó casi haber sentido la energía de sus fuerzas.

—Gracias, mi niña —dijo Emma sorprendida por su actitud.
—¡Dios mío, cuantas fuerzas! —declaró Altagracia con alegría y feliz de que apareciera en aquel momento y la rescatara de la escena gris en que se consumía junto a su madre.

Rosalba aparecía como caída del cielo, así manifestó el cambio de estado de ánimo de Altagracia a su presencia. Ya le inquietaba la conducta de Emma. Con el paso de los años era testigo de momentos cada vez más difíciles de interpretar, parecía ser que sus canas debilitaban esa habilidad. Un mar de dudas la confundían. Altagracia ha sido testigo de cómo le ha arrebatado la felicidad, pero, sus cansados ojos, percibían, entre nebulosas grises, a un corazón despreciando la venda que ha cubierto su alma.

Rosalba hizo una entrada magistral, con su ímpetu juvenil, su gracia, y su encantadora sonrisa, a una escena donde la tristeza se desbordaba. Aparecía como vaso de agua fría a calmar una sed. Emma reciprocó el abrazo a Rosalba, un derroche de amor. Su amor era fuerte, aunque Rosalba reclamaba a su madre desprenderse del temor que mostraba ante su padre. Compartieron sonrisas y miradas, ambas dirigieron su vista a las rosas. Rosalba una vez más ignoró el libro sobre la mesita, ni siquiera lo tocó mientras se acercó a acariciar con su suave mano el florero. El libro continuaba en el mismo lugar y posición en que lo colocó. Descansaba junto al polvo que lo acariciaba, y que contaba el tiempo. Rosalba encendía la luz de un camino lleno de espinas y tormentos en un túnel inmenso cuyo final no alcanzaba la vista.

Altagracia quedó en suspenso, inerte, una estatua con vida. Sintió la traición de su mente, ¿cosas de la edad? A pesar de su experiencia, ya no sabía que decir para consolar a una mujer que sentía tener el corazón destrozado, hecho pedazos. Turbada, las dejó a solas en la sala y se dirigió cabizbaja a la cocina, su lugar de refugio. Se incrustaba en sus pensamientos una escena que acarrearía para siempre con la sensación amarga de que Emma caía rendida al tiempo, perdiendo la batalla por la que tanto ha luchado. Siempre encontraba la manera en la que sus placenteras palabras fueran oportunas. De que sus consejos encontraran el lugar lastimado del corazón y su alma lo aceptaba como bálsamo aliciente, con la esperanzada ilusión de mejores días.

El semblante de Emma se transformó, quizás ocultaba a Rosalba sus acumuladas angustias, cediendo a una felicidad fingida. Sacrificio pudo ser una de las palabras que al paso del tiempo definió su vida. Compresión la abnegación con la que ha cargado todos estos años. El tiempo seguía su curso y no veía acercarse al puerto la esperanza de culminar la amarga travesía, final que ansiaba con desesperación.

Así como las rosas en el florero daban vida a la mesita bajo la ventana, Rosalba impregnaba esa energía que brillaba por evaporar la ausencia entre sus padres. Se convertía en la chispa que encendía el ambiente seco y tenso en un hogar lleno de incógnitas e historias grises. Ella era el lazo de unión entre una pareja que nunca encontró una razón de ser más que el amor por su hija. El insoportable silencio de Augusto Real, sus largas ausencias durante el día, la eterna excusa de las situaciones del rancho, han impedido crear un lugar no solo en el corazón de Emma, sino en su alma. Una mujer que se reservó obediente y sumisa a un matrimonio en el que trató de impedir el naufragio de una embarcación que sucumbía a los fuertes látigos con que le azotaban las enardecidas olas. Una relación quebradiza, frágil y que se mantuvo soportando los embates por la gracia y dulzura del nacimiento de una niña que entre sus fantásticas historias cubría los vaivenes que las bravuras de las agitadas olas golpeaban. Los mismos gritos que regalaba el viento en sus desvelos y que en ocasiones fingió dormir con la cabeza recostada de una almohada fría e insensible.

Rosalba abrazaba a su madre mientras le sonreía. La invitó a salir al jardín, sabía que le agradaría, no solo por las rosas rojas que han sido cultivadas desde su nacimiento, sino para continuar y extender un poco más esa sonrisa en el rostro de su madre que ya se perdía en el sufrimiento. Se sentaron en el banco de madera frente a la colección de las Coronas de Cristo. Se levantaban donde los rayos del sol las acariciaban durante todo su largo trayecto del día, protegidas por sus propias y resistentes espinas. Sus pequeños pétalos eran fuertes, en cambio, los de las rosas se mostraban débiles y delicados. Las rosas formaban por sí misma hermosos buqués en cambio la hermosura de las pequeñas Coronas de Cristo, apenas se deleitaban en el jardín, sin embargo, ambas de igual manera embellecían y adornaban con su presencia.

—¿Sabes cuánto te amo? —preguntó Emma con su vista sobre las flores.

—¡No mucho!

Contestó Rosalba con picardía dejando escapar destello de orgullo, creyendo conocer las reales razones de su pregunta. Se tumbó en el banco y recostó su cabeza sobre los muslos de su madre. ¿Qué tan fuerte debían ser las espinas para proteger la flor? ¿Qué tan fuerte deberían ser para resistir las tempestades que les traían los vientos? ¿Qué tan fuerte debería ser el amor de una hija que le llevó al borde del naufragio de su propia existencia?

El Sol comenzaba a golpearlas. Les cobijaba un cielo radiante, azul. Las nubes esporádicas estaban sobre el lejano horizonte, pareciendo evitar el pueblo. Era un día más de la prolongada sequía, de calor intenso y columnas de polvos en los caminos levantadas por los pies cansados de los hombres cargados de desesperación esperando recibir, por lo menos, una llovizna ligera que mostrara que la esperanza mantenía su estatus de vida.

Los transeúntes alardeaban su cordial saludo bendiciendo el día. Pretendiendo ser lo que sus sueños anhelaban, manteniendo viva la chispa de la esperanza. Cautivados por la belleza de una joven y que sus ojos no dejaban de apreciar sus encantos, su belleza. Podían fingir, sin embargo, les era difícil ocultar su admiración ante Rosalba. Así alimentaban el morbo de sus conversaciones. Así la carga pesada y el amargo de sus sudores como pago de sus labores, en vez de hiel, pretendían saborear miel en su paladar.

Altagracia observaba desde la cocina, su vista cansada solo podía apreciar lo que su mente se forzaba a interpretar. Fingía estar inmersa en sus quehaceres, pero el mismo tiempo que le permitió discernir, ese mismo doblegaba sus pasos poniendo en relieve sus más míseras intenciones. En su mente rondaba sin explicación, la manera en la que se les acercó Rosalba, mientras Emma expresaba los sin sabores que ha cosechado su vida y la nostalgia que revivía de su pasado. ¿Habría escuchado algo? ¿Fingía no saber nada? Sin embargo, a pesar de eso, en ese estado de dudas, un poco de luz brillaba en el rostro de Emma, que por lo menos, no solo la tendría a ella como paño de lágrimas, sino que ahora podía contar con la frescura de su hija como salvavidas en medio de tormentas, le mortificaba.

—¡Bueno!

Exclamó Altagracia en un susurro imperceptible, un aliviado suspiro que, en el fondo, las dudas avistaban un resurgir en Rosalba que podría poner en descubierto sus temores. El capitán jugaba a ser el líder. Los hombres declamaban su terror y el miedo que los doblegaba. El cielo fue tragado por nubes oscuras y la luz perdió sus fuerzas. Los vientos golpeaban sin clemencia, azotaban sin piedad con las ansias incontrolables de destruir todo. Las olas se levantaban tanto que arrancaba la respiración y arrodillados los hombres vociferaban locuras. Era un momento tenso, los colores perdían su brillantez, la esperanza traía ilusiones que podría descarrilar en un estado de sosiego y amor. Una borrosidad gris era el firmamento de Altagracia.

VIII
Esmeralda

Aún persistía en su mente, el electrizante destello de la tímida sonrisa que a pesar de la distancia pudo captar en Esmeralda. La imagen plasmada, se revoloteaba como los zigzags de las mariposas sobre las flores, atormentando su alma. Recordaba la larga cabellera negra lacia acariciar su cintura. Su llamativa tez trigueña competía con el arrebol del crepúsculo, la lucidez de una tarde cálida.

La visita a la finca lo dejó taciturno. Aislado y pensativo, lidiaba una batalla de sentimientos con su soledad. Su vista se perdía hacia el camino que conducía al colmado de Juan Nieto; sus pensamientos en la finca. Cuando su padre lo invitó, nunca pensó que podría encontrar en aquel remoto lugar una joven amable, conversadora y hermosa: un ángel. Su frescura, atrevimiento y franqueza rompían los parámetros tradicionales en un pueblo donde el culto a lo moral era la religión que imponía las costumbres. Sin embargo, Esmeralda reflejaba una deslumbrante luz que lo impactó tanto que su corazón cambió el ritmo normal de sus latidos. ¡Su alma enloquecía! Continuaba fija su imagen en su mente, en la raíz misma de su ser. Recreaba apreciar en sus imaginaciones, el agua corriendo en sus cabellos hasta acariciar su espalda y el atrevimiento de su vestido húmedo adherirse a su hermosa figura. Un dilema, una tormenta en sus pensamientos, dos jóvenes con características envidiables y, él no estaba claro que papel desempeñar ante la extraña jugada.

Era una hermosa tarde de colores primaverales, por lo menos para los que no tenían la esperanza en la que el cielo se cubriera de nubes grises y lloviera. Una tarde que invitaba a entretejerse con los rayos de sol en las blancas arenas de la playa y disfrutar de las cálidas aguas del mar. Doña Malia mostraba su alegría al ver a su hijo en compañía de su nieto. Pero un nieto reservado, sumergido en su silencio, sin palabras llamó su atención.

—Bien, ¿qué opinas de la finca? —preguntó Doña Malia a un nieto que solo estaba presente en cuerpo.
—¡Aburrido! —terció Adriel tratando en vano de llamar la atención.

Estaba tan distraído que su mente mantenía fija la inquietante obsesión de la imagen del agua recorrer la espalda de Esmeralda y la frescura de la colina donde creyó compartir con un ángel. La sonrisa del aura con que el ángel lo abrazaba. La magia de soñar despierto.

—¿Aburrido?

Insistió Doña Malia con su tono de voz ronca y amable que tardaba en comprender que Uriel no estaba prestando atención a la conversación de la que era inútil hacerlo partícipe. Hasta que, mediante señales, Adriel Coral le hizo comprender que su nieto no escuchaba sus palabras. Doña Malia conservaba fuerzas, incluso a pesar de los años. Una mujer de buen corazón, afable, comprensiva. Su contextura física no delataba su edad, su ánimo restaba años a su vida haciéndola exhibir una disposición robusta.

—¡Palomitas en el aire! —exclamó Adriel haciendo alusión a la joven que conocieron en la finca y que debió hechizarlo.

Uriel se ruborizó al escuchar la frase de su padre. Desveló los acontecimientos de sus pensamientos. Adriel Coral daba por seguro que su comportamiento se debía a la impresionante joven con la que pasó un buen rato en la finca. Pensó que su amabilidad pudo haberlo confundido, ese estilo de peinado tan diferente a las que utilizan las chicas del pueblo. Atrevida, sin complejo alguno, su manera libre y abierta de expresarse. Miró a Doña Malia como si acabara de escuchar sus palabras, dando señal de que aún estaba presente. Sonrió de manera tonta al mirarlos, mientras se espabilaba de la inmersión en la que se ahogaba, y dando la espalda, dijo:

—Hasta luego.

Lo observaron marcharse como velero impulsado por el viento. Lo vieron disiparse en la distancia, ocultándose en las nubes de polvos. Se dirigió al pueblo, al cruce del camino entre el colmado y la playa. Avanzaba, y en cada paso disminuía el ritmo de su caminar, mientras aumentaban la velocidad de los latidos del corazón. Deseó que su corazón decidiera donde ir, donde dirigir sus pasos, como navegaba el velero que ansió ser. Decidió que su instinto acertara el destino que calmara las chispas que brotaban con ansiedades. Marchaba cabizbajo, queriendo borrar el espacio con el que el tiempo jugaba en su agonía.

Bajo la sombra de los flamboyanes avanzaba en sentido opuesto a la finca de su padre. Los nervios agitados hicieron de la distancia un camino largo y, la desesperación el tiempo detenerse. El inesperado encuentro con la profesora Josefa, espantó la soledad. Chasqueó los dedos a la cuenta de tres, despertándolo del sonambulismo con que iban sus pasos. El pinchazo de un aguijón.

—¡Buenas tardes!, Profesora —Saludó Uriel reduciendo su marcha sabiendo que la profesora esperaba por el respeto.

—¡Hola, jovencito! ¿Cómo está Doña Malia? —preguntó la profesora con su voz fuerte.

—Muy bien, gracias —contestó Uriel sin ningún deseo de establecer una conversación y continuar su camino.

—Estás muy nervioso, jovencito —reprendió al captar la ansiedad de Uriel y agregó—. Ten cuidado, no te alejes de los buenos caminos.

Musitó a regañadientes un *«gracias»*. Momento después, detuvo sus pasos al mirar hacia atrás y pensó, *«esa mujer tiene todos los años del mundo, siempre la veo vieja»*, y continuó dispuesto a alcanzar su meta. Enojado por la traición de sus propios nervios. Su corazón latía cada vez más rápido y el sudor se apoderaba de él a medida que se acercaba al colmado. Entonces, miró atrás y sin poder comprender cuando pasó por el cruce, también dudó si hubiera hablado con alguien, a pesar de la molestia en el hombro derecho. El sudor cubría todo su cuerpo, la energía electrizante de sus nervios crispaban sus vellos, y sus latidos aceleraron influenciado por la traición que la imagen de Esmeralda creaba en sus pensamientos.

Su marcha disminuía, ya no caminaba con la rapidez que lo impulsó al salir de su casa. A la vista, el colmado de Juan Nieto. Sus puertas de madera estaban abiertas al igual que sus ventanas. Su techo de zinc acumulaba las flores y las hojas del flamboyán que le regalaba su sombra. Uriel disminuyó sus pasos hasta que, deteniéndose, como sin fuerzas, apenas respirando y lidiando con los fuertes golpes sobre su pecho, pensó que su alma se evaporaba, abandonándolo. Frente al colmado, con una escoba en mano barriendo hojas secas, desprevenida, estaba Esmeralda. Ella detuvo el movimiento de sus brazos al sentir la presencia a su espalda de una mirada que la llamaba. Su presencia atizó los vellos de su piel y giró con brusquedad, sobresaltada.

—¿Qué haces? Me asustaste.

Con un tono tímido y nervioso Uriel saludó con un gesto, sus palabras se ausentaron. Ella reciprocó el saludo apenas moviendo los labios. Esmeralda vestía una falda verde de tachones con estampado de rosas que caía debajo de las rodillas y una blusa blanca de mangas cortas que le cubrían los hombros. Sus cabellos largos suelto al viento. Ella llevó su mano derecha a acariciar su pecho mientras sonreía con timidez. Quizás, se disculpó por el susto provocado. Quizás, creyó estar frente a una angelical visión.

—Disculpa, lo siento, no fue mi intención.

Sus palabras no tenían sentido. Habló con tono quebrado, confuso. Su presencia lo turbó. Por primera vez estaba frente a ella, deseando borrar el pequeño espacio que los separaba. Ella sonrió, como si posara para el artista que plasmaba sobre el lienzo su imagen.
Su tormento se prolongó creyendo que ella lo ignoraba. La tonalidad rojiza resaltó en su piel, delatando la excitación de sus nervios. Su voz se apagaba, enmudecía, aunque sus labios parecían danzar queriendo hablar. Quiso detener los agitados movimientos de su corazón que lo delataban, creyendo que ella lo escuchaba. Apenas fueron segundos, su eterno momento en que creyó ser ignorado. Respiró profundo, cuando sin comprender el motivo, ella entró al colmado. Observó su caminar, antes de que su mirada lo invitara a seguirlo. Siguió sus pasos como cordero manso, sin evitar observar el movimiento de su cintura. Y reclinado del marco de la puerta la observó recostar la escoba en un rincón, levantar parte del mostrador sujeta con dos bisagras y apoyar sus dos manos con firmezas detrás del mostrador. Luego, levantar su mirada como dos misiles buscando su objetivo que hizo colapsar sus rodillas.

—Bien, ¿qué quieres? —preguntó Esmeralda con un tierno tono de voz.

—Este... —balbuceó Uriel.

Ella lo observó, levantó sus brazos del mostrador y cruzándolos contra su pecho clavó su mirada en él, esperando la respuesta que se perdía en su atormentada cabeza.

—Solo... pasaba para saludar... —dijo él nervioso—. ¿Y tu padre?

—Hace un rato salió, dijo que hoy sería una buena noche para pescar. Según Bristol.

—¿Quien? —preguntó él expandiendo los ojos.

—El almanaque Bristol. Sabes lo que es, ¿verdad? —preguntó Esmeralda, pero en su intuición comprendió, conteniendo sonreír, darse cuenta de que él no tenía idea de que hablaba.

—¡Ah, sí! digo... no sé de pesca, pero si él fue a pescar es porque será una buena noche.

—¡No sabes! —exclamó Esmeralda mordiéndose los labios.

—No, no es eso.... bien, ¿y tú, eres una experta o algo así? Te burlas, ¿verdad?

—Mira....

—Uriel... Uriel, mi nombre es Uriel —interrumpió Uriel con prontitud—, así me llamo y, ¿cuál es tu nombre?

Preguntó con un tono quebrado y tembloroso, de una manera impaciente, pero sin querer desperdiciar la oportunidad. En definitiva, eran excusas torpes, carnadas despreciadas por los anzuelos. Era la asfixiante agonía de estar a su lado. La vio caminar de un extremo a otro detrás del mostrador esperando que sus delicados labios pronunciaran su nombre. Deseaba oírlo. Su alma tenía una urgente necesidad de alimentarse con el sonido de su voz, calmar esa ansiedad de locura, por lo menos, escuchando su nombre. La espera parecía una eternidad. El recorrido de un extremo a otro antes de girar como bailarina le pareció el más largo de los caminos como si no tuviera final. Pero valió la espera, valió vivir aquel momento en que el tiempo pareció esfumarse. Ella lo miró y, por un momento más caminó, deteniéndose en la ventana con vistas al patio trasero y luego miró hacia el frente, y deteniéndose frente a él, dijo:

—Esmeralda.

Repitió su nombre sin ocultar la impresión que le causó. «¡*Qué bello nombre!*» musitó para sí mismo. Ella se recostó de la ventana y de inmediato recordó cuando ella dejó escapar la sonrisa que, al encontrar lugar en su corazón, quedó plasmada en su imaginación cómo la más bella expresión del ocaso.

—En realidad, ¿viniste a comprar algo?
—No... pasaba hacia la playa y te vi... en verdad, te vi hace unos días...
—A estas horas solo van los pescadores, ¿no?

Sus ojos delataban la verdadera intención de sus palabras. Descubrían las mentiras de sus expresiones. La miraba con los ojos del alma. Ella comenzaba a sentir la razón de su presencia. Esas miradas revelaban la realidad de su visita. Esmeralda era una joven tímida, platicaba poco y era muy directa. Por un instante reinó el silencio, las palabras escaseaban, ambos se envolvieron en un ambiente de nervios. Él, desesperado, pensando en que decir y nada se le ocurría. Ella, arropada en la timidez, con la cabeza inclinada, esperaba escucharlo.

—En verdad, te vi hace unos días... y desde entonces he querido...

La presencia inesperada de Miguelina tornó de blanco sus

pieles. Esmeralda se retorció en sus nervios. Uriel no ocultó la sensación de terror que provocó la sonrisa pícara de Miguelina. Los encontró naufragando en el misterio de sus silencios. Lidiando en el sin sentido de sus palabras. Esta vez, la sonrisa de Esmeralda no surgió. Miguelina los miró a ambos que se delataban a sí mismo como si estuvieran cometiendo algún pecado.

—Chicos.
—¿Qué tal? —respondió Uriel con un tono tembloroso.
—Ella es mi hermana Miguelina, Uriel.

Esmeralda solo se le ocurrió presentar su hermana. Miguelina era extrovertida, sus pequeños ojos risueños delataban su picardía interior y se expresaba sin reservas, sin miramientos. Era alta, delgada y atrevida. Esmeralda se apresuró a presentarla antes de que ella tomara la iniciativa. Miguelina los miraba de reojo, evitando que se notara su expresión, se cubrió parte de la cara con una de sus manos, pero al final, sus impulsos la dominaron haciendo que Esmeralda temblara de miedo.

—No te había visto por aquí —dijo con un tono burlón.
—¿Vives tan escondida, Miguelina? —replicó Uriel.
—¿Escondida? —preguntó Miguelina con una expresión sarcástica en su rostro.
—Este es mi camino preferido para ir a la playa y no te había visto —comentó Uriel.
—Pues, como dije, para mi eres nuevo por aquí, o a lo mejor....
—Bien, bien, él no es nuevo, ya te lo dijo, Miguelina —terció Esmeralda nerviosa e inquieta—. Ya, solo estamos conversando. ¿Acaso no se puede? Entró al colmado y eso es todo, ¿satisfecha?

Esmeralda levantó el tono de su voz al apresurarse para impedir las curiosidades de su hermana. Miguelina mostró una gran sonrisa, casi parecía estallar de la risa. Pero los gestos de su hermana suplicaban que se retirara. Su mirada imploraba. Miguelina se le acercó lo suficiente para hablarle al oído y frunciendo el ceño, le dijo con un tono pausado y suave, como degustando el sabor de cada palabra, casi imperceptible para Uriel, que no la perdía de vista.

—Uf, perdón. No te incomodes. La tonalidad de tu piel te delata, hermanita.

Su instinto femenino la hizo comprender que mentía. Sus palabras contradecían sus gestos, la delataban. Su voz temblaba, su cuerpo se estremeció cuando ella descubría a sus ojos enamorarla. Entonces recordó que lo que su corazón captó fue real, el agua perdiendo la frialdad cuando al deslizarse entre sus cabellos recibieron el destello de su calor. Ambos, turbados, despertaron de la ilusión en la que flotaban. Intercambiaron en su más discreto lenguaje, los gemidos de sus pasiones. Fluía en ellos una sensación de deseos que emanaba de lo más íntimo y profundo de sus corazones. Sus almas se doblegaban ante la irresistible tentación del pecado. Ella era una fuente, él era el agua que apaciguaba la sed en la que ardían. Eran tímidos e insinuantes gestos todo lo que compartían. Sus pupilas titilaban. Sus expresiones destellan. Sus labios húmedos destilaban miel. Ella inclinaba su rostro, mientras que, de soslayo, sus ojos lo buscaban. Él recorría su cuerpo en la más íntima fantasía con que las ansiedades de sus pensamientos jugaban. Su piel ruborizada al calor de sus caricias en un éxtasis en la que ella rogaba no detener su atrevimiento. El frenesí de la imaginación coqueteaba sus corazones en un diálogo de pasión, palabras de amor. Imaginó su silueta anhelando reposar su cabeza en su pecho. Imaginó el pecado al besar sus zonas prohibidas. Sintió el calor de sus abrazos, el roce en sus rosados y tiernos labios; enmudeció, calló su voz. Y, ante tantos deseos, surgió la cobardía.

IX
Amigas

En su afán de refrescar la decoración de la casa, Isabela, tenía tiempo que no pasaba, como de costumbre, un instante con su amiga Rosalba, a pesar de que las separaban apenas unas cuadras. Entusiasmada por la fascinación de Amanda, se había sumergido por completo en uno de sus pasatiempos predilecto: la decoración. Amanda, atraída por los detalles, no descansaba hasta lograr concretizar su entusiasmo. Mientras se distraían en una placentera plática de decoración, el llamado a la puerta captó su atención.

—¡Qué agradable sorpresa! —exclamó Amanda con entusiasmo al abrir la puerta.

Rosalba se hizo acompañar de Emma que, después de un gran esfuerzo en convencerla, cedió a visitar a Isabela. Su intención era alejar a su madre de las cuatro paredes en la que ha vivido encerrada, sin más compañía que Altagracia, con escasas y vagas pláticas. Amanda las invitó a pasar. Emma con timidez avanzó el umbral de la puerta con pasos torpes. Sus ojos resaltaron el asombro ante el esmero de los detalles que adornaban la casa. Las jóvenes se mezclaron en un caluroso y afectuoso abrazo. Sus madres quedaron asombradas ante la muestra de cariño mutuo. Rosalba se mostró feliz, su alegría le iluminó el rostro. Emma dejó notar, no la timidez, más el miedo que la arropaba.

—Permítanme las sombrillas, por favor —pidió Amanda.

Amanda esperó que Emma le entregara su sombrilla. Por un instante sintió como si estuviera ante la presencia de una puerta celestial. Quizás, se mostró turbada. Luego, notó que Rosalba pareció despertarle del embebecimiento, hasta que reaccionara y entregara la sombrilla. No solo la cubría de los rayos del sol, sino que, la ocultaba de los curiosos y lo temía que podrían leer en ella. Amanda tomó las dos sombrillas, las ajustó con su cinta de seguridad y las colocó en un paragüero de cerámica, al lado del sombrerero, en el recibidor. Emma desveló en su semblante la curiosidad de apreciar los detalles que hermoseaban las paredes, pero Amanda, podría notar las angustias que emanaban de su alma. Un caudal de gritos que pedían alivios a su corazón. Emma aparentó suplicar para que Rosalba continuara a su lado, intención que ignoró.

—Descuida, son buenas chicas. Estarán bien.
—Sí, lo sé —confirmó Emma con un tono triste y apagado—. ¿Y Gustavo?
—Bien, en la oficina, los fines de quincena el trabajo se le duplica. Eso dice —contestó Amanda—. Ya estoy acostumbrada. ¡Qué puedo hacer!

Las palabras sonaron como el retumbe de un eco, una melodía conocida. Acostumbrada era una palabra que ha practicado durante toda su vida. Tolerancia aportaba mejor definición, pero la cobardía que la indujo a la sumisión reflejaba más su verdadera realidad. Ella mejor que nadie, de forma extraña e inexplicable, se había convertido en el mejor ejemplo de cómo tolerar en el tiempo, tanta dejadez, tanto aislamiento en nombre de una abnegación que el único fruto obtenido ha sido cargar con una pesada cruz de desprecio y sin sabores. El fruto de su amor, de su inocente pasión, la encadenó a una falsa esperanza que tardaba en llegar. Qué podía decir de su esposo Augusto Real que cada mañana recreaba el mismo cuadro funesto de la partida y la soledad en la que la dejaba ahogarse, y tras la ventana, solo percibía el mar cuando el ruido de la camioneta se desvanecía.

—¿Una limonada, Emma? Es una tarde calurosa.
—Sí, por supuesto —contestó Emma deteniendo sus pasos frente a uno de los cuadros que adornaban la pared—. ¡Me fascina el limón! Es buena medicina para el insoportable calor que hace.
—Tienes razón, Emma, se lo que quieres decir.
—Así es, los hombres no tienen otro tema que no sea la sequía. A veces creo que llevan en sus genes ahuyentar las nubes.

Era un clásico colgado en la pared de la sala. Una niña sentada sobre el césped, desnuda, ocultando de manera ingeniosa su intimidad con la pierna izquierda y de la cual extraía una espina clavada en su pulgar. Sus cabellos dorados amarrados en dos trenzas por dos hermosas cintas rojas. La plenitud de la inocencia, la ausencia del morbo. ¡Un amuleto de la suerte! Lo observó en silencio y sonrió.

Emma no ocultó su expresión de lo maravillada que estaba con la decoración. Se sentía acogedora, cálida, que la casa misma proporcionaba su parte al sentir humano, como si estuviera viva, como si se hiciera participe de los sentimientos y emociones de los que la habitaban. Los tonos de colores presentaban una combinación amigable, llenos de vida. Los muebles no estorbaban el caminar, como si hicieran el honor cediendo el paso. La cocina estaba bien dispuesta, los armarios lucían un brillo impecable por encima de su color caoba. El polvo no tenía oficio, todo brillaba.

—Incluso con esa mancha en el centro, es una playa hermosa. Un lunar. ¡Divina naturaleza!

Amanda tomó la limonada y la vertió en unos vasos de cristal azul. Los colocó en una bandeja ovalada de metal adornada con un mantel blanco estampado. Invitó a Emma a que la acompañara a la terraza, en la parte trasera de la casa, con la impresionante vista al mar. Colocó la bandeja en la mesita de centro del juego de mueble. Un pequeño paraíso, donde descansaba un juego de comedor de metal blanco con una mesita de cristal en el centro. Estaba rodeada de un hermoso jardín con la acostumbrada presencia de las rosas rojas.

—¡Oh!, se me olvidaba, disculpa un momento —dijo Amanda—. Unas galleticas de chocolate.

Emma sonrió, no fingía, solo sonrió. Sentía una extraña sensación de libertad. Sentía una seducida frescura del aire salobre que la relajaba. Sentía un extraño estado de libertad que mitigaba la nostalgia de estar en su casa. Sentía el calor de la brisa al acariciar su piel. Expresaban la alegre complacencia del mar al tenerla cerca. ¡Lo percibía su alma!

—Estas galleticas son sabrosísima —resaltó Amanda al colocar la caja de las galletas sobre la mesa de cristal—. ¡Pruébalas, te gustaran!
—¡Gracias, están riquísima! —exclamó Emma—. Igual que la limonada.
—La primera vez que visité la playa, próximo a los escalones de los pilotillos, me encontré con un joven pintor. Entre todas sus obras, me llamó la atención ese cuadro, me infunde sosiego. ¡La ingenuidad!

Expresó Amanda al observar cómo Emma se había detenido frente al cuadro de la niña. Sintió que se disculpaba, Emma lo ignoraba. El mar estaba callado, sereno, sus olas en calma, nada les decía. Los vientos y el mar descansaban de su eterno juego. Las gaviotas surcaban el cielo. Planeando con sus largas alas queriendo despertar los vientos. Volando por encima del mar a la lejana altura, sus cuerpos eran manchas blancas y grises que hacían suyos el cielo. Amanda observó a Emma ensimismada, detenida en el tiempo, observando el volar de las gaviotas.

—¡Se siente bien estar aquí! —musitó Emma con su vista perdida en el azul del cielo.

—Te creo, mi amiga —corroboró Amanda inhalando profundo el fresco aire que le llegaba al cerrar los ojos y exponiendo su rostro al viento—. Cuando siento que el cielo se me viene encima, ellas me animan a levantarme —expuso señalando a las gaviotas antes de ingerir un sorbo de limonada.

—No planea uno así su futuro —lamentó Emma con timidez y apenada con un tono triste.

La calma del mar las había apresado. El volar agitado de las gaviotas, las tenía cautivada. Era una escena encantadora, dibujada para ambas. Una mezcla de paz y armonía contrapuesta a tormentas internas que se desbordaban como torrente caudal de un río agónico que, en su paso, luchaba por algunas gotas de lluvias. Envuelta en la paradisiaca escena, sus ojos buscaban ansiosos el horizonte, allá donde el mar muere y se entrega a un infinito lejano eterno. Donde la vista pretende no ver más, donde nacen las fantásticas historias de navegantes perdidos. De barcos sumergidos en los tentáculos de un amor aventurero y fatal que, en sus ansias insaciables, devoraban sin compasión para satisfacer su ego. Con sus vasos en manos, casi ni se miraban, el destino les reservaba un largo camino llenos de espinas para andar. Pese a eso, continuaban contemplando aquel cuadro dispuesto justo para ellas. Lienzo con tonalidades melancólicas, porque era lo que, a través de los ojos del alma y la esperanza perdida, podían ver en la naturaleza.

Algunas gaviotas se acercaron, con la cabeza altiva y su pico dispuesto, recordándoles la vida. Se mostraban como si fuera una pasarela sobre las rocas grises. Unas blancas con muestra de grises y, otras grises llevando el blanco en sus alas, y también estaban allí las que vestían de negro. Todas volaban, todas planeaban, todas juntas alzaron su vuelo sobre el mar dibujando su camino en el aire cuyas huellas se perdían con el viento.

—Sabíamos que después de la muerte del "jefe" ...
—¿De quién? —preguntó Emma perdida.
—Trujillo —respondió Amanda a secas.
—Ah, sí. Disculpa.
—No es nada te comprendo. Pues como te decía, la capital dejó de ser una opción para nosotros. El tiempo quizás nos dio la razón. Ya sabes, todas esas convulsiones que sucedieron. Al principio solo visitaba la capilla, iba sola, mi sombrilla y yo, ja, ja, ja. Pero la gente aquí es cariñosa, amable... ¡Muy cierto! Pero... con el tiempo, las excusas se hicieron costumbres y la costumbre fue mi vida.

Emma parecía estar sumergida en una pesadilla. ¿Por qué Amanda narraba su historia? ¿Era su historia? Una lágrima rodó por su mejilla. Sus hermosos ojos azules se pintaban de rojo y sus nervios se estremecían. Amanda colocó su mano derecha sobre su muslo izquierdo y esperó que sus ojos se encontraran y le dijo:

—¡Llorar no te haces culpable, ni libre de culpas! Así que no temas llorar. Me encerré en mis desvelos, creí haber enloquecido. ¡Me convencí a mí misma de haber enloquecido! Hasta que sentí que mis lágrimas se secaron; decidí vivir.

Sus ojos viajaron hasta donde el azul del cielo se confunde con el mar, pero al mismo tiempo, mientras escuchaba la voz desgarradora de Amanda, sintió el firmamento venir sobre ella succionándole el alma al ritmo de los tormentos de su angustiado corazón.

—Muchas veces, tarde en la noche, cuando solo se percibe la oscuridad, la soledad te reencuentra contigo misma. Te desnuda el alma, el corazón hasta que la misma conciencia te hace entender tus propios dolores.

Amanda sujetó a Emma por su mano izquierda y la forzó a mirarla, una vez más. Sonrió con el simple propósito de que entendiera cuan oscuro es el túnel, pero que vale la pena atravesarlo. Emma susurró "gracias" con los labios humedecidos por las ansias de librarse de unas cadenas que la han sujetado tan fuerte que ya el dolor se ha hecho parte de su cuerpo.

—Emma.... dime, alguna vez intentaste, que sé yo... salir corriendo.
—Sí, lo intenté. Quise huir, desaparecer. Pero en cada intento, parecía que el mundo me obligaba a apegarme a mi destino. ¡Qué destino! Que mi pecado había plasmado la desgracia de mis desdichas. Los primeros años llegué a creer que podríamos establecer conexión, pero las noches frías me acurrucaban lo que la soledad callaba al escuchar, junto a mis suspiros, el susurro de las olas del mar, único acompañante. Mi ingenuidad me traicionaba. No sabía que pasaba en la capital. Te juro que estaba aislada del mundo. Muchas veces pensé que eran artimañas de Altagracia. Sus voces, eran las suyas; sus miradas, cortaban mis pasos. La situación del asesinato...
—...de Trujillo —dijo Amanda al notar que sollozaba y su voz se desgarraba.
—Sí, ese mismo. Y cada vez me ilusionaba. Decía que había que tener paciencia que las cosas se calmaran. Que era peligroso para la niña que por algún amigo suyo supo que mis padres estaban bien. Me confundía. Deseé separarme tantas veces, pero de alguna forma, él me retenía... a su hija.

Amanda deseó abrazarla. Emma dejó divagar su mirada al

horizonte mientras enjugaba las lágrimas con el mismo deseo con el que acariciaba su vientre. Hicieron silencio, callaron sus voces, el alma de Emma lo ansiaba.

***

—¿Cómo lograste convencerla, Rosalba? —preguntó Isabela.

—Realmente no sé. Tal vez, en su interior esté buscando compresión.

—¿Compresión? Acaso crees que ella estaba decida a martirizarse, así de sencillo.

—Sí, creo que sí. Mi madre está sumergida en un mundo de angustias y no capta la realidad, creo. Mi padre ha sido muy duro con ella. No comprendo, mi madre es una mujer hermosa, elegante, amable —contestó Rosalba sumergiéndose en una ligera tristeza—. Sin embargo, es muy ingenua. En fin, te agradezco esta oportunidad. Espero que Amanda la haga resurgir.

—¡Vamos! No es nada. Somos amiga, ¿cierto?

—Sí, por supuesto que sí —corroboró Rosalba con voz afligida.

—Y… ¿Qué de ti? Todavía sientes mariposas en el estómago o ya se te pasó —dijo Isabela con picardía mientras carcajeaba.

—¡Isabela! —exclamó Rosalba sonrojada.

Ambas estaban sobre la cama, Isabela apoyándose del espaldar, Rosalba, encorvada y con las almohadas sobre sus muslos. En ese momento, Isabela dejó pasar su mano por la espalda de Rosalba, queriendo expresarle su compasión y apoyo.

—Entiendo cómo te sientes.

—Para mí es muy difícil esta situación, no sé qué hacer, Isabela.

—Comprendo, recuerda que en mi tienes una amiga… y te aseguro que sé por qué mami es la más adecuada para este asunto.

Rosalba sonrió como una manera de agradecerle el cumplido de sus palabras y enmudeció por un instante. El silencio fue abrumador. A ambas le faltaba experiencia, ignorando qué palabras serían las adecuadas a pronunciar, para Isabela y, cómo actuaría, en beneficio de Emma, Amanda.

Rosalba se levantó de la cama y se detuvo frente al espejo del tocador, tomó el lápiz labial rojo del estuche, se acercó al espejo encorvándose hacia él, y coloreó su labio inferior. Se miró mientras acopiabas ambos labios y, sonrío para sí misma.

—¿Cómo me veo?
—¿Qué haces? —preguntó Isabela embelesada.
—Me fascina el color rojo.

Con las manos en la cintura dando varios pasos, modeló frente a la cama donde atónita observaba Isabela y ambas carcajearon y, en seguida Isabela la imitó. Entre las perchas del armario, seleccionó una blusa, se la presentó frente al espejo y con mirada de picardía se mostró a Isabela que solo atinaba a reír. Cambió su blusa rosada por la de color rojo de Isabela y expresó:

—¡Me gusta!
—¡Estás loca, hermana! —exclamó Isabela de alegría.

***

Mientras tanto, en la terraza del jardín posterior, con vistas a la bahía, Amanda y Emma, buscaban un punto en común en sus vidas. Algo que la uniera y fortaleciera su amistad y que no solo girara en torno a sus dos hijas. Amanda se esforzaba en ser buena anfitriona y no pretendía abrumar a Emma con mostrar interés en su vida privada, al menos así lo aparentaba. Observaba en ella, un mar de angustia interior que por más que se esforzaba en ocultar esas manchas, esos aguijones, dejaban escapar de manera inconsciente, destellos grises.

El pasado de Emma siempre ha sido un capítulo de interés que todos han querido conocer. Llegó como caída de ningún lugar, sin pasado, ni historia, solo se internó en esa casa, donde el contacto con el exterior estaba reservado al saludo con los parroquianos desde su jardín y esporádicas e informarles visitas de las compañeras de Rosalba en su vano esfuerzo de matar el silencio con sus ocurrencias.

La adolescente Rosalba lidiaba con inquietantes interrogantes cuyas respuestas no la satisfacían. Una promiscua rebeldía que emergían de unos sentimientos que reclamaba su propio cuerpo; emociones extrañas que la abrumaban. Al verse en el espejo, no solo frente al cristal, sino al compararse con su amiga Isabela, cuestionaba su vida. Romper la inercia, así como por alguna forma de raciocinio o supervivencia las aves dan a su cría para emprender el vuelo ese impulso que las hace libre. Arrancar desde las mismas entrañas, ese miedo que la ha atado y robado la felicidad. Secar esas lágrimas de desvelo que la han crucificado, por un amor agrio y egoísta, cuya única pretensión ha sido querer borrar el tiempo.

Ambas disfrutaban de la soleada tarde. Sentían las caricias del viento salobre en sus rostros. El Sol comenzaba la búsqueda del ocaso. Pronto su partida abandonaría el día. Dejaba escapar, en las pocas nubes que flotaban en el horizonte, sus tonos ámbar de fuego. Esa hermosa despedida que ofrece y, en su abandono surge la oscuridad egoísta, absorbiéndolo todo para sí. En ese silencio en que se sumergieron embebecidas, mientras disfrutaban los rayos de luz rojizos, se acercaron Rosalba e Isabela. Maravillada por tanta belleza que ofrecía el paisaje.

—¡Qué belleza! —exclamó Rosalba con el sonido de su voz llegando al cielo.
—Parece trabajo de pincel —agregó Emma—. ¡Qué hermoso!
El tiempo pasaba desapercibido para Emma que, no estaba consciente de que la tarde se estaba despidiendo. Se había entretenido con Amanda, se sentía relajada con su compañía, la manera en la que la ha recibido. Podría decirse que, al fin,

establecía una relación de amistad. Rosalba, se mostraba feliz de que su madre reflejara un rostro alegre, aunque estaba consciente del valle de lágrimas que guardaba en su interior.

—¿Y eso? —preguntó Emma.

Rosalba, en respuesta a su madre, extendió los brazos al viento y giró para ser observada. Sus largos cabellos bailaron al viento. Emma había notado el cambio de blusa en Rosalba y, al escucharla Amanda, sonrió. Isabela abrazó a su madre, ambas, se acercaron a la costa dejando a su vista apreciar el ocaso. Rosalba dejó notar la alegría de ver a su madre sonreír, quizás sea su primera vez.

Sobre el mar, en formación de vuelos, regresaban las garzas. Agitaban sus alas, cruzaban frente al Sol, sabiendo donde ir, aun sin haber marcado un camino para el regreso, sin dejar huellas tras sus vuelos. Y al amanecer regresarían, después de haber pasado en algún árbol su noche de descanso. El mar continuaba callado, sereno, lleno de paz, sus olas reposaban, quizás descansaban, quizás se compenetraban a formar parte de aquel bello atardecer. Pero era el mar, imponente, atractivo, inmenso que en sus aguas guardaba miles de secretos, de momentos de locura en la que perdía la calma, siempre lleno de vida.

Así se entregaba la tarde en brazo de la penumbra, para ser abrazada por la noche. Así se despedía el día, dejando atrás para la memoria de la historia sus hechos, sus penas y alegrías, como versos adornando el poema más tierno. Sus vistas viajaron hasta el horizonte, surcaron el cielo, compenetrándose en el hermoso cuadro de magia. Era una tarde poética donde por un instante sus sonrisas formaron parte de la más sublime estrofa.

Rosalba recostó la cabeza en el hombro de su madre, gesticuló una sonrisa a la mirada de Isabela, cruzó sus brazos contra su pecho y dejando escapar un leve suspiro, dejó entender que aún, en su interior, torbellinos de interrogantes la llenaban de dudas.

X
Conexión

El flamboyán exhibía su más hermosa frondosidad: ¡Una fogata de flores! Sus ramas se extendían cubriendo todo el frente del colmado hasta alcanzarlo. Mostraba sus encantos a pesar de la sequía y el calor que prevalecía. Su compacta sombra invitaba al descanso, un oasis para el calor que azotaba. Era la cobija de un lugar de encuentro, preferido para las pláticas fútiles de los jóvenes en su holgazanear. Era un lugar donde el calor se desvanecía.

Esmeralda y su hermana acostumbraban a hacer guardia al flamboyán. Cada tarde se sentaban bajo su sombra, en sillas recostadas del grueso tronco, colocadas entre sus raíces que emergían robustas e imponentes. Eran galanteadas por transeúntes que, a pesar de sus agitadas vidas, extraían con el agrado de sus saludos, una sonrisa. Las ocurrencias de Miguelina llamaban la atención a todos, mientras que Esmeralda batallaba con su timidez y convertía en risas cada una de sus acciones. Miguelina impregnaba una chispa de alegría a los encuentros.

La playa era el destino favorito de Uriel, por lo menos, lo alejaba de la finca. Aun así, Adriel Coral, mantenía viva la esperanza de que lo acompañara. Madrugar para Uriel era una tragedia, y mucho más, cuando el trabajo combinaba los implacables rayos del sol, la maleza y la tierra.

El sufrimiento y la decepción ondeaban en la asta agitada con los vaivenes del viento, cada vez que Doña Malia los observaba tomar direcciones opuestas. Se sentaba en la galería hasta que los perdía de vista o los cubría el polvo que levantaban los camiones de Augusto Real acarreando barriles de agua, en un ajetreo sin fin. Desesperada, Doña Malia, rezaba porque pronto lloviera y terminara esa locura. Las nubes de polvo pintaban de miseria la alegría de las flores. ¡Una maldición del destino! La mediocridad de un pobre corazón.

Por un momento, Adriel Coral llegó a creer que la joven Santa podría animar a Uriel a interesarse en la finca. Lo observó platicar muy animado. Ella era una joven hermosa, atractiva y con una presencia agradable. Era una joven amable y amena. Creyó que ir tras ella podría acercarlo a la finca. Su manera de interactuar confundía el más astuto de los hombres. Era una chica de la ciudad disfrutando momentos libres entre el campo y la contagiosa atracción de la hermosura de la bahía.

Sin embargo, Uriel decidió tomar el sentido contrario, seducido por la magia de la sonrisa de Esmeralda que atraía a su corazón, y los destellos de sus ojos habían imantado su alma, hechizándolo. Había perdido el sentido normal de la dirección de la vida. Su norte estaba enmascarado, una sutil fijación de locura lo había apoderado. Se encontró con su amigo de infancia en el camino. Luego, al llegar al cruce, de repente se apartó desviándose a la derecha.

—Vamos por aquí, ven.

—¿Qué pasa? ¿Por qué nos desviamos? —cuestionó Abel sorprendido.

—No pasa nada. Vamos por aquí, ven.

—De acuerdo, está bien —refunfuñó Abel.

Aunque la insistencia de Uriel pareció extrañarle, siguió sus pasos. Uriel no había logrado controlar sus nervios, y a medida que se acercaba a la casa de Esmeralda, sudaba y la tonalidad de su piel cambiaba, se ruborizaba. El tono trémulo de su voz le dificultaba coordinar las palabras. Entonces, Abel palmoteó sobre el hombro de Uriel al comprender sus razones.

—¡Vaya!¡Se acerca un príncipe azul!

Comentó Miguelina con una sonrisa pícara al ver que Uriel se aproximaba. Esmeralda levantó la vista y en seguida regañó a su hermana por el comentario. Su rostro sonrojó y enojada anheló traspasar con su mirada el corazón de Miguelina, queriendo desaparecerla. Entonces, Miguelina comprendió que el silencio en el que los encontró, días atrás, era un diálogo de amores que les quemaba. Un dialogo donde las miradas jugueteaban con el silencio, sustituyendo el sonido de las palabras por la nerviosa armonía de los susurros del corazón.

—¡Abel! —exclamó Miguelina al saludar.
—Hola, Migue. ¿Qué tal, Esmeralda? —preguntó Abel—. ¿Qué se cuenta?
—Uriel, ¿y tú por aquí? —preguntó Miguelina con un tono travieso poniendo a prueba los nervios de Uriel— ¡Qué! ¿No vas a saludar?
—No seas necia —increpó Esmeralda al imitar el tímido saludo de Abel con un ligero movimiento de su mano—. Deja de hacer el ridículo, ya.
—Oh, perdón, hermanita, solo quiero ser amable. Pero como veo que puedes hablar, me voy, no me gusta sobrar.

Mirando el cuadro que se presentaba frente a él, Abel entendió el motivo por lo cual Uriel lo forzó a tomar ese camino. Le bastó la actitud de Miguelina. Comprendió el porqué de sus agitados nervios ante la picardía e intromisión de Miguelina que ansiaba delatarlos. Entendió que mientras caminaban juntos, en algunos momentos, pensó que hablaba solo. Sus pasos lo llevaban a donde su alma ansiaba estar.

—Estás en tu casa, Abel —dijo Miguelina de manera burlona al momento de retirarse y agregó—. Siéntate cómodo.
—Espera, Migue, no te vayas, no es para tanto —imploró Abel al detenerla.

Abel no esperó que lo invitaran a sentarse, entró al colmado y tomó un par de sillas, las trajo cerca del tronco del árbol y las acomodó. Esmeralda observó como Abel colocó una de las sillas próximo a ella y la otra al lado de Miguelina que no se incomodó con su presencia, sino que ocultó una ligera sonrisa al querer apartar su mirada.

—Miguelina y yo, seremos buenos amigos —prometió Uriel quien imitó a Abel al ocupar la silla justo antes de que Esmeralda intentara alejarse.
—Creo que me estás confundiendo, Uriel —contestó Miguelina con su típica mirada con los ojos medio cerrado—. Soy Miguelina.

Tal acción fue suficiente para que se escuchara las risas de los jóvenes, excepto la de Esmeralda, aunque intentó ocultar su timidez, sonrió mientras apartaba su vista al suelo, avergonzada. Se refugiaba en su timidez, siendo todo lo contrario a su hermana que era sagaz, inquieta y traviesa. Abel era amigo de la familia, un joven amable, amigable y respetuoso. Sus cabellos crespos imitaban el crepúsculo, un intento del mar recordándole sus andadas.

—Y, ¿cuál es la ruta? —preguntó Miguelina con brusquedad—. No me diga que...

—¡La playa! Es una hermosa tarde, ¿verdad? —interrumpió Abel.

—¿Hermosa? —preguntó Miguelina con cierto enojo.

—Sí, así es. Es lo que creo —contestó Abel mirando a su alrededor—. Aunque creo que los planes han cambiado, ¿cierto? Se siente bien estar aquí.

—¿No te cansas de la playa? —curioseó Miguelina.

—No —respondió Abel—. Estoy seguro de que allí esta lo mío. Mi oportunidad está ahí. Un poco de inglés, bailar... nadie sabe.

Daba la sensación de que Abel se confabulaba con Miguelina. Pero todo captaron una ligera aflicción en ella cuando Abel describía su futuro. Su rostro perdía luz cuando expresó el deseo de convertir su sueño en realidad. De momento, la piel de Esmeralda retomaba el esplendor de su color trigueño y dejaba pasar por alto las indirectas de su hermana. Mientras que Abel intentaba hacer de cómplice creyendo ayudar a bajar las tensiones entre sus amigos. En eso unas personas entraron al colmado. Miguelina acudió a brindarle sus servicios. Abel captó de inmediato que sería una buena oportunidad para dejar a solas a Uriel y Esmeralda. A pesar de su ingenuidad, Esmeralda fracasó en el intento de detener a Abel para permaneciera con ellos.

—Tranquila, no te va a comer, o ¿sí? —respondió Abel imitando la manera sarcástica con la que respondería Miguelina—. ¡Es un buen chico!

—¡Ya vera que le digo! Ella se pasa —dijo Esmeralda avergonzada—. Y a Abel también.

Ambos se sumergieron en el silencio de una batalla de nervios. El ambiente se transformó en un espacio de intercambio de miradas ocasionales acompañadas de tímidas sonrisas. Él se aproximó un poco más, ella fracasó en el intento de detenerlo. Suspensa, Esmeralda inclinó su cabeza y de reojo dejó vagar su vista al lado opuesto en el que se encontraba Uriel. Doblegada a sus sentimientos. Su transpiración aumentaba, el nerviosismo incrementó los latidos del corazón y la tensión hizo surgir el tono rojizo en su piel.

—Creo que está bien hasta ahí. ¿Para dónde vas?

Esmeralda rogó mantener la distancia, aunque eran palabras que contradecían el tono meloso y dulce de su voz. Abel en el colmado, acaparaba la atención de Miguelina, que, en su afán de fastidiar a su hermana, activaba la cobardía del miedo que les hacía arder de deseos.

—Apenas conozco dos cosas de ti —tartamudeó Uriel.
—¿Verdad? —preguntó Esmeralda en voz baja sin saber que más decir—. Pues creo que sabes mucho.
—¿Quieres saberlo? —insistió Uriel con sus ojos saltando entre el colmado y el rostro de Esmeralda que lo enloquecía.

Ella no encontraba respuestas, ni sabía mostrar curiosidad. Se mostraba perturbada. Tal vez, le preocupaba más el fastidio que enfrentaría más tarde de su hermana. Uriel intentaba establecer una conversación, ella se mostraba reservada, acorralada. Lidiando con frases torpes, sin significado. Le era un ambiente extraño, como si le faltara el aire, sus nervios inquietos, su voz temblorosa. No sabía actuar, le una interpretación difícil y, creía que Abel se había retirado a propósito, dejándolos solos.

—Sí —musitó Esmeralda con una entonación ambigua, indeterminada.

—Estás en mi mente… es un sueño que vivo en mí, en mis pensamientos. Un eco dentro de mi cabeza pronuncia tu nombre sin parar… siento tu presencia en mi almohada, y… y, la luz que me desvela en la noche no es la Luna, es el brillo de tus ojos.

—Por favor, no sigas. Me pones nerviosa. Además, no sé si...

Uriel se acercó un poco más y esta vez, Esmeralda sintió que su corazón ansiaba no huir. Sintió un electrificante ardor cuando él acarició su mano. Una sensación estremeció su cuerpo al sentir que la agarraba. Ella ladeó su cabeza y en un segundo intento su alma sintió una chispa encendiendo una hoguera en el mismo centro de su ser cuando los labios de Uriel acariciaron su mejilla. Fue la complicidad perfecta para Uriel; la traición de todos para Esmeralda.

Uriel se recostó de la silla, alzó su vista hacia el colmado y suspiró profundo. El brillo de su timidez lo confundió. Estar cerca de ella, a solas, se convertía en un triunfo. Ella lo miraba, no deseaba lastimarlo, su cercanía la ponía nerviosa, mientras toda su piel vibraba.

Las intenciones que brotaban del corazón hicieron el tiempo corto. El tiempo se disipaba, las horas se transformaban en segundos y la mera existencia se hacía tan preciosa que un aliento de vida era un tesoro. Para Uriel articular palabras, encontrar aquellas que expresaran el más íntimo deseo, se le convertía en una encrucijada que le mortificaba el alma, se sentía por el momento mísero ante Esmeralda, como si un nudo en la garganta impidiera su habla. Había logrado acariciar su piel, su mejilla y logró escuchar a su corazón.

Su alma demandaba expresar sus emociones. Callar sería una opción imperdonable. Su presencia lo intimidaba, su corazón se inquietaba. Las sospechas se convertían en realidad. Esa fuerza interior, que quizás fuera amor o a lo mejor una ilusión, martillaba con intensidad sin cesar el alma de Uriel. Ella se mostraba serena, paciente, pero dentro de sí, una tormenta la destrozaba, a lo mejor deseando que el tiempo pasara y se llevara con él todo aquel momento. Miguelina que a pesar de que sus acciones y travesuras perturbaban a su hermana, jugó a ser cómplice de sus nervios. ¿Imperaba obedecer la fuerza del corazón? Sus fuertes e insistentes emociones desbordando en locuras. Así que, armándose de valor, suspiró de manera imperceptible y se atrevió a romper el silencio en el que su atrevimiento lo atrapó, y dijo:

—Tu hermosa sonrisa y... tu nombre.

Musitó con un tono de voz quebrado y tímido. Pánico sería una palabra apresurada para describir la escena. Ella quedó inerte, las palabras desaparecieron, su respiración se acortó y sus nervios saltaban. Ni sabía si debía sonreír, o cómo responder, estaba atada. Sus pensamientos estaban en blanco y, él continuaba observándola, con su mirada profunda y penetrante, tanto que la sintiera sobre la piel. Él esperó que sus pequeños labios sensuales pronunciaran unas palabras. Sentía, en la espera que, la tierra se lo tragaba. ¿Por qué le he hecho caso al corazón? Se preguntó en un momento de dudas, pero a la vez, como si se hubiera despojado de una pesada carga. Ella sabía que él esperaba alguna respuesta, su mirada lo pedían, lo imploraba con vehemencia.

—Verte era urgente para mí. El desvelo es un tormento que me asfixia. Mis pasos me trajeron aquí, mi corazón ordenó y aquí estoy.

Uriel fijó su mirada en sus labios. Quiso ser testigo del sonido que producirían sus palabras. Sus movimientos llevaban sabor prohibido, incitante. Produjo una suave mordida a un extremo de ellos y cuando el aire se agotaba en sus pulmones, como melodía suave y dulce, escuchó decir de sus sensuales labios:

—¿Sí?

Uriel volvió a respirar como lo hacen los mortales. El tiempo continúo sin detenerse al igual que el viento. Él experimentó una sensación de beneplácito que lo llenó de gozo. Escuchó los labios de Esmeralda pronunciando una simple palabra, verso de un poema que tal vez brotó desde su alma. Ella preguntó si fuera cierto, él contestó liberándose de la agonía en la que sucumbía. Entonces, surgió en su rostro de la manera más hermosa, una destellante sonrisa, que deseó volver a atreverse. Ella, a pesar de los deseos agónicos de sus instintos, aun quemándose, logró expresar con el movimiento de sus labios el susurro que incendió la alegría de su alma.

—Ahora no, después… ten paciencia…

Era como ella describía los fugaces destellos de miradas curiosas que desde el colmado acechaban. Pero la acción de su mano derecha al detener el cuerpo de Uriel acercársele, delató lo que dejaba de ser una sospecha; el impulso de sus pasiones. Sus emociones brotaron tras la cortina de la timidez; dibujaron una sonrisa delatora. Expresaron como su corazón expandía el gozo de su alma, al solo recibir el mágico toque de sus miradas, sus caricias; como los pétalos al calor de la luz.

La playa dejó de ser el destino para Uriel, en realidad nunca lo fue, era la excusa que formulaba su verdadera intención de acercarse a Esmeralda. El tenso ambiente se disipaba y, cierta calma se asentaba. Las tormentas que luchaban en sus corazones se transformaban en suaves brisas, y solo quedaban las ansias de acariciarse.

Los nervios arribaban a la serenidad; el silencio ya no estaba. Entre suaves frases y miradas, compartieron un tiempo que les pareció una eternidad, aunque solo fueron unos minutos. Los gestos de conversación en el colmado entre Miguelina y Abel tenían otro matiz y sus miradas descansaban en el tronco del flamboyán donde el deseo de pasión se convertía en un anhelo, entre las dos tórtolas sediento de amor. La oscuridad apremiaba el paso llevándose los tibios rayos de luz que exhibieron el ocaso. La sombra del flamboyán se desvaneció, la noche ocupó su lugar. El bombillo apenas emitía una débil luz. Las luciérnagas deambulaban con sus mágicas danzas. Los chirridos ensordecedores de los matorrales bridaban las melodías de la noche. Las aves no volaban, los transeúntes abandonaron la calle a su soledad. El golpe seco al Miguelina cerrar una de las ventanas, hizo que del tronco surgieran señales de vida.

—Espero que tu amiguito no juegue con los sentimientos de mi hermana —advirtió Miguelina con un tono tan amenazante que hizo vibrar los vellos de Abel—. Así que… tú me conoces muy bien, ¿verdad?

XI
Monstruo

El canto de los gallos se escuchaba desde la distancia. El cacareo de sus agudas notas recordaba su jerarquía. El Sol, para dar inicio al día, recargó con más fuerzas sus rayos y así, enfrentar la oscuridad, desplazarla y ocupar su lugar. Nacería un día más en un pueblo en el que su gente se levantaba cada vez más temprano buscando en el cielo, las anheladas nubes grises que les dieran fin a la intensa sequía que se tragaba sin piedad el verdor de las plantas. Su desilusión la convertían en esperanza, en la miserable larga espera de que la ansiada lluvia haga brotar una vez más del color de la vida.

Augusto Real, como de costumbre, estaba en pie temprano en la madrugada. Pero a diferencia de otras madrugadas, aún estaba en la casa. En su habitación, recostada sobre su cama, Emma esperaba ansiosa por el sonido del encendido de la camioneta que tardaba en producirse. Sentado en la galería, en una mecedora, impaciente, Augusto Real esperaba a Altagracia. Cuando Altagracia se asomó al portal, con su abrigo cubriéndose el pecho y la espalda de la intemperie, se paralizó al notar la presencia de Augusto Real. Él al divisarla se apresuró a su encuentro como buey bravo caminando de manera agitada. Ella abrió el portal y avanzó, vio el cielo partirse en pedazos y sus pies se afincaron en el suelo para mantener la firmeza. El chirrido del portal alertó la curiosidad de Emma, y de inmediato se levantó intrigada.

—Te he estado esperando, Altagracia —respondió Augusto con su peculiar tono seco y hostil ignorando su saludo.

Sus toscos gestos la intimidaron. Ella inclinó la cabeza, como niño en espera del castigo por la falta cometida, se sujetó del tirante de la bolsa que portaba para poder mantenerse en pie. Él se le acercó unos pasos más, asegurándose que ella sintiera su presencia, y con su acento enérgico preguntó.

—¿Tienes algo que decirme?

Sus manos temblaron, su cabeza permanecía inclinada. La sombrilla ansiaba irse con el viento. Una sombra de temor se apoderó de ella. Lo conocía muy bien y sabía de lo que era capaz de hacer. Él se mantuvo firme en espera de respuestas. La miraba sin compasión, como siempre lo han hecho sus ojos. Entonces, con los labios temblorosos, dijo:

—Cuando me di cuenta, ya se habían marchado, lo siento, señor. Ya pensaba contarle.

Expresó de manera pausada y con miedo, con una voz apagada, cargada de los años que las canas obligaban a soportar. Sus hombros encogidos reflejaban el terror que él imponía. Él retrocedió un par de pasos, dio la espalda, se dirigió a la camioneta, luego, de repente, se detuvo y colocándose su sombrero giró señalándola con el dedo índice de la mano derecha en forma de advertencia. Volviendo a acercársele, casi se detuvo encima de ella tal que sintió su profunda respiración. Sus labios expresaron palabras que el viento no transportó, se movieron, pero nada se escuchó, era tanta la furia que su voz no se dejó sentir. Su acción estaba cargada de ira y enojo, se quitó su sombrero y volviendo a la camioneta, descargó su furia sobre el volante al golpearlo. Se dejó escuchar un fuerte sonido al cerrar la puerta del vehículo y luego inició la marcha y se alejó dejando tras sí una inmensa polvoreada en la calle, obligando a los transeúntes a echarse a un lado para no ser atropellados. Altagracia quedó inmóvil y cabizbaja, llena de miedo, sus débiles piernas cedían sin poder sostenerla. Levantó su mirada y, sentía que la observaban. Emma oculta detrás de la cortina de la ventana de su habitación, contempló el encuentro entre Altagracia y su esposo, bajo la tenue luz de la lámpara que iluminaba el portal frente a la casa, porque aún el Sol negaba la libertad al alba.

Altagracia, pasmada, lo observó salir como un proyectil. Parecía correrle al Diablo. Su cansada vista permaneció sobre la estela de polvo, huellas de su desprecio. Apenada por la manera en la que la había amenazado, sintió por primera vez temor frente a su imponente presencia. Continuó caminando a través del camino de piedras, cruzando el jardín de rosas, bordeando la casa hasta llegar a la puerta trasera que da a la cocina. Aún se escuchaban el cacareo de los gallos que arrastraba el viento y los dulces chirridos de las aves entre los arbustos. Iniciaba su presencia un tenue rayo de luz, mientras un incesante tamborileo de un pájaro carpintero sobre la corteza de una palmera hacía eco en los tímpanos de Altagracia. Abrió la puerta y se sentó en una de las sillas de la mesa de la cocina, su corazón demandó algo de quietud, sintió la necesidad, por un momento, de meditar sobre las situaciones que tenían lugar en la casa, y su papel.

Emma presenció estupefacta la conversación. ¿Qué platicaban Altagracia y Augusto? ¿Qué disgustó a Augusto para mostrar esa conducta? Revoloteaban su cabeza: las dudas, interrogantes y pensamientos sueltos. Observó una escena donde creyó dilucidar que la confianza en Altagracia se disipaba. Creyó verla encerrada en una caja con los labios sellados. ¿Qué será? Fue abstraída de la inmersión de sus pensamientos cuando sintió la presencia de Rosalba irrumpiendo en la habitación. Rosalba, soñolienta y vistiendo aún su pijama, mostraba palidez del susto que la despertó.

—Todo ese ruido, ¿qué pasa? —preguntó Rosalba perturbada estrujándose los ojos.
—No sé, hija, no sé —respondió Emma pensativa y sorprendida por lo que había visto, luego agregó—. Tu padre le llamaba la atención a Altagracia de mala manera o algo así.
—A Altagracia, ¿segura? —preguntó Rosalba atónita.
—Sí, hija, pude ver algo, gracias a la lámpara de la entrada. Todavía estaba oscuro, pero vi como hizo ademanes de amenaza y de manera muy grosera.
—¡Qué raro! ¿Qué podría ser?
—Sí, muy extraño. Él esperó por ella y desde que la vio, le fue encima —narró Emma turbada e inquieta—. Estaba despierta y alcancé a escuchar el portal de entrada abrir, pensé que algo andaba mal.
—Y… ¿Qué vas a hacer? Me imagino que hablarás con Altagracia —sugirió Rosalba.
—No sé, hija mía, no sé. Estoy algo confundida.
—¿Cómo que no sabes? —preguntó Rosalba y levantando la voz agregó—. Debes de dejar de estar encondiéndote. ¡Es tiempo de que reacciones…!
—¿De qué hablas, Rosalba? —interrumpió Emma con ímpetu.

Rosalba se cubrió la boca con las manos, queriendo, arrepentida, borrar lo que había dicho. Emma insistió, Rosalba enmudeció ante la intensa mirada de su madre por su atrevimiento. Giró y buscando la puerta salió de la habitación custodiada por la mirada de rabia de su madre. Pero en sus pensamientos, se preguntaba para sí misma «¿Qué hacía mami despierta tan temprano?».

Fue la mañana de un día como cualquier otro. El insoportable calor que daba la impresión de nunca irse, las polvoreadas de los camiones que pasaban justo frente a la casa. Solo permanecían, exhibiendo encanto y lucidez a tantas oscuridades, las rosas del jardín. El tamborileo del pájaro carpintero acaparó la atención de Rosalba, que aún en pijama, se dirigió al jardín buscando el origen del sonido. Ahí estaba, vestido de rayas negras y amarillas, sus ojos amarillos claros, y con la cabeza pintada de rojo. Concentrado en su labor, su pico no descansaba mientras se sostenía a la palmera con sus patas sin importarle las miradas indiscretas que lo observaba. Aún con las penas que el embaste de Augusto Real le ocasionó, Altagracia dejó escapar una triste sonrisa al ver a Rosalba saliendo al jardín. Al pasar por su lado, Rosalba se percató de la triste y forzada sonrisa de Altagracia, del obligado cumplido al verla, mientras buscaba el origen del sonido que captó su atención. En otras ocasiones, le hubiera pedido el cambio de ropa, pero esta vez, sus sentimientos habían sido pisoteados, humillados por el egocentrismo y la terquedad de un endurecido corazón aferrado a un pasado de amarguras y que el egoísmo le ha creado podredumbre en el alma. Pero Rosalba pasó a su lado en busca de la pesquisa del tamborileo que la rescató de la escena en la que su madre la cuestionaba.

Emma no daba treguas a sus imaginaciones tratando de comprender la relación entre Augusto Real y Altagracia. Fue espectadora a través de los barrotes de su ventana, no del azul del mar, más bien, de un derroche de furia e indignación. «*A lo mejor era una escena habitual más de su indolente machismo*», pensó Emma para sí. Así como sentía sensación de libertad que ofrecía el mar, notaba en cierto modo que, la presencia de Rosalba imponía límites a la crueldad de sus afrentas. Su inmutable silencio era todo el intercambio que compartía en el hogar. Podrían posar para una escena fotográfica sin necesidad siquiera de mostrar síntomas de vida, estar ahí, para complacer el espacio de un lugar cualquiera sin ningún motivo aparente de importancia.

En el jardín, Rosalba disfrutaba observando el pájaro carpintero trabajar sobre la palmera. Le encantaba ver como construía con su pico, el redondo hueco que sería la entrada a su nido. Dio vuelta alrededor de la palmera entre las rosas de su jardín tratando de estar oculta a los ojos del ave, pero su instinto actuó y se alzó en vuelo, alejándose de la intrusa. Extendió sus alas y a la vista de Rosalba, se perdió entre las ramas de los árboles adyacentes. Regresó al interior de la casa, y en su camino se encontró con Altagracia, la abrazó por la espalda, como acostumbraba. Altagracia sollozó, de sus cansados ojos brotaron lágrimas, sintiendo esa sensación de impotencia mezclada con el amor que su corazón había cultivado por su «*niña*».

—Te llamaré abuela, siempre he querido hacerlo.
—Todavía en pijama, mi niña —susurró Altagracia entre sollozos.
—Cambias el tema, ¿verdad?
—¡Qué ocurrencia la tuya! Mejor vístete.

Rosalba abrazaba a Altagracia sin imaginarse el sufrimiento causado por el terror inducido por su padre. Reservaba ese dolor en su pecho, en lo más profundo de su corazón. Guardaba silencio, callaba, pero la dulce voz de su querida niña hizo que llorara amargamente. La escena conmovió a Emma. Observó desde la sala como Rosalba expresaba su amor por Altagracia. Su corazón se contristó con los sollozos de Altagracia que hicieron emerger en ella destellos nostálgicos de los recuerdos de su infancia. Recordó la viva imagen de las caricias de su madre y el afecto de su padre acurrucarle. Rosalba derrochaba un ingenuo amor, su sinceridad era pura, todavía los látigos de la vida no habían frustrado sus sueños.

—No puedo creer que Altagracia tiene que decirte que te cambies —dijo Emma anunciando su presencia ante la conmovedora escena—. ¿Qué le parece?

Emma quiso romper el ambiente de tristeza en el que se estaba sumergiendo la casa. Sin embargo, sus palabras hicieron que Rosalba recostara aún más la cabeza a la espalda de Altagracia que lloraba desconsolada tratando de ocultar su dolor. Emma insistió y la joven cedió, soltando a Altagracia, se dirigió a su habitación, después de besuquear la mejilla de su madre.

—Altagracia, ¿le pasa algo? —preguntó Emma.
—Nada, señora, perdone usted —respondió mientras enjugaba su rostro—. Un poco triste no más... —dijo después de un breve silencio frente a Emma con la cabeza inclinada y agregó—. Vea usted, mi niña me ha puesto sentimental.
—Su niña ya es una jovencita.
—Sí, es muy hermosa. La Virgen me la cuide siempre —declaró mirando hacia arriba.
—Creo que a Augusto se le hizo tarde —comentó Emma con un tono vago.
—Así es, estaba aquí cuando llegué —respondió Altagracia—. La sequía le tiene la cabeza loca. Bueno, todo el pueblo está medio loco. No veo la hora en que todo esto pase.
—¡La sequía!

Altagracia calló. Era evidente que Emma trataba de dirigir la conversación a otro tema. Su insistencia no tuvo fruto. A pesar de sentirse lastimada, evitaba ser sorprendida a causa de su estado de tristeza. Continúo con sus labores domésticas, pretendiendo ignorar la presencia de Emma. Su actitud acentuó más las dudas en las imaginaciones de Emma. La inquebrantable fidelidad de Altagracia era más robusta que los barrotes que rodeaban la casa. Aun así, sentía las cálidas caricias de la brisa que atravesaban la ventana invitándola a atreverse a seguir la fluidez de las olas. Pero la cobardía la venció una vez más, y su mente fue sitiada por la disciplinada lealtad de Altagracia. Emma se atrincheró en la habitación de Rosalba, con más interrogantes que dudas, en un fallido acto de compasión.

—¿Qué te dijo? —preguntó Rosalba.
—Nada, hija, tiene temor de algo. Ella es muy reservada.
—A veces, madre, hasta yo le tengo miedo.
—Hija mía, no hables así. No te confundas. Es tu padre, no tienes por qué sentir miedo de él. Sería incapaz de hacerte daño, de eso estoy segura.

La confesión de Rosalba estremeció el corazón y alma de Emma que de inmediato la abrazó. Augusto Real había cultivado toda su vida, la soledad. Se había convertido en un ser lleno de amarguras, orgulloso y testarudo. Actuaba conforme a instintos salvajes. Su influencia en el pueblo fue creada a base de su riqueza y la humillación a los demás. Rosalba, en cambio, expresaba la belleza y ternura de una mujer. Ella habría puesto límite, con su nacimiento al monstruo que lleva dentro.

Aun con los vestigios de incertidumbre y las preocupaciones, una aparente calma les rodeó al caer la tarde. Rosalba apreciaba las rosas en el jardín y como una chiquilla, creyendo que nadie la observaba, jugaba con los pétalos. Musitaba para sí cada vez que arrancaba un pétalo a la rosa y lo lanzaba al aire: «me quieres, no me quieres». Emma que ayudaba a Altagracia en la preparación de un pan de maíz, sonreía al ver su actuación. Una combinación de emociones había contristado su corazón. Su semblante reflejaba la tristeza y las ganas de estar a sola. Unos suaves golpes a la puerta llamaron su atención. Rosalba salió corriendo del jardín con la flor que despedazaba en la mano. Dejando pasmada a Emma y a Altagracia dando la impresión de que esperaba por alguien. Pero su semblante alegre se cubrió de gris al abrir la puerta.

—¡Profesora!

Exclamó con voz temblorosa y sorprendida Rosalba. Emma se apresuró a rescatar a Rosalba del suspenso que la indujo la presencia de la profesora. La desbloqueó del trance de la penumbra en que la presencia de la profesora la sumergió. Turbada ante la descortesía de Rosalba, la invitó a compartir con ellas el pan de maíz que horneaban.

El eco de la voz de Rosalba aún se estremecía en los tímpanos de Altagracia. Era una escena de malos augurio, una entrada que Altagracia no compraba. Ella sabía bien que algo se le pegaba al colibrí entre las flores. Esa astilla era capaz de encender una fogata, fueron los pensamientos que divagaron por su mente y que la hizo fingir sonreír.

—¿Un café, o prefieres jugo, profesora? —preguntó Altagracia.
—Café, por favor.

A pesar del irrespeto de Augusto Real contra Altagracia, y de las dudas que surgían cada vez en la mente de Emma, Rosalba pudo ser testigo de un hermoso momento en su casa. Aun así, el corazón de Emma gemía, y la ingenuidad de Rosalba se disipaba, mientras a Altagracia remordimientos de conciencia la asediaban. Rosalba enfrentaba una amarga realidad, el hogar construido de hielo, era derretido por el orgullo de su padre. Fingieron sonreír mientras acompañaban a Altagracia en la cocina.

—Pensé que nos había abandonado, profesora —externó Emma

con gentileza.

—No, por qué razón. Es muy grato compartir con ustedes —replicó la profesora al detenerse en la puerta con un semblante serio.

—Espero que se repita la visita.

La profesora, volviendo unos pasos atrás, sonrió con una expresión de desilusión. Inspeccionó de reojo arqueando sus cejas, y asegurándose de que estaban a solas, expresó:

—Lo que se barre debajo de las sábanas, lo recogen los hijos. Es una carcoma que les destruye la felicidad. Es una pena que la venda esté en el corazón, además de cubrir los ojos.

Emma se apoyó del marco de la puerta, perdía fuerzas en sus rodillas al mismo tiempo que sintió su corazón estremecer. El brillo de sus ojos se marchitó; su piel tembló. La voz aguda simuló la rabia con la que las olas golpeaban las rocas. Su cuerpo se tambaleó al escuchar, y su mente flaqueó perdiendo la firmeza que la sostenía. A pesar de que sonreía, fingiendo que sonreía, su semblante saturó su piel de blanco. Fueron vientos del norte, anoche los escuchó llegar una vez más. Eran las olas agitadas golpeando las rocas. Llegaron a romper la calma y a destruir la serenidad. Las pequeñas dunas, escondiste de cangrejos, fueron arrasadas, así la humedad de su almohada. Unas veces escuchaba el mar gruñir, otras veces el chapoteo de sus aguas, pero en cada ocasión, estremecía su alma. Cuando la profesora dio la espalda y se cubrió bajo su sombrilla, comprendió que sus pesadillas habían traspasado las barreras del aposento. «¿Debe ser el viento? ¿Será el viento?», musitó para sí, engañándose. Rosalba notó que tardaba y al acercarse, no preguntó. Miró con rabia las huellas que dejó la profesora Josefa al salir. Abrazó a su madre, y queriendo evitar a Altagracia, la acompañó a su habitación deseando ser invisible.

Pero no, era solo un mensaje que el destino de manera inevitable reservó a su tiempo. Rosalba se sumergía en un dilema de sentimientos encontrados: «mi padre, un monstruo», pensó para sí.

XII
Corazón espinado

Doña Malia hacía honor a su edad. Cultivó con el tiempo aprender de los errores. Eran sus mejores docentes. Sus observaciones perspicaces, la ayudaban a conocer las expresiones de Uriel. El desinterés en las labores del campo. Su constante salida hacia la playa. Sus extensos momentos pensativos a solas. Adriel Coral se mostraba impaciente ante la conducta de Uriel, no lograba convencerlo de que se sintiera atraído por la finca, ni mucho menos por el trabajo que se dedicaba. Además, ella podía ver que, en sus profundas raíces, la triste melodía de un amor mantenía las llamas encendidas. Y el reflejo de un orgullo lastimado carcomía las sombras de sus huellas.

—¿Qué tienes, hijo? —preguntó Doña Malia al verlo decaído y apesadumbrado.

—Nada, madre, nada —respondió Adriel angustiado.

—A mí no me engañas, lo sabes —insistió Doña Malia con la ternura fluyendo en su voz.

—No quiero que te angusties, has sido de mucha ayuda para nosotros, son cosas de la finca —replicó Adriel desviando su mirada.

—Te repito, a mí no me engañas....

—Madre, por favor —le interrumpió Adriel—. No insista.

—Sabes que somos una familia y lo que hago, lo hago por amor, estoy segura de que en la finca está todo bien. ¿Es por la polvoreada de los camiones? No te dejes provocar.

—No, sabes bien que no le daré la oportunidad de perder la cordura por más que me provoque. A pesar de que es el camino más largo, sus camiones pasan frente a nosotros.

—Ese hombre tiene el orgullo herido y sería capaz de cualquier cosa. Vive en las amarguras del pasado...

—Madre, eso no nos incube. Ya te dije que hago todo lo posible por evitarlo. Confía en mí, por favor.

—Entonces, ¿por qué estás tan triste? —preguntó Doña Malia—. Sabes que hasta que no me diga voy a insistir.

—Está bien, si así lo quieres... es Uriel.

Reconoció la tristeza que vestía su rostro, y que delataba su tono de voz. Se sentó a su lado, fingiendo sonreír a los transeúntes que saludaban al pasar. Esta vez, su rostro no podía esconder más sus angustias, ni agradar la tarde con conversaciones triviales. La herida de la espina clavada en su alma desangraba, su sangre desbordaba el corazón con la misma fluidez con la que el río rebasa su caudal. Pero su orgullo mentía a sus memorias, a su melancólico pasado, incluso a su madre, también.

Doña Malia se hizo cargo de Uriel, al nacer, mientras él se escondía en sí mismo, aislándose de todo. Naufragaba en angustia y desolación y sus pasos lo llevaban donde su corazón y pensamientos anhelaban estar, la tumba de su amada. Se negó a dejarla ir, reviviendo los recuerdos de su amor. Fueron momentos difíciles en que la sombrilla de consejos de Doña Malia insistía menguar el dolor, hasta que, su propio corazón decidió renovar su vida, para cuando sucedió, Uriel se convertía en un joven, con efímeros recuerdos en su niñez de la presencia espiritual de su padre.

—Por más que le hablo, le explico sobre las responsabilidades que es tiempo de que debe asumir... creo que él ni siquiera me escucha.

—Él siempre te has escuchado —replicó Doña Malia con autoridad—. Tú eres el que siempre ha estado ausente.

—No estás siendo justa conmigo —se quejó Adriel.

—Entonces, prefieres que te mienta —dijo Doña Malia.

—Discúlpame.... —se lamentó Adriel al inclinar su cabeza y, después de guardar silencio por un momento sabiendo que su madre esperaba escucharle, declaró —. Creo que estoy confundido.

—Conoces muy poco a tu hijo. Los momentos que has pasado junto a él, los pasadías en el campo, llevándolo a tus diligencias veloz como un rayo, no rindieron frutos —sermoneó Doña Malia—. No sabíamos si quería borrar el tiempo o deshacerte del niño.

—En aquellos momentos, madre —respondió Adriel confundido—. Él era solo un niño, recuerde usted. Qué va él a recordar. Hice lo que pude...

—Pero, hoy es un jovencito —acentuó Doña Malia—. Y piensa como jovencito, como cuando tú lo eras. Él no quiere ser una sombra a tu lado. Un simple acompañante o un como tú lo ves, un sustituto. Él tiene sus sueños, también.

—¿Qué insinúas? —preguntó Adriel encontrándose con los ojos cansados de su madre que irradiaba destellos de ternura.

—Que su corazón está en algún lugar. ¿Cómo no te has dado cuenta?

El silencio hizo su presencia, Adriel Coral estaba tan confundido que no razonaba de manera correcta. El tiempo borraba la fragancia que tanto amó, dejando apenas recuerdos. La voz de Doña Malia lo impactó, primero sonrió creyendo que su madre insinuaba confundida, pero luego, reflejó en su rostro haber comprendido el significado de las palabras de su madre. Entre la pérdida de su esposa, la responsabilidad de la finca, y su hijo, daba la impresión de que era demasiada carga para él.

—¿¡Enamorado!?
—Eso es lo que la razón me dice —respondió con su tono dulce y afable y, mirándolo con ternura agregó—. Y no es un pecado.

Doña Malia se levantó y se dirigió a la cocina. Adriel Coral se entregó a la tortura de sus pensamientos en la soledad de la galería. Sus pensamientos se cruzaban entre el hoy y el ayer tratando de sobreponerse de un pasado amargo y enfrentar un reencuentro con su hijo que buscaba pertenecer a otro corazón. Estaba en una encrucijada, continuar fingiendo su apego al pasado o lidiar con un presente de tormentos abrumadores, sintiéndose rendido y destrozado.

Pasaban los días y cada tarde Uriel hacía sus andadas en la dirección opuesta a la finca. Tomaba el mismo sendero, encontraba la misma gente en el camino, era como si el tiempo repitiera los mismos pasos, una costumbre, y él era parte de ese mundo. Sentía llevar la sonrisa de Esmeralda en el corazón, entre sus palpitaciones. Adriel Coral y Doña Malia, lo veían marcharse, distraído, sonriente, envuelto en un aura de felicidad, hasta que la vista no lo distinguiera más, unas veces por las polvoreadas de los camiones, otras veces, iba tan rápido que imaginaban no verlo.

***

Logró vencer el miedo. Los inquietos nervios imitaban la tranquilidad de las aguas del mar. Su piel exhibía la frescura que le arrebataba el sudor. Rebosaba en él un entusiasmo envidiable. Un destello de luz de alegría ocultaba sus temores, ya vencidos. La sombra del flamboyán se había convertido en su confidente, testigo de la sonrisa de Esmeralda, sus frases, sus anhelos y sus electrizantes roces que les quemaban. Planearon llenos de entusiasmos, su primera salida. Las patronales de San Antonio creaba un efervescente entusiasmo contagiando a todos los jóvenes y desearon perderse en la multitud.

—Hola, Migue —dijo Uriel con un tono de confianza—. ¿Cómo estás?

—Bien —respondió Miguelina con un tono seco y con desdén.

—¿Y Esmeralda?

—Bueno, no sé, creo que está indispuesta.

—¿Indispuesta? —preguntó Uriel con asombro.

—Ya sabes, costumbre de mujeres. ¿Entiendes?

—Claro, sí, entiendo —afirmó Uriel confundido, pero insistió—. ¿Quieres decir enferma? Es día de San Antonio, y acordamos que este sábado íbamos a ver el palo ensebado, ¿tú no?

—¿Y quieres que vaya en esas condiciones?¡Caramba! ¿Eres nuevo en el planeta? ¿Cómo es qué no sabes? ¡La costumbre! Tiene que resguardarse del sereno. ¿Ahora sí lo entiendes? ¡Hombres! —contestó Miguelina con un tono áspero y sarcástico—. A ver, ¿qué no entiendes?

—No, no, digo, sí entiendo, lo que pasa es que… si tú te comportaras un poco mejor y …

—Un momento —interrumpió Miguelina molesta y alterada—. ¿Quién te crees que eres para decir cómo debo expresarme? Si tú quieres ir a engrasarte, ve tú y ya.

—Bien, cálmate, solo pregunto por Esmeralda. No entiendo por qué te molesta —respondió Uriel con un tono suave y avergonzado intentando calmar la actitud agresiva de Miguelina—. No te caigo bien, ¿verdad?

—Tú que crees. El viento sopla, amiguito, ¿no? A mi hermana tú no la vas a poner de relajo —manifestó Miguelina con desdén y una mirada penetrante, amenazadora que lo paralizó.

—¿Qué pasa aquí? —intervino Inmaculada al escuchar la discusión.

—¿Cómo está usted, señora? —preguntó Uriel con una despreciable mirada fija en Miguelina.

—Muy bien, Uriel —respondió Inmaculada.

—Él preguntó por Esmeralda y le contesté que esta indispuesta —explicó Miguelina con un tono áspero—. Eso es todo. ¡Este tonto nunca entiende!

—¡Miguelina!

—Lo siento, señora, mejor me voy. Hasta luego.

—Uriel, espera...

Uriel se marchó avergonzado y confundido. Sabía del difícil carácter de Miguelina, no le sorprendía. Ella tomaba las cosas en los extremos de la picardía y el sarcasmo. Sin embargo, esta vez, levantaba un muro de desprecio, menospreciando su visita. Comprendió que el tono de sus expresiones estaba arropado de egoísmo y desdén. Sin embargo, el dolor de su vergüenza radicó en el papel que interpretó su madre. Inmaculada susurró un adiós que quizás Uriel no escuchó. Uriel se alejó cabizbajo, ignoró la triste voz y la pálida mirada de Inmaculada querer detenerlo. Buscaba encallar, minimizar el naufragio en un islote desértico, donde las groserías de Miguelina dejaran de surtir efectos. Sin embargo, llevaban la potencia de un huracán destrozando su alma.

—Miguelina, no me has respondido —insistió Inmaculada.

—¿Qué? Ya te dije que no pasa nada —respondió Miguelina con altanería.

—¿Por qué le dijiste que Esmeralda está indispuesta? ¿Por qué le mentiste a ese muchacho? Dime —inquirió Inmaculada—. Ha tratado muy mal a ese joven. Responde, no te quedes callada.

—¡Ay, madre! déjate de drama. Ya está, ¿sí?

—Respeta, malcriada...

Levantó la mano derecha con intención de abofetearla, pero se contuvo, porque en ese momento se acercaba Esmeralda. Con su mirada advirtió lo que con la mano ansió. Simularon fingir una escena mediocre en la que Miguelina era una villana. Esmeralda pensó que se trataba de una jugarreta más de su hermana y declinó preguntar. Sin embargo, levantó suspicacia al rozarle el hombro mientras abandonaba el colmado. Inmaculada la siguió con el enojo de su mirada y luego volteó al camino, pero ya Uriel se había perdido en la distancia. Inmaculada era una mujer reservada, discreta, no hacía leña del árbol caído, ni era capaz de incendiar una fogata. Actuaba con prudencia. Esmeralda le recordaba su juventud, era su copia exacta a su edad. Esmeralda imitó a su madre, y quedó pensativa por la escena que habían protagonizado. Las torpezas de sus acciones delataron las dudas que la credibilidad pudiera resaltar.

—¿Y a esta que le pasa? —preguntó Esmeralda.
—Quién sabe. Ya conoces su mal genio —mintió Inmaculada.

Uriel no regresó a la casa de su padre, sino que, continúo hacia la playa, necesitaba pensar en el espectáculo escenificado por la hermana de Esmeralda. Continuó a través del sendero de las cayenas, el mismo atajo que caminó junto a su padre el día que por primera vez conoció la hermosa sonrisa que lo cautivó. Llegó a la playa, el Sol buscaba el horizonte, aunque se negaba a irse. Su luz resplandecía sobre la cristalina agua del mar, y su reflejo, reproducían hermosos destellos que daban la sensación de vida a una playa que permanecía callada y serena. En los aires, el vuelo de las garzas en formación y las gaviotas surcando en círculos. La brisa persistía fresca y casi inmóvil y los uvales aguardaban con sus sombras a los que deseaban protegerse de los rayos del sol. Se sentó en la arena bajo la mata de uva esperando que el mar succionara de su alma el dolor que le ardía.

—Hola —susurró una voz dulce y melódica a su espalda.

—¡Santa! —exclamó Uriel con un rostro resplandeciente poniéndose de pie—. ¡Qué sorpresa!

—Veo que andas sonámbulo. ¿Meditando?

—Contemplando la belleza de la tarde. ¿y tú?

—Dando una vuelta. No sabía que era poeta, ¿eres poeta? —preguntó sonriente Santa—. Tú rostro dice que mientes.

—¡Qué! En verdad eres buena. ¡Poeta! Cualquiera puede describir la belleza de esta playa. Un momento, ¿lees la mente? No sabía que lo hacías.

—Algo así, ja, ja, ja —respondió Santa—. Es que trae una cara de derrota.

Uriel sonrió, ella lo imitó. Ella lo invitó a caminar. Caminaron donde las olas abandonaban la resaca en su eterna labor de acariciar con frenesí las blancas y finas arenas. Apreciaron la melodía del susurro del agua al internarse en la arena. Les salpicaron las olas que en un desenfreno de locura deseaban mojarlos. El Sol caía vencido en el horizonte en su fallido y desesperado esfuerzo de prolongar la tarde. Las sombras de los uvales oscurecían, las hojas de los flamboyanes adormecían y custodiando erguidos, los fieles cocoteros vigilaban celoso.

—¿Mejor?

—¿Qué dices? —preguntó Uriel que apena escuchó lo que Santa decía.

—¿Qué si se te pasó el enojo? —replicó ella con un tono dulce.

—Ya pasará —reconoció Uriel con un gesto amable—. Todo está muy tranquilo, aquí.

—Sí, muy callado, apenas se escuchan el chapoteo de las olas —dijo Santa mirando a todo su alrededor—. Todos están en las festividades. ¡Qué multitud! ¿Por qué no estás allá?

Uriel hizo silencio que Santa comprendió. Dejó vagar su mirada en el horizonte, y segundos después, dijo:

—Es un lugar encantador. Esa sensación de paz que sientes con solo mirar sobre las aguas, el horizonte. Su calma te envuelves y apacigua el alma por agitada que esté y así, incluso cuando la bravura de sus olas enloquece, siente la vida, esa energía que te llenas...

Santa se acercó a Uriel, y estando junto a él, se dejó caer en la arena. Ella vestía un pantalón corto blanco, y una blusa rosada transparente holgada que jugueteaba con la brisa. Entre sus senos, lucía un crucifijo que colgaba de una cadena de plata, y varias pulseras de metal de distintos colores en su brazo derecho y en su izquierdo, un reloj que ignoraba. Ella acarició la arena donde indicó que la acompañara. La mirada de Santa no lo abandonaba, y él sintió la misma sensación cuando en la finca de su padre ella se le acercó. Esta vez, era diferente, una mirada suave, cautivadora y atrevida.

Ella se dejó caer hacia atrás, recostó la cabeza sobre la arena, extendió una de sus piernas, mientras mantenía la rodilla de la otra levantada. Echó hacia atrás ambos brazos, permitiendo que la holgada blusa descubriera su ombligo. Cerró sus pequeños ojos y con los labios pintados de rojos, manteniéndolos unidos dejó escapar una sensual sonrisa. Sus piernas al descubierto no pasaban desapercibidas, bañándose con las arenas.

Mientras la miró tendida sobre la arena, la imagen de la tierna sonrisa de Esmeralda emergió, estaba clavada en su corazón y rondaba por toda su cabeza. La intranquilidad de sus nervios, las gotas de sudor que corría por su frente y sus manos frías, jugaban a la traición.

Sin embargo, el atrevimiento de Santa pudo más e influenciado por un aparente desliz, delató lo que ya su ansiosa mirada expresaba. Sus ojos percibieron la indiscreción de la blusa alrededor de su ombligo y los botones que desvistieron el sostén izquierdo. Aunque estaba quieta, percibió sus senos danzar. Envidió la brisa que jugueteaba con sus cortos cabellos acariciando su rostro. Él sentado a su lado, no tan lejos, con sus antebrazos apoyados a sus rodillas, deseó ser la sombra que la cubría.

—¿Cuántas veces me vas a mirar?
—¿Cómo sabes que te estoy mirando?
—No el Sol, sino que tú me estás quemando.

Él se tumbó a su lado, apoyándose de su codo izquierdo. Ella giró su cabeza, él se inclinó hacia ella, sus labios se encontraron. Él la besó, ella dejó que jugara con los labios. Ella sonrió a la suavidad y ternura de su beso. Él preguntó con la torpeza de su ingenuidad por su sonrisa, entonces, esta vez un fuerte abrazo los unió. La noche los sorprendió, sus cuerpos estaban cubiertos de arenas. La Luna se asomó, las estrellas saludaban.

—¿Quién eres?
—Nada de preguntas, muchachito.

Era fuego que quemaba. Sus pensamientos recordaban los tiernos labios de Esmeralda, pero el atrevimiento de Santa era más que un beso. Sedujo su corazón, cautivó su ser hasta hacerlo arder. Recorrió con sus temblorosas manos sus ondulaciones, lo ayudó a dejar a un lado el miedo ahogándolo con su pasión. Acortó sus respiraciones, aceleró el miedo de los latidos de su corazón, lo hizo a atreverse a recorrer su cuerpo, emborracharse de pasión hasta perder su calma. Recostados sobre la arena, apreciaron las luces en el cielo buscando calmar el fuego de sus pasiones. Ella se sentó a su lado mientras acomodaba su sostén, luego él observó la tranquilidad con la que abrochaba su blusa. Se acercó a él y obligándolo a cerrar los ojos, besó su frente, su mejilla y mordió sus labios. Entonces, sintió el enojo siendo enterrado, suplantado por unas caricias que tocaron su alma. Caminaron de regreso agarrados de las manos, y a lo lejos, entre los pilares del antiguo desembarcadero, avistaron pescadores lidiando con el mar.

XIII
Suspiros del alma

El autobús alcanzó el pueblo pasado las cuatro de la tarde, dando la sensación de ser el medio día por el fuerte calor que azotaba y la brillantez del Sol. Fue un viaje agotador, eterno que, por momento, se pensó que nunca llegaría a su destino, como si la tierra se extendiera cada vez que avanzaba. Al chofer poco le importaba, si llegaba a tiempo o retrasado, solo conducía. Sin embargo, por fin se detuvo, frente a una casucha de madera, sin paredes, una amplia sala de espera repleta de bancos, como si estuvieran al aire libre, cobijada de zinc, y en una de las esquinas, un pequeño cuarto con una ventanita, donde se vendían los boletos. El polvo que levantaba la brisa les daba la bienvenida.

Era una casucha de madera carcomida y castigada por el descuido. Los palos de las columnas, ni la boletería nunca habían sido pintados. Su techo de zinc inclinado a un agua despreciaba algunos clavos que lo sostenía, haciendo que las hojas de metal bambalearan y rechinaran al soplar el viento. El polvo penetraba cubriendo los bancos y el insoportable ardor que regalaba el techo, hacía imposible la espera. Ondeando sus manos, los familiares y amigos recibían con regocijos a sus seres queridos. Mientras descendían del autobús, se mezclaba en la algarabía, la voz de trueno del empleado anunciando la próxima salida. Vociferaba con su complejo de militar con tanto ímpetu que podría vérsele la hebilla de su pronunciada barriga, danzar.

El viaje fue un infierno, por lo menos, así lo reflejaban los rostros de los pasajeros a través de la ventanilla de cristal del autobús. Expresaron su regocijo al caminar en tierra después de un trayecto de pendientes y curvas que les batía el estómago, como si hubieran sobrevivido al zarandeo de una montaña rusa. Algunos mareados, otros fulminados por el cansancio, sudados y bañados de la peste maloliente que les absorbió la fragancia del perfume. La mezcla de los vapores de los residuos de comida creaba un aroma nauseabundo que junto a la suciedad dejaba poco espacio para respirar. El bullicio insoportable, el llanto de los niños, rompía los tímpanos a cualquiera en su sano juicio que, junto al habla de todos en voz alta y al mismo tiempo, pareció que viajaban en una gallera rodante.

Al final se detuvo, nadie aplaudió, sino que todos con maletas y bultos en las manos, se dirigieron al mismo tiempo a la puerta de salida. Entre empujones y apretones, hombres, mujeres y niños formaron una avalancha humana lanzándose sobre la puerta dejando a un lado los buenos modales. Sentado junto a la ventanilla, apretujado y encogido, se rezagaba Luis Enrique, rogando despertar pronto de tan infernal pesadilla. Aparentó sonreír cuando alcanzó a ver a su prima Isabela en compañía de su madre que fueron a darle la bienvenida, afanándose en localizarlo entre los viajeros. Cuando al fin pudo descender del autobús, sintió todo el deseo de gritar tierra o de echarse al suelo y besarla, en agradecimiento por haber llegado entero del tortuoso viaje. Extrajo de su bolsillo su pañuelo para secarse la frente y así mostrar un rostro más fresco, y fue entonces que se dio cuenta de que había perdido el color blanco al recoger el polvo y el sudor acumulado en su piel. Al acomodarse la camisa y revisar que los botones estaban en su lugar, el cuello recogido, aceptó la realidad de ver su ropa convertida en la representación de un mapa topográfico. A pesar de estar todo estrujado y con el cabello desaliñado, mostró su conformidad de haber llegado. Isabela al verlo cubrió su rostro con las manos para ocultar su risa y Amanda se esforzó en mantener una posición recta y reservarse para luego las jocosidades. Él estaba irreconocible. Su vestimenta daba la sensación de que practicaba algún deporte tosco, pero feliz de ver a su querida prima.

—¡Mi primo! —exclamó Isabela controlando el impulso de abrazarlo.
—Hola —respondió Luis Enrique avergonzado por su aspecto—. Tía, ¿cómo estás?
—¡Qué bueno verte! Pero ¿qué sucedió? —preguntó Amanda expandiendo las órbitas de sus ojos.
—¿Y, tío? —preguntó Luis Enrique sacudiéndose el polvo que traía encima.
—A Gustavo lo verás en casa, está en la oficina.

El rostro de Isabela expresó una mezcla de burlas y sarcasmos deseando estallar en carcajadas al ver a Luis Enrique desaliñado. Su apariencia evitó exhibir los buenos modales que definían su personalidad. Los abrazos y besos debieron esperar. El buen gusto de su impecable vestimenta que lo tildaban de arrogante y presuntuoso había sido lastimado como a su orgullo.

—Vamos a casa... —sugirió Amanda.
—Sí, antes que el techo nos caiga encima —se quejó Luis Enrique casi encorvado.
—¡Presumido! Eres alto, pero no es para tanto. No vas a tumbar el techo, ja, ja, ja.

Al salir de la parada, Isabela tomó el brazo de Luis Enrique, a pesar de que llevaba su pesada maleta. Ella se mostraba feliz de verlo, y su rostro no dejaba de sonreír desde el momento que descendió del autobús. Amanda, sorprendió a Luis Enrique, al sacar del bolso la llave del Datsun 120y amarillo.

—¿¡Qué!?¿De qué te sorprendes? —preguntó Amanda—. Tu tío compró una camioneta Ford y me dejó el Datsun.

—Mami es toda una experta al volante, ya verás —comentó Isabela con picardía señalando el golpe en el guardafango delantero del pasajero.

—Ya veo… ¡qué bien!

—Isabela, ni se te ocurra —advirtió Amanda.

—Y… ese golpe… ¿Cómo fue? —preguntó Luis Enrique mientras cerraba el maletero.

A pesar del cansancio del largo viaje, la jocosidad y el entusiasmo con el que narró Isabela la historia del accidente los hizo más que sonreír, carcajearon todo el trayecto. Escuchaba a Isabela, mientras Luis Enrique disfrutaba de la espectacular vista que ofrecía la playa.

—Gritamos tan fuerte como pudimos. Aterrorizada, se desvío a la derecha perdiendo el control… chocó con el tronco de una mata de piñón. Ya te puedes imaginar la cara de papi, parecía que se iba a enterrar la cabeza entre los hombros con sus manos.

—Isabela, ya, ¿qué te dije? —advirtió Amanda fingiendo estar enojada.

—No te lo vas a creer —contó Isabela entre sus risas—. ¿Sabes que dijo? Que se asustó al escuchar el mugido de una vaca… que la vio encima de ella… ja, ja, ja.

—No seas mala, Isabela, es tu madre y va al volante.

El calor hizo sentir el clima hervir. El azul del cielo era radiante. Los días extensos y agotadores. Los chirridos de las aves emergían de los matorrales con tono triste. El vuelo de las garzas había perdido su encantadora formación apresurándose a terminar su agotado día. Isabela sumergida en sus pensamientos aguardaba por su primo en la terraza.

—¿Mejor? —preguntó Isabela.
—Sí, mucho mejor. Es un infierno ese transporte. Pero bueno, ya estoy aquí.
—Ven, siéntate aquí —pidió Isabela— ¡Es hermoso! ¿verdad?
—Sí que lo es. Este es el paraíso. La capital es un infierno. El ruido es ensordecedor. Cinco años después, la gente todavía habla de la revolución como si fuera ayer. ¡Es un trauma!
—¿Cómo se puede vivir así? Tenso, desconfiado, apresurado… no creo que sea mi vida. ¡Qué bueno que mis padres decidieron venir aquí!
—Rosalba —susurró Luis Enrique—. ¿Qué de ella?
—Oh, pero acabas de llegar —respondió Isabela con gestos de asombro por el repentino cambio de tema—. Encantadora como siempre, amable, mi hermana del alma. ¿Qué más quieres saber?
—Ella es hermosa. ¿Todavía, arisca?
—No seas malo. Sí, y mucho, ja, ja, ja —corroboró Isabela sonriendo— ¿Quieres visitarla? Vamos mañana, ¿sí? Déjame contarte, tiempo atrás dimos un paseo… solas las dos… tú sabes a caminar por las calles, y nos topamos con un grupo de chicos en una esquina… allá, en Los Charamicos. Ya tú sabes como ellos se comportan cuando ven chicas…
—Ah, sí. ¿Qué pasó?
—Se puso blanquita, nerviosa… ¡Ay, Dios mío! Estaba aterrada.
—Imagínate, ella es muy atractiva, y tú también, prima. ¿Qué se podía esperar?

—¿Qué dices? No puedo creer que estés de acuerdo... eso es acosar... ¡enfermos! Oye, que cuerpazo tiene. Sin embargo, ese terror a los chicos, la mata...

—¿Delgadita? Esos ojos tan brillantes y su sonrisa...

—Así es. Ya la verás, está más llenita... a veces me pongo celosa.

—Tú, ja, ja, ja, lo dudo —replicó él queriendo rechazar a Isabela que, tumbándose, recostó su cabeza sobre sus piernas. Él intentó evitarlo, pero ella insistió—. Ya no es correcto. No debes... —corrigió él queriendo esquivarla, sin éxito.

Isabela alcanzó un cojín y lo colocó debajo de su cabeza, ignorando su petición.

—Mañana, vamos a saludarla, ¿sí?

—De acuerdo, mi prima. Estaré feliz de verla, sería agradable —asintió Luis Enrique suspirando con entusiasmo—. Muy agradable.

—Sí que lo es —afirmó Isabela, sin ocultar su asombro al escuchar sus expresiones.

Dejando sus vistas vagar por la refrescante escena de la bahía, se sumergieron en un silencio de nostalgia que los suspiros espabilaron.

—¿Qué piensas? —preguntó él al notar el silencio de Isabela.

—Recuerda es mi hermana, la quiero mucho.

—¿Por qué lo dices con ese tono tan triste? —preguntó Luis Enrique.

—Nada, no es nada —respondió y un momento después acentuó —. La quiero mucho.

Por un momento miró a su primo, su pregunta encontró eco en

su cabeza, su respuesta fue sincera, complementada con una sonrisa forzada, luego guardó silencio. La vista de Isabela se perdía en la profundidad de la bahía, serena y pensativa. Luis Enrique comprendía que algo sucedía con Rosalba y que era un secreto entre ellas. Pensó que lo mejor sería no continuar inquiriendo. Las gaviotas surcaban los aires en busca de alimentos. Volaban en círculos, como si no tuviera destino a donde ir o tal vez conociendo los rastros que dejaban, giraban en torno a ellos. Sus alas interceptaban los rayos de luz que buscaban llegar a las calmadas aguas del mar. Luis Enrique extendió sus piernas, al liberarse de Isabela, aún el estropeo del viaje hacia estrago en su cuerpo. Isabela se aproximó a la costa, cruzando sus brazos contra su pecho, inhaló profundo y luego expulsó con suavidad. Expuso su rostro, con los ojos cerrados, buscando sentir sensación de bienestar a las caricias de la suave brisa.

Amanda y Gustavo Punto, se les acercaron. El paisaje lucía unos colores esplendidos. Ofreció a Luis Enrique una copa de vino. Alardeó de la buena cosecha y la fecha estampada en la etiqueta. Amanda se acercó a su hija que apreciaba embelesada la puesta del sol y la abrazó, colocando su brazo sobre sus hombros, creando una escena de amor materno que envaneció a Gustavo Punto y alzando su copa, lleno de felicidad, brindó.

—¡Bienvenido!
—Gracias, tío. Orgulloso, ¿verdad?
—Sí, Isabela es una gran chica y Amanda ha sido una buena esposa, una gran mujer.
—Es verdad, además son buenas amigas, ¿qué más pedir?
—Muy cierto, tienes razón. En muchas ocasiones se comportan como amigas en vez de madre e hija —resaltó Gustavo presumiendo su orgullo.
—De mi parte, tío, puedo decir que mi prima es hermosa y Amanda es una gran señora, todos mis respetos para ellas.

—No te dejes dominar por el vino, sobrino —aconsejó Gustavo.
—¡Es una hermosa familia!

El encuentro se convirtió en una hermosa acogida, Luis Enrique no era un extraño. Con sus buenos modales se había ganado el corazón de la familia y sobre todo a Isabela. Dinámico, extrovertido, conversador y dispuesto a establecer amistades. Atractivo, con una apariencia física que no pasaba desapercibida. En cambio, Gustavo Punto, era comprensible, paciente y convertía cualquier conversación en un monologo, escuchaba poco. Además, era un hombre sencillo que no presumía lo que lograba.

—Dime, Luis Enrique, ¿cómo está mi hermano?
—Papi… mami dice que él todavía huele a pólvora. Siente su orgullo herido por la intervención. Y para colmo Balaguer vuelve a ganar otra vez, hasta nos prohibió pronunciar su nombre. Algo paranoico. Ve los traidores soplones hasta en su propia sombra.
—Comprendo a mi hermano, sobrino. Aún recuerdo aquella mañana gris. La secretaria, nerviosa y asustada, nos decía que habían matado al joven Pedro Clisante frente al cuartel. ¡Vaya manera de iniciar la semana! Y antes de inhalar un sorbo de aire, entró el portero con la respiración entrecortada y blanco del pánico, con la noticia de que al doctor Alejo Martínez lo asesinaron en su propia casa. ¡Cobarde! El lunes más triste y sombrío que he vivido. El mismo aire ni quería ser respirado. Pensé que en Sosúa la sangre no mancharía la tierra. Una neblina gris arropó el pueblo inyectando terror, pavor y el espanto succionó el silencio. ¡Un día grimoso! Las puertas de la casa se cerraron, el mar y los vientos callaron y el pueblo lució tétrico; fantasmas, almas deambulando los caminos, caían lágrimas por amor a la democracia. Represiones cobardes, vendettas políticas.
—Los tentáculos del trujillismo…

—Esos bastardos *calieses*. ¡Es una lástima! Los rumores no son muy halagüeños, dicen que los militares son los que gobiernan. En fin, esto huele a dictadura —dijo Gustavo y con un tono triste susurró—. Sin oposición y diezmando la juventud. ¡Adiós democracia! La desconfianza activo el terror y después de la matanza en el muelle de Puerto Plata... en fin... San Felipe manchaba su seno de sangre ante la impotente mirada de Isabel de Torres.

—¿Y cómo andan las cosas en la oficina? —preguntó Luis Enrique deseando cambiar de tema.

—En pocas palabras, en cualquier momento la gente del pueblo pide canonizar la sequía —dijo Gustavo un poco desconcertado.

—¿La sequía? —preguntó Luis Enrique sorprendido.

—Así mismo es, no se habla de otra cosa. La sequía es culpable de todo, una exageración. En este pueblo todo lo exageran —acentuó Gustavo con gran seguridad.

—A la verdad, no entiendo, es verano... ¿Qué no es normal que la lluvia se tarde?

—Cierto, es verano, ya verás camiones transportando aguas por todas partes. Y levantando ese horroroso polvo. ¡Es una locura, sobrino!

—Pueblo pequeño, siempre hay un tema de entretenimiento —dijo Luis Enrique tratando de conectarse al tema, algo confundido.

—No ven que sea verano, sino que no llueve, ¿comprendes? —preguntó tomando un sorbo de vino y agregó—. Si pudieran controlarían el clima.

—Creo que estoy entendiendo, eso creo —respondió Luis Enrique mostrando interés en el tema—. Lo que me estás diciendo es que la gente cree que la sequía es la culpa de todos los males.

—¡Correcto! —exclamó Gustavo haciéndole señal de asentimiento con el índice de la mano derecha con la que sostenía la copa de vino.

—¡Qué pena! Se queda uno sin palabras —confesó Luis Enrique—. Es como quedarse sin aire y estando consciente de que se está respirando.
—¡Bingo!

Amanda e Isabela, se les acercaron. La noche avanzaba, el vino hacia efecto en Luis Enrique y el sueño lo dominaba. Se despidió, agradeciendo una vez más por la bienvenida.

—Largo día te espera, ¡feliz sueño!
—Sí, gracias, prima. Ya ansío que pronto amanezca.

Para muchos la noche estorbaba, desearían que fueran más cortas, o que no existieran. Quizás, menos oscura, así podrían ver las nubes cuando posen sobre el pueblo. El disfrute de una noche estrellada o contemplar la majestuosidad de la Luna, era superado por la desesperación de ver el cielo cubierto de nubes cargadas de agua, convirtiendo una esperada necesidad, en un milagro. La sequía se convertía en el tema obligado de conversación. Pululaba por todas partes como las moscas atraídas por la comida en descomposición. Al vuelo de la imaginación comenzaban a entrelazar fábulas, cuentos, incluso surgían curiosas historias de pecados cometidos por los fundadores del pueblo que lo más atrevidos recreaban en sus ignorancias.

La ignorancia hacía sus estragos, podían entender que era verano, pero comprendían más fácil que la razón de la falta de lluvia se debía a la gran brillantez de la Luna o que, como afirmaban otros que el calor era tan fuerte que evaporaba las nubes antes de posar sobre el pueblo. Otros afirmaban que el cielo estaba tan azul que las nubes se desviaban y llevaban sus lluvias algún lugar lejano, porque al reflejarse en ellas mismas, se turbaban. Así estaban convencidos, porque el río traía sus aguas, y no se cansaba de llevarlas al mar. Y los días pasaban, y en sus corazones, la esperanza se mantenía viva porque entre todas las cosas, las rosas rojas, exhibía su hermosura, porque en nada la sequía le afectaba. Era lo único que conservaba su esplendor. A lo mejor era la razón por la cual en cada casa se cultivaban rosas rojas, un amuleto de protección. Cada jardín era adornado con rosas rojas. Las encantadas por las caricias de los rayos del sol desde la mañana, los mismos que aumentan la temperatura y hacían insoportable el calor.

Así durmió el pueblo, con la ansiada esperanza una vez más de la espera del momento en que la tierra reciba la lluvia. Que la noche transcurra fugaz y el amanecer despierte despidiendo la sequía. Las luces de las casas se desvanecían una a una, pareciendo estar en común acuerdo, y la oscuridad fue total. Reinó un gran silencio, tanto así que nada se escuchaba, era como si el tiempo estuviera en vigilia. Las aves esperando entonar su canto mañanero y los hombres vestidos de trabajo, preparado para salir a buscar el cansancio y el sudor que le regalaría la vida. Así durmió la noche, como en otras tantas, el pueblo.

XIV
Encantos del mar

El alba coqueteaba con los rayos del sol. Las melodías del canto de los gallos acompañaron a Luis Enrique. A diferencia del ajetreo matutino de la capital, la salobre brisa que regalaba el mar renovaba sus energías después de haber llegado saturado de mugres. Observaba las aves y escuchaba sus felices cantos, surcando los cielos de uno a otro lugar, jugueteando su juego, planeando con sus alas extendidas, dejándose caer en picadas y, otras parecían estar suspendidas, así las gaviotas adornaban los aires. Los rayos del sol llegaban pausados, a sabiendas del temor al ahuyentar las lluvias en clara alusión a su complicidad con la sequía. Persistía el agobiante calor azotando el pueblo, una razón más para culpar la sequía.

El olor del café alertó a Luis Enrique haciéndole saber que no estaba solo. Amanda lo sorprendió en la terraza contemplando la bahía, con bandeja en manos y tres tazas de café desprendiendo su aroma. Gustavo Punto se acercó ofreciendo un feliz «¡Buen día!». Él reciprocó al saludo. El cielo relucía de azul, sin nubes, brillante. El mar parecía estar dormido, las olas, aún no se sacudían de su somnolencia y el viento apenas recobraba sus fuerzas. Así amaneció la bahía tranquila y serena, el esplendor del contraste, sin el fustigante ajetreo que despertaba la faena de la capital.

—¡Nada mejor que un buen café acabado de colar!

Exclamó Gustavo Punto al invitar a Luis Enrique. Tomaron asiento alrededor de la pequeña mesita de cristal de la terraza. Se desearon lo mejor. El aroma del café se mezcló con la brisa salobre creando una sensación paradisiaca. El nuevo día no perdía la oportunidad de anunciar que continuaría cargando con el mismo calor que cada verano trae. Quedaba atrás el estropeo del largo viaje. Luis Enrique disfrutaba de la belleza que los compueblanos se negaban a ver, porque lo había visto tanto que sus ojos, ya cansados de verlo, la ignoraban al estar sumergido en las agonías del quehacer diario, pasando por alto los regalos de la vida.

Los hombres de trabajo solidificaban más su creencia en la esperanza, y quizás por eso, cavilaban que, si la noche se iba pronto desde que llegara, así lo hiciera el día, solo había que soportarla. Así, se sumergían en sus trabajos apurando el tiempo para que se marchara.

—¡El mejor café! —exclamó Luis Enrique su gratitud.
—Gracias —respondió Amanda aceptando con humildad el cumplido.
—¿Algún plan para el día? —le preguntó Gustavo.
—Sí, señor, primero iré a caminar un rato a la playa —respondió Luis Enrique después de una breve pausa y agregó—. Y... luego Isabela y yo, visitaremos a Rosalba y, con gusto aceptaremos que Amanda nos acompañe.

Luis Enrique dejó entrever en sus palabras, las ansias de ver a Rosalba. Su tono de voz disminuía mientras les respondía y tomaba un sorbo de café, al momento que su vista extraviaba en la extensión de la bahía en la borrosidad de su imagen. Gustavo Punto y Amanda cruzaron miradas, sonrieron y asintieron con las cabezas a la respuesta de Luis Enrique. La amistad de ella con

Isabela cruzaba la frontera de la hermandad y, ambas se reciprocaban un envidiable afecto.

Gustavo Punto se despidió, y se dirigió a ocupar su lugar en su acostumbrado trabajo. Sentado detrás de un escritorio en una amplia oficina, rodeada de cristales, se hacía acompañar de montañas de papeles donde los números se retorcían en su complejidad. Controlaba todo y en la magia del análisis los transformaba en símbolos que, bajo sus órdenes, respondían a sus mandatos. Les eran como marionetas de cuyas cuerdas transparentes los sostenía con las puntas de sus lápices y los hacía recostar, ordenados sobre las columnas del papel, donde a todos juntos lo llamaba reportes. Los ordenaba de tal forma que, le obedecían. Los animaba a ser útiles, sin embargo, desechaba los flojos, los vagos, razón por la cual quedaban fuera de sus reportes, un privilegio reservado para los que con sus diligencias ganaban. En la oficina no dudaban que los números lo respetaban, pues siempre se acomodaban sin ningún tipo de insurrección.

Su puntualidad era un complejo enfermizo, llegaba a su trabajo justo cuando el reloj marcaba las ocho de la mañana, nunca retrasado, ni mucho menos adelantado. El portero casi llegaba dormitando, con el corazón agitado, sobresaliéndosele del pecho por la prisa de llegar antes que él y no hacerle esperar. Gustavo Punto hacía honor a su apellido y no traspasaba tal distinción. Su secretaria caminaba en cuclillas, muchas veces en calcetines, desechando los zapatos para no interrumpir su concentración ni distraer a sus números, quienes le prestaban total atención. Así llegaba a su trabajo, y trabajaba hasta la hora de salida, todos los días y, nunca los rumores lo perturbaban, ni mucho menos las creencias de la gente del pueblo.

Luis Enrique terminó su café y decidió ir a la playa. Sonrió de felicidad al verla. Caminó descalzo en la orilla. La playa lucía esplendida, la arena resplandecía, y, suaves e imperceptibles olas, dejaban su resaca en la orilla con una envidiable suavidad. El Sol tomaba su vuelo a lo alto con calma y despacio, su temperatura aumentaba con su viaje. La brisa que llegaba acariciaba los arbustos con delicadeza. Sintió que caminar en la orilla, entre el agua y la arena, semejaba un oasis de ternura, una sensación celestial. La frescura del agua cristalina y el juego de colores azules y verdes, el reflejo de los rayos de luz y la sensación de armonía hacía que Luis Enrique cayera rendido ante sus encantos.

Caminaba jugueteando con el agua que salpicaba en cada paso que avanzaba. Colectaba de la orilla piedrecitas de diferentes formas y colores, y pequeños cristales que las bondades del tiempo y el agua marina habían esculpido. Pequeños caracoles conformaban su colección expresando su admiración cada vez que los encontraba.

—Todavía conservas la niñez, amigo.
—¡Abel, amigo! ¿Cómo estás?
—Veo que todavía la playa te vuelve loco.
—Así es, tienes toda la razón.
—¿Qué te trae por aquí? —preguntó Abel y tratando de adivinar la respuesta agregó —. La playa, ¿verdad?
—Amigo, en verdad que este es el paraíso, está aquí entre ustedes, no hay nada más hermoso que esta playa.

Un fuerte abrazo fue el reencuentro entre ambos. Abel un apasionado del mar, un romántico enamorado de la playa era uno de lo poco que no se quejaba de los estragos de la sequía. Las condiciones climáticas, a su juicio, estaban perfectas. El mar reflejaba el azul del cielo, la playa tranquila y serena, y las blancas arenas una delicia.

—¿Y tú qué haces por aquí tan temprano? —curioseó Luis Enrique.

—Para disfrutar de este paraíso cualquier momento es bueno, Luis Enrique.

—Muy cierto, hoy el mar está más azul que nunca.

—Cierto, el cielo tiene tiempo que no muestra nubes —comentó Abel con ingenuidad.

—¡Qué! ¿Tú también con el tema, Abel? —preguntó Luis Enrique.

—Veo que estás muy bien informado, amigo —contestó con un tono débil y apagado como si se avergonzara—. La gente tiene sus creencias. Es así.

—Es verdad, Abel, tienes razón. Qué se puede hacer.

—Mientras más pobre, más fantasea su mente. La esperanza los doblega.

—Quieres decir que cuando llueva….

—Entonces cuando suceda, la lluvia será culpable de algo —interrumpió Abel.

Continuaron su plática mientras se desplazaban por la orilla. Abel no paraba de sonreír y asombrarse por los objetos que colectaba Luis Enrique. Ambos tenían en común el disfrute de la naturaleza, enamorado del mar, la playa y los campos. No les importó la lluvia de rayos de sol sobre ellos, ni su calor. El viento comenzaba a sentirse más fuerte y levantaba pequeñas olas que empujaba la resaca un poco más afuera de la orilla. Las manos de Luis Enrique estaban cargadas de cristales de colores y piedras de diferentes tonalidades de marrones y cremas, y diferentes formas y tamaños. Todas tenían algo en común, les atraían a Luis Enrique como imán al metal.

—Mira esto, Luis Enrique —dijo Abel mostrándole lo que recogió de la arena—. Ve ese hoyito que tiene en el medio. Con estos caracolitos y cordeles se hacen hermosos collares. Al turista le gusta. Es como llevarse secretos de la playa. Un recuerdo.

—Qué dices, ¿verdad?

—Sí, así es. Por cierto, ¿y, tu prima? —preguntó Abel con timidez.

—¿Isabela? ¡Oh no, se me olvidaba!

Con sus piedras y cristales de colores en mano salió corriendo. El tiempo transcurrió tan rápido y que, al estar concentrado en recoger las piedrecitas, olvidó por completo su compromiso con Isabela. Abel permaneció atónito y sorprendido, sin comprender la reacción a su pregunta. Creyó, por la distancia y velocidad, escucharlo vociferar: «hablamos, luego te explico». Abel se lanzó a nadar en la fresca agua, mientras su amigo corría como atleta a la meta, desesperado.

Isabela esperaba recostada en el sofá de la sala, cuando con la respiración entrecortada, entró como bólido a la casa Luis Enrique. Isabela, al pesar del susto que le causó, notó que era su primo, se levantó del sofá y al observar lo que traía en las manos, cubriéndose la boca, no aguantó y estalló en una incontrolable risa.

—Pero… ¿y qué es lo que traes en las manos?

—Tú también —respondió Luis Enrique avergonzado y enfurecido.

—¡Lo siento! —replicó Isabela sin poder aguantar su burlona sonrisa—. Es que, no sé… uno es algo…

—Adulto, ¿quieres decir? —interrumpió Luis Enrique molesto.

—Está bien, cálmate. No quise ofenderte —imploró Isabela y con un tono quebrado preguntó—. ¿Alguien más te dijo algo?

—Sí, ese fue el saludo de Abel. No sé por qué se asombran tanto.

Isabela comprendió que había herido sus sentimientos, pero le era imposible contener sus risas que lo incomodó aún más. Mientras caminaba hacia la habitación murmuraba el cuestionamiento por colectar los hermosos tesoros que regalaba la playa. ¿Qué tenía que ver con la edad recoger esos objetos de colores? Cerró la puerta haciendo notar su enojo y entonces, Isabela, estremeció de la risa cuando dejó de escuchar sus quejas.

Momentos después, dejando a un lado su enojo, Luis Enrique, invitó a Isabela a visitar a Rosalba. Amanda se excusó en no poder acompañarlos y permaneció en la casa. Caminaron todo el trayecto, él llevaba una bolsa que aparentaba ser un regalo, sin querer revelar su contenido pese a la insistencia de Isabela.

Rosalba acompañaba a su madre en el jardín posterior de la casa, cortando las rosas que colocarían en el jarrón sobre la mesita, cuando Altagracia anunció que en la sala la esperaban. Rosalba de inmediato se presentó y como de costumbre corrió a confundirse en un abrazo de júbilo con Isabela, un ritual normal de reencuentro entre ellas. Isabela se apartó para permitir que ella y Luis Enrique se saludaran. Como todo un caballero, galanteó haciendo uso de sus buenos modales. Ella reciprocó el galanteo con un gesto de delicadeza, una hermosa sonrisa de bienvenida y un rostro iluminado que resaltó ser una sorpresa que embelesaron a Isabela. A la cortesía de Luis Enrique, Rosalba aceptó el obsequio con entusiasmo.

—¡Pensé en ti al ver estos majestuosos colores! —exclamó Luis Enrique al momento de Rosalba observar el contenido en la bolsa.

—Gracias, muy amable de tu parte —respondió Rosalba mientras los invitaba a sentarse.

—Mi primo, tiene buen gusto, ¿no lo crees así?

—Cierto —corroboró Rosalba—. ¡Qué linduras!

—¿Puedo verlo? —preguntó Isabela entusiasmada en conocer el contenido de la bolsa.

—Claro, por supuesto —respondió Rosalba.

Isabela, muriendo de curiosidad, se aproximó y tomándola de las manos de Rosalba la abrió y al observar el contenido, giró con lentitud dándole la espalda a Luis Enrique. Su rostro expresó la más humillante vergüenza, sonrojeó y al mismo tiempo sus ojos se expandieron tratando de alcanzar las cejas. Lo miró de reojo a Luis Enrique, en su pose de hombre recto y serio, deseando fulminarlo, luego a Rosalba, que trataba de entender la reacción de Isabela y mirando hacia arriba deseaba esfumarse. Luis Enrique actuó en su mejor papel de galán. Creyó haber puesto a los pies de Rosalba un ramillete de estrellas, o tal vez, una luna arropada en una caja de chocolate. Pero Isabela, mordiéndose los labios, con la bolsa en las manos, se apartó. Rosalba brindó una sonrisa tímida ante Luis Enrique que no se percató de la reacción de Isabela. Emma se presentó a la sala como caída del cielo en el auxilio agónico que vivía Rosalba a solas con Luis Enrique.

—Hola, Buenos días. —Saludó Emma de manera cortés—. ¡Qué agradable sorpresa!

—Emma, ¿cómo estás? —respondió Luis Enrique con caballerosidad.

—Te habías perdido —comentó Emma.

—Muy cierto. Pero qué bueno que estés por aquí —agregó Rosalba.

—¿Y Isabela? Pensé que había venido, también.

—Sí, sí, está en la habitación —respondió Rosalba—. Luis Enrique ha tenido la amabilidad de traerme un obsequio, ella lo llevó a la habitación. Sabes cómo es ella.

—¡Qué hermoso gesto de tu parte, Luis Enrique! —aduló Emma emocionada.

—Hace un poco de calor aquí dentro, vamos al jardín. Está más fresco —invitó Rosalba.

—Muy bien, ya me han dicho que la temperatura está que quema.

—Sí, es una locura, tiene a todos en el pueblo en una agonía —comentó Emma, y luego agregó—. Bueno, los dejo solos. Luis Enrique, estás en tu casa.

—Gracias, Emma.

Mientras Rosalba y Luis Enrique, salían al jardín, Emma captó el mensaje que reflejaba el semblante de Rosalba. Nerviosa y turbada, pero ansiosa por saber qué hacía Isabela en la habitación, se dejó atrapar por la curiosidad. Encontró a Isabela sentada frente al tocador, observando con enojo y rabia el obsequio, y cuestionándose el atrevimiento de su primo por tal semejante regalo. Quiso por un momento querer ocultar el regalo para que Emma no lo viera, ya que la vergüenza la consumía, pero era tarde.

—¡Emma! —exclamó Isabela con el rostro blanco del susto.

—Isabela —respondió Emma—. ¿Por qué te sorprendes? ¿Qué pasa?

—Es que... no la esperaba, pensé que era Rosalba.

—¿Y el regalo? —preguntó Emma con ansiedad.

—Aquí está —respondió con un tono de frustración—. ¡Qué ocurrencia!

Isabela se levantó del banquito y se apartó para que Emma viera el obsequio que estaba sobre el tocador. Las piedrecitas de diferentes formas y tonalidades; y por otro lado los cristales de colores, opacas, moribunda con el tono borroso de las caricias del agua salada al robarle su esplendor. Emma quiso reír, miró con asombro a Isabela que aún reflejaba en su rostro, una tímida vergüenza por tal ocurrencia, pero no podía contenerse más y sus carcajadas brotaron, como chorro de agua de una fuente y la contagió.

—En que estaría pensando. ¡Qué vergüenza!

—Solo ha sido un gesto… algo torpe… ¿no crees?
—¡Estúpido! —interrumpió Isabela con un tono átono y seco.

Luis Enrique observó maravillado la cantidad de rosas rojas que adornaban el jardín, las flores estaban dispuestas por todo el derredor de la casa y en su centro, una colección de Coronas de Cristo de diferentes colores. Lo invitó a sentarse en su banco favorito entre los dos palmares, frente a las Coronas de Cristo. Con los rayos del sol intentando acariciarlos, bajo la sombra de los palmares, y los tamborileos de los pájaros carpinteros afanados en sus labores, se perdían en un silencio tenso y nervioso por la escasez de palabras.

Altagracia, desde la cocina, mantuvo su mirada sobre el acompañante de Rosalba. La extraña conducta de Isabela al salir corriendo a la habitación de Rosalba y más tarde la curiosidad de Emma de acompañarla. Las escenas la dejaron confusa y pensativa, atribuyendo al tiempo las razones de perder la habilidad en interpretar y entretejer conjeturas, ya nada le encajaba. Pero los gestos coleccionados eran suficientes para sustentar su parecer. Con su vista cansada Altagracia se esforzó en descifrar los gestos y ademanes de la charla entre Rosalba y su acompañante. Los movimientos de los labios los interpretó confuso. Una extraña armonía que nada decía. Sus oídos habían perdido la capacidad de captar los susurros, de recoger los gemidos del viento, pero, a pesar de eso, mantenía su vigilia. Algo su mente elaborara.

Rosalba buscaba con insistencia la presencia de Isabela mirando hacia la puerta en la que tardaba en aparecer, interpretó su ausencia como una complicidad. Entonces, frustrada y rendida, aceptó lidiar con sus impulsos.

—¿Qué te trae de nuevo por Sosúa, Luis Enrique? —preguntó con su habitual tono agradable—. Además de la playa, por supuesto.

—Además de la playa, dices —contestó Luis Enrique con jactancia—. Su gente es muy hermosa y amable. Ustedes...

—¡Qué amable! —comentó ella sonriendo con timidez y apresurada en cortar la frase en que imaginó adivinar su intención.

—Sosúa es un lugar muy atractivo y tranquilo, además la playa es lindísima.

—Te fascina, ¿verdad?

—Totalmente —contestó mirándola a los ojos, y le preguntó—. ¿Y a ti?

—Yo prefiero leer —contestó desviando su mirada a su derredor después de un breve silencio, agregó—. No he tenido muchas oportunidades de aventuras, ¿comprendes?

El insistente tamborileo captó la atención de Luis Enrique, se levantó, su mirada buscaba donde se producía el sonido seco que percibía, luego miró hacia arriba, en lo alto de la palmera que estaba a su espalda y observó el círculo del hueco en la corteza del árbol.

—Se llama carpintero —explicó Rosalba una vez se paró a su lado.

—Solo veo un hueco.

—Espera y verás. —Ella se le acercó tratando de que sus miradas coincidan—. Ve, ahí está.

Él sintió el calor de su presencia, sus rostros no podían estar más cerca, sus ojos tuvieron el cuidado de recorrer con suavidad todo su brazo, un eterno instante hasta que ella lo percibiera, luego, su vista se encontró con el ave al salir del hueco. Rosalba respondió con una sonrisa tímida y se apartó un poco. El silencio se hizo dueño de su presencia, y a la escasez de palabras, el tamborileo del carpintero llenó todo el ambiente. Altagracia observó la escena detrás de la alambrada de su trinchera. Observó la actuación, intrigada en comprender el papel de los personajes.

—¡Es una hermosa ave! —exclamó Luis Enrique para romper el nervioso silencio.

—Sí que lo es. Me gusta ver como construye su hogar —comentó Rosalba con un tono de voz tenue y trémula—. Abundan por aquí, por todos lados.

—Esas líneas amarillas y negras... —comentó él mientras Rosalba permaneció mirando el árbol, como si estuviera atrapada en un vacío. Luis Enrique calló al captar su ausencia y guardó silencio al esperar por ella.

—Lo siento, disculpa —dijo Rosalba ante el llamado que él hacía con su mirada.

—Veo que esa ave te llama mucho la atención.

Rosalba asintió con ligeros movimientos de su cabeza. Aquella ave se apoderaba de su atención, ese esfuerzo con el que se esmeraba para construir su hogar y cuidar de sus crías. Él por alguna razón, entendió que el ave la sumergía en añoranzas.

Emma e Isabela vertieron las piedras en un plato de cristal azul con borde dorado, bordeando el florero. En el interior, los cristales de colores junto a las rosas.

—Emma, has salvado la reputación de la familia —susurró Isabela en tono jocoso y exclamó—. ¡Genial idea!

—En verdad, estas piedrecitas son hermosas —dijo Emma intentando contagiar a Isabela de su falso entusiasmo—. Después de todo, no se ven tan mal, ja, ja, ja.

—¡Me gustan! ¡Oh, Dios! —exclamó Isabela dejando escapar un ligero suspiro después de observarlas con detenimiento como resignada.

Al sentir los pasos de Rosalba y Luis Enrique, ellas se hicieron a un lado. La mesita cobró vida. La luz que las acariciaba se expandía queriendo arrastrar el mismo color de los cristales. Las rosas recibían el reflejo de los colores, como las caricias del arrebol del crepúsculo más tierno. Rosalba manifestó su alegría regalando una sonrisa que Isabela captó como una satisfacción de júbilo. Luis Enrique recibió el aprecio del cumplido al recibir, en un gesto noble, la reverencia de Isabela, por su logro. Emma observó alegre, mientras Altagracia, como nunca en su vida lo había manifestado, en silencio, distante de ellos, dejó escapar una tímida y pequeña emoción de alegría. Quizás, era el reflejo de su ingenuidad. Quizás, estaba intoxicada por el aire salobre al cruzar la playa.

El libro permanecía en la mesa, en la misma posición en que lo colocó Rosalba el día que lo entregó el cartero. Solo el polvo que con los años intentaba cubrirlo era desalojado de su superficie. La mirada de todos estaba sobre el florero y por un instante, acaparó la atención de Luis Enrique, quien dirigiéndose a Rosalba comentó:

—¡Buen libro!

XV
Penas de amor

La sequía persistía, y mucho más fuerte la esperanza. La memoria sustituyó los recuerdos de la lluvia por las polvoreadas que levantaba el viento. El deseo de ver llover les hizo olvidar como llueve. Cada amanecer, miraban el azul del cielo, deseando con vehemencia que unas pocas gotas saciaran la sed que los mantenían cautivados en la funesta sombría de la sequía.

Adriel Coral luchaba con un fantasma que se adhería más a su corazón y que cobraba fuerza en la presencia de su hijo Uriel. El tiempo continuaba acrecentando cada vez más el dolor de la herida de su alma. Las visitas a la tumba de su amada disminuían, no así la sensación de soledad que creaba en él sabores amargos que le estrangulaba la vida. Los casuales encuentros con sus amigos se convirtieron en torturas, los comentarios fluían como agua de río sin desembocadura, porque la crueldad de la noticia negra, podía más que los sentimientos de sensibilidad. El chisme siempre estaba dispuesto; un deporte bien practicado.

Teófilo, el capataz de la finca, percibía a Adriel Coral, como un hombre perdido entre tantas luces, una estrella apagada. Los hombres sentían el efecto del doble trabajo al que presionaba con insistencia, era la misma frustración que le empujaba, como una llave de escape a su tensa vida, derroche de amargura. Entre ellos rumoraban que la soledad le había arrebatado el juicio. Estaba convertido en un hombre mísero, aferrado a un amor que permanecía incrustado en su corazón. Un amor imposible, sujetado de las neblinas de las añoranzas.

El colmado de Juan Nieto era un lugar tranquilo, ubicado donde todos prefería estar, a las afueras del pueblo, en un camino transitado por los que llevaban en sus hombros el peso del trabajo. Se levantaba imponente, como un oasis en un trayecto donde las huellas de los caminantes eran humedecidas por las gotas de sus cansancios. Un camino que guardaba las huellas del sudor bajo su polvo y que la brisa batallaba con borrar su historia, sus pesares. Custodiado por el abrazo de la sombra de un flamboyán.

Juan Nieto decidió no ir de pesca, aunque el almanaque de Bristol, lo aconsejaba. Quizás, la sequía ahuyentaba los peces o conociendo sus pasos, se le estaban ocultando, pensaba. Atrapaba más picaduras de mosquitos sobre su áspera piel hinchada que lo que podía pescar para una cena. Además, estaba convencido de que la plática de su hijo Carlos sobre el juego de pelota, mantenía ariscos a los peces y los ahuyentaba. Sentado en una silla al lado del mostrador, Adriel Coral acompañó a Juan Nieto, mientras bebía unos tragos. Esa noche las hijas de Juan Nieto, acompañaron a su madre, como acostumbran cuando su padre no andaba de pesca.

—¿Cómo están los trabajos en la finca? —preguntó Juan Nieto.
—Todo bien, Teófilo es un buen hombre —respondió Adriel casi con el vaso en la boca.
—Sí, pertenece a una gran familia —apuntó Juan Nieto—. Hombres de trabajos. Esos fueron bien criados. Dicen las lenguas que cuando tumbaron a Juan Bosch, estaban todo dispuesto a coger las armas. Esa pendejada acabó con el país.

—Eso es verdad, no tengo queja de él. —comentó Adriel levantando su vaso ofreciendo un brindis a la soledad—. Dímelo a mí que viví en carne propia esa desgracia. Pero, ya se sabía que los trúhanes del jefe no iban a dejar morir su espíritu tan fácil. Vea, Camaño vale oro, es un hombre de verdad.

—Bueno, escuché decir que anda por México o Cuba, no sé. Pero lo que dicen es que viene a tumbar a Balaguer. Se está preparando para eso…

—¡Ajá!

—Vea, el mes pasado, la casa de esa gente parecía un velorio. Solo es cuestión de días y darán a Balaguer ganador. Le están dando larga para que la gente se acostumbre y cualquier día amanece y listo. No me gusta la política, pero con eso guardia con pañuelos rojos…

Adriel Coral hizo silencio, despreciando el tema. Lo miró y luego se sumergió en sus pensamientos. La suave música lo incitó a vaciar en el vaso todo lo que restaba en la botella. Juan Nieto bajó el volumen del radio y comenzó a notar en la nostalgia en la que se sumergía.

—La gente de por aquí es muy aferrada a sus creencias…

—Pura verdad. Ahora culpan a la sequía por todo —interrumpió Adriel Coral con brusquedad y un tono quebrado.

—Pero, amigo —insistió Juan Nieto preocupado y nervioso—, a veces yo mismo creo que los peces saben que voy de camino, y me evitan.

—La gente de este pueblo es muy supersticiosa. Pero le confieso que hasta yo creo que pienso así —dijo Adriel Coral bebiéndose todo el alcohol que contenía el vaso y su vista perdida en la oscuridad.

Juan Nieto se inquietaba por la rapidez en la que Adriel Coral estaba bebiendo. Cada vez que expresaba algo, ingería un sorbo. Aunque Juan Nieto lo acompañaba, bebía más despacio. Terminó de beberse una botella de ron y en seguida pidió otra. La velocidad en la que ingería el alcohol alteró los nervios de Juan Nieto y, además, ignoraba la causa del porqué tenía la urgente necesidad de embriagarse.

En el colmado se hablaba de todo, cada vez que alguien llegaba a comprar, dejaba un comentario que se convertía en una historia. Así, Juan Nieto conocía de cada rumor que corría por el pueblo, se entretenía con cada chisme, estaba al tanto de todo. Sabía de la culpa por la cual no llueve, de que la polvoreada de los camiones de Augusto Real suben al cielo y ahuyentaban las nubes. La extraña creencia de que algo impedía que las nubes pasaran por encima del pueblo para que no llueva. Que el viento prefirió descansar o que se olvidó de empujar las nubes. Eran los susurros del pueblo abandonado sobre el mostrador, una pólvora que se extendía tan lejos como vuela el viento al explotar.

La noche avanzaba y el alcohol se apoderaba de Adriel Coral que perdía el control de su movilidad y comenzaba a hablar pausado y sin sentido. Juan Nieto bebía, pero tenía su control, sin embargo, no tenía motivo para embriagarse, no tenía nada que olvidar, ni que arrancar del alma. Adriel Coral comenzó a hablar en voz alta, y a Juan Nieto se intranquilizó, nunca había tenido, en su colmado, situaciones fuera de control. Mantos de nostalgia y amargura se apoderaron de Adriel Coral. Se ahogaba en el alcohol, tratando de borrar las huellas de un pasado que vivía clavado en su corazón. Carlos se presentó en el colmado al escuchar el alto tono de voz. Se encontró con una escena miserable, su padre estaba preocupado y el alcohol haciendo estrago en su acompañante.

—Hijo, ve por Uriel, para que venga por su padre —susurró Juan Nieto haciéndose a un lado.

—¿Qué pasa con Adriel, padre? —preguntó Carlos.

—Él está muy nostálgico —contestó Juan Nieto y después de una breve pausa, agregó en tono bajo—. ¡Está que arde de borracho!

Carlos salió en busca de Uriel, ya la noche reinaba. Carlos obedeció, aunque, odió tener que ir a buscar a Uriel, tenía todas las ganas de romperle la cara. Sentía rabia después de haberlo visto revolcándose en la arena. El camino estaba oscuro, aunque no estaba solo, hombres regresaban a sus casas después de una larga faena de trabajo. Regresaban sucios, hambrientos y cargado de cansancios. Regresaban con sus pies pesados del largo caminar, arrastrándolos, levantando el polvo que cubría la calle. Carlos apuraba su paso, no corría, pero sí caminaba rápido, pues pronto la oscuridad sería tan densa que dificultaría la visión.

En el cruce, dando la espalda al pueblo, cuando Uriel subía a su casa, se encontró con Carlos. Uriel al conocerlo, y sorprendido por lo tarde de la noche, lo llamó con insistencia para que se detuviera. Carlos, por la oscuridad, no lograba reconocer a Uriel, pero el sonido de su voz lo hizo detenerse.

—Carlitos, Carlitos —vociferó varias veces—. Soy yo, Uriel.
—¿Uriel? —respondió Carlos con dificultad para ver debido a la oscuridad.
—Sí, soy yo. ¿Qué haces por aquí a esta hora de la noche?
—Iba de camino a tu casa —respondió Carlos.
—¿Qué pasa? ¿Sucede algo? —preguntó Uriel angustiado.
—Tranquilo, mi padre me pidió que viniera por ti. Es mejor que me acompañe.
—¿Pasa algo con Esmeralda? —preguntó Uriel.
—¿Esmeralda? ¿Qué hay con ella? —preguntó Carlos sorprendido que preguntara por su hermana.

—No, no, nada. Es que no comprendo que quiere tu padre conmigo —tartamudeó Uriel sin encontrar otra respuesta—. ¿Qué es entonces?

—Es tu padre....

—¿Qué? Dime... —interrumpió Uriel—. ¿Qué pasa con mi padre?

—Ven y averígualo tú mismo. No tengo ganas de darte explicaciones.

A pesar de la tosquedad de sus respuestas, Carlos logró calmar a Uriel y en el trayecto hacia el colmado, pensó en la reacción y su confusión creyendo escuchar el nombre de su hermana. Las luciérnagas de tantas que eran, los cubrían pareciendo guiarlos de regreso. Uriel alcanzó a ver la camioneta aparcada debajo del flamboyán, y como arte de magia surgieron los recuerdos de los momentos en que compartió con Esmeralda y, comprendió el sentido de sus miradas, la suavidad de su piel y su tímida voz. Recuerdos que han permanecido fijo en su mente, y que se mezclaban con la fragancia de los besos de Santa.

Él estaba arrinconado, cautivado por la nostalgia en la que el juego de la melodía de la canción y los tragos lo atraparon. Cabizbajo, pensativo y con un vaso de ron en la mano, dominado por tristeza que le cubría. Estaba callado, tranquilo, sus miradas perdidas pareciendo viajar a una distancia inalcanzable. Uriel se le acercó, tomó de su mano el vaso y lo colocó en el mostrador y buscó en sus bolsillos la llave de la camioneta. Actuó en silencio, arropado con las miradas de compasión de los espectadores.

—Papi, hora de ir a casa —susurró Uriel con un tono triste y avergonzado.

—Sí —musitó Adriel.

—Gracias, Juan... —dijo Uriel mientras su voz disminuía de tono y su mirada percibió a Esmeralda que se acercaba.

—No tienes nada que agradecer —comentó Juan Nieto.
—Hola —dijo Esmeralda fijando su mirada en él.

Uriel escuchó su suave voz, su presencia hizo temblar su corazón. Fue atrapado en el hipnotismo en el que su presencia lo cautivó. Él respondió dibujando una sonrisa. Por un momento, Uriel y Esmeralda, paralizaron el tiempo ante la presencia de sus padres y Carlos. Sus miradas eran intensas y no fingieron en pasar desapercibidos. Ella estaba recostada del marco de la puerta que da acceso al colmado desde la casa y él tratando de sujetar a su padre para ayudarlo a levantarse. Fue un instante que pareció una eternidad. Entonces, Carlos entendió del porqué de la preocupación de Uriel cuando se encontró con él.

—¿Estás bien? —preguntó Uriel.
—Mejor, sí, estoy bien —respondió Esmeralda sorprendida—. ¿Por qué lo preguntas?
—Solo por saber —respondió él—. Me alegro, qué bueno.
—Te has perdido, ¿dónde has estado? —preguntó Esmeralda
—Mejor te ayudo, Uriel —intervino Juan Nieto mientras Uriel reaccionaba sorprendido ante la expresión de Esmeralda sin perderla de vista.

Ambos sujetaron a Adriel Coral por los brazos y lo acompañaron a abordar la camioneta. Esmeralda salió al frente del colmado, su hermano la siguió de cerca. Lo sentaron en el asiento del pasajero, cerraron la puerta, y dando las gracias a Juan Nieto, se acercó a Esmeralda. Ella avanzó unos pasos más, para poner distancia entre ella y su hermano que permanecía cerca. Se pararon frente a frente, lo más cerca que podían estar, ella mostraba la misma sonrisa cautivadora que vivía en su corazón, él sujetó su mano derecha, y asegurándose que solo ella escuchara le dijo fijando su mirada en sus ojos.

Anoche escuché el mar

—He estado por aquí y no te veía.
—No he ido a ningún lugar, siempre estoy aquí. Te he esperado cada tarde. No viniste por mi para ir a ver...
—¿Eso crees? —preguntó Uriel con dudas.
—¿Por qué he de mentir? —respondió ella intrigada.
—No sé.... —contestó él dudando.
—Me paso el tiempo mirando al camino y tú no estás, ni siquiera pasa por aquí —dijo Esmeralda con un tono trémulo y desgarrado.
—Debo irme, lo siento —contestó Uriel y sonriendo con timidez agregó—. ¡Qué vergüenza!
—A veces, hay dolores en el corazón que solo uno conoce —insistió ella sin querer soltar su mano.

Uriel se marchó, pero, mientras conducía, por el retrovisor continuó mirando a Esmeralda que parecía suplicar que no se alejara. Esmeralda se despojó de su timidez y descubrió ante todos, la fuerte atracción que ella sentía. Sus poses, sus sonrisas, sus miradas habían encontrado lugar en su corazón. ¡Vivía una locura! La luz roja trasera de la camioneta apenas se veía, se disipaba en la oscuridad, la borraba la distancia. Giró a la izquierda al salir del camino, ella permaneció frente al colmado mirando la oscuridad, aunque nada veía. Las observaron en suspenso, atónitos, la miserable escena que compartió. Interpretó el más miserable de los actos. Ni siquiera era la villana. Miguelina y su madre, se había aproximado por un extremo del colmado, ambas calladas. Esta vez, no hubo lugar a sarcasmos.

Juan Nieto, conmovido por los hechos, decidió cerrar el colmado. Apagó la radio, recogió las sillas y cerró las puertas, en total silencio. Dejó la luz exterior encendida. Un pequeño bombillo que emitía una luz tenue, moribunda, un lugar de vida para los insectos merodear que lidiaba con la tristeza de la oscuridad. Iluminada salió de la casa, y se acercó a Esmeralda que pensativa trataba de comprender que había pasado entre ella y Uriel.

—¡Hija mía! —exclamó Iluminada con un tono tierno y apagado—. ¿Qué pasa?
—Nada —respondió Esmeralda dejando entrever cuan roto estaba su corazón y volvió a callar.
—Puedes hablarme, si quieres —rogó Inmaculada con preocupación.
—Solo que no comprendo, parecía todo estar bien, hoy estamos distante y... frío.

Inmaculada abrazó a su hija, pasó su mano por sus cabellos, los acarició como suelen hacerlo las madres al expresar que siente el mismo dolor. Deseó compartir la misma sensación de desprecio que entendiera que la comprendía. Miguelina curioseaba desde la casa, sintió el corazón roto, sintió penas por la tristeza de Esmeralda. Carlos se acercó a Miguelina dándole una palmada en el hombro como muestra de apoyo. Luego, Miguelina, con timidez, se acercó a su hermana, mostrando la misma sensación de dolor que la atrapaba.

La noche podría ser corta para la mayoría de los habitantes, pero extensa para Esmeralda que, procuraba encontrar respuesta ante el alejamiento de Uriel. El silencio acompañó la noche, la naturaleza estaba callada, se disponía a dormir. Las aves reposaban de su larga jornada y, al acecho de ser testigo, rogando que la noche sea breve, los hombres apenas dormían, como si quisieran borrar del firmamento las estrellas y traer el Sol para que calentara las nubes. Nadie más pasó frente al colmado. Vacío y solitario se encontraba el camino, sin alma desandando, en ninguna dirección. Ya todos estaban en sus casas, dejando descansar los caminos de sus pesadas pisadas.

—Esmeralda... es un error que te ilusiones... —dijo Miguelina con un tono de voz tembloroso y apagada.

—¡Un error! ¿Cómo puedo creer que lo es? Las cosas se terminan por alguna razón, no un simple error —interrumpió Esmeralda con brusquedad con un tono áspero y tembloroso.

—Vamos, mejor entremos —rogó Inmaculada.

Esmeralda convencida por su madre, entró a la casa, luego a su habitación, se acostó en su cama, colocó la cabeza sobre su almohada y el gemido de sus lamentos la durmió. Miguelina al entrar a la habitación, la observó, se sentó en su cama frente a ella, intentó acercársele, más su madre, haciendo señal con la cabeza, le pidió que no. Ella dormía, quizás soñaba sus sueños. Su madre tendió una sábana blanca con estampas de flores rosadas sobre ella y besó su frente. Los ojos de Miguelina se nublaron, su tonalidad roja emuló la tristeza. Su corazón se contristó tanto que su semblante falleciera. Deseaba abrazar a su hermana, pero sabía que ella ya soñaba con sus hadas.

XVI
Eclipse

Fue un día en el que los hombres preferirían la noche, a causa de lo efímero de la luz. Pasó rápido, dejando muy poco para ser recordado y ocupar un lugar en sus memorias. Al amanecer un angustioso silencio les hizo creer ser sordo, sus oídos no oigan. Fue un día muerto, entre los vivos, esperanzado en la culminación de la sequía. Mientras los hombres sudaban, por sus apresurados pasos al andar, recibían el apoyo de las mujeres que celebraban misa rogando a los altos que permitiera que los vientos trajeran las nubes con agua y al posarse sobre el pueblo, dejara que lloviera.

La imploración fue breve, pues no había mucho tiempo. Todas estaban allí, vestidas de blanco. Sus vestidos cubrían los tobillos, las mangas largas y el cuello abrigado. El vestido lo adornaba un cordón verde, trenzados en hilos de tela. El color verde, afirmaban, representaba la esperanza. Unas llevaban calzados negros cerrados y las que ayunaban, descalzas. El que dirigía, imploraba y ellas repetían, tal y cual lo que decía, parado detrás de una mesa entre dos velones encendidos. Sus voces retumbaban en las paredes de la capilla. Con los brazos abiertos clamaban señalando hacia arriba, al techo que les cubría, imaginando ver el reluciente cielo azul hasta el infinito, hasta que sus vistas se perdieran de tanto mirar, y no veían nada.

Las mujeres apuraron la misa, el día se acababa, y porque sus hombres pronto regresarían. Esta vez doblemente cansados de tanto caminar, no más llegaron, volvieron atrás, a sus casas. Fue un día que no tuvo tarde, solo media mañana, el Sol se oscureció y pronto las estrellas brillaron, haciendo la noche más larga como nunca se había visto. La Luna que no estaba ahí al amanecer, apareció de pronto como si surgiera de la nada y se interpuso entre el Sol y el pueblo, justo antes de que las mujeres terminaran la misa, para que la oscuridad no les sorprendiera. Algunas mujeres, cargaron agua bendita para espantar la mala suerte, otras, abrazaron a sus hijos para que se le pegara la humedad.

El día terminó un par de horas después del mediodía, las bandadas de garzas, como acostumbraban, no regresaron del lugar escondido donde durmieron su sueño por la noche, porque regresar, les tomaría la noche. El polvo de las calles ni siquiera quiso levantarse cuando los camiones de Augusto Real pasaban por encima, con su urgente rapidez de cargar agua. Era como si el viento lo agarrara y lo sujetara a la tierra en su lugar. Los animales se mostraron perturbados, las aves nerviosas. ¡Un mundo contrariado!

Durante la noche, que fue bastante larga, el río llenó su cauce como nunca lo había hecho. Trajo agua en demasía que, una gran parte de ella se pasó al mar y le cambio el color hasta donde quiso. Los peces del mar se alejaron, no empujados por el agua dulce, sino porque, la fuerza del río pudo más que ellos y se hicieron a un lado. La gente no comprendía que pasaba, aunque estaban seguros de que podría ser culpa de la sequía, pues, el río, al crecer, no traía de la que brota de la tierra, sino agua lluvia que recogía en algún lugar, lejos del pueblo.

Doña Malia consternada por los rumores provocados en el pueblo, ante los extraños sucesos que se esperaban que tuvieran lugar, rogó a su hijo Adriel Coral que, le suplicara a Uriel permanecer en la casa, pues, los augurios que se percibían, era preferible tomarlo muy en serio antes de tener que lamentar. Uriel escuchó a su padre, o más bien, por la tranquilidad de su abuela, decidió, aunque a regañadientes, escuchar sus consejos.

La llegada de Luis Enrique trajo alegría a Rosalba e Isabela. Ambas sentían que su presencia hubiera llenado un vacío entre ellas. Contemplaron el fenómeno desde la terraza de la casa de Amanda, disfrutando la grandiosa vista que ofrecía la bahía y el extenso mar hasta el horizonte. Luis Enrique presumía con sus explicaciones, y las dos jóvenes fascinadas, lo escuchaban.

La oficina de Gustavo Punto cerró temprano. Ninguno de los empleados podía concentrarse en sus labores y porque nada más atinaban que, si las mujeres estaban todas en misa o si la imploración a los altos fue efectiva o qué, si quien dirigía sabía lo que hacía. Tanto era el miedo que Gustavo Punto le ofreció a su secretaria, al observarla turbada, llevarla a su casa, para que, en el trayecto de regreso, por culpa de la oscuridad repentina no se perdiera. A la hora de salida, los demás empleados salieron despavoridos, como si se tratara de un maratón al escuchar el disparo, tratando de recordar qué camino tomar para llegar a sus casas.

Gustavo Punto, a pesar de pasarse todo el día entre papeles, no dejaba de traer a la casa las últimas supersticiones que se hacían noticia. Se unió a los jóvenes y a su esposa a contemplar el fenómeno que la naturaleza regalaba. Acostumbraba a descansar en la terraza frente a la bahía, y aprovechó la oportunidad para relatar todo lo que sus oídos eran capaces de escuchar, más bien de absorber. Amanda lo escuchaba y se esforzaba en ponerle atención, no eran temas que le atraían, porque lo que le importaba era la buena apariencia de la casa con sus renovadas y frescas ideas. Sin embargo, muchas veces, prestaba sus oídos, no escuchaba los relatos, pero, fingía de tal manera que él apreciaba su atención. Amanda, con el tiempo, ya acostumbrada, simulaba a la perfección que los asombros parecían reales, pues cuando Isabela se daba cuenta de que estaba en plena narración, permanecía en su habitación. Sin embargo, el fenómeno abrió la curiosidad de la imaginación y todos, incluyendo a Rosalba que había decidido contemplar el fenómeno desde la casa de su amiga, esperaban satisfacer su curiosidad con sus relatos.

Rosalba veía en Luis Enrique un escape de salida, sabía que en cualquier momento el planificaría algún tipo de evento y que ella sería invitada. Sus salidas eran mutuas visitas que se hacían ella e Isabela, y algunas que otras veces a caminar por las calles ante la vista de los curiosos donde tendrían que tolerar los acosadores piropos y sus ocurrencias ante el asombro de verlas. Porque cada vez que las veían, su extrañeza resurgía la fantástica historia con relación a su nacimiento.

Juan Nieto ante los rumores y el mismo temor que arropaba el pueblo, prefirió no abrir el colmado, pues esta vez, afirmó, tener sus oídos cansados de escuchar tantas premoniciones entre la gente que lo visitaba que ya estaba convencido de creerlo todo. Sorprendió a su esposa Inmaculada observándose a sí misma frente al espejo vistiendo de blanco y confundido atinó a agarrarse la cabeza y rogarle que desistiera de tal locura.

Emma prefirió hacerle compañía a Altagracia, para que no se desconcertara creyendo que era el fin del mundo, a pesar de que daba la sospecha de estar convencida. Aunque no asistió a la misa, estaba vestida de blanco como las demás mujeres del pueblo, y de vez en cuando, Emma, la escuchaba decir algunas oraciones, murmullos, mirando hacia el cielo.

—Ha oscurecido más temprano que nunca.
—Sí, así es, Altagracia —afirmó Emma sin mucha explicación.
—¡Tienen que ser las últimas! —exclamó Altagracia con un tono átono y quebrado—. En todos los años en que me he ganado

estas canas, mis ojos no habían visto algo igual —acentuó preocupada y nerviosa.

—Lo que está sucediendo no durará mucho, ya pasará —explicó Emma con un tono suave.

—¿Usted cree? —cuestionó Altagracia afirmando sus dudas—. ¿Vio lo corto del día? El Sol pasó muy rápido, ni le dio tiempo a calentarse. Nunca he visto al Sol ignorar el día.

—Altagracia, tiene que calmarse y esperar, no pasará nada —alentó Emma sin poder convencerla—. Un poco de paciencia y verá, al pasar esta noche, un nuevo día llegará y todo será normal.

—¡Dios te escuche, mi niña! ¡Dios te escuche!

Enseguida, Altagracia, ignorando la presencia de Emma, murmuró sus oraciones ojeando con temor hacia el cielo. Estaba convencida de que eran las finales, porque así actuaban la gente convencida de su miedo, para no entender la realidad. Emma sabía que era imposible que ella entendiera, se esforzaba para que permaneciera en la casa y el miedo, saliendo a las calles, no la haga perder el juicio. Aunque en su interior, las dudas la quemaban, y se preguntaba qué tan real era lo que sucedía, si fuera algo pasajero, y qué si Emma tendría razón, porque ya ha oscurecido y como ha acostumbrado siempre, Augusto Real no ha regresado a casa desde el rancho.

—¡Es fantástico! —exclamó Luis Enrique abriendo los brazos al viento de felicidad.

—Es una suerte que el fenómeno ocurra por aquí y pudiéramos disfrutarlo —comentó Gustavo.

—Las estrellas parecen más relucientes que nunca —resaltó Isabela con un excesivo asombro—. Hasta se ven más cerca.

—Sí, hija —terció Amanda con una ligera sonrisa—. Me imagino que en el pueblo cunde el temor.

—Más bien el pánico, Amanda —comentó Luis Enrique—, por lo que he escuchado de sus fantásticas imaginaciones.

—La ignorancia los gobierna —apuntó Rosalba con voz átona.

—Muy cierto, Rosalba —afirmó Gustavo.

—¿Por qué piensan de esa manera? —preguntó Luis Enrique esperando alguna explicación—. No entiendo nada.

—Por generaciones han pensado así, son sus creencias —explicó Gustavo—. Ellos han culpado a algo o a alguien sobre sus infortunios, así lo han aprendido y así han vivido por siempre, por generaciones, a veces creo que eso es lo primero que les enseñan a sus hijos.

—En definitiva, es un pueblo de gente pobre, humilde, pero muy ingenua —acentuó Amanda con un tono suave dejando sentir su compasión.

—Pero ser humilde, no es un requisito para la ignorancia —replicó Luis Enrique que no lograba convencerse del argumento de Amanda.

—Prefiero disfrutar el momento, creo que no lo volveré a ver —exclamó Isabela queriendo ignorar las creencias.

—Es un modo de vida —explicó Rosalba con su vista en el firmamento—. Te adapta, lo tolera, así nada más. Ellos son aferrados a sus costumbres y no ven razones para apartarse de ellas.

—Habla la única persona en el pueblo que ha vivido su vida dedicada a la lectura —dijo Luis Enrique sorprendido del comentario de Rosalba.

—Son las interpretaciones del juicio de cada uno, que se derivan en acciones de bien o de mal, sobre los conceptos o ideas plasmadas en papel —expuso Rosalba con tono melódico y firme—. El pueblo... su gente, sus vidas están plasmadas en sus experiencias. Los traspiés de cada día. Las esperanzas que renuevan cada día, para conformarse con lo que obtienen.

—Creo que hay mucha verdad en tus palabras, Rosalba —corroboró Gustavo que la escuchaba impresionado—. Mi secretaria ve el trabajo como si fuera una religión y así los demás en el pueblo.

—Están diciendo que ellos se ocultan en el miedo por no enfrentar la verdad —comentó Luis Enrique estupefacto.

—Muy cierto —afirmó Gustavo—. El miedo es el cayado que indica el camino a seguir.

Gustavo Punto, animado por las emociones que surgieron del encuentro, deseó festejar creyendo que era una buena ocasión y después de leer la etiqueta en la botella, la mostró a todos.

—¡Cada ocasión tiene una botella de vino! Esta ocasión es merecedora del mejor, ¿no es así? —alardeó Gustavo feliz al levantarla—. ¡Esta es inolvidable!

Fue visible la alegría entre todos, era más que un motivo para celebrar. Sabían que volver a presenciar un fenómeno de la naturaleza de esas características era casi imposible y debían disfrutarlo en grande. Luis Enrique acompañó a Amanda a buscar las copas, estaban sumergidos en el momento cumbre del fenómeno, de mayor oscuridad, y aún restaba del día la larga noche. El frío se acentuó, los rayos del sol descansaban de su oficio.

Rosalba e Isabela se animaron a disfrutar del vino que Amanda acompañó con queso picante y textura poco fuerte. El cielo mostró todos sus encantos, la bahía lució esplendida y el horizonte, allá donde el mar convive con el cielo, exhibió toques mágicos de pinceladas que las miradas no se cansaban de apreciar. Isabela captó como Rosalba reprimía sus sentimientos ante las constantes miradas de Luis Enrique. Se escudaba tras la muralla que levantaba Isabela, pero ante su insistencia, se alejaba como la gacela huye del cazador.

En el pueblo el trasnocho sería evidente. Su gente, encerrados en las casas se preparaban para una larga y fría noche. Su mundo se derrumbaba, el miedo los derrotaba. A pesar de eso, lograban energizar sus esperanzas, no las abandonaban, estaban convencidos de que un día no muy lejano lloverá.

Pronto la incredulidad de Altagracia temblaba y afianzaba credibilidad a las palabras de Emma. El portal de entrada a la casa chirrió, y las luces de la camioneta de Augusto Real iluminaron todo el jardín, había llegado a la hora que siempre acostumbraba. Ella por un instante, sonrió con timidez, en sus dudas. El motor paró la marcha, los pasos de Augusto Real dejaban escuchar sus pisadas en los escalones de la galería. Entró en la casa, y entre dientes, sin mover sus labios, dirigió un saludo que solo recibió el beneplácito de Altagracia. Él se detuvo un instante, la observó estar ahí sentada y luego a Altagracia, que al verla vestida de blanco dejó escapar una sonrisa de burla.

Emma lo ignoró por un instante, luego detuvo lo que hacía y reciprocó el saludo arqueando sus cejas al levantar la cabeza. Sus ojos azules brillaban en un semblante de paz. Se desvanecía el terror con el que alguna vez la intimidó. En pocas ocasiones, platicaban, él se ahogaba en su alcohol, ella ocupaba un asiento algo distante. El silencio, en que se había sumido, los unía, y con el pasar de los años había sido su mejor profesora. Era el empuje que Rosalba transmitía para que aceptara y comprendiera, con sus pláticas. La realidad en la que vivía.

Altagracia temía al temperamento de Augusto Real y se había dado cuenta de que Emma ya no era la adolescente que conoció unos años atrás. Ahora estaba llena de energía, no dejaba notar su debilidad y contaba con todo el apoyo de su hija. Prefirió, aprovechando la llegada de Augusto Real, dar por concluidos sus labores del día y marcharse a su casa. Se despojó del delantal con la misma rapidez de querer irse. Entendió que la oscuridad del momento era la noche que siempre ha conocido, y aunque con algo de temor, en cierta manera, podía confiar y retirarse más tranquila al estar con su familia.

Una botella de *whisky*, un vaso en mano y buscó un lugar en la galería. Augusto Real se sentó en la misma mecedora a mirar el mismo paisaje de siempre. Ella hizo lo mismo, callada y en silencio total lo acompañó. La tarde no existió y el crepúsculo se negó a embellecer, estuvo ausente, pero si el mismo silencio que compartían. No conversaban, ni siquiera preguntó por Rosalba, solo le interesó el contenido del vaso. Bebió un sorbo tras otro, casi sin respirar, como si intentara sumergirse en el olvido de alguna pena, borrar para siempre alguna espina que hirió su corazón. Emma no se inmutaba, su semblante permanecía inmóvil, como persistía el tiempo que no terminaba de transcurrir.

Vio salir a Altagracia que se despedía moviendo las manos para no estorbar a Augusto Real. No iba vestida de blanco, había cambiado de ropa. Caminaba pausada como se lo habían enseñado los años, pero más tranquila. Sabía que sus pasos andarían las mismas pisadas de siempre, las mismas huellas, camino que estaba gravado en su memoria.

Gustavo Punto y Amanda tuvieron todo el cuidado con Isabela y Rosalba, de que no se bebieran algunas copas de más y perdieran su control. Luis Enrique disfrutó en cada sorbo el espectáculo que ofreció la naturaleza. Isabela mostraba su felicidad al tener la compañía de su amiga y compartir la inolvidable velada, aunque Rosalba lidió con no menospreciar el calor de las miradas y la distracción que causaba en Luis Enrique, mostraba siempre una conducta admirable.

El silencio persistía en el pueblo. Las aguas del río continuaban llegando al mar. La marea alta, como si la levantaran en algún lugar. Nadie en el pueblo tenía intenciones de dormir, algunos ya creían que era el preludio, la señal esperada de que pronto llovería, y como tal, no querían perder tal acontecimiento. Afirmaban que la primera lluvia en caer, después de tanto tiempo de sequía, era buena para los dolores musculares y que sanaba a los niños del empache y del mal de ojos. Así, en cada casa prepararon todos los envases que podían y los colocaron en sitios estratégicos en los patios de las casas para atrapar cada gota de agua que bajara del cielo. Porque el agua, para ser buena, para curar, tenía que ser atrapada desde las nubes, así que, la que caía sobre los techos solos servían para el baño y la limpieza, porque contenía el mismo polvo que traía el río.

***

Frente a la entrada de la casa se detuvo la camioneta de Gustavo Punto, Luis Enrique en compañía de Isabela, traía a Rosalba. Aunque la noche comenzó más temprano, no era tan tarde, sino que así quedó la impresión del fenómeno entre todos. Se despidió de sus amigos, y mientras avanzaba, al entrar en la casa, se encontró con una escena patética, protagonizada por sus padres. Uno embriagándose en alcohol y la otra contemplaba como la amargura y el destino le reservó una mala jugada en la que había caído. Augusto Real vivía aferrado a sí mismo, solo importaba él, creyéndose el centro en el cual todo debía girar, con su prepotencia y egocentrismo, y la lucidez de su terquedad.

—Hija mía, ¿cómo te fue? —preguntó Emma.
—De maravilla —respondió colocándose las gafas oscuras que traía en la mano—. ¿Cómo me veo?
—¡Eres un encanto! —exclamó Emma sonriente—. Te quedan perfecta.

Rosalba se aproximó a su padre e inclinándose le regaló un beso. Augusto Real no se inmutó permaneció inerte y frío.

—Creo que el alcohol lo durmió —susurró Emma con un tono quebrado y triste, abriendo los brazos al estado en que se encontraba—. Ha estado bebiendo desde que regresó, mudo. Estoy convencida de que deja el habla en ese lugar, en el rancho.

—Creo que sí, está dormido. Bueno, qué se va a hacer —afirmó Rosalba y tratando de esquivar su mal humor—. Ha sido una noche esplendida. Luis Enrique sabía bien del eclipse y vino preparado, nos sorprendió con las gafas...

—Me alegro por ti —interrumpió Emma feliz.

—¡Hemos tenido muchas suertes! Dicen que tardaría años en volver a ocurrir.

—¡Qué va! —exclamó de forma grosera Augusto, sin mirar a ninguna de las dos—. Creo que la gente del pueblo tiene razón, solo Dios sabe lo que nos espera.

Era la noche misma vestida de oscuridad en la que el cansancio tuvo tiempo para el reposo. La noche precedía al día en el que se esperaba se hiciera realidad los sueños de la esperanza. A escondidas en los matorrales, los grillos y los saltamontes cantaban sus mejores melodías. Las luciérnagas titilaban con intensidad. Los ladridos se escuchaban en la distancia. El susurro del viento se envolvía con el mismo polvo que levantaba. La oscuridad quería hacer silencio; las almas aferrarse a sus sueños de vida.

Rosalba convenció a su padre para que entrara a la casa y se recostara. Había consumido cada gota de la botella de *whisky*. Se envenenó la sangre de alcohol y el alma de sus propias penas. Apoyado al hombro de su hija llegó a su habitación. Cayó, no se recostó, sino que se desplomó en la cama con la misma ropa y sus sudores. Con el mismo olor de la podredumbre de las heces del ganado y los caballos, y con el mismo tufo del alcohol con que se embriagó. Fue su noche solitaria. Emma decidió por primera vez no dormir junto a él. La vida le había enseñado a saltar las piedras y protegerse de las espinas al andar los caminos. Su hija se convertía en su norte, cambiaba el miedo enquistado en la debilidad por el coraje que debió vestir unos años atrás.

XVII
Dieciséis años

Ninguna desgracia sucedió. Amaneció tal y como suele suceder cada mañana. Por el mismo lugar de siempre, se levantó el Sol. El cielo continuaba siendo azul, sin nubes que lo adornaran. Cautelosos y sorprendidos los hombres se dirigieron a sus lugares de tareas diarias. Preocupados y con más determinación, pensaban en la fortaleza de sus esperanzas para que pronto culminara la prolongada sequía. Firmes y aferrados a sus sólidas creencias, se consolaban de que por algún motivo que los convencía, no recibían la lluvia. Antes de mudar un paso fuera de la casa, las mujeres con sus hijos entre las faldas oraron. Destrabaron los pestillos y después de abrir las puertas con cautelas asomaron la cabeza, miraron a todo lado y luego al azul que les cobijaba. Sus rostros no se inmutaron, nadie se asombró, vieron el mismo paisaje que sus memorias recordaban con la misma chispa de esperanza arder.

Augusto Real fue sorprendido por el cantar de las aves mientras aún permanecía acostado en su cama, con la misma ropa encima de la noche anterior. Al abrir sus cansados y pesados ojos, se encontraron con Altagracia, su fiel compañera de confianza. Sostenía una bandeja de metal plateada con una taza humeante de café, y que su fuerte aroma había llenado toda la habitación. La cabeza le daba vuelta y el dolor que sentía se semejaba a un fuerte martilleo sobre la roca. Le fue difícil reponerse, todavía el *whisky* corría por sus venas y dominaba su equilibrio. Bebió un sorbo sintiendo el sabor amargo del fuerte café negro sin endulzar. Su rostro arrugado, mostró el desagrado con gesticulaciones de asco al percibir el amargo, exhalando levemente exponiendo la lengua.

Tarde, como nunca le había sucedido, Augusto Real encendió su camioneta y se alejó de la casa para dirigirse al mismo lugar que durante toda su vida ha estado, el rancho. Altagracia no recibió de parte de Augusto Real ni siquiera un sencillo *«Buen día»*, la prepotencia y su orgullo, no se lo permitían, lo hacían débil.

Emma durmió junto a Rosalba, esperó que el sonido de la camioneta se perdiera en la distancia, para levantarse. Estaba acostada de lado, con la espalda hacia Rosalba, cuando de pronto sintió su abrazo, luego recibió un beso en la mejilla que provocó la salida de algunas lágrimas y que con todo el cuidado enjugó, para que ella no lo notara. Su intención de levantarse tardó un poco más, Rosalba la hizo sentir un ser humano. Una vez más, el amor de su hija la fortalecía, llenándola de valor y coraje. Rosalba había dejado la puerta de la habitación abierta sabiendo que le llamaría la atención a Altagracia. Después de que Augusto Real se marchó, Altagracia se dirigió a la habitación de Rosalba. Alertó su presencia con unos ligeros golpes en la puerta.

—¡Buen día, Altagracia!, pase —respondió Emma sonriente al escuchar su saludo.

—Por lo que veo acompañó a Rosalba.

—Sí —afirmó sentándose en la cama—. Necesito una taza de café bien caliente, por favor —pidió con amabilidad y luego observó a Rosalba que todavía dormía.

—Déjala dormir —susurró Altagracia.

Altagracia comprendía que algo se salía de las manos de Augusto Real, el tiempo comenzaba a poner cada cosa en su lugar. Él perdía batallas, el tiempo se convertía en su peor enemigo. El gran amor a Rosalba se transformaba en la espada que destrozaba su corazón. La guerra que lidiaba era una pesadilla.

Vertió en una taza de porcelana color verde el café, y a su lado la azucarera junto a una servilleta. Emma se sentía adormecida a pesar de haber dormido toda la noche. Altagracia le sonrió, sintió la necesidad de conversar. Estaba llena de energía, como si hubiera perdidos algunos años, sentía paz.

—¡Quisiera tener la oportunidad de ver llover en mi pueblo! —exclamó Altagracia con un tono triste y apesadumbrado por la frustración del día anterior.

—¿De qué habla usted? —preguntó Emma.

—De pronto... uno quisiera que las cosas fueran diferentes. Me gustaría que lloviera, es un deseo que quiero ver... Mire usted, ese mar está más mudo que nunca, siente la tristeza de todos. Cuando cruzábamos la playa, las mujeres nos mirábamos la cara sorprendida, asustadas, ni siquiera el viento movía sus aguas y las ramas de los árboles parecen estar muriendo, sin color.

—¡Deseos!

Expresó Emma sorprendida. Sonrió, y entonces comprendió que había dormido durante toda la noche. Era la primera vez que no escuchaba el mar agitarse. Tocó el pecho, sobre el corazón y notó la calma de sus palpitaciones. Sintió su cuerpo libre de inmundicias. Sintió la piel limpia sin la suciedad de las caricias toxicas.

—Mi pueblo es muy creyente, es fuerte en sus creencias, a veces creo que somos demasiado testarudo. ¡Ingenuos! El río trajo toda el agua que pudo y el mar se la tragó.

—Eso he aprendido. Cuando están convencidos de algo, nada los hace cambiar de opinión. Pero a lo mejor es buena señal, ¿no lo cree así? Eso quiere decir que en algún lugar llovió, ¿no?

Por un momento, Emma miró a través de la ventana, queriendo ver el mar, deseó verlo. Sintió una sensación de paz que corría por sus venas, el susurro del viento traía melodías de sosiego que atizaban la chispa de su vida. Sintió desprenderse de su alma el desprecio. Desvanecerse los barrotes que marchitaron la lucidez de su juventud.

—¡Bueno! Pueda ser que usted tenga razón. Pero sucedió como lo he dicho. Somos muy humilde, lo único que sabemos hacer es trabajar —acentuó Altagracia con orgullo.
—Pero convirtieron en una tragedia el día de ayer. Era algo normal, es la naturaleza.
—Por ignorancia, hija mía, por ignorancia —confesó Altagracia abrumada.
—No debería ser así.
—Pueda que sí. Pero la realidad es que aprendemos a empujones, nos mantenemos en el camino a latigazos. Las necesidades nos obligan a cometer errores y creer cosas... es que ver la noche volver tan pronto... fue espantoso. Llegamos a creer que el cielo nos castigaba.
—Venga para acá, siéntese un rato aquí, deje eso para después.

Recordó la voz de Rosalba, su promesa, como si estuviera sumergida en un sueño donde un ángel la rescataba de una tormenta. Vio los látigos que la atizaban convertirse en una amorosa mano querer sostenerla. La opacidad de la luz de un faro confundirla. ¿Era el trago amargo de una confesión?, dudó.

—Bien, pero no se me ponga sentimental. Ya he tenido suficientes emociones estos días.

—Usted es una buena mujer, es nuestra familia…. —dijo Emma mientras Altagracia se sentaba.

—Por favor, señora —interrumpió Altagracia queriendo levantarse de la silla—. He hablado de más, mire lo que he hecho.

La nostalgia se apoderó de Emma, y por un breve momento, los recuerdos de sus padres la acariciaron. Deslizó sus delicadas manos sobre la mesa. La melancolía la atrapó. Sus ojos azules se entristecieron, dejando escapar una sonrisa. Suspiró con suavidad, sostuvo la taza con ambas manos, apoyando los codos sobre la mesa, bebió un sorbo y una vez más hasta terminar su café. Sintió temor después de haber atravesado las agitadas y turbulentas aguas del mar, la embarcación encallara.

—No sé qué gran pecado he cometido, pero estoy lista para averiguarlo.

Sus palabras emergieron con energía, salieron de sus labios con fuerzas y la expresión de enojo que inquietó los nervios de Altagracia. Su mirada se perdió a través de la ventana encontrándose con las rosas rojas en el jardín, hasta que la borrosidad le hiciera perder la concentración y al a darse cuenta de que Altagracia la observó con pánico, la ignoró adrede. Reflejó determinación, dispuesta a consumar su cometido.

Rosalba se les acercó, aun adormecida bostezaba, la larga noche no le alcanzó para reponerse de las copas de vino. Los cabellos lucían descuidados, y el precio de acostarse tarde, se reflejaba en su rostro.

—Creo que la noche no fue suficiente, mi niña. ¿Café?

—Sí, por favor —afirmó Rosalba—. Estaba contemplando el eclipse en la casa de Isabela, desde la bahía.

—¿Hasta tan tarde? —preguntó Altagracia con su tono de voz acongojado.

—No —respondió Rosalba—. Es que no me acostumbro al vino. ¡Me da tontera!

—¿Al vino, mi niña? —Rosalba sonrió de felicidad e inclinando su cabeza hizo silencio.

—¿Cómo durmió mi querida madre? —preguntó Rosalba salvándola del trance en que se había sumergido y que solo reflejó una ligera sonrisa a su llegada.

—¡Feliz! Me siento relajada —respondió Emma dejándose abrazar por su hija.

Emma mintió, su tono de voz quebrado y triste la delató. Ambas tenían sus miradas en Altagracia que pretendió no escuchar. Sintieron que ella guardaba algún secreto de Augusto Real y que por temor prefería callar. Sus oídos absorbían los murmullos que se sucedían entre las paredes de la casa y su vista que daba la sensación de una capacidad limitada, lo veía todo. Sin embargo, ella de alguna manera sentía que ambas dudaban sobre su comportamiento. Su íntegra fidelidad a Augusto Real estaba por encima de todo. Sentía que las miradas inquisitivas de Rosalba hurgaban en lo más íntimos de su ser, buscando respuestas, pero su sacrificio tenía un alto precio, una compensación generosa más allá del temor.

***

Después de que el pueblo fuera testigo del día más corto que había visto, Amanda visitó a Emma, mientras que Isabela cediendo a las súplicas de Luis Enrique, invitaron a Rosalba a pasear. Luis Enrique era cautivado por la belleza de la ingenua y coqueta joven. El corazón de Luis Enrique, de alguna manera mágica, palpitaba ante su cautivadora presencia. Su sonrisa conmovía sus nervios y su cuerpo lidiaba con torbellinos de pasiones lo estremecían. Él ansiaba estar a su lado, sentir su presencia. La encantadora voz de Rosalba y el destello de sus ojos estropeaban el habla, haciéndolo lucir torpe, delatándolo.

Las intenciones de Luis Enrique contrastaban con las aflicciones de Emma que bloqueaba sus galanterías. El rostro de Emma resaltó en alegría al recibir la visita de Amanda. La complicidad de Isabela avivó la llama en Luis Enrique. Un murmullo de agradecimiento y un gesto cortés brillaron en un intercambio de miradas entre Rosalba y Amanda desplegando un tierno afecto de compasión. Amanda llegó en el momento oportuno. Isabela se convirtió en el más preciado de las salvavidas y Luis Enrique se sintió el hombre más feliz.

Emma recibió a Amanda en su lugar predilecto del jardín, en el banco debajo de las palmeras frente a las Coronas de Cristo. Prefería ese lugar, las flores la hacían reflexionar, la fortalecían, eran fuertes ante los rayos del sol, mostraban su belleza en sus pequeños pétalos y las débiles espinas les hacían honor de protegerlas. Por más que los látigos del sol incidían sobre ellas, más hermosa lucían y sus tiernas hojas verdes, destellaban frescuras.

—¡Corona de Cristo!
—Sí, son mis favoritas —afirmó Emma.
—De ellas no tengo —dijo ella señalando las amarillas.
—Debería, la colección es hermosa —sugirió Emma con orgullo.
—¡Amarilla, rojas, rosadas! —contó cada una las plantas por sus colores.
—Ellas tienen la habilidad de cuidarse solas —dijo Emma—. No requieren tanta atención, sobreviven sin nosotros.
—¿Cómo sabes tanto de ellas? —preguntó Amanda.

—La he observado por largos años —narró Emma con tristeza—. He aprendido mucho de ellas, tienen la fortaleza de un sobreviviente.

Amanda percibió que su tono quebradizo reflejaba la tristeza en su rostro. Encadenada a angustias que le habían robado la juventud. Aliviaba la carga de su cruz y el sangrado de las espinas, con las lágrimas derramadas en la soledad de su prisión. Su almohada recogía las lágrimas, así como las cascadas golpeaban las rocas y su calidez se mezclaban con las aguas frías del río. Narraba sus secretos a su flor preferida, anhelando ser tan fuerte como sus espinas, sin perder los encantos de una mujer.

—Puedes contar conmigo —sugirió Amanda—. Quizás, necesites de alguien que te escuche.
—Gracias, pero créeme... creo que... —susurró Emma y luego con una sonrisa sarcástica agregó—. Te aburrirás.
—Pruébame.

Ambas rieron, aunque no era apropiado, pero sucedió. Emma quizás por los nervios; Amanda intentando responder a los gritos de auxilio de Rosalba. La amistad entre Rosalba e Isabela comprometieron a Amanda en el intento de ganarse la confianza de una mujer que, en lo más profundo de sus raíces, su cuerpo se retorcía en el calor de las ansiedades al ver derrumbarse el telón que disimulaba la mísera vida en la que ha vivido.

Altagracia ofreció una refrescante limonada. Amanda captó en Emma el cambio de tonalidad en el semblante y la forzada sonrisa que mostró. Fue un momento de silencio, como si el tiempo dejara atrás sus ruidos y melodías, pero la mirada de Amanda cautivó la curiosidad de Altagracia.

—He gastado cada minuto de mi existencia dedicándoselo al cuidado de mi hija —confesó con un nudo en la garganta—. No me arrepiento.
—Son los logros que nos hacen sentirnos orgullosas —comentó Amanda identificándose con los sentimientos de Emma.
—Llegué a este pueblo sin saber a dónde iba, ni siquiera sabía que existía —agregó con una voz quebrada, pausó, respiró profundo y, añadió —. ¿Puedes creerlo?

Amanda escuchó atónita sin saber que comentar en ese momento, desvió su mirada y buscó donde dirigirla queriendo por un instante no ver el rostro de Emma, comenzó a sentir lástima, pero no podía dejar que se notara. Emma miró sus flores, su vista descansó en ellas, habló sin mirar a Amanda deseando evitar que sintiera compasión. La debilidad no era una opción.

—¿Qué no sabías que venías a Sosúa? —preguntó Amanda.
—Así es. Es difícil de creer, lo sé —respondió avergonzada de su confesión—. Apenas era una niña, una muy tonta. ¡Dios mío!
—Perdona que te pregunte, ¿y tu familia?

Emma misma se hacía culpable de su pasado. Sin embargo, en la soledad de sus oscuros momentos, para justificar el error de su acto, maldecía el destino con la misma firmeza con que un juez golpea con el mazo. Meditaba, razonaba sobre su situación y no encontraba respuesta a la historia descarriada de su vida. Se sentía acorralada del tiempo, un oscuro túnel sin final. Joven y hermosa; de manera asidua se torturaba en sus pensamientos. Al escuchar la pregunta de Amanda, sus ojos se nublaron, y a pesar de querer evitarlo, sollozó con tristeza. Las lágrimas rodaban por sus mejillas de manera incontrolable. Hablar se le dificultó, buscaba el aire, se ahogaba en sus suspiros.

—Lo siento —dijo Amanda colocando su mano sobre su muslo—. A veces, es bueno dejar que esas difíciles palabras de nuestro interior emerjan arrancando las raíces que las sostienen.

—Gracias, amiga.

—No continúe permitiendo que esas raíces te pudran el alma, porque te acabaran la vida, te destruirán —aconsejó Amanda—. Debes dejarlas ir, liberarte de esas torturas.

—A menudo, mientras me sumerjo en mi silencio, ya no es la respuesta que busco, más el consuelo para mi alma. Enjugar mis lágrimas en la felicidad que ansío para Rosalba. Confieso que el dolor moral es más intenso que el físico.

Por un momento el silencio se apoderó de ellas, Emma enjugó las lágrimas, dilató su pecho inhalando todo el aire que ansió. Amanda sintió que una extraña sensación de ocupar su lugar se apoderó de ella.

—Te levantó las manos, se atrevió a…

—No, no, nunca me levantó las manos, quizás hubiera sido mejor. La herida dejaría una borrosa cicatriz. En cambio, ¿cómo sanar el alma? Esas miradas justicieras… que solo el espejo calla… duele el alma.

—Sería bueno de que entremos a la casa, Emma —sugirió Amanda después de ojear a sus alrededores.

—Sí, tienes razón, en cualquier momento, de mí, correrán rumores por todo el pueblo. El chisme es un deporte muy apreciado aquí.

—Sí que es, ja, ja, ja.

Amanda logró convencer a Emma, y decidieron entrar, pero conociendo de las habilidades de Altagracia, la invitó a pasar a su habitación y conservar la privacidad de su conversación. Altagracia respondió a la gratitud de Amanda por la limonada mientras dejaban los vasos sobre la meseta de la cocina. La paranoia activó los nervios y las curiosidades de Altagracia y que, alucinando todo tipo de conjeturas, comenzó a divagar, caminando de un lado a otro, desesperada. Pensó acercarse a la puerta, para poder escuchar, pero se arriesgaba demasiado, así que optó por calmar sus nervios y esperar.

Se sentaron en el sofá de la habitación. Aunque la noche anterior no durmió en ella, todo estaba ordenado. Miró hacia la cama con una triste expresión repulsiva y llena de vergüenza. Un habitáculo para la reconciliación. Amanda estaba presta a escuchar sin vestir los ornamentos del sacramento, sin esconder su rostro. Aunque si pareció musitar un Padre Nuestro o invocar un Ave María, rogando fortaleza y compresión porque la tormenta que avistaba desconocía la misericordia. Emma inhalando profundo y con los ojos cerrados empezó el relato de su historia:

«Solo tenía dieciséis años, había llegado con mis padres del campo a la capital. Como podrás darte cuenta, en el campo las casas están distantes, en cambio, en la gran ciudad todas están cercas, juntas, altos edificios, en fin... Al principio, es intimidante, no conoces a nadie, todos te son extraños, no sabes en quien confiar. Mi padre consiguió trabajo como ebanista en un taller, y mi madre y yo permanecíamos todo el tiempo en casa, ni siquiera conocíamos los vecinos, uno tiene ese miedo de darse a conocer... La vida de las ciudades... rápida, la gente es descortés... apenas saluda.

Un día se me acercaron unas chicas de mi edad, mientras estaba en la galería, dijeron vivir en el mismo barrio, charlamos, intercambiamos nombres.

—Hola, eres nueva, ¿verdad? —preguntó una de ellas.

—Sí, acabamos de mudarnos —contesté—. En realidad, tenemos casi un mes de mudados, ¿y ustedes?

—*Vivimos aquí, es nuestro barrio.*
—*¡Ah!¡Qué bien!* —*exclamé con alegría.*
—*Me llamo Lucía, pero todos me dicen Lucy* —*se presentó una de ellas.*
—*Yo soy Elisa.*
—*Y yo Emma. Bueno, pues, ya saben, vivo aquí.*

Así comenzó nuestra amistad, y como a mi madre no le gustaba la idea de alejarnos, nos reuníamos siempre en mi casa. Y así, nos conocimos. Ellas eran chicas diferentes a las del campo: altivas, independientes, sus peinados ostentosos. Elisa tenía el cabello corto, muy corto, en cambio Lucy, que era más determinada, su cabello era largo. La mirada de Lucy era intimidante, en cambio Elisa más distraída. Con el tiempo entramos en confianza y siempre me invitaban a sus casas, otras veces a caminar, pero como te dije, mi madre siempre se oponía. Aunque en realidad era mi padre. Mi madre sentía fobia por lo que podía haber más allá de la puerta.

Tiempo después, estando mi padre en casa escuchó nuestra conversación en que ellas me invitaban a la fiesta de cumpleaños de un amigo, no muy lejos del barrio, decían. Les era difícil comprender que tenía que pedir permiso a mis padres, y yo, ya comenzaba a sentirme mal. Imagínate, el ambiente de Navidad. ¡Vi a la gente alegre celebrar Año Nuevo! La fiesta era un día antes del Día de Reyes. Mi padre notó mi estado de ánimo decaído, triste y ausente y, me preguntó qué pasaba. Quise ocultar la verdad, pero él insistió.

—*¿Qué tienes, mi hija?*
—*Nada, papi, todo está bien* —*mentí, pero mi rostro me delataba.*
—*Sé que algo te pasa, se nota el ánimo caído. ¿Estás enferma?*

—No, no, gracias a Dios. Es que... me invitaron a un cumpleaños, es temprano, me gustaría ir, me paso todo el día aquí, encerrada.

Me recordó el temor de lo que podría pasar. La diferencia entre el campo y la ciudad. Le respondí a mi padre que entendía, pero ya sabes, era joven, y... deseaba salir. De verme tan apenada y triste, decidieron dejarme ir con todas sus condiciones. Pues de momento estaba feliz. Las chicas y yo, estábamos entusiasmadas... era una oportunidad para hacer amistades.

Con ellas conocí todo el barrio, los colmados, y poco a poco, me fui sintiendo cómoda. No me miraban como una extraña, todos las conocían y así pasó conmigo. Llegó el día del cumpleaños, no tenía ni idea donde era, pero me sentía confiada y segura con mis amigas. Cuando llegamos me impresioné, quedé maravillada. El ambiente era sano, todos jóvenes, se bailaba, se cantaba, todo iba muy bien. Cuando de pronto alguien se me acercó.

—¿Bailas? —contesté un no con mi silencio y desviando la mirada quise ignorarlo, pero él insistió—. Es una fiesta. Solo un baile.

—No, gracias —respondí a su insistencia y agregué para quitármelo de encima—. Es que no se bailar.

—Apuesto que eres experta y dices que no —insistió él.

—Es que no sé, ya te dije.

—Solo es una fiesta para divertirse, nadie notará nada —habló casi al oído por el alto volumen de la música—. Además, creo que eres de la que aprenden rápido, ¿sí?

—Bien, pero no te burles —acepté después de tantas insistencias.

Lucy observaba de lejos, intercambiamos algunas miradas y entendí que me decía, todo está bien que aceptara. No sé si estaba *bailando, pero intenté, lo pisé varias veces, él sonreía, y nos relajamos tratando de seguir el ritmo de la música. Luego al final la música paró y me dijo:*

—*Ve, sabía que eres una experta* —*dijo galanteando.*
—*No te burles* —*respondí queriendo ignorarlo.*
—*Federico.*
—*¿Qué?* —*pregunté.*
—*Me llamo Federico.*
—*¡Qué bien!*
—*¿Y tú? ¿Tienes nombre?*
—*Sí, sí, por supuesto.*

Me reservé mi nombre, aunque no sé si servía de algo. Nos quedamos charlando un rato, en un lado de la sala, hasta que alguien se acercó y él me lo presentó.

—*Un amigo.*
—*Hola* —*respondí sin mirarlo, y tratando de localizar a mis amigas, pues me estaba sintiendo abrumada, pero nunca me sentí acosada, ¿comprendes?*
—*Hola, soy Augusto* —*insistió en que le escuchara.*

Extendió su mano, y tuvo la paciencia de esperar que yo aceptara, cuando al fin miré su rostro, no tuve ninguna otra opción que sonreír. Ya sabes cómo los hombres mal entiende las sonrisas. Pero en verdad, quedé impresionada. Te confieso que nuestras miradas detuvieron el tiempo. Sentí una sensación extraña recorrer mi cuerpo, una energía que se adueñaba de mí.

—*Emma* —*pronuncié mi nombre, mientras mis ojos resplandecían, lo confieso.*
—*Buen ambiente, ¿verdad?*

—Sí, creo que sí —respondí con un tono melódico y nervioso.
—La música es muy buena aquí, ¿cierto?
—Veo que ahora soy invisible. ¿Saben que estoy aquí?

Federico se alejó, él secuestró la conversación y ocupó toda mi atención. Conversamos, me invitó un refresco, él tomó un vaso, creo que era alcohol, no sé. Nos alejamos de todos, a un lado, al pasillo que conduce a las habitaciones, pues, apenas podíamos oírnos por el alto volumen de la música.

Comenzó a cortejarme, que mi voz, mi rostro, mi cabello, lo hermosa que soy, y todas esas tonterías que nos ilusionan, que una se lo cree, imagínate con dieciséis años, te ponen el mundo en las manos. Luego, sentí algo extraño, como que perdía mi control... algo hizo que... que me sintiera más relajada... alegre y menos tensa... de pronto estaba en algún lugar... en una habitación... él se me acercó, me tocó, recuerdo su rostro muy cerca del mío... sentía sus manos por todo mi cuerpo y... y quedé como dormida.

Desperté por las voces de Lucy y Elisa, ellas estaban muy preocupadas. No sé qué pasó, luego, vi algo como una mancha de sangre en mis entrepiernas y me asusté. Lucy me abrazó y solo atiné a llorar. Fue horrible, cruel, no sé por qué lo hizo. Ellas me ayudaron, y salimos de aquel lugar... Todo estaba más oscuro, mi visión borrosa, había perdido la noción del tiempo... salimos abrazadas... y nos fuimos a casa.

Me mantuve callada durante días, pero mi madre notó que algo pasaba. Mis amigas continuaron visitándome y me hablaban. Se sentían culpables por lo que me pasó. No pude más y le conté todo a mi madre. Ella no soportó escuchar mi relato, nos abrazamos y lloramos. Recordó las advertencias en que insistieron. La confianza entre mis padres hizo que mi madre le contara todo. Él no dijo nada, calló y el miedo entre nosotras fue mayor.

Semanas después, asustada y turbada fui a visitar a Lucy, porque ya no aguantaba más. El miedo me consumía y mi cuerpo temblaba cada vez que escuchaba a mi padre regresar cada tarde del trabajo.

—¿Estás segura? Porque a mí eso me da loco...
—Qué sí. Te dije que estoy segura. Tengo tres semanas de atraso —expliqué lloriqueando.
—Deja ya de llorar. Te llevo al hospital y después veremos... Pero deja de llorar que así no vas a resolver nada. Te tocó, acéptalo. El mundo no se va a acabar y al rato a nadie le importará.
—Es que ni sé qué hacer. Siento estar perdida... sin ganas de vivir... No conoces a mi padre, nunca me lo perdonará.
—¡Estás loca, ni para tanto es! Eso pasa porque pasa y ya. Ya verás lo mono que se pone con el muchacho. ¿Qué acaso su corazón es de piedra?
—Es que no sé... estoy muy confundida...

Lucy tuvo compasión de mí. Reordenó todo el cabello que caía sobre mi rostro, queriendo enjugar mis lágrimas. Apretaba con fuerza mi vientre...

—Será una hermosa vida.

Sujetó con firmeza mi mano, la que con enojo descargaba su angustia contra mi vientre, y la apartó. Ella acarició mi abdomen, hasta hacerme sonreír y repitió.

—Será una hermosa vida. Te prometo que ese desgraciado lo pagará muy caro...

Con la ayuda de Lucy, asistí al hospital y confirmamos que estaba embarazada. Les confesé a mis padres. Mi madre me abofeteó, pero mi padre me recordó sus advertencias, tantas veces *que me enloquecieron. A pesar de los ruegos de mi madre, me echó de la casa y volví a refugiarme donde Lucy. Ella habló con mis padres, se encargó de todo, hasta de guardar el secreto en el barrio.*

Días después, Lucy localizó a Augusto con la ayuda de un amigo de ella y se enteró de sus movimientos en la capital. Ella me acompañó a visitarlo donde se alojaba.

—Hola, ¿me recuerda?
—Hola, eres... —respondió fingiendo no recordar.
—Emma.
—Ah, Emma, claro que sí, Emma... sí, por supuesto... —dijo y luego se interesó en preguntar—. ¿Cómo te vas?
—Necesito hablar contigo. —Esas palabras no le sonaron bien, quiso evitarme, pero Lucy lo detuvo.
—¿Qué pasa? —preguntó ante la actitud agresiva de Lucy.
—¡Estoy embarazada! —dije con mi rostro lleno de lágrimas.

Él ni siquiera se inmutó. Permanecí allí parada con la mano sobre el vientre. ¡Qué tonta! Él sonrió, una sonrisa de burlas... Lucy, al verme llorando, desesperada, no aguantó que él permaneciera en silencio como si nada le importara y se echó sobre él, vociferándole todo tipo de improperios, amenazándolo, ya tú sabes... En eso, Federico, se nos aproximó y quiso saber qué pasaba...

—¿Qué pasa aquí, hermano? —preguntó y fue cuando me enteré de que eran hermanos.
—El cobarde de tu hermano embarazo a mi amiga —vociferó Lucy con su tono de barrio y amenazante—. Eso es lo que pasa. ¡Desgraciado abusador!
—¿Qué dices? —preguntó Federico mirando a su hermano—. ¿Qué hiciste?

—¿Vas a creerle a estas chicas? Ni siquiera sé quiénes son.

—Como te atreves a hablarnos así.... —dijo Lucy mientras arremetió contra él, pero Federico, la detuvo—. ¡Déjame recordártelo!

—Cálmate, por favor, seguro nos vamos a entender.

Agarró por un brazo a su hermano, y lo obligó a hacerse a un lado. Ellos platicaron, no sé qué hablaron, pero Federico estaba muy enojado, luego vimos a Augusto bajar la cabeza y calmarse.

—Mi hermano se hará responsable de todo.

—¡Ah, sí! Y tú crees que mi amiga es una cualquiera. ¿Qué piensas?, ¿eh? Sabes cuánto años tiene, ¿eh? Te voy a ayudar a comprender, dieciséis.

—¿Qué quieres decir? —interrumpió Federico—. Ya te expliqué que él se hará cargo de todo.

—¡Ah! Es que son tarados. Es menor, ¿comprenden?

Se notó como si ambos recibieran una estocada, Augusto más. Su piel blanqueó y sus manos temblaban. Después de mirar a Augusto, Federico se acercó a Lucy con voz temblorosa y preguntó:

—¿Qué quieren?

—La cosa hay que ponerla clara, ella tiene padres —les explicó sin dejar sus gestos amenazantes—. Hay que dar la cara. ¡Cobardes!

Ellos intercambiaron miradas y callaron. Nos evitaron por semanas, hasta que Lucy, después de estar al acecho como leona hambrienta dio con su paradero. Entonces, esta vez, lo amenazó con denunciarlos ante la policía y así, ella logró que desistieran de evitarme. Entonces, Federico aceptó llevar a Augusto a mi casa.

Una vez reunido en casa y esperando que mi padre llegara del trabajo, Federico se presentó y expuso su solución.

—*Soy Federico Real, y él es mi hermano Augusto, señor.*
—*¿Qué con eso?* —*Podría sentirse la rabia y el enojo en la voz de mi padre, pero también la vergüenza.*
—*Creo que usted conoce la razón de nuestra visita, mi hermano viene a responsabilizarse.*
—*¿Así de fácil tú lo explicas? Como si ella fuera un pedazo de... cualquier cosa...*
—*No entiendo, señor.*
—*Mi hija quedará con una barriga para burlas de todos por unas monedas y ya. ¡Una basura! Ustedes son peores que Judas.*
—*¿Explíquese mejor, señor?* —*preguntó Federico.*
—*Ella sale de esta casa con la frente en alto. Como debe ser* —*puntualizó mi mamá enojada*—. *Somos gente humilde, pero con dignidad... y ustedes qué...*

Augusto quiso rechazar la propuesta de mis padres y entonces mi papá, ya sabes, le fue encima y lo ofendió. Federico calmó la situación y obligó a Augusto a aceptar, y... y aquí estoy».

Amanda no pudo creer lo que escuchó. Ella sintió su alma desprenderse y el corazón partirse en diminutos pedazos que sería imposible recogerlos. Sus manos se entrelazaban, sudaban por la agitación de los nervios conmocionada por cada palabra que pronunció Emma. Narró con una voz entrecortada, quebrada, con la cabeza inclinada, lidiando con la humedad que dejaban sus lágrimas al correr por sus suaves mejillas. Daba pasos en la habitación, moviéndose entre la ventana y la puerta, por miedo a lo que podía escucharse tras las paredes. Con la mirada borrosa, miró el mar, a través de la ventana como si sintiera su energía renovarse. El pánico en la casa la abrumaba. Sentía impotencia, terror y coraje, una mezcla de emociones adversas la sofocaba, buscaba aire para respirar como si estuviera asfixiándose. Amanda la observó, sintió lástima por sí misma, se había reservado todo estos, era su más íntimo secreto. El tiempo la había abandonado, sola en un pueblo que ni siquiera conocía.

—Todos estos años lo has pasado sufriendo en silencio —dijo Amanda con voz tierna extendiendo su mano al invitarla a sentarse.
—Sí, así es. Parece ser que en este pueblo la esperanza se goza haciéndonos creer que cada amanecer es una nueva vida... ¡Qué artimaña más tonta! ¡Qué ilusa he sido! —sollozó Emma al sentarse—. Cada año esperaba que fuera diferente, nunca sucedió y aquí estoy, atrapada.
—¿Alguna vez intentaste comunicarte con tus padres?

Inclinó su cabeza, avergonzada, sus manos estrujaban sus dedos de forma incontrolable. ¿Cómo explicaría las cartas que ha escrito? ¿Cómo explicaría la espera del correo? Ni siquiera sabía dónde quedaba la oficina del correo. Años escribiéndole a sus padres, pero al no recibir respuestas, pensaba que estaban enojados, defraudados. Intentaba calmar sus manos una con la otra. Entonces, con un tono de voz quebrado y triste contó:

—Sí... cuando Rosalba tenía cuatro años. Era el domingo después del cumpleaños de Rosalba. Me llevó a casa de mis padres... Un largo camino, y con la niña en los brazos... Ya sabes cómo son de inquietos a esa edad. Los moretones resaltaron por todos mis brazos, suerte que mi colorcito lo oculta. Mami estaba allí, casi se desmayó... lloró, me hizo llorar también. Aún recuerdo como besaba y abrazaba a Rosalba. Una tierna escena.
—«¿*Cómo se llama?*
—*Rosalba* —contesté sorprendida por la pregunta, debió

saberlo.

—Tiene tus mismos ojos. ¡Qué hermosa, mi nieta! ¡Dios la bendiga!

—¿Y... papi?

Sonrojó, sus nervios delataron el miedo, la arrogancia de mi padre y su orgullo. Hizo silencio y al mirarme comprendí que él todavía estaba dolido. Ella con la niña en los brazos entró a la habitación y minutos después, Rosalba salió con una cadena de oro en el cuello con un crucifijo y un brazalete santiguado en un pie. Permanecí de pie, en medio de la sala, sintiéndome una extraña. Observé las paredes, sentí su silencio, sus voces apagadas, estaban frías, quizás humedad de melancolía. Mis fotos no estaban, comprendí el dolor que sentí. Paredes desnudas, nada decían. He llevado este dolor toda mi vida, ese triste rostro de mi madre, su beso de amor y el olor de su adiós se hicieron parte de mí. Quise saber por las muchachas. Lucy se había ido del barrio sin dejar rastro, nadie supo más de ella, eso dijo. Nunca he dejado de escribirles, implorando por su perdón, aun cuando las respuestas nunca llegaban».

Amanda sintió estar sumergida en un vacío de silencio. Pero el eco de las voces de Emma la espabilaban de la pesadilla del conmovedor relato. Emma enjugó su rostro con la misma sensación de dolor que se humedeció. El desahogo ante la humilde paciencia de Amanda, le cambió el semblante y el temple. Arrancó de su corazón el negro cáncer que le sentenciaba el final de su vida. ¿Cómo en el tiempo, la crueldad de Augusto Real pudo sostenerse para someter a una joven a su propio velatorio, sin que ella siquiera vistiera su mortaja?: pensó Amanda para sí, mientras ocultaba, disfrazada de lastima, la compasión que sentía.

—Sabes, ni siquiera sé porque me llevó. Durante el viaje se mantuvo en silencio, ausente. Él permaneció en la camioneta, la hora y media que estuve en la casa, ni siquiera saludó a mi madre cuando se asomó a la puerta a decir adiós. Entonces, me convertí en un ser invisible. Todo era Rosalba y la distancia se hizo cada vez más fría. Hasta ese momento, si hubo alguien a mi lado, se convirtió en mi soledad.

Amanda sujetó sus manos con firmeza hasta que la obligara a levantar la cabeza, y cuando sus miradas se encontraron, le expresó:

—El tiempo pasado no volverá, debes vestirte de valor y enfrentar tu destino. Eres joven, hermosa… y tu hija te adora. Ambas recompensarán todas esas desgracias en amor.
—Después de ese viaje, noté que no era el mismo Augusto. Él se convirtió en un monstruo.

XVIII
Miradas del corazón

La tarde atrapó al pueblo sumido en un total silencio. ¡Atónitos! Todavía le era difícil comprender como la noche fue tan larga. Rosalba e Isabela, portaban sus sombrillas de sol, en cambio, Luis Enrique aparentaba disfrutar su calidez. El viento pareció estar ausente. Las olas dormitaban. El mar lucía radiante, reflejaba sobre su superficie esmeralda, la brillantez de los cálidos rayos que hacía suyo. Ellas caminaron juntas, unos pasos atrás, él les siguió como guardián celoso. Esta vez, los curiosos solo miraron, se guardaron los comentarios que en ocasiones realizaban cada vez que veían a una doncella. Sus ojos se movieron en la misma dirección en que ellas iban, les siguieron hasta que sus vistas las perdiera.

El silencio era tétrico después de la experiencia vivida de un día tan corto. Los recipientes colocados para recoger agua amanecieron llenos del mismo polvo de las calles. El mismo polvo que sus pies llenos de ampollas llevaban cada tarde a la casa. Era como si se tuviera temor de hablar, pero sus ojos no se cansaban, continuaban viendo como buscando en algún lugar lo que quieren encontrar.

Rieron al ver el correteo de unos niños tras las tímidas palomas.

Corrían tras ellas queriendo agarrarlas, más con el esplendor de su agilidad levantaban juntas su vuelo, haciendo estremecer con sus alas al perezoso viento. Dejaron las huellas sobre el polvo y entonaron su agudo gorjeo al salir despavoridas. Detuvieron sus pasos y decidieron resguardarse bajo la sombra del almendro del asfixiante calor al llegar al jardín del sendero frente a la playa.

—Descansemos un poco, por favor —pidió Rosalba.
—Está bien —corroboró Isabela—. Debajo del almendro, ¿sí?
—¿Cansadas? —preguntó Luis Enrique—. Apenas hemos caminado unas cuadras y ya están cansadas —se quejó.
—No, no estoy cansada, Luis Enrique, deseaba sentarme aquí, en estos escalones. Dan la impresión de ser una muralla para proteger tan hermoso jardín —dijo Rosalba tomando su sombrilla y cerrándola.
—¿Nunca habían estado aquí? —preguntó Luis Enrique señalando hacia los pilotillos como mostrándolos, pero ellas le ignoraron.
—¡Qué felicidad! ¡Qué paz se respira aquí! —exclamó Isabela.
—¿Eso es todo? —preguntó Rosalba—. Ir tras ellas y espantarlas.
—Así es mi querida amiga, es lo bueno de la inocencia. Juegan a ser felices —contestó Luis Enrique.
—Cierto, me gustaría acompañarlos —sugirió Isabela.
—Estás loca, ya me imagino verte con la sombrilla espantándolas, para que las palomas salgan volando —comentó Rosalba riéndose.

Los tres rieron de sus tonterías y las mímicas que hizo Rosalba. Pero, en el fondo, una gran verdad tomaba vida más que nunca al ver a aquellos niños corriendo. Rosalba vivió su niñez en un mundo creado por su padre. Él controló toda su vida. Sintió curiosidad de salir a corretear juntos a los niños. Su rostro, por un instante, expresó ese triste deseo de haber perdido esa oportunidad.

Pero el deseo de libertad llamaba a su corazón a tomar vuelo al viento como las palomas, como el pájaro carpintero de su palmera, o salir tras los niños a la vista de todos. Sentir esa emoción de ignorar lo que dirán los demás. Su semblante era observado por Luis Enrique, que no lograba comprender sus expresiones de inocencia, su ingenuidad e inteligencia. Isabela siempre compresiva, deseaba tanto como ella correr. Cruzaron sus miradas con una sonrisa pícara invitándose a tal aventura.

—Sé lo que están pensando, por favor, no se atrevan —suplicó Luis Enrique preocupado con miedo y vergüenza.

Ambas se pararon, soltaron sus sombrillas y subieron un poco sus vestidos, sonrieron, más bien, rieron. Luis Enrique se ruborizó haciendo ademanes con las manos de querer detenerlas. Suplicó atemorizado y ellas reían. Los curiosos que estaban cerca miraban, sin darle ninguna importancia. Eran unos curiosos más. Rieron hasta más no poder, como nunca lo habían hecho. Se tumbaron sobre la blanca arena, Luis Enrique, también río, disfrutó el momento a pesar del susto que provocaría en él la vergüenza de verlas correr con vestido largo. Hicieron silencio dejando que sus oídos disfrutaran del susurro del mar cuando las olas acariciaron la arena. Rosalba se estremeció y de repente se levantó, con los ojos queriéndose salir de sus órbitas. Sentada y con la mano en el pecho, miró a sus amigos que permanecían sobre la arena con los ojos cerrados, sonriendo. Miró hacia los pilares, entre las ramas del almendro que les cobijaba a sus espaldas y luego, pensativa observó sobre la superficie del mar hasta encontrar el cielo en el horizonte. Volvió a tumbarse sobre la arena. Hizo silencio, cerró sus ojos y creyó sentir la humedad del agua recorrer su cuerpo. Creyó sentir las olas acariciar su piel con las burbujeantes espumas querer tocar el corazón. Sintió un electrizante cosquilleo atizar un extraño deseo que ansiara, le quemaba y le daba vida.

—¡Vamos, chicas!

—Sí —susurró Rosalba dejando escapar una tímida sonrisa, llevando la mano derecha sobre el pecho.

—¿Estás bien, amiga? —preguntó Isabela.

—Sí, estoy bien —respondió ella suspirando levemente mientras sus ojos se paseaban por los alrededores—. Es difícil de creer que se llevaron todo y en vez de plátanos, guineos, dejaran avispas por todos lados. Se llevaron los recuerdos y del muelle apenas dejaron esos pilotillos que el mismo mar aborrece.

—Creo que la temperatura le está afectando, necesitamos tomar algo fresco. Un buen refresco o algo frío —sugirió Luis Enrique.

—No, eso es de tanto leer —comentó Isabela y luego le susurró—. ¿Qué haces? Deja de decir esas cosas y actuar como una tonta.

—Está bien, ya. Era un comentario nada más.

El calor aumentaba cada vez más, se hacía insoportable, incluso bajo la sombra de los árboles. Esa urgente necesidad que tenían de por lo menos el azul del cielo fuera menos brilloso los mantenía pendiente de qué pudiera suceder sobre ellos. Era el efecto contagioso de la sequía, atribuir los males, enajenados de culpabilidad. Caminaron jugueteando con las burbujas de la resaca y los pequeños cangrejos que despavoridos se refugiaban en sus cuevas al sentir sus pasos. Sin embargo, Luis Enrique persistía en lo que sus sentimientos dictaban.

—Quiero el mío de menta —pidió Luis Enrique—. ¿Y ustedes?

Rosalba observaba con detenimiento y en silencio como el señor guayaba el *block* de hielo. Era una carretilla de madera. En el centro un gran *block* de hielo y a los lados, en botellas de refrescos, los sabores del jugo que agregaba al hielo guayado. Vestía un delantal azul con un bolsillo donde dejaba caer el dinero. Con los cabellos desaliñado y sin afeitar, su piel oscura mostraba la humedad del sudor. Sus ojos negros destellaban en la blanca profundidad en que flotaban.

—Se llama Yum-Yum. El rojo es frambuesa, es un buen sabor.

Respondió con una tímida sonrisa al aceptar. Isabela optó por el mismo sabor temiendo a que ella rechazara. Pero solo surcaron por su cabeza pensamientos llenos de preguntas de lo que se había perdido en su niñez. Continuaron caminando todo el jardín por el camino empedrado hasta que alcanzaron el extremo opuesto de la playa. Un lugar donde los murmullos se convertían en melodías. El contraste era notorio, del silencio que rodeaba sus aisladas casas, a sentir el calor de las emociones deambular. La gente cruzaba las calles de un lado a otro junto al vaivén de las olas de polvos que levantaban.

Se cruzaron con unos jóvenes en sentido opuesto al que caminaban. Rosalba mostró cierta inquietud, Isabela se apuró en sujetar su mano. La pícara sonrisa de Isabela contrastó con el tímido semblante de Rosalba al recrear la escena de acoso en la que sintieron la suciedad arroparlas. Sin embargo, el destello de alegría en el rostro de Luis Enrique apaciguó sus inquietos nervios. Aun así, Rosalba se sujetaba con fuerza de Isabela temiendo volver a vivir una pesadilla.

—Hermano, ¿cómo estás?
—¡Abel! ¿Qué hay de nuevo? —preguntó Luis Enrique.
—Ya tú sabes, en lo mío, la playa —respondió Abel con entusiasmo.
—Hoy parece un lago, muy calmada.
—¿Qué? ¿Te la vas a perder? —preguntó Abel.
—Sí, ya nos juntaremos en otro momento —respondió Luis Enrique—. Recuerda, tenemos que hablar de la excursión río arriba.

—Cierto, todavía obsesionado con la travesía río arriba, ¿verdad? —preguntó Abel y agregó—. Ah, mira, él es mi amigo, Uriel.

—¿Qué tal? —preguntó Uriel extendiendo la mano para saludar.

—Soy, Luis Enrique, y ellas son Isabela y Rosalba —contestó él y luego agregó—. Así que eres amante de la playa también. ¡Qué bien!

—Sí, así es. Mis ojos nunca habían visto tanta belleza —comentó Uriel clavando su mirada sobre las chicas, pero más, sobre Rosalba.

—¡Bien! —replicó Luis Enrique incómodo por la manera en la que se expresó Uriel.

El alma de Uriel se inquietó ante la presencia de Rosalba. Sus ojos permanecieron sin pestañear, inmerso en el hechizo con el que su encanto lo paralizó. La flama de una vela venciendo la oscuridad, una estrella en la que caía rendido. Ella cedió al calor de su mirada inclinando la cabeza, queriendo ocultarse, reprimiendo sus instintos. Sin embargo, delineó el encanto de una sonrisa al captar la compresión de Isabela sentir la frialdad de la piel y la humedad en la mano. Sintió que él hurgaba sobre su piel, en su alma misma. La tonalidad ámbar claro de su piel recreó la belleza del crepúsculo, y el resaltado contraste de viveza de sus ojos azules, detuvieron su respiración creando en su imaginación la misma escena que cada tarde regalaba el romance entre el mar y el cielo, acariciado por los rayos del sol. Rosalba sintió las mismas caricias que la espabilaron bajo la sombra del almendro. Sintió la misma burbujeante sensación de cosquilleo que la arena, cuando la resaca penetra en ellas, cediendo ante la calidez de los rayos que las acariciaban. Sintió la conexión del mar hablarle a través de los ojos de Uriel. Sintió sus latidos en su pecho juguetear como mariposas revoloteando a su derredor.

Abel notó las insinuaciones de Uriel y la incomodidad que sintió Luis Enrique y optó por continuar su camino. Entonces, el reloj continuó su discreto palpitar, el tiempo fue liberado, cuando el telón rodó al suelo, cerrando la escena. Sin embargo, las ausencias de palabras no impidieron su diálogo. Un eco de inquietudes retumbó en sus almas y a pesar de ser rescatados del sueño que protagonizaron, ansiaron plasmar en sus corazones los sentimientos que los atraparon.

—Bueno, hermano, sabes dónde encontrarme, ¿cierto? —dijo Abel tomando por un brazo a Uriel y despertándolo del sueño que lo cautivó.
—Claro, por supuesto —contestó Luis Enrique con un tono apagado—. Nos vemos pronto.

Luis Enrique contuvo sus impulsos, pero expresó su enojo siguiendo los pasos de Uriel en un intercambio de miradas que se prolongó hasta que la pendiente de la calle los ocultó. Luis Enrique estaba decepcionado, y la frustración lo lanzó a un agitado mar de ademanes e inquietas preguntas. Las chicas, sorprendidas con su actitud, atinaron a encoger sus hombros, sin respuestas. Luego, en su ansiedad, buscó calmarse al observar la capilla frente a ellos. Caminó unos pasos y se detuvo debajo de los árboles de caoba intentando refrescar el calor de su piel. Rosalba permaneció callada, en silencio, era la primera vez que recibía tal atención. No se atrevió a mantener un contacto visual, no sabía qué hacer, nadie le enseñó. Los piropos le influían temor, miedo, sin embargo, esta vez una sensación de caricias atizó una flama ardiente en su alma de una fogata que enarbolaba la sed de sus instintos.

—Creo que el calor me está derritiendo —comentó Isabela para llamar la atención de Luis Enrique.

—Qué manera de acordarse del helado, prima —dijo Luis Enrique todavía incómodo con el comportamiento Uriel.
—¿Qué fue eso? —musitó Isabela con una exagerada expresión de sorpresa.
—¿Qué? —preguntó Rosalba.
—No te hagas la tonta. Esa chispa en tus ojos cuando él te miró. Te derretía —dijo Isabela ocultando sus emociones de Luis Enrique—. Tu rostro se iluminó. ¡Vaya!
—¿Qué insinúas? —tartamudeó Rosalba con un tono quebrado y nervioso—. Tú siempre imaginas cosas.

Continuaron su caminata batallando con el enojo de Luis Enrique, las insinuaciones de Isabela y el deseo de Rosalba de sonreír. Se mezclaron en la multitud, disfrazándose como ellos. Acosaban el polvo que levantaba el viento, corrían a ocultarse debajo de los toldos de los rayos del sol que los castigaba, a pesar de llevar sus sombrillas. Entonces, cuando retomaron la festiva razón de sus andadas, dos hermosas gemelas tropezaron con Rosalba. Reían de sus travesuras. Sus brillantes ojos verdes, la llamativa expresión juguetona y pícara, cautivó su atención. Sus cabellos rizos pelirrojos saltaban con sus pasos y sus inquietas sonrisas jugaban a la inocencia. El color de la cinta que adornaba sus peinados combinaba con las medias, una osada manera de reconocerlas.

—¡Hola! —exclamó Rosalba encorvada hacia las pequeñas mientras ellas se detuvieron.
—¡Son gemelas! —señaló Isabela asombrada—. ¡Idénticas! ¡Dios que lindas!
—¿Cómo se llaman, amiguitas? —preguntó Rosalba a las sonrientes niñas.
—Yo, Rosaura.

—Y yo, Rosabel —dijeron su nombre con los dedos en la boca, mientras reían.

—¡Qué hermosos nombres tienen! —resaltó Isabela al darse cuenta de que Rosalba quedó sorprendida por la coincidencia de los nombres.

—¿Y dónde está mami? —terció Luis Enrique—. ¿Dónde está? Se escaparon, ¿eh?

Una joven señora, vestida con esplendor, aparentando estar preocupada, se detuvo detrás las niñas. Sus zapatos negros de tacones la hicieron aparentar alcanzar el cielo. La larga cabellera castaña pareció resplandecer como una combinación perfecta de un atardecer. Los colores en su rostro resaltaron el tiempo en el tocador. Venía caminando rápido, pero las niñas corrieron más veloz y no lograba alcanzarlas. Sujetó con fuerza a las niñas por los brazos, arrebatándolas con violencia como desprendiéndola de un extraño. Una fuerte y electrizante expresión de recelo se concentró en Rosalba al apartar las niñas. Una extraña sensación acompañada de un ligero nerviosismo aceleró el fugaz encuentro, tratando de evitar permanecer más tiempo. La señora agradeció con un gesto no muy cortés e intentó marcharse, cuando la voz de Luis Enrique la detuvo:

—¡Hermosas niñas!

—Muchas gracias, joven —respondió la señora con arrogancia y descortés.

—Me llamo Luis Enrique —insistió él acercándose unos pasos, queriendo extender la mano a la señora para saludarle.

—Un placer joven —dijo ella evadiendo el amble gesto, intentando dar la espalda.

—Ella es mi prima Isabela y nuestra amiga Rosalba.

El perseverante gesto cortés de Luis Enrique la obligó a ser una pausa en el rescate de sus niñas, se detuvo frente a ellos y, con una forzada expresión de amabilidad respondió con un suave movimiento de su cabeza y el fingido dibujo de una sonrisa. Dio la impresión de llevar prisa, y que debía salir de aquel lugar de inmediato. Las niñas no dejaron de sonreírles a los jóvenes y que, debido a la educación de Luis Enrique, hizo un poco más largo el casual encuentro. Sus tiernas miradas inocentes resaltaron en contraste con la de su madre. Ella, junta con las niñas, se perdieron de vista al doblar la esquina y no volvieron a verlas más.

En Rosalba, una mezcla de emociones contrapuestas convergió como una tormenta en su interior. Los golpes doblegaban la tranquilidad. Mostró una sonrisa que destelló su asombro. El miedo fue desterrado por la ira. Una sensación de repugnancia la conmocionó y fingió frente a sus amigos la débil expresión de regocijo con una sonrisa nerviosa. Las coincidencias de los nombres de las gemelas, el color de sus ojos y el espanto de sorpresa de la señora cuando se miraron, se asentaron en su mente. Isabela con tal impacto, abrió la puerta a su imaginación, además de los nombres de las niñas, también por la grosera actitud de la madre. La descortesía fue un acto extraño en un pueblo donde la amabilidad es una costumbre y, nadie huye de nadie. Era como si hubiera visto al mismo demonio. Ni siquiera ante la decencia de Luis Enrique dio señales de cortesía y decencia.

—No creía que mis humildes actos cortesías podían ser desagradables —se quejó Luis Enrique.
—Puede ser que la señora no sea de por aquí, y lo preocupada que estaba corriendo detrás de sus hijas, la hicieron perder la cordura —apuntó Isabela—. Lo entiendo así.
—¿Así lo crees? —meditó Luis Enrique—. Creo que algo le perturbó, además de ir por sus hijas, no se notaba cansada de correr.

—Continuemos nuestro paseo y olvidémonos de ellas —dijo Isabela tratando de cambiar el tema—. Ellas están bien. Es solo una madre preocupada por sus hijas.

—Así lo creo, también. Miren ahí —señaló Luis Enrique una cafetería a unos pasos de ellos—. Entremos, ¿sí?

Isabela notó el silencio de Rosalba, callaba después del accidentado encuentro con las gemelas y el desaire de su madre ante Luis Enrique. Guardó silencio, cavilaba. Asintió con una leve sonrisa los comentarios de sus amigos. La desdicha de la grosera madre, le robó la perfección de la tarde. Sentía, incluso, el hormigueo de las intenciones de las olas acariciando la arena. El revoloteo de las mariposas arrancarles suspiros, enajenándola del mundo. Sin embargo, sorprendió a Isabela el desinterés que mostraba Luis Enrique. Su fascinación de exhibirse catapultó su arrogancia con la descortesía que lo relegaban a un lugar cualquiera. Ni siquiera un acto de empatía, ni muchos menos una acción humilde de compasión atinó a calmar su enojo, y el desacierto de sus modales. Disfrutaron el sabor de sus helados con la misma sensación de culpa al castigo por las travesuras cometidas.

—Por lo menos, las gemelas tienen hermosos nombres, ¿no? —admitió Luis Enrique.

—Ah, ¿sí?, pues a mí me suenan normales —comentó Isabela menospreciando el comentario.

—Tu nombre es hermoso también, si no lo sabías —dijo Luis Enrique queriendo disculparse—. ¿Verdad, Rosalba?

—Claro que sí. Acaso crees que estoy celosa, ja, ja, ja.

Estaba abstraída y apenas escuchaba a sus amigos conversar, su mente vagaba. Las imaginaciones surcaban con rapidez en su cabeza, repasaba una y otra vez la mirada de aquella señora. Sus ojos, su rostro decía algo, temía algo. Pero entre la turbulencia, destellos de una mirada que le acarició el alma, se mezclaron con las suaves notas que recitaban las olas, despertando por las caricias del viento. Una escena recurrente que su alma ansiaba vivir.

—Lo siento —dijo Rosalba obteniendo la atención de sus amigos—. Quisiera ir a casa, por favor.
—Igual yo —replicó Isabela tratando de evitar algún cuestionamiento de Luis Enrique.
—Por lo menos, prueba el helado. Se va a derretir —dijo Luis Enrique señalando el vaso que permanecía intacto—. ¡Está delicioso!

Isabela tomó su sombrilla y se colocó al lado de Rosalba, conocía la expresión de su rostro, deseos del alma queriendo brotar. Las jóvenes se le adelantaron, Rosalba tenía la urgente necesidad de apartarse. Buscaba un espacio propio donde sumergirse y arrancar las imágenes que, ancladas en su cabeza, le provocaban perturbadores pensamientos. Pero también lidiaba con ocultar el esplendor de sus ojos y el deseo de sonreír. Su mejor amiga, susurraba que se tranquilizara que no permitiera que Luis Enrique notara la razón de su incomodidad.

Isabela caminó junto a su amiga, arropándola con su sombra de la vista de Luis Enrique que caminaba rezagado unos pasos atrás. Regresaron sobre sus pasos por el mismo camino. Esta vez ignoraron la belleza de la playa, sus inquietas olas besar las arenas y el atractivo que ofrecía el jardín. Sus pasos llevaban prisa. Se encontraron con Amanda que aún permanecía con Emma en la habitación. Isabela acompañó a Rosalba a su habitación y Luis Enrique, a sola en la sala, refrescaba el calor de su sangre que hervía entre el desdén y la descortesía.

Suficiente por un día. Altagracia perdía la capacidad de asimilar los eventos que sucedían a su alrededor. Pasaban muy rápido y, sus habilidades motoras eran lentas. Miró con curiosidad al paciente joven que esperaba sentado en la sala. Las madres de las jóvenes encerradas en la habitación de Emma y sus hijas hacían lo mismo en la de Rosalba. ¿Qué batalla libraban? No era su tiempo, la edad se le venía encima. Los acumulamientos de los años no eran suficientes para entender el comportamiento de los jóvenes. No como son los de su barrio, aquellos gritan, vociferan y se enfrentan cuerpo a cuerpo, en cambios estos, pretenden actuar. ¡Personajes sin almas y diálogos vagos! Expertos en simulaciones, altaneros y prepotentes, por sus venas corre el arte de presumir.

Las paredes no escuchaban tanto como en épocas anteriores. Rosalba y Emma, tenían la certeza de que Altagracia, bajo la presión de Augusto Real, estaba obligada a contarle todo lo que sucedía en la casa durante su ausencia. Altagracia no jugaba un papel secundario, era la imagen perfecta que describía el rumbo de sus deseos. Era una relación donde el viento fracasaba en el intento de arrastrar los susurros. El baúl de Augusto Real y con la pericia de hilvanar hilos de telarañas. Era el soldado perfecto que prestaba el servicio que debiera.

—Hermana —susurró Isabela—. No te lastime, por favor.

—Una extraña sensación percibí en la mirada de esa mujer. Algo decían sus ojos, su semblante... ¿Qué será? Es como que me conoce...

—Solo era una madre asustada, preocupada por sus hijas. Déjalo así, ya —aconsejó Isabela.

—Sabes bien que tú misma percibiste la reacción. Algo escondía con su actitud.

—No podemos hacer conjeturas a la ligera —sugirió Isabela—. Adelantarse a hacer juicio sin fundamentos, no es bueno. Pero ¿qué es lo que dudas? ¿A qué le temes?

—Los nombres de las niñas, esa mirada de la madre, algo me dice. ¿Por qué se sorprendió al verme? —razonó Rosalba dando unos pasos en círculo en la habitación.

—Rosalba, no te enojes —dijo Isabela—. Con tantas rosas por todas partes en el pueblo, es fácil elegir ese nombre, están en nuestros ojos, las vemos a diario…

—Cooperas muy poco, mi amiga —interrumpió Rosalba, algo molesta.

—Definitivamente es una tragedia —respondió Isabela desconcertada—. Entonces, ¿qué harás? Cálmate y siéntate un rato, me estás mareando con tus vueltas.

—¡Ay, amiga!, es que mi cabeza no para de imaginar cosas —reveló Rosalba con un tono triste y preocupado.

—Ni el enfado de celos de Luis Enrique te trae a la tierra.

De manera inquieta, daba vueltas en círculos, luego al escuchar a su amiga, se detuvo frente a ella. Fue un momento tenso, Isabela se arrepentía de sus palabras. Sin embargo, Rosalba, llevó sus manos al pecho, sobre el corazón y una sonrisa angelical iluminó su rostro. Los ojos azules de Rosalba se encendieron, brillaron, dejando escapar un ligero suspiro. La fallida espera de un golpe que nunca llegó, dejó en suspenso a Isabela.

La confusión se apoderó de Isabela que atónita y confundida, observaba el momento de delirio al que fue arrastrado Rosalba. Sin creer lo que sucedía ante ella, se le acercó, le tocó el hombro para despertarla del hipnotizo en que era poseída como burbujas flotando en el aire.

—¿Rosalba?
—¿¡Qué!?
—Mujer, estás embrujada —resaltó Isabela.

Luis Enrique había quedado abandonado a su suerte en la sala.

Reprendía con una simulada sonrisa, los ardientes y sofocantes rayos que desprendían los ojos de Altagracia en el fallido al pretender leer sus pensamientos. Su paciencia se agotaba ante el perturbador acoso de que era objeto. Pero logró dominar sus impulsos y vistiendo de paciencia, en la solitaria espera a la que fue confinada, pudo defenderse del desdén que lo acorralaba.

—¡Luis Enrique! —exclamó Amanda sorprendida—. Pero... ¿Qué haces aquí tan solo?

—Las chicas están en la habitación —respondió él mientras se ponía de pie.

—Volvieron muy rápido del paseo. ¿Pasa algo? —preguntó Emma.

—Al parecer unas encantadoras gemelas le robaron el ánimo a Rosalba y decidimos volver.

En total parálisis quedó Altagracia al escuchar a Luis Enrique. ¡Fue aterrador! Confundió su voz, al retumbar en sus oídos, con el llamado de la trompeta del arcángel Gabriel. Rio de sí misma cuando la cobardía la hizo dudar de la limpieza de sus pecados. Su aura se tornó gris y por un momento pensó que le faltaba el aire, que su visión se nublaba, sus rodillas flaquearon al peso de su cuerpo y los nervios se descontrolaban. Su débil corazón amenazaba con salirse de su lugar, acelerando sus palpitaciones. Temía que el tiempo jugara con ella, y sujetándose de la meseta de la cocina, evitó caerse, como si el mundo girara, tambaleándola. Estaba sola, ni siquiera nadie notó su percance. Logró dar unos pasos y salió al jardín buscando un lugar fuera del alcance de la vista de los demás. Desprendió de su cuerpo el delantal, queriendo arrancarse el alma. En ese momento, más que nunca, le hubiera gustado estar en su casa. Imaginó ver el filo de la implacable guillotina cortar de raíz la mala cosecha que emergió en su cabeza. Nunca pensó, nunca en su vida se le ocurrió que sus actos de cobardía cavaran su fría tumba. La fidelidad envolvió alrededor de su cuello la soga de la obediencia que, sin algún consuelo válido, terminaría con ella, viendo su imagen ante la puerta del infierno.

En la habitación, Isabela rescataba a Rosalba del trance de delirio que la atrapó. Insistieron en la elaboración de sus conjeturas, y los detalles de sus pesquisas. Aun así, la débil franja que separaba el encuentro con los jóvenes y la desagradable actitud con la señora sesgaba el parecer de Rosalba.

—Que imprudente, ¿no?

—¿Imprudente? ¿Porqué? —cuestionó Isabela—. No veo la razón. ¿Qué quieres? Solo ven lo que se exhibe.

—¿Qué? ¡Qué dices! —exclamó Rosalba con voz quebrada.

—Son chicos, amiga —explicó Isabela—. Más allá de estas paredes existe un mundo. Una no pasa desapercibida ante ellos. ¡No! ¡No, mujer! Te has ruborizado.

—¡Isabela, amiga! —exclamó Rosalba sonrojando—. ¿Qué dices? Pero ¿por qué gritas?

—¡Ay, amiga! —dijo intentando ser comprendida y aleteando con los dedos apuntando el estómago de Rosalba—. Acaso sentiste unas mariposas por algún lugar, ¿eh?

En ese instante, Emma y Amanda, irrumpieron en la habitación. Los nervios de Rosalba se estremecieron y la piel se ruborizó. Se dirigió a su tocador buscando polvo para colocárselo en la cara y aparentar que se pintaba. Pero la pícara sonrisa de Isabela alertó las intrigas.

—Han abandonado a Luis Enrique —se quejó Emma—. ¡Qué desatentas son!

—El pobre espera por ustedes solo en la sala—dijo Amanda.

—Es que se nos presentó una urgencia femenina —explicó Rosalba.

—¿Una emergencia femenina? —preguntó Amanda asombrada—. ¿Qué se supone que es eso? ¿Colorearse la cara?

—Bien, Luis Enrique dijo que saliste alterada por el encuentro con unas gemelas, ¿por qué? —preguntó Emma.

—Me perturbé un poco. ¡Son tan idénticas! —explicó Rosalba y luego agregó—. Ya estoy calmada. No pasa nada.

—Sí, la madre de las niñas fue muy descortés —afirmó Isabela—. Ya saben cómo es Luis Enrique. Esa señora hirió sus sentimientos. Fue terrible para él.

—Debe acostumbrarte, mi hija —expuso Emma—. La cortesía es un acto de educación y humildad, no puede pretender encontrar ese tesoro en cualquier mina.

—Estoy sorprendida, Emma. ¡Vaya! Quien lee los libros aquí, no es precisamente la hija, sino la madre —comentó Isabela con un tono afable.

Amanda percibió que el azul del cielo se tornaba gris. La iluminación perdía su capacidad ante la borrosidad que la destruía. Isabela fingía, Rosalba simulaba una falsa realidad y Emma ansiaba encontrar la luz del faro que la rescatara. Entonces, decidió librar a Luis Enrique, no solo del abandono, sino también de las ráfagas de miradas que buscaban pulverizarlo.

—La empleada de la casa, me miraba con tanta intensidad que sentía mi sangre hervir —comentó Luis Enrique al salir de la casa.

—Te creo —afirmó Isabela—. Ella es muy extraña, me pasa lo mismo a mí también. Cómo la aguantan.

—Estoy convencida que por más que el mal se empeñe en reinar, sus días estarán contados. Al final de todo, el bien vencerá.

Proclamó Amanda, mientras se alejaban. Y mirando a su espalda, sin detenerse y sujetando con firmeza la mano de Isabela, pidió bendición por sus amigas, susurrando una oración.

XIX
Rasguños del alma

El polvo de las calles se trenzaba con el aire, para así levantarse, aun cuando el viento fallecía. Porque el mismo viento traía su propio cansancio. Solo los camiones de Augusto Real turbaban las polvoreadas con la rapidez que iban. Se convertía en costumbre, como la espera de la culminación de la terrible sequía que, mordía con sus afilados dientes la esperanza. Todavía al caer la tarde, el brillo del cielo azul era intenso, porque a los rayos del sol nada le impedía llegar al suelo. Las olas apenas oscilaban, llegaban a la arena y en su retirada, como las huellas de los fantasmas, no dejaban resacas. Su sonido armónico de las burbujas que volvía loco a la naturaleza callaba.

Uriel tomó el camino del pueblo que en otros tiempos prefería. Abel se sorprendió de que él evitara el camino a través del colmado de Juan Nieto y prefirió ir a la playa como antes, pero, haciendo caso omiso, calló. Fascinados por el mar, atraídos por las blancas arenas y el inmenso horizonte sin final, la playa era su pasatiempo y a pesar de que la sequía era tenida por desgracia, para ellos era un regalo extendido de la naturaleza que deberían disfrutar. El mar pareció estar por encima en el lejano horizonte, en su quietud. Sus montículos de blancas arenas ondeaban con la misma armonía que les acariciaban las olas.

—¿Te diste cuenta de lo que hiciste? —reprendió Abel incómodo—. Ocasionaste que mis amigos se incomodaran
—Fui sincero con lo que dije.
—Creo que no era el momento adecuado, ni el lugar —acentuó Abel.
—No creo que sea para tanto, son solo unas palabras y nada más. ¿Por qué ofenderse?
—Ese no es el punto, son buenas personas —comentó Abel—. Luis Enrique es un caballero. Es mi amigo.
—Oh, sí, un caballero. Parece que tú eres el ofendido —dijo Uriel molesto y deteniéndose preguntó—. A ver, ¿cuál es el punto?
—¿En verdad que no tienes idea de lo que hiciste?
—Está bien, está bien. Tú dime que cosa tan grande he hecho para que te alteres. La chica se ve bien, me cautivó, ¿qué de malo tiene? —preguntó Uriel incómodo—. ¿Acaso a ti no?

No fue suficiente para Abel, y continuaron hacia la playa. Por un largo momento escasearon las palabras entre ellos. Uriel, a juicio de Abel, mostró una actitud inapropiada ante sus amigos, inaceptable. Se desplomaron en la arena a compartir la sombra de la misma mata de uva que han convertido en su lugar predilecto. Evitaron mirarse dejando su vista apreciar el horizonte hasta donde el mar acariciaba el cielo.

—Hola.

La melodía de una voz femenina rompió el silencio, espabilándolos. Ambos voltearon, Abel observó confuso a la resplandeciente reacción de Uriel con solo escuchar su voz. Uriel se le acercó, besos sus labios y se confundieron en un intenso abrazo. Reflejaron los mismos sentimientos afectivos en la calidez de su reencuentro. Ella le expresó una sonrisa a Abel que permaneció atónito ante el encuentro.

—¿Qué tal? —preguntó Abel con una expresión de tonto en su semblante.
—Ella es Santa —dijo Uriel—. Él es mi amigo Abel.

Abel se incorporó, estrechó la mano de la joven con delicadeza asegurándose que Uriel lo notara.

—Al fin te conozco, Uriel me ha hablado de ti —dijo él.
—¡Ah! ¡Qué bien! Espero que hayan sido solo las partes buenas —replicó ella sonriendo, mirando a Uriel con su mano en el pecho.
—Por supuesto, que sí —intervino Uriel.
—¿Eres de por aquí? —preguntó Abel—. Pensé conocer a todos en el pueblo.
—Ya ves que no —respondió Santa—. Me gusta esta playa, la gente de aquí es agradable y aquí estoy.
—Sí, la playa es un imán, todo lo quiere sujetar —comentó Abel.
—¿En verdad? Ahora entiendo porque ha sido tan difícil irme. Ella me detiene.
—Nos pasa a todos, lo vemos a diario —agregó Abel.
—Entonces, hay que disfrutarla sin perder el tiempo —sugirió Santa.
—Bien —Abel dio una palmada en el hombro a Uriel—. Los dejo un rato solos, voy a nadar.
—¡Qué amable es tu amigo! Me cae bien.
—Creo que no más que a mí.

Uriel captó el sabor amargo de las palabras de Abel cargadas de enojo. Fingió todo momento, platicó con Santa sin dirigirle la mirada, ignorándolo. Su amistad había cultivados profundas raíces. Uriel toleró, clamó a la tolerancia. Decidió evitar un mal momento ante una joven que apenas él ve por primera vez. Se lanzó al mar, nadó tratando de exprimir la furia, la energía negativa que acumulaba en su cuerpo. Uriel y Santa permanecieron sentados en la arena debajo de la mata de uva. Mantuvo su mirada sobre Abel que cada vez se alejaba más. Comenzó a inquietarse cuando el resplandor de la luz sobre el agua hizo que lo perdiera de vista.

—¿Cómo me encontraste?
—Ustedes son muy predecible —respondió ella extendiendo los brazos al mirar las ramas sobre ellos—. Es como si no hubiera otro lugar donde ir, y ni siquiera disfrutan la sombra de esos quioscos, los ignoran.
—¿Qué haces? —preguntó Uriel inquieto.
—¿Qué dices?
—Se está alejando mucho. ¡Está loco!
—Me imagino que él conoce bien la playa —dijo Santa ante el nerviosismo de Uriel.
—Sí, pero está yendo muy lejos. Está nadando sin control. Se está alejando muy rápido de la orilla.
—Te estás inquietando demasiado —agregó Santa—. En cualquier momento dará un giro y volverá. Cálmate.
—No, no creo, algo está mal.

Uriel se levantó, caminó hacia la orilla. Santa lo siguió de cerca. Él comenzó a dar voces que se perdían en la distancia, llamándolo. Abel continuó nadando, alejándose cada vez más. Avistó, a un lado de la playa, a Juan Nieto que estaba junto a su hijo Carlitos preparándose para salir de pesca y corrió hacia ellos. Santa comenzó a preocuparse. ¿Qué podía hacer? Sus nervios destrozaron su calma.

Juan Nieto escuchó las voces de Uriel, y Carlitos lo reconoció de inmediato. Uriel con su respiración entrecortada y tartamudeando, explicó lo que estaba pasando. Carlitos por pedido de su padre aceptó acompañarlo, sin dejar de expresar su malestar. Con la única persona que no deseaba encontrarse era con Uriel, y ahora su padre lo obligaba a prestarle ayuda. Aún permanecía fresca en su memoria lo que días atrás observó en la playa. Abordaron el bote y salieron tras Abel, mientras Juan Nieto continuó en la orilla acondicionando sus herramientas de pesca. Una vez lo alcanzaron, lo bordearon por el frente y Abel se detuvo.

—¿Qué haces? —preguntó Uriel preocupado—. ¿Te estás volviendo loco?
—Nadando, ¿que no ves? —respondió Abel.
—No te das cuenta de lo lejos que estás de la orilla. Ven sube.

Abel miró hacia su espalda, mientras se mantuvo a flote moviendo sus extremidades. Le pidieron subir al bote y aceptó. El enojo hizo que perdiera el control, nadó mar adentro sin percatarse cuanto se alejaba de la orilla. Todos permanecieron callados en el regreso y evitaron mirarse. Uriel agradeció a Juan Nieto al descender del bote, mientras Carlitos se quejaba murmurando improperios contra Uriel. Descendieron por el extremo de la playa donde Juan Nieto esperaba con su red en manos, próximo a los restos del muelle. Abel estaba cansando de haber nadado tan rápido en tan poco tiempo, pero hubiera querido no reflejarlo.

—¿Qué es lo que te pasa? —preguntó Uriel mirando hacia su espalda asegurándose que los pescadores no lo escucharan—. Pudiste causar una tragedia, poniendo tu vida en peligro.
—No me sermonees, no tienes derecho —replicó Abel airado.
—Acaso has perdido el juicio.

—Mira quién habla —respondió Abel levantando su tono de voz—. Ahora te has dedicado a jugar con los sentimientos de los demás.

—¿De qué sentimientos hablas?

—¿Acaso no te das cuenta de tu actitud? —increpó Abel deteniéndose y señalando a Santa—. ¿Quién es esa chica?

—Un momento, hermano —contestó Uriel confundido—. ¿Estás celoso?

—No.

—Es eso, ¿verdad? —insistió Uriel.

—Te dije que no.

—Miguelina, tu gran amiga, me hizo entender que no era adecuado para su hermanita —explicó bajando la voz y tratando de convencerlo—. Pregúntale a su madre. Prácticamente me echaron de la casa. ¿Qué querías que hiciera? ¿Arrodillarme a rogarle?

—Es tu culpa. La ilusionaste, Uriel —increpó Abel con vehemencia—. Ahora sales con esta joven y coquetea a la amiga de Luis Enrique. Me pusiste en aprieto ante ellos. ¿Qué es lo que te pasa?

—Debí saberlo, desde el primer momento, Miguelina demostró su desagrado. Ahora entiendo su actitud. Nunca le caí bien, ¿verdad? Insinuó que mi presencia no era adecuada, ahora lo entiendo. Y tú me reprocha.

—No es justo que hables así de ella.

Santa no pudo distinguir, por la distancia, el porqué de su discusión. Sabía que eran buenos amigos, pero, por los ademanes que hacían, alguien se sentía lastimado. Abel hizo silencio, no expresó palabras algunas, era la primera vez que se enfrentaban en una calurosa discusión. Abel se marchó, tomando otro camino para evitar pasarle por el lado a Santa. Uriel permaneció por un rato observándolo, tomó varias piedras de la orilla y comenzó a lanzarlas al agua, pretendiendo desahogarse. Santa permaneció esperándolo, inquieta y ansiosa. Él había lastimado a su mejor amigo. Su actitud egoísta lo impulsó a actuar de manera irresponsable.

***

La tarde se dejó vencer; la noche tomaba control. El Sol se alejaba, parecía ahogarse en el mar en el lejano horizonte. Garzas blancas atravesaban el cielo vacío, sin nubes. El silencio de la noche ocupaba su espacio. Augusto Real regresó del rancho. Detuvo su camioneta en el lugar que siempre lo ha hecho. Permaneció un momento observando la casa antes de descender de la camioneta. Subió los escalones pausados y mirando hacia la mesita, al lado de la mecedora, se detuvo. Observó con detenimiento la mesita, en ella descansaba una botella de *whisky* y un vaso. Lo invitaban a sentarse, un regalo de bienvenida, con su propia compañía.

Permaneció sobre los escalones un largo rato. Luego avanzó hasta alcanzar la mecedora y se sentó. Suspiró profundo, queriendo liberar las tensiones que lo ahogaban, la pesada cruz que marchitaba su alma. Dejó caer su sombrero vaquero, extendió sus piernas y se recostó. Augusto Real sabía muy bien el significado de la botella de *whisky*. Estaba reflejando signo de debilidad o la fortaleza lo abandonaba. Sus intimaciones nada influían, ese temor que en otros tiempos imponía, apenas eran estelas absorbidas por el tiempo.

Altagracia impidió encontrarse con él en el trayecto de regreso a su casa, esa tarde. La soledad lo acompañó, ni siquiera Rosalba le dio la bienvenida. Permaneció en la galería viendo la llegada de la noche. El firmamento se vestía de luminarias y la Luna iniciaba su viaje sobre el pueblo dejando escapar un borroso reflejo que captaba el mar.

Rosalba permaneció con su madre en la habitación. El encuentro con las gemelas permanecía en la mente de Rosalba, la coincidencia de los nombres y la mirada de la madre. La conducta de la extraña mujer. La inquietante pregunta de qué tan valioso ocultaba de su vida. Esa mirada penetró en su ser, como un aguijón, queriendo herirla.

—Ha sido un día muy difícil, mi niña.

—Sí, muy extraño diría yo, mami.

—Ve, saluda a tu padre, por favor.

—Prefiero no verle, esa mirada permanece clavada en mi mente. Algo oculta esa mujer.

—No hagas conjeturas a la ligera. Esa mujer, era una madre preocupada por sus niñas, con miedo a perderlas. Yo también sentí miedo en algún momento, es natural. ¡instinto materno!

—No lo creo así, estaba encorvada platicando con las niñas y al levantar la cabeza su rostro y su mirada cambiaron en el momento en que me miró. Fue una sensación amarga, electrizante. No hubo palabras, un dialogo silente, expresiones subjetivas, intimas... no sé...

—¿Qué intentas decir, hija mía? —cuestionó y luego de una pausa le advirtió—. Ten cuidado con lo que dices.

La obscuridad de la noche se adueñó de todo. Leves chirridos de las aves marcaban la lejanía de sus cantos. Sus voces surgían en la obscuridad de los matorrales. La soledad transitaba las calles del pueblo, a las que solo las acompañaban algunas bombillas encendidas en las esquinas. Así los pensamientos de Augusto Real que se perdían en su propio barco en la negrura de las neblinas. Las horas avanzaban acrecentando las frustraciones en el corazón de Augusto Real, la negativa del faro a exhibir sus luces. Rosalba flotaba en un mar de paranoia de curiosidades que les estremecían entremezcladas con respuestas de preguntas vacías. Emma se inquietó, había tomado la difícil decisión de retirarse de su habitación. A Augusto Real ni siquiera le preocupó, como si estuviera durmiendo a solas todo el tiempo.

Emma insistió en que Rosalba dejara de relacionar los eventos que sucedían a su alrededor. Temía que pudiera encontrarse con alguna piedra difícil de levantar, y el resultado de su búsqueda podría ser peor que la condición actual. Sobrevivió años soportando el peso del menosprecio y las acciones de un hombre con un corazón cruel.

Se bebió cada gota de *whisky*. Cada sorbo lo bebió con una paciencia espantosa, deseó hacer migajas el vaso. Tardó no mucho en consumirlo todo. Cuando la botella no tenía nada más que ofrecer, despreció el vaso. Vencido por el alcohol, pudo incorporar su cuerpo embriagado con el apoyo de sus débiles piernas, sin firmeza y caminar. Caminó agarrándose de todo lo que encontraba en su paso. Abrió la puerta y la cerró con fuerzas, con el ímpetu de su desprecio. La casa se estremeció como si fuera tambaleada por un terremoto. Avanzó hasta alcanzar la puerta de su habitación, entró y una vez allí, cayó sobre el sofá, débil como la hoja que abandona su lugar en la rama, despreciada.

El fuerte estruendo al cerrar la puerta hizo que el pánico se apoderara de Emma y Rosalba, haciéndolas abrazarse de temor. Los nervios de Emma se intranquilizaron; Rosalba la calmaba, y mientras, decidió investigar qué pasaba. Salió de la habitación con la advertencia de cuidado de su madre. Penetró a la habitación de sus padres y, sobre el sofá, encontró a Augusto Real sumergido en un profundo sueño. Apestaba a alcohol por toda parte. Una mezcla de emociones se apoderó de ella, tristezas y lástimas por su propio padre, sintió. Intentó cubrirlo con una sábana, sin embargo, se arrepintió. Apagó la luz, dejó encendida la tenue luz de la lámpara sobre la mesita de noche y se marchó. Su alma quiso llorar; su corazón se hizo fuerte. Recostó su cuerpo contra la puerta y suspiró profundo, represando sus emociones. Retiró el vaso y la botella de *whisky* del piso de la galería, recogió el sombrero y aseguró la puerta principal de la casa. Dejó caer sobre el sillón, justo al lado del radio, el sombrero de su padre, las huellas de su historia. Su mirada triste captó el libro que descansaba sobre la mesita, junto al florero y las marchitadas rosas abandonadas por las fragancias que la acarició. Parada frente a la ventana, abrazándose a sí misma, miró el oscuro horizonte, deseando ver los besos entre el mar y el cielo, más, solo notó tristes titilares reflejar sus penas.

***

Antes de la hora del crepúsculo, en el cielo, la Luna, medio escondida, y sobre las calmadas aguas, ondeaba con suavidad su reflejo, dándole vida a la oscuridad. Su reflejo dio la sensación de que eran dos; una en lo alto del cielo acompañada de las estrellas y la otra emergiendo de las aguas. El señor Gustavo Punto, fascinado por el panorama que regalaba la bahía, acompañó a Amanda, su esposa. Una rutina que interrumpía sus vidas. Él narraba sus historias fantásticas como si las estuviera leyendo en el mismo horizonte, dejando su vista perderse en la oscuridad de la distancia. Eran relatos escritos en las páginas de las memorias del pueblo. Detrás de sus papeles en la oficina, absorbía cuanto podía de sus compañeros de trabajo, de sus vidas atadas a costumbres irracionales de culpabilidad. Convertían en verdadera cualquier anécdota, sin razonar.

Ella cultivó, con sus apocalípticas narraciones, el arte de escuchar. La paciencia, la calma y la atención que prestaba, incentivaban a Gustavo Punto en sus relatos hasta convertirse en un buen charlista de la monotonía. Amanda, sin otra opción, posaba con atención para su mejor perfil al artista. Prefirió arrancar de su vocabulario las conjeturas sobre la sequía, la fe sobre la esperanza y el arte de culpabilidad de la gente ante cualquier evento. Amanda adornaba la escena con una botella de vino tinto para reducir la noche, y para que, al escuchar las fantásticas creencias populares, no se convirtiera en tormentos de azotes.

—Mi secretaria solicitó unos días libres —expuso Gustavo dándole un tono de importancia a la solicitud.

—¿Vacaciones? A lo mejor está cansada —comentó Amanda.

—No exactamente, aunque se puede interpretar de esa manera. Sería lo mejor.

—¿Cuál crees que es el motivo? —preguntó Amanda fingiendo tener algún interés—. ¿Te lo dejó saber?

—Sí, creo que quería que lo supiera —expuso él al suspirar con suavidad, hizo silencio por un momento y después de ingerir un sorbo de vino, agregó—. Tuve la impresión de que ella quería asegurarse de que lo supiera.

—¿Seguro? —preguntó Amanda impidiendo bostezar.

—Sí, van a celebrar una fiesta a un santo, no recuerdo el nombre ahora mismo.

—Son muy creyentes y dedicados a su religión.

—Imagínate, le van a pedir que interceda por el bien del pueblo.

—¡Ah, sí! ¡Bueno! —exclamó y motivada por la curiosidad preguntó—. ¿Cuál es el misterio?

—Pedirán arrojar al infierno a un espíritu maligno que creen puede ser de los culpables de la sequía. Protección divina contra el mal.

—¿Qué santo será ese? —preguntó Amanda—. ¡No sé mucho de santos!

—Ya, ya, lo recuerdo, creo estar seguro de que dijo arcángel del Rayo Azul y que tiene buena relación con San Pedro.

—¿Seguro que escuchaste bien? Siempre he escuchado que San Isidro es el que hace llover. Entonces, permitirás que tome los días libres, con ese nombre nunca se sabe. Creo que debe tener un gran poder —comentó Amanda sonriendo de la ingenuidad de su esposo.

—Sí, ¿verdad? —dijo él desvelando sus dudas en un profundo suspiro—. Sabes, a veces creo que estoy aceptando sus creencias.

Amanda miró a su esposo con sorpresa, podría ser fruto del cansancio o quizás, la cotidianidad de compartir en el mismo lugar y con la misma gente, él se transformaba de tal manera que al final era igual a ellos, una imagen del mismo espejo. La Luna al marcharse, se llevó su compañera que reposaba en el agua. El panorama se transformó en diminutas luces parpadeando en el ancho firmamento con las mismas gracias que traían cada noche. Se sintió la soledad y creyó que la solicitud de la secretaria ahuyentó la Luna. Él la tomó tan en serio que bebió todo cuanto pudo para callar. No la contó como curiosidad, ni mucho menos como ignorancia, lo hizo como si fuera parte de la historia.

***

Emma esperó ansiosa por Rosalba. Aun sabiendo que era ella, se estremeció cuando escuchó el chirrido de la puerta. Corrió y trabó el pestillo. Su piel estaba pálida, sus manos temblaban, su respiración entrecortada y el tamborileo de sus latidos agitaban su pecho. Se vieron solas en un gran abismo de interrogantes y adversidades. Las dudas les llovían, inmensas nubes acumuladas sacudían sus almas. Las lágrimas del desvelo de Emma no eran suficientes. Su almohada las guardaba cada noche, las recogía con la misma tristeza con que la humedecían. Desesperada, sus párpados se mantenían en vigilia hasta ver la luz del día sobre su casa. Las conjeturas de Rosalba retumbaban como torbellino perdido sumergido en la profundidad de un oscuro despeñadero luchando para salir a flote. Aunque creyó sentir el mar en calma, su alma se estremecía con la misma intensidad de la soledad de sus desvelos.

—¿De qué hablaban ustedes cuando Amanda y yo entramos?

La pregunta de Emma le sorprendió. Una sonrisa iluminó su rostro dejando escapar un rayito de luz de sus ojos. Miró a su madre con ternura y afecto. Sin Embargo, intentó ignorar dar respuesta. Con Isabela trataba con libertad cualquier tema, con su madre, era diferente. Emma sabía que a Rosalba le era incómodo hablar de sus sentimientos, se lanzó, como el buen nadador, sin temor al agua.

—Nada, solo platicábamos, como siempre. Tenemos nuestros temas, nada importante.
—¡Ah, sí!, solo eso. Pensé que era importante.
—Sí, mami, Isabela y yo tenemos temas, ¿comprendes? Acaso crees que nos juntamos solo para mirarnos.
—Uno no se sonroja así por nada, ni susurra a sola con una amiga por miedo a que las paredes escuchen.

Las palpitaciones de su corazón deseaban hablar. Sus manos se estremecían y su voz quebrada perdía su habitual encanto.

—Bien, nos encontramos con unos amigos de Luis Enrique… nunca los había visto. ¡Bueno! Encerrada aquí no conozco a nadie. Hablábamos de eso.

Dijo suspirando y vencida ante la insistencia de Emma. Hizo silencio, su vista se clavó en algún lugar mientras sus pensamientos la hicieron sonreír. La tonalidad de su piel la delataba.

—¿Y? —preguntó Emma rescatándola de la magia que la atrapó.
—¿Qué haces, mami? —increpó Rosalba extendiendo las manos y encogiendo los hombros al ver que su madre se acomodaba como niña esperando escuchar un buen relato.
—Me acomodo, para escucharte. Me imagino que, si es importante para ti, igual será para mí.
—¿Qué dices? Eso fue todo.

—Creo que hubo algo más, no se recuerda nada si no se le da importancia. ¿Maripositas en la panza...?

—¡¿Qué?! —exclamó Rosalba sonrojada y nerviosa.

Emma reacomodó la almohada sobre sus muslos, abrazándola. Buscó sonriente el rostro de su hija haciéndole saber que la escuchaba.

—Lo que sucedió fue que Luis Enrique se incomodó por la manera en que uno de los chicos nos miró.

—¡Ya sabía yo! ¿Y qué pasó luego? —preguntó Emma sonriendo de alegría.

—Eso, ya te dije que Luis Enrique se incomodó...

—Luis Enrique se incomodó, entiendo y... —insistió Emma con un tono tierno—. ¿Por qué se incomodó?

—Por la forma de mirar, ya te lo dije.

—¿Y cómo miró?

Rosalba miró a su madre con una expresión angelical, se le acercó y recostó su cabeza en su hombro. Su madre pasó su mano por su cabeza acariciando su pelo. Luego, expresó el seductor sentimiento que la cautivó.

—Como lo hacen los chicos, esa manera boba de mirar... —confesó sonriendo con timidez—. Esa en que una siente la caricia en el alma misma, creo.

Una sensación extrema de gozo sintió Emma, su rostro sonrió, su corazón se regocijó. La acurrucó con fuerza y besó su frente. Mientras Rosalba sonreía al cerrar sus ojos.

XX
Enojo y amor

El sabor de la crueldad le era dulce; la compasión amarga, y su corazón desconocía la esencia de la humildad. Emergía la arrogancia y la prepotencia que lo apegaba a un enfermizo poder, nublándoles los ojos del alma. Exhalaba un narcisismo mediocre, sangrando de su herida la hediondez de la insensibilidad que había cosechado, porque el fruto fue a la semilla, como los actos a su corazón. Duros golpes resistieron el débil cuerpo de Altagracia y los gemidos de su alma clamaron a todas voces, sin lágrimas, al vacío infinito. Sus pies conocían a la perfección el camino, tanto así que podrían dirigirse solos y llegar a la casa de Emma sin extraviarse, pues lo había andado tantas veces que las huellas les servían como señales de guía. Las huellas de sus pisadas, el polvo no pudo consumirlas, no pudo borrarlas de tantas veces que ha andado sobre sus mismos pasos.

La manifestación del miedo que sentía, causada por Augusto Real, no se originaba en el terror que le tenía, sino que su alma rogaba por un extraño arrepentimiento para que la soga que apretaba su cuello bajo el madero se debilitara y así evitar que sus pies perdieran el contacto con el suelo. Rosalba se había convertido en una joven dulce, gentil y agradable, con una presencia cautivadora y paralizante. Pero también, moldeó un temperamento fuerte, imponente y una mente brillante, capaz de desmoronar con un simple roce de sus dedos.

Su padre, Augusto Real, logró encadenar a su madre a un aislamiento despiadado, fruto de una cobardía mediocre. Un razonamiento de venganza torpe. Sin embargo, Rosalba salió de su trampa tan pronto nació, y su presencia le sembró un extraño sentimiento de amor que por largos años lo hizo rondar la casa como si fuera su nido, donde se intoxicaba la sangre y la mente para enriquecer su orgullo. Sus tentáculos venenosos marchitaron toda hierba verde en su peregrinar, sembrando unas huellas de odio como los colmillos del vampiro en el cuello del venado para succionar la pureza roja que corre entre las venas de los inocentes, y vigorizar su ego.

—¡Qué rico huele!
—Buen día, mi niña. Ahora mismo te preparo un poco.
—Por lo que he visto, hoy no lloverá —comentó Rosalba.
—¡Qué va! El poco viento que sopla se ha llevado hasta la esperanza —se quejó Altagracia.
—Así es. ¡Qué destino! Hay personas en este mundo que nunca pudieron siquiera soñar tener esperanza —insinuó Rosalba con un tono sarcástico.

Altagracia sirvió a Rosalba una taza de café, la intranquilidad de sus nervios hizo que derramara un poco de azúcar sobre la meseta. Sintió la fuerte mirada de Rosalba sobre su espalda como un afilado cuchillo al cuello buscando la vena de la vida. Colocó la taza sobre el platillo, y después de agitarlo en la mesa frente a la joven Rosalba que en ese momento desvió su mirada para no ver su rostro. Altagracia se percató del premeditado desaire dejando escapar una irónica sonrisa como respuesta.

—La confianza se gana cuando la paga del salario es buena —dijo con sus ojos clavados en la negrura del café, tratando de ver el fondo de la taza—. ¿No lo cree, usted?

—El sacrificio no tiene precio, eso creo —replicó Altagracia levantando su cabeza frente a Rosalba que una vez más desvió su mirada.

—Sacrificar a un cordero inocente y tierno, para disfrutarlo mientras se desangra, es cruel, es tener el corazón podrido. Es un acto de orgullo de los cobardes.

—La mucha lectura, mi niña, te han hecho derribar los barrotes. Ahora, debes saber cómo esos barrotes se crearon. Sería bueno evitarlos. Los finales son deseos de un inicio.

Rosalba ardió en su interior ante los sagaces pronunciamientos de Altagracia. Sus años le habían dado la experiencia para saber enfrentar las insinuaciones, como puntas de lanzas envenenadas, llovían sobre ella sin contemplación. No había bebido un solo sorbo del café. El contenido reposaba en la taza en la que había sido servido. Sus hombros sintieron unas tiernas y amorosas manos. Emma escuchó la conversación y decidió hacer presencia evitando que Rosalba empujara más hacia el borde del abismo, donde sospechó, al fin, encontrar la espalda de Altagracia.

—Buen día, Emma —respondió Altagracia dando la espalda.

Dejó notar su disgusto, los comentarios de Rosalba contristaron su corazón, hirieron su lealtad. Las afiladas púas del borde que la protegían, las estaban encerrando. Sin ofrecerlo sirvió café a Emma, colocándola al lado de la taza de Rosalba. No estaba turbada, sino que, recibió cada golpe que sin piedad lanzó Rosalba a quien con tanto amor ayudó a criar.

—Dejaste enfriar el café, Rosalba —le dijo su madre.

—Ha perdido el sabor —ironizó ella—. El vapor se llevó su aroma.

La estaca se clavó justo en el corazón del vampiro. Rosalba la empujó hasta lo más profundo, donde se producen los latidos y germina la sangre, con toda su rabia. Emma calmó a Rosalba que permanecía con su mirada clavada sobre Altagracia.

Estaba claro, la oscuridad se había evaporado y afuera se escuchaban el paso de los camiones de Augusto Real en su afán de llevarse el río hasta el rancho y que solo dejaban un cúmulo de polvos que cubría todo el pueblo. Un sonido en la puerta captó la atención de Rosalba y Emma, y que, al escucharlo, intercambiaron mirada de asombro, porque aún era temprano.

—Buenos días, son para Rosalba —dijo el joven que tocó en la puerta.
—Gracias, soy su madre, se las entregaré —declaró Emma y con gentileza preguntó—. ¿Quién las envía?
—Solo hago la entrega, señora —respondió el joven con amabilidad y se marchó.

Un ramillete con tres flores rojas; rosas atadas con una cinta bordada de tela roja. Parecían recién cortadas. Eran una rosa abierta y dos capullos, y la cinta que las sostenía la cruzaba a todas como atadas entre sí. Traía una nota, un detalle de adorno.

—¿Quién es, mami?
—Es un regalo para ti.
—¡Para mí! —exclamó Rosalba acudiendo de inmediato a la sala donde estaba Emma con el regalo en las manos.
—¡Son hermosas! ¡Ah, mira!, aquí hay una nota.

Rosalba sostuvo la nota y la leyó para sí, en silencio, ante la desesperación de Emma que ansiaba impaciente por conocer el remitente.

—¿Qué dice? —preguntó Emma.
—«*Rosas para Rosalba*» —leyó con un tono sonriente y nervioso.
—¿Nada más? —se quejó Emma.
—Sí, nada más, ¡son hermosas! —exclamó Rosalba con alegría.
—¿Quién las envía? —curioseó Emma.
—No lo dice. ¡Es anónimo! No dice quién es el remitente. —Luego expresó buscando que sus palabras llegaran a la cocina—. Los capullos parecen gemelos.
—¿Alguna idea de quién pudo ser? —preguntó Emma intrigada.

Rosalba no respondió. Emma volvió a tomar las flores, limpió el jarrón de la mesita junto a la ventana. Remplazó las rosas por la recién recibidas. Como adorno, dejó las piedrecitas y los cristales de colores. Abrió la ventana e hizo espacio echando a un lado las cortinas, para permitir que la luz del día las acariciara.

Durante su bautismo en la capilla San Rafael, la gente la observó con asombro, pues el rumor se había esparcido por todo el pueblo y se aferraba, como otras tantas rarezas, a sus creencias. El mal de ojo no hizo ningún efecto y el azabache santiguado enganchado con un imperdible a su vestido, efectuó unos extraños movimientos que permanecieron en las memorias del pueblo para siempre, pues, aseguraban que había nacido con un don especial y que ninguna otra protección para hacer frente al mal, fue necesaria. Altagracia la vio nacer, y desde entonces, ha estado a su lado. Tenía el temor que en cualquier momento su energía se saliera del control de Augusto Real y, lo peor, que sucediera lo inevitable, que el amor que su padre sentía hacia ella, fuera su debilidad.

Emma se le acercó a Altagracia, y que su corazón por algún extraño milagro aún latía, después de sus conversaciones con Rosalba, para disminuir las tensiones. Había notado su perturbación y lo estaba reflejando en sus quehaceres. Sintió estar acorralada, enjaulada y en sus pensamientos deseó tanto abrir la puerta y alzar el vuelo.

—¿Altagracia?
—Sí, señora.
—Como usted es muy conocedora de todo en el pueblo, quiero hacerle una pregunta, ¿sí? —dijo Emma mientras se le acercó un poco más, con un tono de voz suave y sereno tratando de transmitir confianza, ella asintió con una leve sonrisa—. ¿Conoce usted algunas gemelas por aquí?

—Mi señora, imagínese usted, con todo el día encerrada aquí, ya casi ni sé que pasa ahí afuera —tartamudeó Altagracia con un tono átono y evasivo.

—Tienes razón —admitió Emma con un tono átono—. Es que Rosalba conoció unas chiquillas y solo piensa en ellas.

—La niña Rosalba, mi señora, tiene mucha imaginación —enfatizó Altagracia y luego agregó—. ¡Lee demasiado! Siempre he escuchado que leer tanto pone la gente loca… bueno ya usted sabe, eso dicen.

Recogió su taza de café que estaba sobre la mesa, bebió un sorbo y la dejó sobre la meseta de la cocina. Permaneció por unos instantes al lado de Altagracia, hizo lo mismo con la taza en que le sirvió café a Rosalba, que conservaba todo el contenido. No muy convencida se apartó, ese día, no fue necesario cambiar las flores del florero con algunas cortadas en el jardín, alguien se les había adelantado con el ramillete obsequiado a Rosalba.

Desde la sala, Rosalba observó con atención a su madre platicar con Altagracia. Intercambiaron gestos y ademanes que le daban a entender lo difícil que sería obtener de ella, alguna información de su relación con su padre. Era una mujer muy fiel a Augusto Real y la traición no formaba parte de sus pensamientos. Prefirió tolerar las presiones que sobre ella ejercía Rosalba, solo que mantener la calma y la paciencia a su edad podría hacerla resbalar que eran los planes en su contra.

***

Sintió la almohada como una roca bajo su cabeza. La luz que penetraba por la ventana afligió aún más su corazón. Fue una larga noche. El desvelo recreó decenas de veces el desdichado momento que perturba su alma. El rechazo al simple roce de sus dedos cuando anheló tocar su suave mano. Tal vez una torpeza, a lo mejor respondía a un instinto primitivo, pero cuando su mano se alejó, buscando protección, el dolor corrió junto a su sangre por todo su cuerpo. Ella permitió que la mirada de un extraño acariciara su rostro, tocara su alma. Abandonó la cama desechando los hincones de la sábana. A lo lejos, el canto del gallo anunciaba el alba. A sus alrededores los chirridos de las aves entonaban alegría. Vistió pantalones cortos, sandalia y una camisa blanca de mangas largas recogida hasta los codos. Tomó las gafas de sol y salió a la calle con el rumbo que indicaba su acongojado corazón. Los ladridos hicieron que caminara por el centro de la calle. Era un silencio sombrío, calles solitarias, vacía de vida. Apuró el paso y frente al cuartel de la guardia observó las ausencias de las banderas jugueteando con el viento. Al encontrarse en los escalones de piedras, captó su atención, el chapoteo de las olas al golpear las yolas. Desvió sus pasos hasta el desembarcadero y vio entre los pilares hombres que a pesar del trasnocho charlaban con alegría.

La escena lo cautivó. Sus ojos no se cansaban de contemplar y apreciar la belleza natural que lo mantenían embelesado. Le fascinaba caminar en la misma orilla donde se arrastraban las olas y regalaban, después de su agitado recorrido, sus burbujeantes resacas sobre las blancas arenas, unas caricias de amor. ¡Un acto de pasión! Los pescadores regresaron de su ardua labor, habían pasado toda la noche en alta mar. Los botes llegaron cargados y las expresiones de sus rostros reflejaban somnolencia, cansancio y felicidad. Aquella noche, el esfuerzo fue gratificante y por un día en sus vidas, la sequía no era el santo a adorar en el altar.

—¡Ha sido una gran noche!
—Así es, amigo, ¡una gran noche! —exclamó Carlitos con un tono cansado y sonriendo.
—Siempre lo veo por aquí —dijo Juan Nieto.
—¡Oh, sí! —replicó Luis Enrique—. Me fascina esta playa, soy sobrino del señor Gustavo. Me llamo Luis Enrique.
—Juan Nieto y él es mi hijo Carlitos. Bien, Luis Enrique, estamos a las órdenes en el colmado del camino —le dijo Juan Nieto agradecido por la ayuda de Luis Enrique.
—¿El colmado? ¡Qué bien!
—¿Tomando sol temprano? —preguntó Carlitos.
—Caminando, un poco. Sé que es muy temprano, pero ¿conoces a Abel? Él siempre anda merodeando por aquí.
—¡Hablando del Diablo! —exclamó Carlitos señalando a Abel que se acercaba.
—Es increíble ¿No me digas que ahora quieres saber pescar? —preguntó Abel al acercarse—. ¿Cultivando amistades?
—Invitemos a Carlitos a la travesía río arriba, ¿sí?
—Por mi está bien. ¿Qué dices Carlitos? —preguntó Abel—. A lo mejor se animan las chicas y nos acompañan.
—Muy buena idea, estoy seguro de que a mis hermanas le gustaría.

Los pescadores continuaron en su afán. Regresaron felices y cansados, el mar había proveído lo que la sequía arrebataba en la tierra. En aquel momento, ignoraron las condiciones del cielo, su azul o si vestía sus nubes. La alegría les hizo dejar a un lado la esperanza de ver llover. Luis Enrique y Abel siguieron su caminata, deseando ser contagiado por sus emociones.

—Todo indica que estamos generando un buen entusiasmo con la travesía —declaró Luis Enrique regocijado.
—Sí, estoy seguro de eso —afirmó Abel y agregó—. Escucha, te pido que me disculpes por el comportamiento de Uriel….
—No es necesario, puedo entenderlo —interrumpió Luis Enrique.
—Él es un gran amigo y últimamente no sé qué le pasa —se quejó Abel.
—No es para menos, las chicas en verdad son hermosas y muy atractivas —argumentó Luis Enrique—. Es difícil que pasen desapercibidas.
—Sí que los son. De verlas uno queda hipnotizado. Sobre todo, la de los cabellos largos, ¿Cómo se llama?
—Rosalba —respondió Luis Enrique suspirando—. ¡Es muy hermosa!
—¡Dios mío! —exclamó Abel sorprendido—. Mira cómo te has puesto. Si que estás enamorado de esa chica.
—Sí —respondió él con tristeza—. He intentado acercarme, pero a veces creo que es… es muy niña, o no sé…
—Ni tan niña… ella ha estado encerrada toda su vida. ¿Qué se puedes esperar? La gente del pueblo comenta mucho sobre ellos. Ella y su madre viven aislada de todos —explicó Abel—. Pueda que sea buena oportunidad la travesía. Es bueno hacerla lo más pronto posible, el clima está perfecto, ja, ja, ja.
—Sí, tienes razón —afirmó Luis Enrique—. ¡Sí que eres listo!

**

En la mesita de la galería reposaba la botella de *whisky* junto a un vaso de cristal transparente, y acomodado a su lado un libro, como adorno, con sus páginas intactas. Nadie había osado hojearlo, ni tener la delicadeza de pasear su vista entre sus palabras. Los camiones de Augusto Real mantenían vivo en la mente de la gente, la sequía que se había apoderado del pueblo con el constante ajetreo. El gozo de los pescadores se extendió por todas las casas. Los compueblanos clamaron por la esperanza para que el día fuera más largo y la noche tardara en llegar.

Altagracia se marchó más temprano que nunca. Las razones para permanecer en la casa se agotaban, el interés mermaba. La niña que con tanto amor vio crecer se convertía en el aguijón protector de una madre que acosaba los nubarrones que le troncaron su adolescencia, su vida. Sus zarpazos eran fuertes y certeros, y enfrentarlos solo era posible gracias al escudo protector que brindaban los años. Escudo que el paso del tiempo degastaba, corroyéndolo como el óxido al hierro, haciéndolo débil y frágil.

La camioneta de Augusto Real hizo su entrada, se parqueó en el lugar de costumbre, apagó el motor y luego de contemplar la casa por un largo rato, decidió salir. Caminó lento, marcó sus pasos, alcanzó a ver en la galería la mesita y las cosas que allí aguardaban para él. Se detuvo un instante antes de dar el primer paso sobre los escalones, miró hacia atrás, como el que siente la mirada de alguien sobre su espalda. Subió al segundo, luego al tercer escalón y por último avanzó hacia la mecedora que esperaba y ocupó como soldado abatido en su trinchera de honor. Sonrió, no con la alegría esperada, no como el niño al recibir el juguete de su sueño. Sonrió de sus propias intenciones mientras observó la botella vacía y el vaso sediento a la espera del líquido que, en ese momento, más que nunca, deseó ingerir.

La luz de la galería fue encendida, mientras la puerta principal se abría. Hizo su presencia Rosalba, deteniéndose por un momento bajo el dintel de la puerta antes de alcanzar la galería. Augusto Real levantó su mirada y contempló a su hija. Su vista cansada se cargaba de ternura, sus ojos brillaban ante su presencia. El amor por Rosalba era inmenso, era su propia sangre, la marca planeada del destino. Su imponente presencia lo hacía débil, sabía que era una Real, más que nadie.

—Ese es todo el alcohol que beberás esta noche —sentenció ella con una suave voz.
—El sarcasmo no es necesario, hija mía —respondió Augusto, y luego de un profundo suspiro en que sus miradas se mezclaron con ardor, preguntó—. ¿Quieres que me siente a leer?
—Altagracia recomienda que leer no es bueno. De seguro que ya lo sabes, ¿no?
—Debe ser agradecida con ella. Te ha criado muy bien, alguna buena razón ha de tener para tal consejo.
—Ja, ja, ja, ¡me ha criado! Sí así lo piensas, está bien —ironizó Rosalba mientras se acercaba. Buscó con su mirada queriendo encontrar el ocaso y luego se sentó cerca de su padre y agregó—. En la desesperación, la locura traiciona al corazón.
—Entonces, no leeré —dijo sin apartar sus ojos de ella, como rogando clemencia.
—No te estoy diciendo que leas, he leído, leo. No veo veneno en eso —dijo ella evitando verle al rostro—. Debe uno tener cuidado a quien alimenta.

Augusto Real inclinó su cabeza. Sabía bien el significado de las palabras de Rosalba. Pensó si Altagracia lo había traicionado. Se preguntó que tanto podría saber ella. La excelsa delicadeza y la belleza de Rosalba se contraponían con su agilidad de acorralar a su presa hasta hacerlo caer vencido ante sus pies.

—Hace unos días, mientras caminaba con mis amigos, conocí unas chiquillas… unas hermosas gemelas —dijo haciendo una breve pausa, buscó con su triste mirada el ocaso, respiró con suavidad y agregó con un tono apagado—. Las gemelas, muy hermosas por ciertos, no me sorprendieron tanto como la mirada que la madre me dirigió.

Expresó cada palabra sin dirigir su mirada a su padre. Él permaneció callado y sereno, prefirió guardar silencio. Su sombrero de vaquero, que aún portaba, lo colocó sobre el libro que descansaba sobre la mesita. Recostó su cabeza, respiró profundo y cerró sus ojos. Ella lo observó de reojo, se paró de la mecedora, tomó la botella de *whisky* y el vaso, en su lugar colocó el sombrero, dejando al descubierto el libro y se marchó, abandonándolo al vaivén de las olas y la furia del agitado mar que se percibían gracias a la tensa calma del abismo en que caía. En su habitación esperaba su madre, quien se sobresaltó cuando Rosalba abrió la puerta y corriendo hacia ella, la abrazó. Dejó correr sobre sus mejillas las lágrimas que su corazón permitió de sus ojos brotaran. Su madre la abrazó tan fuerte como podía, ella, en cambio, sus nervios se le intranquilizaron, pero sus lágrimas se detuvieron, la impotencia cerró su camino. Permanecieron por un largo rato en silencio, Emma secó con ternura su rostro, las lágrimas de su angustia. Sus nervios recobraban su estado normal, mientras la angustia se disipaba.

Rosalba se tumbó en la cama, Emma cubrió su cuerpo con una sábana, y le entregó un tierno beso de amor en la frente. Se acercó a la ventana, y entre las cortinas, miró hacia el cielo solo viendo lo que la luz permitía al cristal atravesar, pero deseando acariciar con sus gemidos los vaivenes de las olas del mar que sentía, por el viento, su presencia. El silencio acompañaba a la tranquilidad y la calle desolada no mostraban síntoma de vida, todo el pueblo bajo la sombra de la noche descansaba. Emma percibió, un panorama tétrico, frío y oscuro. El ambiente en la casa había perdido la luz que en otros tiempos exhibió la jovial sonrisa de Rosalba y su correteo en los pasillos del jardín. Atrás quedaron las añoranzas de los recuerdos que solo la nostalgia traía de vez en cuando. Sus momentos de lecturas, sus conversaciones alrededor de la mesa de las historias que captaba a través de sus libros, tiempos de un triste ayer.

En la galería, Augusto Real con su mirada cansada puesta sobre el firmamento, perdida, sin punto fijo, yacía desplomado. Lo acompañaba su propia soledad y los insectos que volaban alrededor de las lámparas que iluminaban la galería. En la mesita, el libro que nadie leía llamó su atención. Miró varias veces el libro, quizás, para leerlo, o a lo mejor su intención era tomarlo y lanzarlo lo más lejos que podía. Sus intenciones eran deshacerse del libro, sin embargo, en lo más profundo de su ser, le perturbaba qué decisión tomar. Este ha sido el regalo del ser que más ha amado en su vida, Rosalba. Tanto la ha amado que, manifestaba su debilidad ante su presencia.

Estaba sumergido en una encrucijada que durante años pudo mantener bajo control, pero el tiempo lo traicionaba. Nunca pensó que su propia hija protagonizara y liderara su rendición de cuentas. Ella procuraba las respuestas que siempre le negó a su madre. El aislamiento en el que la sometió. Pudo notar que en su regreso no se encontró con Altagracia. ¿Qué habría pasado? Se preguntó con la ansiedad de conocer la respuesta.

La efímera alegría que viviera el pueblo, gracias a la gran noche de los pescadores, no alcanzó a la casa de la familia de Augusto Real. Para todos, fue un día de regocijo, de fiesta en que las preocupaciones por la sequía fueron olvidadas. Augusto Real se dirigió a su habitación. Por primera vez en años, el alcohol no fue la droga que le ayudara a atrapar el sueño. La fría cama, donde tantas veces la humedad de las lágrimas de Emma hizo de compañía a su insomnio, permanecía intacta, sin el toque femenino que la adornara. La habitación se sentía vacía, aislada, como quien sufre una derrota y queda extendido en el desierto a la merced de las aves de rapiña que, merodeando desde la altura, esperando con paciencia de que se evapore su último aliento de vida.

Augusto Real trataba de conciliar el sueño. Las luces continuaban encendidas, nadie se preocupó en apagarlas. En la distancia, el aullido de los caninos interrumpía el silencio y en el cielo, con sus parpadeos, las estrellas vigilaban el paso de la noche. Rosalba dormía, Emma permaneció en la ventana en vigilia. Las olas del mar durmieron silente, en paz, así su desvelo.

XXI
Pasado gris

Era un acto rutinario mirar el cielo con la esperanza de verlo nublado. Pero no, su azul persistía en ser la atracción de las desilusiones. Las campanas de la capilla no celebraban misa, sino que, festejaban la suerte de los pescadores. Doblaron hasta que el Sol estuviera encima de ellas, su replicar hizo levantar vuelos a las palomas que surcaron todo el cielo del pueblo, agitando sus alas al compás de sus sonidos. Algunos sonreían, otros simulaban.

El canto del gallo espabiló a los hombres de trabajo y con sus herramientas en manos, como de costumbre, iniciaron sus jornadas, acariciados por los rayos del sol. El mar despertó callado y sereno, sus olas reposaban inertes, apenas sus aguas se movían. Pequeños cangrejos merodeaban entre las dunas de la playa, saliendo de sus escondites en busca de alimento y que inquietos, respondían con temor en un rápido regreso.

La mañana sorprendió a Emma que no escuchó el sonido del motor de la camioneta de Augusto Real. Se levantó, vio la puerta de su habitación abierta y entró, luego, corrió a la ventana y apartando las cortinas, echó un vistazo al frente de la casa. La camioneta estaba parqueada en el mismo lugar de la noche anterior. Sin lograr comprender qué pasaba, regresó y acercándose a Rosalba la llamó con insistencia hasta que la despertara.

—Mami, ¿qué sucede? —preguntó extendiendo sus extremidades y bostezando.

—Algo pasa con tu padre.

—¿Qué? —preguntó Rosalba incorporándose con prontitud—. ¿Por qué lo dices?

—Me sorprendió el sueño, y al darme cuenta de que no escuché a tu padre salir, me acerqué a la ventana, por mi habitación y vi su camioneta que todavía está aquí —explicó Emma preocupada con un tono quebrado y nervioso—. ¿Qué podía ser?

—Primero, cálmate. A lo mejor le cogió el sueño a él también y está tarde —sugirió a su madre—. Mejor nos vestimos y vamos a ver, ¿sí?

Los nervios de Emma conmocionaban, cientos de preguntas rondaban en su cabeza. Se tomaron un rato antes de salir. Para cerciorarse, creyendo que se tranquilizarían, volvieron a echar un vistazo a la habitación, pero estaba vacía. Augusto Real, estaba en la sala, esperaba paciente, sentado en su sillón al lado de su radio. Prefirió esperar a que se levantaran. Altagracia trataba de tranquilizar sus nervios, preocupada, se mostraba turbada. Ella llegó tarde, y al igual que Emma, esperó que la camioneta de Augusto Real, fuera una señal de ausencia, y nunca sucedió. Deseaba evitar encontrarse con él, y al llegar a la casa, sintió que el alma se le caía, esperaba lo peor para ella. Tomó el pasillo del jardín que lleva a la puerta posterior de la cocina e ingresó a la casa. Se sorprendió verlo allí, sentado y cabizbajo, ella saludó y él permaneció inerte, ignoró su presencia, ni siquiera le dirigió una mirada.

Él se levantó de su asiento al ver a Rosalba y a Emma acercarse. Tenía su sombrero en las manos, y aparentó estar en estado de sobriedad.

—¡Dios te bendiga, mi hija! —respondió al saludo tembloroso y nervioso de Rosalba, luego con una voz monótona y apagada a la tímida sonrisa de Emma, agregó —. ¡Buen día, Emma!

—Nos asustaste —declaró Rosalba—. ¿Sucede algo?

—Todo está bien —contestó Augusto—. En realidad, quisiera hablarle. Siento haberla asustado.

—¿Te causó algún efecto tan rápido el libro? —ironizó Rosalba.

—Soy tu padre, Rosalba —declaró Augusto exigiendo respeto.

—Eso no está en dudas —manifestó mirando a su madre quien permanecía a su espalda y luego preguntó—. ¿Es así madre?

—¿Qué quieres decirnos, Augusto? —intervino Emma tratando de evitar prolongar la discusión.

—Por favor, sentémonos. —Un acto de cortesía muy extraño en Augusto que las sorprendió.

Ambas se sentaron, juntas en el sofá, mientras que Augusto Real se les sentó delante. Colocó su sombrero aparte, sobre la mesita de centro y luego se inclinó ligeramente un poco hacia ellas, queriendo borrar la fría distancia. Buscó con su vista a Altagracia, trató de localizarla, en vano. Rosalba le seguía, esperaba que dijera algo, se inquietaba.

Altagracia expresaba a los altos de los cielos cientos de plegaria, pero inquieta y preocupada, prefirió salir al jardín, buscando aire en un espacio más abierto. Prefirió no escuchar la conversación de la familia. La manera con la que Augusto Real la ignoró fue suficiente para comprender que rumbo tomarían las inquietudes de Rosalba y sus conjeturas. Ella se convirtió en un escudo protector de su madre. Las inquietudes de Rosalba pasaron los límites de la tolerancia, y los destellos de un enojo resentido, comenzaron a surtir efectos donde la compasión brillaba por su ausencia. Reclamaba las respuestas a unas preguntas que hundía en temores el corazón de Altagracia y tambaleaba en agonía a su padre. La carnada estaba lanzada, la paciencia en prueba.

—¡Bien! ¿Y ahora qué? —preguntó Rosalba inquieta—. ¿Qué nos tiene que decir?
—Hija mía, la falta de orientación en la juventud nos hace cometer muchos errores —argumentó Augusto con tono afligido y apagado. Él mantuvo su cabeza inclinada.
—No quiero escuchar tus historias, Augusto —dijo Emma levantándose y queriendo alejarse.
—Quizás, no he sido un buen hombre, pero te suplico que me dejes hablar —imploró él desesperado—. Escúchenme, por favor.

Una explosión de enojos, reprimidos por la vehemente solicitud de ruegos de Augusto Real, matizó el ambiente en un campo de miradas tensa. Rosalba permaneció sentada al igual que Augusto Real, sorprendida por la actitud de sus padres, guardaba silencio. Emma se atrevió, nada le cohibía, su erguida posición delató que las cadenas que restringieron su libertad fueron rotas, junto al miedo. Sus telarañas dejaron de ser las redes que diezmaran su coraje que resaltó en su electrizante mirada.

—Entiendo tu actitud —confesó Augusto sorprendido—. Solo escucha, por favor.
—Pero ¿qué dices? —reclamó Emma con frenesí y un tono desgarrado—. Dices que entiende dieciocho años después… eres un… ¡¡Maldito!!

Su voz estremeció los cimientos de la casa; su enojo el dolor en el que ardía su alma. No solo su almohada conservaba los innumerables desvelos y la soledad del sufrimiento, ahora su propia hija, el fruto de aquella desgarradora y salvaje noche, luchaba a su lado, buscaba junto a ella la luz de la consolación y la dignidad. Su reclamo, no consistía solo en una simple excusa, era toda su vida. Rosalba comprendió que la raíz de todo el mal giraba en torno a sus propios padres, y eso la consumía en un amargo dolor. El ego, el orgullo había cultivado en él tanta prepotencia como crueldades que, sin proponérselo alcanzaba con destruir con el amor entre ellos. Ella, la noche anterior, le tocó el corazón, lo invitó a drenar todo ese odio y rencor que brotaba de lo más íntimo de su ser. Extendió a su mano, la única oportunidad de ser un nuevo hombre. Rosalba los amaba, pero, ninguna relación adversa entre ellos, la enajena de sus resultados y, por eso sentía la urgente necesidad de conocer los detalles que causaron el aislamiento de su madre y la bajeza de su apatía.

Augusto Real pidió que se le escuchara. Él reclamó la oportunidad de contar la parte de su historia, sin pedir nada a cambio, ni ser favorecido con alguna clemencia. Su conciencia libraba una batalla que lo consumía sin contemplación, en su interior, las espinas del remordimiento fueron encendidas por el amor de su propia sangre, su hija. El amor hacia Rosalba era la única arma que lo detenía y sucumbía ante ella. Emma volvió a sentarse, próximo a su hija. Rosalba observó perpleja a sus padres enfrentarse en un fuego de odio y rencor. La ingenuidad que le rodeó se disipó, se evaporaba como la neblina con el calor de los rayos del sol y su vida era desalojada del seno de ingenuidad en que vivió; y así, el enfermizo miedo que en que se aferraba Emma. Atrinchera sobre el sofá, Rosalba se aferró con los brazos alrededor de las piernas, y rogó a su madre que lo dejara hablar.

—Sé que no he sido un buen hombre para ti, Emma, pero las circunstancias en que nos conocimos no fueron las mejores. Estaba sumergido en una nube de intensa presión, causada por la insaciable codicia de mi hermano. Nunca quiso dedicarse al trabajo, su vida era los placeres y el bajo mundo, así que, solicitó lo que por derecho le correspondía de nuestra herencia. A pesar de todos los consejos que en nuestras pláticas sostuvimos, a él solo le interesaba su parte. Destruir todo lo que lograron nuestros padres con dedicación y esfuerzo, no se podía permitir de esa manera. No tenía todo el dinero con el que podía comprarle sus derechos, así que, nos trasladamos a la capital a una oficina de abogados para poner en orden los documentos, evaluar las propiedades y hacer todos los arreglos adecuados para la partición de los bienes.

Poner todo en venta, no era una solución que me favorecía, era destruir todo. Así que, busqué asesoría, y se me aconsejó tomar un préstamo por el valor de la parte que a él le correspondía, y así lo hice. La lucha en la cual nos enfrentamos, yo cargaba toda la presión. Tal era así que, no me daba cuenta de que él tenía su plan. La oficina de abogados que visitábamos, eran sus amigos y que, les habían ayudado a orquestar las estrategias para obtener la mayor ganancia posible a su favor.

Los viajes a la capital fueron eternos y agotadores. Uno de esos días, me invitó a una fiesta, para pasar el rato y acepté. ¡El buen hermano! Al llegar al lugar, noté que era algo para adolescentes y él me contestó que me relajara que estaba muy tenso. Me convenció, me quedé y compartí. Te vi, me acerqué a ti, charlamos, bailamos, nos confundimos con el ambiente. Creí que tú formabas parte de sus travesuras. Dudé, me confundí. Vi en tus ojos tantas dulzuras que me confundí. ¿Cómo una chica tan hermosa y tierna estaba enredadas con Francisco? Pero esa luz en tus ojos me cautivó y en mis dudas decidí estar contigo. Pero él maquinó todo. ¡Hombre perverso! Tomó ventaja al leer la impresión que causaste en mí. Me confundí con tu comportamiento, sin saber que tu bebida había sido intoxicada. No estoy negando haberte puesto las manos, pero no fue un acto salvaje. Luego supe que nuestras bebidas fueron adulteradas. ¿Recuerda que nos quedamos dormidos? Recuerdo a tus amigas preocupadas por ti, entonces fue que me di cuenta de lo que sucedió... lo siento.

Semanas después regresé para ultimar los detalles del proceso y fue cuando nos encontramos frente al hotel donde me hospedaba. Apareciste ahí, junto a tu amiga, con tu noticia, él me hizo callar. Leyó mi temor al saber que estaba embarazada. Era una adolescente, con la edad que tenía, y... prometió encargarse de todo. Era muy ágil, tenía todo planeado con tanta facilidad. Me hizo comprometerme ante tus padres y aceptar mis responsabilidades, pero en realidad, en el fondo, negoció no denunciarme ante las autoridades a cambio de un mayor porcentaje en la herencia. Solo, allí, en esa gran ciudad, el pánico se apoderó de mí y acepté.

No estoy justificando mis acciones y el mal que tú consideras te he hecho. Pueda que sea muy tarde, dieciocho años... solo quise... no abandonarte y proveerte de todo cuanto he podido tanto a ti como a nuestra hija. Por esa razón, adquirí esta casa... el tiempo... el tiempo me hizo comprender que caí en la confusión que armó con sus trampas. Tarde he entendido que hemos sido víctimas...esperé su regreso en vano, nunca regresó, ni regresará, se llevó hasta el sabor de la venganza, nuestra vida... estoy arrepentido.

Su tono de voz masculino perdía fuerza en cada frase. Sus palabras emergían débil, átona, como el musitar del ruego en las peticiones divinas. Sus labios se estremecían al compás del tono quebrado de sus palabras. Sus manos perdían firmeza. Su vista borrosa perdía el objetivo. Sus rodillas flaqueaban, y sentía las uñas salvajes arrancar su piel humedad.

Ambas sumergidas en baños de lágrimas escucharon, con los ojos rojos de tanto llorar. Lo miraron como a un total desconocido, exponiendo la parte de su historia. Rosalba no podía creer lo que escuchaba, turbada y pasmada, ante el relato que narró su padre y el dolor en el que su madre naufragaba, permaneció estupefacta. Augusto Real hizo silencio, tomó su sombrero en mano, miró a

Emma como el que a punto de ser ejecutado ruega clemencia. Ella dejó de verlo, tratando en vano secarse su húmedo rostro. Rosalba permaneció atónita, inerte, creyendo protagonizar una terrible e inhumana pesadilla. Ocultada tras sus propias piernas emergían por encima de sus rodillas sus ojos azules, contemplando llenos de enojos, al hombre que destrozó la vida de su madre, su padre.

—Quise… quise amarte… rogué a mi corazón amarte. Intenté, y olvidar todo el pasado. Créeme, hice todo cuanto pude, pero tanto enojo o tal vez odio sembrado por el engaño de mi hermano pudo más y creó una coraza entre el deseo de amarte y el rencor que todavía siento. He sido un cobarde. Te llevé a Santo Domingo con la intención de dejarte con tus padres y no hacerte sufrir más, pero no tuve valor de abandonar a mi hija a una miserable vida. No podía estar lejos de ella.

—¡Oh! ¡Vaya, vaya! Que conmocionada estoy. Fuiste a tirarme, como a la basura. ¿Oíste?

—No, eso no…

—¿Me hiciste creer que me amaba? Todo ese tiempo… estuviste fingiendo, ¿eh? Dime.

—Intenté… intenté amarte, mas no mi corazón. No he podido… no pude. Hervia, todo este tiempo, la sensación cobarde de una venganza en mí que me pudrió el corazón…perdón.

No se escucharon más palabras, por un largo rato. Les rodeó un miserable silencio. Augusto Real en vano esperó respuestas de Emma o la intervención de su amada hija, para salvaguardarlo del posible naufragio a que se enfrentaba, pero ellas, calladas, sin palabras, solo atinaron a intentar no creer lo que habían escuchado.

—¿Y las cartas? —preguntó Emma con voz quebrada al notar que Augusto se marchaba.

—¡Cartas! ¿Cuáles cartas? —preguntó deteniendo su marcha, retrocediendo unos pasos.

—No creo que sea buen momento para hacerte el desentendido —ripostó Emma con un sarcasmo frío e irónico.

—No sé de qué cartas hablas.

—Mi correo nunca llegó. Le escribí a mi familia cientos de veces, sin obtener respuestas. Lo hice hasta que el cansancio me venció... sé que tú tienes algo que ver en eso...

—Pensé que, tú y tus padres... estaban disgustado... y...

—¡¡Mientes!! —gritó Emma airada al levantarse, queriendo lanzarse sobre él.

El fuerte estruendo de su voz estremeció a Rosalba. El pánico la atrapó, su cuerpo temblaba. Llorando, se posicionó entre sus padres, pidiendo detener la discusión.

—Suficiente, por favor. ¡Ya! ¡¡Cállense!! —gritó Rosalba extendiendo los brazos—. ¡Cállense!

Sus ojos se posaron sobre Rosalba, y por un instante en su vida coincidieron en un mismo lugar. Ella era todo lo que tenían en común. Augusto Real cedió y se marchó. Salió por la puerta que da a la galería. Bajando los escalones detuvo su marcha y de reojo, como si recibiera el toque de algún espíritu, miró hacia su derecha, sobre la mesita. Permanecía sobre ella, el libro que la noche anterior, su hija había sustituido por una botella de *whisky*. Sin reaccionar se colocó su sombrero y continuó su marcha.

En la sala permanecieron Emma y Rosalba, llorando. El dolor de la desdicha se apoderó de sus almas desconsoladas. Sus mentes se confundieron. Ambas se sentaron en el sofá sin saber qué hacer, sin saber qué platicar, como ahogadas en una fosa llena de agua, sin lugar alguno por donde escalar a la superficie.

La marcha del motor de la camioneta tardó en escucharse.

Emma ansiaba más que nunca escuchar ese sonido. La espera se prolongó hasta escuchar su voz en el patio trasero de la casa.

—¿Quieres explicarte? —preguntó Augusto con un tono hostil.
—¿Explicar qué? —replicó Altagracia con altanería.
—Sabes bien a que me refiero —dijo él con enojo y vociferó—. ¿Qué hiciste sus cartas?
—Que reclamo tan cobarde el tuyo —increpó ella clavando su mirada en sus ojos—. ¿Has olvidado lo que me ordenaste hacer? ¿Acaso tus locuras se comieron tu cerebro?
—¡¡Insolente!! —insultó él enojado levantando su voz y añadió—. Te traje aquí para que cuidara de ella, eso te pedí…
—¡Vaya, vaya! Don Pilato —interrumpió Altagracia—. ¿Acaso no requerías que te informara de todo cuanto pasaba en esta casa? Qué quien entraba, con quien charlaba. Tu orgullo te tragará al mismo infierno. ¡Lástima por esas gemelas! Si pudiera me limpiara mi sangre —confesó con desdén.

Augusto Real enmudeció, su enojo lo sacó de sus casillas. Altagracia le sorprendió, esperaba también el momento para drenar de su alma tantas aberraciones que con el tiempo acumuló. Más cargas le era imposible tolerar. Augusto Real vivía unos de los días más sombríos de su vida. Se marchó cabizbajo, y Altagracia, lo observó con desprecio mientras se alejaba. Ella sintió la culpa de haber aceptado ser cómplice de tan despiadada locura.

Desde el asiento del conductor observó la casa. Si bien la consideraba su hogar, se debía a Rosalba. Sintió un fuerte dolor en su alma que le paralizó el sentido de la vida. El jardín que con tanto cuidado y esmero ordenó diseñar por el amor de su hija. Las rosas que mostraba con orgullo su honor de ser padre. Repasó con su vista cada rincón que pudo; las rosas, las Coronas de Cristo, las palmeras colocadas en fila, las miró todas y cada una. Todo caía en un triste y amargo momento. Encendió la marcha del motor, y se alejó, se dirigió al mismo lugar que cada madrugada acostumbrara. La camioneta de Augusto Real poco fue el polvo que levantó. Su recorrido fue triste, solitario, llevaba el corazón hecho pedazos. Su rostro dejaba entrever el dolor en el que descansaba el corazón.

En el patio posterior permanecía callada y pensativa Altagracia. Se desprendía de su delantal con furia. El disgusto se dibujaba en las arrugas de su rostro, regalo inequívoco del tiempo. Dobló su delantal, entró a la cocina y recogió sus pertenencias a la velocidad que los pasos del tiempo permitieron a sus cansadas y torpes piernas andar. En ningún momento levantó la cabeza, su vista buscaba el suelo, los sentimientos afectivos se escondían en su ser, mientras exhibía las penas como las canas de su blanca cabellera.

Dio la espalda a la casa que por largos años llegó a considerar como su hogar. Llevaba consigo los recuerdos de una sonriente niña jugueteando alrededor de su falda y que, en cierto momento, su expresión de afecto le acarició el alma, haciendo rodar por sus mejillas frías lágrimas. Llevaba su propia carga que el destino le reservó y que era cuestión de tiempo convertirse en realidad. Sus curiosos augurios del día de su bautismo, no se equivocaron, tomó tiempo hacerse realidad, pero, quizás poco lo recordaban. Logró, considerarlo como un encargo, influir temor en las mentes de quienes les rodearon, aseguró con altivez.

No se despidió, solo dio la espalda, salió por la misma puerta que acostumbraba cada día entrar a la casa. El cielo vestía de azul intenso, sin nubes que prestaran sus sombras. Solo la sombrilla de Altagracia logró cubrir de los rayos del sol, un pedazo exclusivo para ella. Caminaba triste y afligida por las mismas calles que siempre ha andado. El sendero empedrado negó guardar sus huellas. El mar hizo silencio. Solo iba ella en sentido contrario a los demás.

Rosalba y Emma continuaron sumergidas en su silencio permitiendo que el tiempo pasara, sin pronunciar una sola palabra entre ellas. Sus lágrimas brotaron como torrente de agua en la fuente del parque, sin cesar. Un manto de incertidumbre arropaba la casa. La tristeza se adueñó del mismo modo del jardín. La soledad era abrumadora. Ambas no encontraban explicación que justificara las acciones cobardes de las cuales habían sido víctimas.

Se acercaba el medio día y por vez primera, Emma comprendía el significado de la esperanza, en que tanto la gente del pueblo se ha aferrado para hacer que cada amanecer valga. No era una derrota, ni mucho menos había logrado una victoria, no en esas condiciones. Su hija, Rosalba, le quitó la venda que logró por tantos años colocar en sus ojos Augusto Real. Su fortaleza tomó fuerza en las creencias incultas en que vive sumergido el pueblo y en el amor que fruto del miedo creyó tener Augusto Real por su hija.

***

En la puerta principal un joven reclamaba la atención con su llamado. Sin ningún tipo de asombro, Rosalba acudió a responder a la solicitud.

—Buenos días, ¿Rosalba? —preguntó el joven.
—Hola. Sí, yo soy.
—Es para ti.
—Muchas gracias, ¿quién lo envía? —preguntó ella mientras Emma se acercaba y se colocaba detrás de ella.
—No lo sé, señorita, solo hago la entrega —respondió el joven.
—Bien, muchas gracias —dijo Rosalba.
—¡El libro! —exclamó el joven señalando sobre la mesita mientras se marchaba—. El viento parece hojearlo.

Emma se adelantó procurando saber de qué libro hablaba el joven. Se acercó a la mesita y lo tomó en sus manos. Por un instante permaneció callada y sin mirar a Rosalba que permaneció con la entrega en las manos en la puerta. Se la escuchó suspirar con desesperación tratando de no derramar más lágrimas. Rosalba prefirió alejarse de la galería, y se dirigió a su habitación pidiéndole a su madre que la siguiera.

—También creo que la sequía no será eterna —comentó Emma.
—¿Por qué lo dices, mami?
—A pesar de tantas adversidades, alguien se acuerda de ti.
—¿Verdad? Tempestades y luego calma. ¡Veamos!
—Tempestades y luego calma —reafirmó Emma.
—Ese es el ciclo de la naturaleza que la gente de este pueblo tiene como un misterio.
—En esas creencias se fundamenta su fe.
—Más bien ignorancia —acentuó Rosalba con firmeza.
—Se aferran a una esperanza que les mantiene viva la chispa de su existencia, eso creo, mi hija —subrayó Emma con los ojos puesto en el regalo.
—¿Te refieres a este regalo?
—Me refiero a que por más espinas que veas alrededor de las rosas, su belleza no dejará de deslumbrar.
—¡Es anónimo! —se quejó Rosalba—. ¿Por qué?
—El poder de la luz se perfecciona en la oscuridad.
—¡Mami! —exclamó Rosalba atónita ante tantas expresiones de sabiduría.
—Te he dicho que leo tus libros —contestó al besar su frente y preguntó—. ¿Qué es?

Una caja envuelta con papel de regalos, un lazo rojo y una rosa de papel. El silencio cedió ante el sonido provocado por el desgarre del papel mientras Rosalba intentaba descubrir el interior de la caja. Los ojos de Rosalba se expandieron, queriéndose salir de sus órbitas, sorprendidos. Emma dejó escapar una leve sonrisa después de tantas penas. Rosalba miró a su madre con tantas alegrías que su rostro se iluminó como el resplandor de la luna en la noche más oscura, dejando al desnudo el sentimiento de regocijo que sintió en su corazón.

—¡Chocolate!

Exclamó Rosalba con gran alegría. Buscó en vano el nombre del remitente en algún lugar de la caja.

—Una vez más, te llega un regalo sin nombre —comentó Emma.
—Extraño, ¿verdad?
—¿Quién podrá ser? ¿Quién? —preguntó Emma intrigada como si Rosalba supiera la respuesta—. ¿Seguro que no tienes idea?
—No, no lo sé —contestó ella sonriendo mientras observaba la caja—. Quizás no quiera saber.
—Hija mía, no te aflijas así —dijo Emma mientras la abrazaba, y añadió—. El corazón es un órgano que necesita de atención y como las flores que con las caricias de la luz les hace expandir sus pétalos, el tiempo determinará cuando será el momento correcto de darse a conocer.

La mañana pasaba, Emma no cambió las flores del florero. La ventana permaneció cerrada. Las cortinas ocultaban la luz. Fue una mañana sin alba, pues Augusto Real se encargó de destruirla justo cuando amaneció. La caja de chocolate arrancó, una tenue luz en el rostro de Rosalba y un regocijo en el fondo del alma de su madre. Llegó como vaso de agua al sediento perdido en el desierto, un oasis a refrescar las tensiones de un ambiente oscuro.

Su semblante reflejó la hermosa sonrisa que arrancaban los pensamientos que crearon felicidad a su alma. Esta vez, no trajo una nota, solo un hermoso empaque. Las lágrimas fueron secadas en sus rostros, dejando escapar una luz, una sonrisa, una esperanza.

XXII
Latidos del alma

La noche transcurrió tranquila y serena. La efervescencia que provocó el nerviosismo por la travesía ansió que el momento de partida llegara, aunque para algunos, era solo una aventura más. El oscuro firmamento resplandecía con las danzas de sus luces. Titilaban con armonía influenciadas por un encanto de deseos. Era el amanecer de desvelos ansiados, plegarias convertidas en sueños que pretendió acosar el alba, apurando su partida.

Al lugar acordado llegaban los jóvenes contagiados con la alegría de comenzar el recorrido. Fue testigo, la frondosa mata de Gina frente a la escuela al lado de la capilla San Antonio. Los adormecidos rostros de los jóvenes, contagiados de alegría, rebosaban de entusiasmo. Luis Enrique y Abel lograron motivar a sus amigos para que los acompañaran. Isabela, por su parte, contagió a Rosalba a una aventura que no quería perder.

—Anímate, ¿sí? Un cambio de ambiente te haría bien, mi querida amiga. ¡Aire fresco!

—Lo sé, Isabela —replicó Rosalba entristecida con un tono apagado—. No tenía idea de qué clase de relación existía entre mis padres. ¡Estoy decepcionada! Fue aterrador, la manera tan fría en que habló, como si no tuviera corazón, y mi madre... atónita, indefensa, solo... solo lloraba.

—Por favor, Rosalba, no te tortures más. Vamos, por un momento, no pienses más en ellos. Son adultos —aconsejó Isabela y luego de una pausa agregó—. Los chicos que nos acompañarán prometen que todo será espectacular. ¡Anímate! Además, quién sabe si... si descubre quien es el afortunado.

—¿¡Qué dices!? —Rosalba sonrojó—. No es eso, es que me da pena dejar a mi madre sola después de todo lo que ha sucedido.

—Ella puede quedarse en casa —sugirió Isabela con gentileza—. Mejor aún, ambas amanezcan en casa, a mi madre le encantará. Por lo menos se libra de las aburridas historias de mi padre por una noche, ¿no? Anímate, ¿sí?

—¡Qué mala eres! Bien, de acuerdo —afirmó Rosalba—. Tienes razón, un cambio de ambiente me haría bien. ¡Cómo insiste, Dios! Pero ¿qué me pongo?

—Lo que todas. Pantalón azul marino y debajo un pantalón corto, para bañarnos en el río. Ya los tengo, ¡a darle luz a esas piernas!

—Tenía todo planeado, ¿eh?

—Ya me conoces, ja, ja, ja.

Los rayos del sol se tardaban. El canto del gallo se atrasaba. El chirrido de las aves enmudecía. Las pocas bombillas que cobraban vida en las calles apenas eran lugares para los insectos merodear. Los bostezos eran celebrados, el silencio cedía a las carcajadas y la algarabía se encendía cuando Luis Enrique pasaba lista.

—Abel, Rosalba, Isabela, Miguelina, Esmeralda, Carlitos, Mayra, Luis y por supuesto yo —leyó en voz alta.

Gustavo Punto se ofreció a llevarlos hasta las proximidades de la finca de Adriel Coral. Un poco antes de las cinco de la mañana, cuando todos estaban reunidos, como soldados salieron a su destino, rumbo al encuentro de la salida del Sol. Atrás dejaban el pueblo y sus polvoreadas calles. Salieron del pueblo rumbo al Sur tomando el camino que pasaba frente a la casa de Uriel. Les seguían los camiones de Augusto Real que no descansaban en su ajetreo de cargar agua y su encomienda de levantar el polvo que pintaba todo a su paso. Vociferaron con júbilo cuando avistaron a Uriel y a su padre al pasar por su casa, mientras se preparaban para trasladarse a la finca.

—¿A dónde va ese grupo de muchachos? —preguntó Doña Malia con un jarro de café en la mano.
—De seguro no es a trabajar —respondió Adriel.
—Son mis amigos que van río arriba —dijo Uriel con voz entristecida.
—¿Qué pasa, hijo? —preguntó su padre—. ¿Algún problema?

Uriel permaneció en silencio. Doña Malia y Adriel Coral, se miraron, la reacción de Uriel les dio a entender que no formaba parte de esa excursión por algún motivo. Quiso ignorar los comentarios y concentrarse en el viaje a la finca con su padre. El repentino interés encendió la alegría de su padre, y el regocijo de Doña Malia no fue para menos.

—Mis articulaciones amanecieron adolorida esta mañana —se quejó Doña Malia—. Creo que en cualquier momento lloverá.
—La abuela con sus pronósticos del clima, ja, ja, ja —bromeó Uriel.
—Mejor ponle atención, nunca fallan —sugirió Adriel.
—Padre, mire usted el cielo, no hay una nube en él. Cree usted que unos dolores en el cuerpo van a pronosticar… ¡Válgame, Dios! Esas ocurrencias, ¿Quién cree en eso, abuela?

—Todavía está muy temprano, yo creo en mi madre, esperemos.

Uriel no quiso insistir en poner en dudas de que el dolor de unas articulaciones fuera capaz de predecir el clima. Las supersticiones eran consideradas como una esperanza, por lo menos, una excusa para cubrirse de paciencia mientras se cultiva la virtud de esperar. Doña Malia pasó revista al firmamento, mientras asentía a los gestos incrédulos de Uriel, haciéndolo sumergirse en las dudas de sus pensamientos.

—¿Y esa mirada? —susurró Isabela.
—¿Qué mirada, Isabela? ¿Estás loca?
—Esa de boba ilusionada que has puesto al mirar para allá.
—Tú que más cosas te imaginas. Solo miré, como todos, a la oscuridad que nos rodea.
—Cómo todo, ¿eh? Ja, ja, ja. ¡Hay hermanita! Cómo si no te conociera.

Al darse cuenta de que Isabela la sorprendió buscando en la oscuridad que captaba el espejo retrovisor, sonrojó.

—Me cae bien —musitó Isabela al ver que reprimía el delirio que cercenaba su alma arrancándole una leve sonrisa.

***

—¿Abel? —solicitó Luis Enrique con un tono apagado—, siento mucho el inconveniente de que Uriel no nos acompañe.
—Descuida todo estará bien —respondió Abel.
—A lo mejor exageré un poco —comentó Luis Enrique sintiéndose culpable de su ausencia.
—Disfrutemos de la excursión, ¿bien? —le animó dándole una palmadita en la espalda.

Esmeralda escuchó la conversación de Abel y Luis Enrique, mientras que Miguelina, al darse cuenta, le mostró una sonrisa que dio a entender de sus razones con relación a Uriel, eran correctas.

—Lo que buscas no está entre nosotros —susurró Miguelina al oído de Esmeralda.
—¿De qué hablas? —preguntó Esmeralda.
—No me sorprende tu ingenuidad —subrayó Miguelina con ironía—. Ese papel de tonta te queda de maravilla. Sabes bien de lo hablo.
—Déjame tranquila, por favor —suplicó Esmeralda—. ¿Me vas a amargar el viaje?
—Sí, ¡qué hermoso paisaje! —respondió Miguelina con ironía.
—Quien te ve, te compra. Eres buena fingiendo. Tú crees que yo no sé porque estamos aquí, hermanita.

Las hermanas iban acurrucadas sobre el piso de la camioneta detrás del chofer. Esmeralda aún soñaba estar en los brazos de Uriel y el brillo de sus ojos delató sus sentimientos al pasar frente a su casa. Abel intentó leer el movimiento de los labios de las hermanas sin apartar sus ojos de ellas. Él recordó las advertencias de Miguelina. Sintió que la relación entre ellos más que distante, estaba fría por el sufrimiento de su hermana y la inmadurez de Uriel.

***

Amanda y Emma permanecieron en la casa. Disfrutaron del café en la terraza frente a la bahía. Aún el horizonte permanecía oculto y, algunas estrellas, poco visible, parpadeaban en el cielo. Una extraña niebla limitaba el alcance de sus vistas. Las aguas del mar salían de su quietud que en un largo tiempo permanecieron. El mar pareció más alto, como si se levantara a sí mismo por la acumulación de agua y en parte se mostraba oscuro. La transparencia se disipaba. El viento que venía del Norte cobraba fuerza, levantaba pequeñas olas que se abalanzaban contra las costas. Las agitadas olas, inquietaban las gaviotas que volaban despavoridas.

Saborearon su exquisito sabor como si fueran expertas catadoras sin querer desperdiciar cada gota de sus tazas. Sus vistas se tornaron borrosa sin lugar que apreciar. Sus cabellos jugaran con el viento cargado de salobridad. Amanda observó a Emma de reojo como quien no quiere ser descubierto. Ella lucía menos tensa, más relajada, como si se hubiera quitado una gran carga de encima. Una sonrisa brillante dejó mostrar su rostro en un momento de inmersión en que los pensamientos la acorralaron. Emma lucía jovial, tierna y fresca; aunque sus ojos se notaban cansado, pero liberado.

La intensidad del viento continuó en aumento, el mantel que cubría la mesita salió volando. Amanda invitó a Emma a trasladarse al interior, a la sala. El viento levantaba olas más altas cada vez. La furia del mar se dejaba notar, y en la playa, los pescadores, sacaban del agua sus botes para protegerlos, amarrándolos tan fuerte como podían de las palmeras y las matas de uvas.

—¡Cómo ha cambiado el clima, Amanda! —exclamó Emma.
—Sí, el brusco cambio del viento, lo agita.
—Las olas golpean fuertes —temió Emma sin perder de vista el mar—. Siento la casa tambalearse.
—No te preocupes, hemos visto oleajes más fuertes. ¡Uno se acostumbra!
—No había visto nunca el mar así, como cambia todo. Tan hermoso que vi la bahía la última vez que estuve aquí —apreció Emma.
—¡Es hermosa! Es como todo en la vida, así la naturaleza también tiene sus momentos para liberarse de tensiones.
—Sí —musitó Emma con tristeza.

—Por favor, amiga, no te aflijas —rogó Amanda sintiéndose culpable.

—Tú has sido una gran amiga, y tu hija una verdadera hermana para Rosalba —declaró Emma con gratitud.

—Gracias, por tu cumplido.

—Espero que esta travesía sea buena para Rosalba, ella está muy tensa —dijo Emma con un tono triste y quebrado—. ¡Espero que disfrute el viaje! Son unos chicos geniales. Su padre tuvo la hombría de exponernos su punto de vista. Su historia.

—¿Cómo que su punto de vista? —preguntó Amanda con sorpresa.

—Así como lo escuchaste —respondió al mismo tiempo que asentía con la cabeza.

—No logro comprender... compartiendo en una misma casa, juntos...

—Todo ha sido un teatro —interrumpió Emma—. Era muy ingenua, o no sé si lo soy.

—¿Qué piensas hacer, Emma?

—Estoy muy confundida. Rosalba... solo me tiene a mí. Sé que él nunca le dará la espalda, pero... hasta cuándo. Ha sido difícil, Amanda —dijo venciendo un nudo en la garganta—. Todos estos años esperando por saber de mis padres... ¡Qué ingenua, ja! Cada vez que la nostalgia me atrapaba, desahogaba mi impotencia sobre un papel con destino incierto. Tenía todo cuanto deseaba, no así la libertad como ves las aves danzar con el viento. Pasaba los días escuchando las fantásticas historias de Altagracia, y el esmero de su cuidado era inimaginable. ¿Sabías que Rosalba nació en la casa?

—No, no sabía. Pero no te aflijas por eso. Muchas mujeres por aquí dan a luz en la casa. Pero ven, siéntate aquí. Quiero que sepas que puedes contar conmigo, eso lo sabes, ¿verdad?

—Te lo agradezco, Amanda —dijo mientras siguió la indicación y se sentó—. A propósito, para hacer las cosas peores, necesitamos a alguien en la casa, Altagracia se marchó.

—¿Se marchó? —preguntó Amanda atónita—. ¿Y por qué? Acaso ella tiene algo que ver con todo esto. ¿Tú crees que está involucrada?

—Creo que sí —respondió Emma y agregó—. Eso destrozó a Rosalba. Ella la adoraba. ¡Es una estupidez! Pero... creo que Altagracia hasta se adelantaba a mis pensamientos, estaba allí para controlar todo...

—Una especie de espía. ¡Por Dios! Es una pena todo esto —dijo Amanda quedando pensativa—. ¡Ahora recuerdo! Conozco una joven y es muy trabajadora, le avisaré, si estás interesada.

Amanda se levantó y tomó la taza de las manos de Emma. Por un momento le faltaron las palabras para expresar sus angustias. Sabía dónde estaba su mundo; tocaba fondo. Lidió con telarañas mientras se sumergía en el oscuro abismo. La tenue luz que percibía se apagó. Su destino estaba tan lejos como el firmamento, y solo podía avistar tormentas, un mar de incertidumbre.

***

La camioneta que los llevó se detuvo frente a la finca de Adriel Coral. Gustavo Punto los despidió advirtiéndole de que se cuidaran. Todavía estaba oscuro, el canto de los gallos y el cacareo de las gallinas les dieron las bienvenidas. Los ladridos de los perros, inquietos por su presencia, correteaban frente al portal. Una pareja, bajo la tenue luz de un bombillo en la galería, les saludó. Siguieron las marcas de los pasos dibujados sobre el suelo. Marcas donde la yerba se negaba a crecer agobiada por las pisadas. La fuerte intensidad de los chirridos de los grillos era ensordecedora. Despavoridas, desde los matorrales, salían volando las aves, atemorizadas por sus presencias. Al frente, el guía, detrás, llenos de entusiasmos y obedientes siguiendo sus pisadas, los demás sin esconder la alegría y el asombro de ver entre las colinas los majestuosos colores del bello amanecer. ¡Los colores del alba! El aire cargado con la humedad del rocío. La voz varonil alertaba cada vez que una marca extraña se interponía en su camino o advertía que una rama, al alcanzarlos, los golpearía.

—¡Atención! Escuchen todos, por favor —vociferó Abel—. Vamos a alternarnos, es decir, hombre y luego mujer, ¿entienden?

—Explícate mejor —se dejó escuchar arrancando carcajadas que rompieron el silencio.

El Sol continuaba su ascenso, la oscuridad cedía y las neblinas ponían al descubierto el mejor panorama a sus alrededores, y detrás dejaban colinas y valles y un pueblo perdido a la vista. Avanzaban y la suavidad del camino, se transformó de senderos de polvos a caminos inclinados cada vez más pedregosos con precipicios que alertaban los nervios de los jóvenes y la adrenalina que acompañaba el entusiasmo.

¡Un atajo! Dejaron el camino, y atravesaron una cerca de piñones amarrados a cuatro líneas de alambres de púas. Se internaron en la finca de pastos moribundos que habían perdido su color bajo la intensidad de los rayos del sol. La humedad del rocío mojó sus calzados. Bajo las frondosas matas de mangos, los mimes deambulaban sobre las frutas podridas. Emergían robustas las palmeras donde el chirrido de las ciguas recordaba la vida. Mientras avanzaban, los árboles de caoba y los flamboyanes que se resistían a perder sus encantos competían en alturas.

Después de horas de caminata, el color verde sustituyó el crujiente amarillento, entonces, comenzaron a escuchar el sonido del agua al golpear las piedras grises que entorpecían su fluidez. Luego, el chapoteo del agua al caer sobre sí misma. La cercanía se reflejaba en el entusiasmo de unos rostros cansados. ¡Era un ruido ensordecedor!

—¡Estamos cerca! —vociferó Abel—. ¡Escuchan!

Bordearon la colina que se interponía entre ellos y su meta. El camino se hacía angosto. Un precipicio les obligó a caminar en línea agitando los nervios de las chicas. De momento el guía se detuvo por un instante, al escuchar las suplicas de las muchachas, queriendo detenerse. Estaban agotadas, cansadas. La profundidad del precipicio les infundió temor. El Sol les guiaba, sustituyendo el lucero del alba. Bajo sus pies, un inmenso valle, silencioso, verde. Les cubría un radiante cielo azul que se mostraba majestuoso y que alivió los inquietos nervios de las chicas. Permanecieron allí, recostados del declive, recuperando el ritmo normal de sus respiraciones. El sudor corría por sus frentes. Su ropa recogía la humedad. Sus pulmones se refrescaban con el aroma de las flores silvestres que regalaban al ser acariciadas por los rayos del sol. La sed les obligó a beber toda el agua que pudieron. Las chicas juguetearon con las tímidas y vergonzosas dormilonas que se arrastraban en el suelo, tocándolas para que volvieran a sus sueños.

Retomaron su caminata y un momento más, el ensordecedor ruido de la caída del agua los cautivó. Sus cansados rostros reflejaron el gozo de la victoria. A sus vistas las impresionantes caídas de agua sobre un charco que la recibía con paciencia a pesar de las turbulencias. Transparente y cristalina, parecía brotar de la entraña misma de la tierra a la superficie. Pero su caída, imaginaba un chorro cayendo del cielo, entre las nubes.

—¡No puede ser! —se quejó Miguelina expandiendo las orbitas de sus ojos.

—¿Y, ahora? —preguntó Esmeralda con voz trémula.

—Hasta aquí llego yo, ¡oh, Dios mío! —refunfuñó Rosalba aterrorizada.

Los separaba un puente colgante de maderas amarradas con sogas. La brisa jugaba con él, balanceándolo. Las chicas lo veían oscilar como una hoja en el aire. Debajo, las aguas furiosas luchando hacerse espacio entre las piedras que les entorpecía en su camino. El puente estaba frente a la cascada recibiendo las caricias de las gotas de agua que le regalaba la brisa.

—¡No! —vociferaron ellas atemorizadas cuando Abel señalo el puente que debían cruzar para continuar.
—Descansemos un rato, ¿sí? —pidió Luis Enrique al notar el nerviosismo de las muchachas.
—El puente es seguro, no hay que preocuparse —indicó Abel.
—¡Ah, sí! Ve tú primero —sugirió Rosalba señalando a Abel ante las carcajadas de todos.
—¡Mujeres y niños primero! —bromeó Luis.

Se dispusieron a cruzar el puente, después de las indicaciones de Abel, quien lo cruzó primero. A pesar de expresar sus temores, convirtieron en una hazaña su espectacular cruce. Era un lugar impactante, el puente colgante sobre el cauce del río y a pocos metros la caída de las aguas cristalinas. Sobre ellos salpicaban las gotas que en su caída rebotaban desde las piedras, otras eran llevadas por el viento. Sus rodillas se estremecían. El tambaleo las hizo gritar. Los varones cruzaron con las mochilas de las chicas. Aliviaron su temor, sus corazones volvieron a latir y recobraron sus respiraciones cuando Luis se atrevió a cruzarlo corriendo.

—¡¿Eres loco!? —gritó Rosalba atemorizada—. ¿Y si te mueres? ¡Loco!

***

Adriel Coral y Uriel llegaron a la finca, más tarde de lo acostumbrado. El capataz, Teófilo, los recibió. Parecía ser un día de mucho trabajo y los hombres se mostraban nerviosos.

—Teo, ¿cómo están los ánimos por aquí?

—Bien, mañana iniciamos la cosecha, estamos haciendo todos los preparativos, señor —explicó Teófilo señalando hacia las plantaciones—. Aunque… ha sido difícil contratar hombres. Ellos están prefiriendo los ordeños, la paga es mejor… dicen.

—¿Y la señora María? —preguntó Uriel mirando alrededor de la casa al notar el rostro de frustración de su padre que pareció recibir una estocada en el alma y queriendo ignorar el comentario de Teófilo—. Que no la veo.

—Salió temprano al pueblo, al dispensario, con mi sobrina. Ya sabes, cosas de mujeres —respondió Teófilo mientras mostraba un papel a Adriel—. Tengo por aquí el inventario.

—Teo, entrégale ese papel a Uriel —replicó Adriel después de permanecer pensativo por un momento con un tono de voz apagado—. Te explicaré, creo que tienes nuevo jefe.

—¡Joven Uriel! Bienvenido a bordo —exclamó Teófilo con regocijo mientras miraba hacia el cielo—. El clima está cambiando, el viento cobra fuerza.

—Mi abuela ha pronosticado lluvia. Ella dice que los dolores de sus articulaciones siempre aciertan.

—No estaremos mucho tiempo por aquí, Teo —dijo Adriel y luego añadió—. Vamos a buscar lo que nos pide.

La felicidad de Adriel Coral surgía con unos altibajos grises, era el momento que siempre había esperado y que Doña Malia le rogaba tener paciencia. Pero traía revestida un sabor amargo que lo entristeció, le carcomía el alma. La música animó todo el camino, acosando destellos de un pasado triste, mientras los ojos de Uriel leían una y otra vez el papel que llevaba en las manos, confundido.

***

El grupo logró cruzar con éxito el puente colgante, y continuaron su travesía caminando paralelo al río. Iban en fila, Abel al frente, mientras que Luis Enrique se mantenía en la cola, asegurando que todos se mantenían al ritmo y nadie quedaba rezagado. Los rayos del sol habían vencido la oscuridad y estos destellaban entre las ramas como jugando a las escondidas.

—¡¡Ay!! —gritó Rosalba.
—¿Qué pasa? —preguntó Carlitos.
—Eso —respondió ella atemorizada dando unos saltitos.

Retumbó en su oído el zumbido de una abeja. Mientras la calmaban, Carlitos señalaba la colmena en el tronco del árbol. Isabela corrió hasta alcanzar a Abel, los ojos de Mayra se expandieron tanto que Miguelina no aguantó y estalló de risas. Luis Enrique tembloroso disimuló su miedo, pero su piel blanqueó del susto.

Rosalba e isabela, sentían que no encajaban, ellos eran los amigos de Luis Enrique. Abel sentía atracción por Isabela, pero ansiaba más a Miguelina, que, aunque rebelde y pícara, lo dejaba embelesado, sin aire cuando la miraba. Luis solo era el hazme reír, complacía a Abel, pero si algo le gustaba eran las olas y cocinar. Mayra era un puente, un ser que aprendía a vivir cada día, graciosa, amable y respetuosa. Carlitos solo estaba ahí, cuidando las pisadas de sus hermanas y sufriendo cada vez que deslumbraban con sus sonrisas.

Cada vez más se internaban en lo más profundo del campo, sin apartarse del cauce del río, hasta que, frente a ellos, la segunda cascada saltando al vacío por encima de los árboles. Su presencia imponente que, al caer, formaban un torbellino en las aguas cristalinas, perdiéndose entre las piedras grises que, queriendo calmarlas, pretendían evitar su largo viaje. Todos permanecieron asombrados, pensaban haber llegado a un paraíso terrenal. La luz del sol atravesaba los árboles haciéndose espacio entre las ramas con sus reflejos de cálidas caricias hasta encontrar el suelo para reposar de su largo viaje. Las palabras de los jóvenes estuvieron ausentes, permanecieron atónito a los que sus ojos veían y la armonía que presenciaban.

Bordearon la cascada por un camino formado en escalones de piedras, su inclinación era diagonal hasta llegar a la cima en sentido opuesto a la caída del agua. En lo alto, un llano, el verdor de un valle los esperaba y al fondo, contemplaban el horizonte tan azul como la infinita distancia.

—Unos minutos más y llegaremos a la tercera cascada —anunció Abel.

—Creo que no siento mis piernas —se quejó Isabela.

—Será este el camino del fin del mundo —dijo Miguelina y luego vociferó—. ¿Es el camino al fin del mundo?

—Entonces regresar sería otra... aventura —comentó Mayra mirando hacia atrás como arrepentida.

—Rebelión femenina en la cima del paraíso, increíble —se quejó Luis —. ¡Disfruten! No van a ningún lugar, y cuando salen, se quejan. ¡Increíble!

—Es que estamos muy lejos —comentó Esmeralda—. Creo que no tengo idea de donde estoy.

—Sí, no lo dudo —bromeó Miguelina de manera sarcástica.

El verdor del valle contrastaba con la sequía que borraba los colores de la vida. El cauce del río parecía no tener corriente, ¡dormitaban sus aguas! Se podía apreciar la vida en su interior. Lo que parecía estar lejos, luego de una prolongada curva que formaba el río, dos hileras de agua caían silenciosa sobre las rocas que descansaban debajo. Las gemelas cascadas penetraban como si el tiempo no existiera, sin susurro, calladas.

—¡Verdad que ha valido la pena llegar hasta aquí! —vociferó Abel regocijado señalando la espectacular escena a su espalda con los brazos en alto inquietando las aves entre las ramas.

—¡Es una maravilla! —exclamó Luis Enrique.

—¡Me mareo! —gritó Rosalba al mirar el cielo creyendo verlo venir sobre ella.

Permanecieron un eterno instante fascinados, maravillados sin poder describir la espectacular escena ante sus ojos. Las dos cortinas de agua parecían descender del cielo. Sintieron la sensación de ver la tierra venir sobre ellos. Los pinos alcanzaban el cielo, coqueteando con las nubes. Las aguas descendían como una larga cabellera de una doncella, dos cortinas acariciadas por el viento.

***

Lo que con tanto anhelo se esperó, se transformó en preocupación. A un lado quedaron las vasijas colocadas en los patios y debajo del desagüe de los techos para atrapar el agua lluvia que serviría para remedios contra el mal de ojos, el empache y las secas entre las piernas. Agua bendita que sanaba todo. Los pescadores unían sus esfuerzos para proteger sus pequeños botes de las fuertes oleadas que arrastraba el viento. Tanto pidieron que lloviera que sintieron dejar en el olvido sus peticiones, arrepentidos. La lluvia llegaba cundiendo temor, el ferviente anhelo venía con mala premonición. Las mujeres trancaban sus puertas y fijaban bien sus ventanas. Oraban, susurraban con los labios temblorosos, mientras acurrucaban con firmezas a sus hijos.

El día avanzaba y así tomaban fuerzas los vientos, como si el calor los enloqueciera. El norte se oscurecía. El temor cundía, se avecinaba una tormenta. Las olas estremecían con ímpetu la costa, queriendo salirse de sus límites. En el firmamento, nubes grises se aglomeraban, formando una gran sombra sobre el mar, oscureciéndolo. La esperanza se transformaba en temor.

***

Los jóvenes cruzaron debajo de las dos cortinas de agua y

pasaron al otro extremo del río. Allí acamparon, era el premio logrado por la tediosa caminata. Exhaustos, pero vestido con el entusiasmo del regocijo, el espléndido lugar se convirtió en el néctar del sabor de lo logrado. Descargaron sus mochilas y las chicas, ocultas detrás de un matorral, se ataviaban de lo que ya traían puesto para lanzarse a las refrescantes aguas. Mientras, los chicos, ávidos de curiosidad, se dedicaron a preparar los alimentos sin dejar de murmurar su conducta: ¡Mujeres!

Interrumpieron la paz con sus cantos, sus bailes y sus zambullidas. El humo de sus tres piedras azaró el aroma virgen de las margaritas. Las hormigas festejaron. El Sol alcanzó el centro del cielo golpeando con sus ardientes rayos la tierra, sin clemencia. La quietud era impresionante. Y en el silencio casi imperceptible, se dejó escuchar un extraño ruido.

—¡Escucharon! —exclamó Luis.
—El cielo está despejado —subrayó Carlitos—. ¿Qué será?

Continuaron divirtiéndose en las aguas cristalinas, despreocupados. Corrían personificando sus mejores morisquetas para zambullirse, otros se lanzaban después de balancearse desde el árbol que con su sombra alcanza el río. Nadaban y flotaba, mientras el tiempo pasaba desapercibido para ellos. Las chicas agregaban su mejor actuación: las risas de sus payasadas.

—Creo que el nivel del río está subiendo —advirtió Isabela.
—Sí, ¿verdad? —corroboró Esmeralda.
—Algo no está bien —dijo Rosalba, mientras salía del agua y señalando hacia la cascada—. Miren allá, está bajando más agua. ¿No lo notan?
—Ese desagradable olor —se quejó Esmeralda cubriéndose la nariz con su mano.

—¡Petricor! —contestó Luis Enrique con su gesto de buen ilustrado.

—Es el olor a tierra húmeda —dijo Isabela al notar la extrañeza que les causó la palabra.

—Lo que nos faltaba. Un sabelotodo —carcajeó Miguelina—. ¿Dónde están las nubes?

Ese distintivo aroma al caer las primeras gotas de lluvia comenzó a emerger. El estrépito se escuchó más cerca. Esta vez, el viento traía consigo, sobre la montaña, cúmulos de nubes oscuras, cargadas de agua. La llovizna comenzó de inmediato y los jóvenes se dispusieron a salir del agua. Luego las nubes se iluminaron con fuertes relámpagos. El estruendo de los truenos estremecía los alrededores. Las aves alzaban sus vuelos despavoridos, buscando desesperadas donde guarecerse.

—¡Todos fuera del agua! —vociferó Abel alertando a sus a compañeros con urgencia.

—¿Qué pasa? —preguntó Luis Enrique preocupado.

—¡Hay que salir de aquí! —aconsejó Abel—. Escuchen todos, pónganse las ropas encima de las que tienen, sus zapatos, sus gorras y solo nos llevamos el agua de beber. ¿De acuerdo?

Nerviosos y preocupados, mientras eran arropados por nubes negras, escuchaban a Abel. La tormenta lo alcanzaba, el viento soplaba cada vez con mayor ímpetu y los relámpagos eran más intensos. Los truenos ensordecedores agitaban los nervios de las muchachas que gritaban de miedo. ¡El cielo se hacía pedazo! El río se desbordaba y las cascadas perdieron sus encantos. La furia del agua la sacó de su dormitar. Las ráfagas de viento estremecían los árboles quebrándolos.

—Es imposible volver por debajo de la cascada, así que, intentaremos descender por este lado —señaló Abel la ruta a seguir.

Un poderoso rayo atravesó una palmera no muy lejos de ellos, seguido de un potente trueno que estremeció a todos. Las chicas se atemorizaron cayendo al suelo tapándose los oídos, dejando escuchar sus gritos al cielo. Sus nervios se inquietaron y parecían turbadas. El Sol abandonó su trabajo, la oscuridad lo desplazó. Los constantes rayos eran todo lo que iluminaban el nublado cielo. Ni un atisbo vislumbró la posibilidad de una tregua.

Al llegar al declive Abel hizo un alto para calmar a todos. Estaban empapados y temblaban de miedo. La lluvia arreciaba fuerte y apenas podían escucharse. La vista se perdía en la borrosidad de las cortinas de aguas.

—¡Escuchen! Nos alternaremos para bajar. Vayamos en pareja, ¿sí?

Comenzaron el descenso, agarrándose al lodo que ya se formaba por las intensas lluvias. Se arrastraban, la visión era dificultosa, por lo que se sostenían entre los troncos y ramas de los árboles a sus alrededores. Sumergidos entre los pinares, mojados y con todo el lodo del camino encima, los traicionaba la temperatura que descendía. Parecía que el aire se helaba. Las piedras y la tierra, arrastradas por la potente corriente del río, destrozaban todo a su paso y al llegar a la segunda cascada, la belleza que hacía un momento les cautivó, quedó en el olvido. La furia de la naturaleza les había hecho una mala jugada, el hermoso día se tornó gris.

Abel había acompañado a Uriel varias veces a esos lugares. Conocían cada montaña y los caminos formados en ellas. Sabía que sus amigos confiaban en él y que no podía fallarles. Su mochila estaba equipada para primero auxilios, pero al igual que ellos, él era preso del temor, los relámpagos caían sobre las palmeras y los pinos, destrozándolos, estaban en el mismo centro de una tormenta.

La rapidez con la que viajaba el viento hizo posible que las nubes se apoderaran del pueblo casi al mismo tiempo. Los habitantes no colocaron sus envases para colectar agua lluvia para sus purificaciones. Fueron sorprendidos, nadie les avisó, las negras nubes los atraparon sin misericordia y el viento los azotó con fuerza. Echaron lazos a sus casas para que soportara los embates de la furia que traía. Caían ramas, árboles sobre los caminos, y el río se desbordaba llegando hasta donde nadie lo haya visto jamás.

***

El señor Gustavo Punto comenzó a preocuparse por los jóvenes. Temía que estuvieran en peligros. La tarde comenzaba a despedirse y las nubes impedían que los rayos del sol penetraran al pueblo. Pronto llegaría la noche. Las olas del mar rugían con más fuerzas y traspasaban los litorales. Se escuchaban las campanas de la capilla alertando a la población de lo que ya era una noticia vieja. La sirena de los bomberos activó los nervios. Cundió el pánico en todo el pueblo y la paciencia se ausentaba. La sequía fue un tormento por un largo tiempo, pero despedirse de esa forma no era lo que pedían. Algunos pensaron que a lo mejor pidieron a los altos demasiadas veces y lo enojaron, otros asumían como un castigo por la falta de fe.

***

Los jóvenes continuaron su descenso bajo la tormenta sin tener lugar donde guarecerse. Parecía que los pinos y las palmeras atraían los rayos, como imán al metal. La lluvia era copiosa y el viento los castigaba, como si los aguijoneara a descender. Observaron llenos de terror a lo que parecía ser la segunda cascada o lo que de ella quedaba, solo quedó lo que sus memorias guardaron. Los escombros que arrastraban la corriente de agua se llevaron la belleza que los cautivó. El declive era más pronunciado y para descender, tuvieron que formar una cadena humana, marcando un paso a la vez.

—¡Estoy exhausta! —clamó Rosalba temblando.
—Igual yo —señaló Esmeralda—. ¡Tengo frío!
—Creo que debemos parar un rato, las chicas están cansadas —sugirió Luis Enrique.
—Bien, descansemos unos minutos —apuntó Abel.

Se cobijaron alrededor del tronco de un gigantesco flamboyán. El cielo se estremecía. Los rayos destrozaban los árboles. El silbido del viento declaraba su furia. Abel encendía su linterna, la oscuridad los envolvía. Minutos después, continuaron sosteniéndose entre los pinos paralelo al desbordado río. Se mantenían paralelo a él para guiarse y no extraviarse en el camino, pero alejado.

—¡Oh, Dios mío! —exclamó Rosalba aterroriza—. ¿Y ahora?

No estaba ahí, el puente colgante lo despedazó la creciente. El pánico se hizo dueño de los jóvenes. Atemorizados en el centro de una tormenta y aislado, y para el colmo de su suerte, la noche que se aproximaba apagando lo que restaba de la luz del día. Abel acarició su cabeza, su semblante expresó frustración.

***

Teófilo se apresuró a ir al pueblo con la noticia. Recorrió lento todo el camino, venciendo la resistencia del lodo. La visibilidad era mala y los senderos se convertían en río. Llegó a la casa de Adriel Coral, bajo la tormenta. Alertó con la bocina de su camioneta, para que Adriel Coral y Uriel lo escucharan. Su rostro expresó lo que con palabras era imposible describir.

—¿Qué pasa? —preguntó Adriel inquieto—. Habla hombre, ¿dinos cual es el problema?

—Tranquilice, papi, deja que hable—suplicó Uriel.

—Me temo que los jóvenes que vimos esta mañana están atrapados.

—¿Atrapados dijiste? —preguntó Uriel estremecido.

—Así como lo oyes, Uriel —afirmó Teófilo con un tono angustiado—. El puente colgante para cruzar al otro lado sobre el río fue hecho pedazos por la crecida, me acaban de decir uno de los hombres que trabajan en la finca.

—Debemos avisar a sus padres de inmediato, ¡vamos! —aconsejó Adriel.

Uriel permaneció en silencio mientras se trasladaban a localizar a los padres de los jóvenes. Recordó que, formaba parte del grupo, además de su mejor amigo, la joven que conoció unos días atrás en compañía del amigo de Abel. La sirena de los bomberos continuaba alertando del peligro de la tormenta. Se congregaron en la escuela, el lugar de partida. Las matas de caobas se retorcían mientras resistían los fuertes golpes con que le azotaba el viento.

—La tormenta es muy fuerte, debemos actuar de inmediato —declaró Juan Nieto preocupado por sus hijos.

—Un momento, por favor —indicó Adriel—. No podemos actuar a la ligera, es un área de muchos precipicios y solo pueden ir al rescate quienes conozcan del lugar. Es un lugar muy peligroso.

—Bien, pero ya casi es de noche, y entre el grupo está mi hija y sus amigas, que no conocen nada en el bosque —opinó Gustavo contrariado y nervioso—. Islabón y Sabaneta están anegados en agua. Es imposible pasar por ahí.

—El camino... no hay acceso, el puente fue destruido por la crecida, pienso que deben bordear la zona oeste y luego ir al sur, es decir, ir por la parte de atrás —recomendó Teófilo tratando de ayudar.

—Creo que Teo tiene razón, es la única forma de ayudarlos a salir de ahí —sugirió Adriel.

—Entonces, no perdamos tiempo y formemos un grupo de hombres para ir por ellos —propuso Juan Nieto impaciente.

En eso hizo su entrada Augusto Real. Traía puesta una chaqueta amarilla impermeable y su rostro mostraba preocupación. Todos hicieron silencio a su llegada, dirigió su mirada hacia Emma que permanecía junto a Amanda, su rostro estaba tenso, preocupada y abrumada por la conversación que retumbaba en su mente, confundiéndola. Él le regaló un gesto poco usual en agradecimiento por avisarle, ella dejó caer su cabeza en el hombro de Amanda evitando llorar. Luego, un intercambio de miradas electrizantes, saturadas de furia y enojo pareció detener el tiempo entre Augusto Real y Adriel Coral que fueron rescatados por el murmullo que rompió el silencio.

—Saludos. Vine tan pronto me enteré, mi hija está en ese grupo, al igual que sus hijos. Me acompañan unos hombres dispuestos a ayudar, pero no conocen el lugar muy bien.

Uriel fijó su mirada en su padre, quien trataba de ignorarlo, escuchaba la conversación desde un rincón, recostado de la pared con los brazos cruzados. Él al igual que su padre, eran los únicos que conocían bien la zona, desde pequeño pasó días incursionando en el bosque y las montañas alrededor del río. Los nervios de Teófilo se inquietaron, el silencio lo desesperaba, sabía que ellos eran los únicos capaces de rescatar esos jóvenes y esperaba desesperado su intervención. No se atrevía a proponerlo, además eran sus superiores y lo consideraba descortés.

—Yo puedo ayudar —dijo Uriel desde el rincón un poco alejados de los demás. Su voz captó la atención de todos.
—Hijo —intervino Adriel queriendo detenerlo.
—Está bien, padre, déjame ayudar —suplicó Uriel—. Sabes que puedo.
—Ese hombre nos arruina, nos roba los empleados —le susurró Adriel al oído.
—Calma, Adriel. Qué podemos hacer. Esos chicos no tienen culpa de nada —musitó Teófilo sosteniendo por el brazo a Adriel al apartarse unos pasos de los demás.

Adriel Coral descargó una mirada de enojo contra Augusto Real que lo hizo inclinar su cabeza. Emma esbozó una sonrisa nerviosa mientras lo veía disimular actuar como un ser humano. Gustavo Punto entrelazaba los hilos sueltos de sus historias. Amanda comprendió las furias de sus miradas y lo impasible en que su esposo absorbía los destalles. Y los demás, fueron testigos de una escena de odio y rencor. Uriel caminó con determinación unos metros, y se puso al frente de todos, un rayo de luz en una escena gris que les tranquilizaba. El rostro de Teófilo expresó sosiego.

—No puedo quedarme callado, ni mucho menos con los brazos cruzados, sería una irresponsabilidad de mi parte —reflexionó Uriel, y mirando al padre de Abel dijo—. En el grupo, está mi mejor amigo y quisiera estar allá con él. Mi padre sabe bien porque me ofrezco.

Todos escucharon atentos, Teófilo respiró profundo y apretó con la mano el hombro de Adriel Coral agradeciendo haber cedido. Los demás sintieron una paz que le llenó de esperanza. Las palabras de aliento de Uriel trajeron un poco de sosiego bajo la tormenta.

—Bien, voy a necesitar dos camionetas y solo seis hombres, para que me acompañen. Bordearemos por el oeste y luego giraremos a la derecha para dirigirnos hacia el sur. Linternas, sogas, machetes, agua para beber, toallas, abrigos, están allí perdidos y con frío, entonces algo que sirva para suministrarle calor. De mi parte llevaré mi equipo de alpinista y el de mi padre, solo tenemos dos.

La intención no era un discurso de sobrevivencia. Era motivar un rápido accionar. Golpeó sus palmas de las manos para apresurar a obtener lo que solicitó. De inmediato el señor Gustavo Punto ofreció su camioneta. Luego, Augusto Real, cargado de angustia, levantó la cabeza y miró a Uriel a los ojos mientras le pasaba la llave, las palabras no le salieron, un nudo en su garganta se lo impidió. Después se le acercó a Emma que permanecía sumida en su silencio desconcertada y nerviosa.

Momentos después, las dos camionetas salieron, con la misma fe que ansiaron la culminación de la sequía. Con ellos la esperanza de traer de vueltas a sus hijos. La lluvia continuaba, y los relámpagos destellaban entre las nubes. Cada trueno retumbaba golpeando el alma de los padres que solo pensaban en las condiciones en que se encontraban sus hijos.

***

El miedo les hizo ver una escena desgarradora. Detenerse a apreciarla la destrucción causada por la crecida del río, debió esperar. Las chicas estaban desorientadas, perdidas en el espeso bosque, apenas podían ver donde pisaban. Luis Enrique, susurró Abel a sus oídos, varias veces, palmoteándolo para espabilarlo del espanto en que estaba sumergido. Primero señaló, luego tomó rápido la dirección opuesta en la que iban. ¡La montaña! Gritó al fin desesperado liberando la tensión que acumulaba en su interior de las miradas de frustración de los chicos. Abel los guiaba, trataba de ubicarse, intentando saber en qué lugar se encontraban.

—Vamos a agarrarnos de las manos. Formemos una cadena —sugirió Abel.
—¿Sabes dónde estamos? —preguntó Luis Enrique tratando de ocultar su preocupación ante las chicas.
—Sí, sí por supuesto —contestó Abel fuerte y en voz alta.
—¿Seguro? —preguntó Carlitos con dudas—. ¡No veo nada!
—¿Por qué no nos detenemos frente a donde estaba el puente? —preguntó Luis Enrique.
—Ya deben estar pensando en nosotros, y el único acceso es por detrás de la montaña —justificó Abel—. ¿Quién sabe cuándo bajará la crecida? Para entonces el frío nos mataría.
—¿Cómo estás tan seguro de que vendrán por detrás de la montaña? —preguntó Rosalba preocupada y sosteniendo con firmeza las manos de Isabela.
—Sé cómo piensa un amigo mío —dijo Abel esperanzado y agregó—. Debe estar ahí esperando por nosotros. ¡Vamos, no perdamos tiempo!

Atormentado por el fuerte aguacero, y los sobresaltos que les producían los truenos y relámpagos, en medio de la oscuridad en las que estaban sumergido, las palabras de Abel ofrecieron un poco de esperanza a los jóvenes que sentían el frío llegándoles a los huesos. Con su linterna en mano, Abel se dirigió a la parte sur de la montaña. Agitaba la linterna como las danzas de las luciérnagas convencido de que sus señales alguien las podría ver. En las distancias, un destello les llamó la atención que les hizo sonreír y al mismo tiempo llorar.

—¡Esas luces, allá abajo! ¿Qué será? —preguntó Luis.
—Son linternas, ¿verdad? —respondió Carlitos.
—No se suelten, manténganse agarrados —vociferó Abel.

La oscuridad y la intensidad de la lluvia las hacía parecer como diminutas luciérnagas. Luces de linternas en constante movimiento. La oscuridad era total, el estruendo agitaba los nervios destrozados de las chicas que pavoridas gritaban al compás de los estruendos. La noche tomaba lugar. De pronto se escuchó una voz quejarse de dolor. Rosalba cayó al suelo agarrándose el tobillo derecho. Sus gritos los atemorizaron, Luis Enrique y Abel se apresuraron en socorrerla.

—¿Qué te sucedió? —preguntó Abel preocupado mientras se agachaba junto a ella.
—Es mi tobillo —respondió ella quejándose del dolor.
—Déjame ver. Ilumina aquí, Abel —le pidió Luis Enrique—. No hay herida, debemos parar un rato.
—¡Me duele mucho! —dijo ella llorando y retorciéndose de dolor.
—Carlitos, ve al frente con Luis, continúen con la cadena, ahora caminemos más despacio —indicó Abel.

Luis Enrique y Abel, la levantaron. Se sostuvo de Abel, echando su brazo sobre su cuello, mientras Luis Enrique la sostenía con su mano. El camino era un declive incómodo, y el agua que arrastraba lodo, lo hacía resbaladizo, imposible de caminar. Minutos después, encontrándose en mitad de declive de la montaña, el camino se terminaba, el borde del barranco los detuvo.

—¡Paren! ¡Paren! —vociferó Luis—. No se puede seguir, hasta aquí llegamos. Es imposible avanzar.
—Y ahora, ¿qué hacemos? —preguntó Carlitos desconcertado y temblando de frío.
—Deténganse —sugirió Abel—. Esperemos aquí.

Frustrados y agotados, el frío lo consumía. Llevaban horas

deambulando entre los árboles, perdidos, buscando una salida que no aparecía. Rosalba se quejaba de dolor, Isabela la consolaba. Abel le pidió a Luis agitar constantemente la linterna para dar señales de su ubicación.

—¡¡Miren!! —gritó Luis con regocijo cuando se agotaba la esperanza por la espera—. Esas señales, allá abajo. ¿Las ven?
—¡Se lo dije! —exclamó Abel con orgullo—. Ahí están ellos, y de seguro mi amigo.

Un momento de tranquilidad se apoderó ellos. Sonrieron, pero también lloraron. Sus lágrimas recorrieron sus rostros mojados. El grupo que lideraba Uriel había llegado en su auxilio, tal y como lo presentía Abel. Pronto se escucharon voces entre las tronadas que apenas se entendían. Uriel hizo señas de que se alejaran en lo que intentaba, con un arco, lanzar una flecha amarrada de una soga. Después de varios intentos luchando contra el fuerte viento, lograron sostener la soga. Uriel se apresuró a escalar. Era un precipicio de rocas firmes muy vertical.

—¿Cómo están? —preguntó Uriel de inmediato.
—¡Qué bueno que viniste! —exclamó Abel con regocijo—. Ella tiene el tobillo lastimado, apenas puede caminar por si sola. Los demás, solos estamos cansados….
—Y asustados —bromeó Uriel al ver el rostro pálido de Luis Enrique.

Uriel se le acercó, miró su rostro, ella inclinó su cabeza cuando sus miradas se encontraron. Unas lágrimas corrían por sus mojadas mejillas, el dolor era insoportable, su sonrisa no estaba. Uriel se quitó su chaqueta impermeable que traía y la abrigó. Ella musitó su agradecimiento que el silbido del viento opacó, los movimientos de sus labios lo hechizaron turbando el pulso del corazón. Miguelina abrazó a su hermana ante la escena que le desgarró el corazón. Esmeralda sollozó en silencio. Abel interceptó las miradas de fuego de Miguelina que ansiaba fulminarlo y el enojo que expresó Carlitos.

—Abel, ayúdame —pidió Uriel—. Vamos a salir de aquí. El clima puede empeorar aún más.

Enseguida explicó las instrucciones a seguir para descender por la barranca. Amarraron dos sogas a uno de los árboles para utilizarlas de soporte. Las chicas a excepción de Rosalba descendieron primero. Al final, solo quedaban en la ladera de la montaña Rosalba, Abel y Uriel.

—Gracias, hermano. Sabía que no me ibas a fallar.
—Por supuesto que no, por algo no me invitaste —respondió Uriel con sarcasmo.
—Lo siento —lamentó Abel.

Ante la mirada de Rosalba se confundieron en un fuerte abrazo. La lluvia continuaba, parecía que llovería por toda la eternidad. Abel y Uriel sostuvieron a Rosalba para ayudarla a ponerse en pie.

—Ahora es tu turno, Rosalba —indicó Abel.
—Haré mi parte y tú la tuya, ¿de acuerdo? —explicó Uriel con un tono de voz quebrado.
—¿Cuál es mi parte? —preguntó Rosalba con timidez inclinando su rostro.
—Deja que Abel te sostenga y yo te amarraré a mi cuerpo con la soga para poder bajarte y luego, tú te apoyarás de mí lo más fuerte que puedas. Nos amarraremos con esta correa —le explicó Uriel el procedimiento para ayudarla, ella inclinaba la cabeza

avergonzada—. Entiendo que es incómodo, pero, es la única forma en que puedo...

—Espera... es que... —dijo Rosalba atrapada entre la timidez, la vergüenza y los inquietos latidos del corazón que ansió callar.

—Tranquila, no pasa nada. Tomaste tu tiempo —dijo Uriel alejándose un poco, pero, sintió en la torpeza de la traición de sus nervios, como sus delicadas manos, continuaban sosteniéndose a las de él—. Nos dice cuando estés lista, ¿sí?

Entre ambos, hubo un momento de silencio, interrumpido por el sonido de los truenos y los destellos de los relámpagos que no cesaban. Permanecieron de pie, bajo la lluvia, esperando que ella cooperara. Pudo entender la situación en la que se encontraba, y que era la única opción para poder bajar y ser rescatada, sin embargo, necesitaba un respiro tan profundo como la ansiedad de salir corriendo. Sintió la urgencia de controlar los latidos del travieso corazón que delataba lo que no debió. Rogó que el sonrojo de su piel lo ocultaran las caricias de la lluvia. Sintió la traición de sus sentimientos, el gozo de su alma y como sus latidos explotaban, inquietos, deseando su piel rozar su cuerpo. Su alma delató lo que reprimía y aunque lo ansiaba le era un momento de desagrado y humillante. Una vez más, sus seductoras expresiones, era el diálogo que, con solo mirarse, delataban sus inquietudes. Fue tan solo un breve instante, y entre la timidez de ella, y el atrevimiento de él, la chispa encendió una fogata de amor que la lluvia fracasó en el intento de apagar. Sintió su presencia como un bálsamo que alivió su dolor, pero destellos ante los ojos atónitos de Abel, desvelaban su amor.

—¿Lista?
—Lo siento, es que... —se quejó con nerviosismo.
—Sé que es incómodo, pero, no podemos esperar que pase la tormenta, tú misma debe ver un médico.

—Bien, está bien, explícame otra vez, ¿sí?

Mientras ella recogía con una de sus manos el cabello mojado que le cubría el rostro, Uriel, amarraba la soga y luego, la sujetó con la correa por la cintura. Traicionada por los instintos de su alma, levantó los brazos, y luego los dejó caer alrededor de su cuello. Por un instante, sus respiraciones hicieron una pausa y sus miradas se perdieron entre sus ojos con tanta energía que le quemó de pasión. Pareció el tiempo detenerse en su complicidad. Abstraídos por su presencia, sus almas se atrevieron a acariciar sus corazones como si el tiempo no importara. Les cubría la lluvia que fracasó en el intento de apagar el calor que sus miradas encendieron. El corazón armonizó con el estruendo estremeciendo su pecho y los nervios al pesar de estar a punto de enfriarse dejaron mostrar sus inquietudes. Una sensación de calor contrastó con el frío recorriendo su suave piel ámbar claro. El estridente sonido de un potente trueno los estremeció empujando a Rosalba a abrazarlo tan fuerte como pudo.

—Ahora estás cooperando —declaró Uriel.

Ella quiso sonreír, pero lo evitó. Su alma estremeció de alegría. Descendieron bajo las inquietas miradas de los demás que mostraron preocupación al parecerle una eternidad volver a verlos. Rosalba fue colocada en una camilla para llevarla hasta las camionetas que quedaron a poco menos de cinco kilómetros de distancia del lugar.

—¿Qué tal? —preguntó Isabela acercándosele al oído.
—¿Qué?
—Acurrucadito, ¿eh?

Rosalba sonrió. A pesar del dolor y la hinchazón en el tobillo, su rostro resplandeció el gozo de su alma. Una hora después, llegaron a una clínica privada, a unas cuadras de la casa de Isabela. Uriel tomó en sus brazos a Rosalba y penetró con ella al cuarto de emergencia.

—Ella se lastimó el tobillo derecho —explicó él mientras la acomodaba sobre la cama.
—Hola.
—¿Qué haces aquí? —preguntó Uriel sorprendido mientras observaba la ropa que traía puesta y agregó—. ¿Y esa bata? ¿Eres médico?
—Respira. Haces demasiadas preguntas.

Uriel se confundió al ver el uniforme que vestía Santa. Ella se acercó a Rosalba echó un vistazo al tobillo, observó el pie ante las quejas de dolor, consultó con el médico, y luego aplicó una inyección. Uriel sintiéndose ignorado se marchó. Sintió como una espina atravesaba su corazón después de tener en sus brazos la delicadeza de un pétalo. No hubo respuesta de Santa, solo se llevó con él la sonrisa de Rosalba.

El cielo continuaba descargando su furia. El fuerte viento levantaba las olas. La gente permanecía guarecida en sus hogares suplicando a los altos de que cesara lo que en tantas ocasiones rogaron que llegara.

XXIII
Corazones cálidos

Los días transcurrieron entre desilusiones y lamentos. El cielo no recibía tantas atenciones. La gente estaba frustrada. El Sol hacía el mismo recorrido que por la eternidad ha hecho. El mar recuperó su normalidad. Las blancas y finas arenas de la playa permitían las caricias de los cálidos rayos de sol amontonándose en dunas onduladas que acomodaba la complicidad de las olas y los vientos. La naturaleza borraba de sus memorias la tormenta, los destrozos y el temor que propagó. Las huellas de la tormenta quedaron en el pasado, con sus sombras. El verdor recobraba su orgullo y las rosas vestían de ternura y encanto.

Las palomas danzaban por los aires al sonido de las campanas de la capilla. El autobús llegaba cargado de intrusos en su acostumbrado horario de llegar siempre tarde. Al polvo se le dificultaba levantarse. Las aves cantaban con más alegrías. El verano se despedía llevándose el sofocante calor que exprimía el sudor de una piel cansada.

La tormenta marcó al pueblo en el mapa. Embelesaba a todos el eterno romance del ocaso entre el mar y el cielo. Las noticias se encargaron de los detalles, dejando a todos, atónitos, observando la magia de la naturaleza devolver el esplendor de la playa. La lluvia se convirtió en algo normal. Nadie osaba siquiera mirar hacia el cielo. Permanecía presente el temor de volver a vivir tan aterradora noche. Las nubes paseaban con el viento dejando caer suave llovizna en algún descuido del Sol.

Rosalba con el tobillo lastimado recibía la ayuda de Emma para movilizarse. Deseaba evitar el uso de muletas. Minerva, una joven adulta, humilde, llegó recomendada por Amanda a ocupar el lugar de Altagracia, y unos destellos melancólicos de cariños. Emma se sumergía en la nostalgia de la dulce sonrisa de su amada hija que le retorcía el alma. El arraigo de su orgullo no cedía a desaparecer a la velocidad de un relámpago, ni se arrancaría del corazón el desprecio de un tirón.

Isabela pasaba todas las tardes haciéndole compañía a su amiga. La aventura las hizo conocer a más amigos, pero también observaron cómo se destrozaban corazones enamorados de una forma tan frágil. Encerrada en la habitación, inmersas en lecturas o acosando el aburrimiento con músicas de tonos frescos y de palabras suaves, lidiaba con el deseo de salir corriendo. Fugaces momentos de nostalgia recreaban las escenas al recibir obsequios en la puerta que le alegraron el alma.

El amanecer sorprendió a Emma y Rosalba con la ausencia del encendido del motor de la camioneta de Augusto Real. El desvelo se marchó y la almohada de Emma, ya no recogía las lágrimas que la desdicha le hizo derramar. Augusto Real decidió residir en el rancho. Pensamientos grises perturbaron a Rosalba afanándose en buscar respuestas a la extraña conducta de su padre. La sumisión de su madre. La chocante actitud de Altagracia.

—Hija mía, ¿qué tienes? —preguntó Emma.
—Nada, solo estoy leyendo.
—El libro en tus manos está cerrado, mi hija. Vamos, dime. ¿Pasa algo? —insistió acomodándose a su lado en el sofá—. ¿Quieres hablarme de eso?

Había logrado ver a su madre sonreír, dormir las noches y sobre todo sintió que vivía cierta libertad. ¿Por qué rescatar el pasado?

—¿Esperando que alguien llame a la puerta? —insinuó sonriendo Emma.
—¡Mami! —exclamó Rosalba sonrojada—. ¿Qué cosas dices?
—Acaso crees que no me di cuenta de que esos regalitos iluminan tu rostro.
—Me siento incómoda con ese tema.
—¿Y dentro de ti? —preguntó Emma presionando su pecho sobre su corazón.
—En mí, rondan muchas tormentas.
—¿Tu padre?, por ejemplo.

Rosalba miró a su madre, ella parecía conocer los secretos de su corazón. Intentó no platicar sobre sus sentimientos. Sobre su cabeza daban vueltas cientos de imágenes y pensamientos que la trastornaban. Su madre realizó las preguntas que reflejaba lo que el corazón comenzaba a sentir. El sobresalto al escuchar el llamado a la puerta de la habitación interrumpió la conversación entre ellas. Era Minerva que se aproximaba.

—Un joven pregunta por la señorita Rosalba —dijo Minerva.
—¿Un joven? —preguntó Emma—. ¿Cómo se llama?
—Uriel, señora.
—Gracias, Minerva, voy en un momento —contestó Rosalba con sus labios danzando de felicidad y nerviosa.

Emma sonrió, la alegría resaltó a través de su piel. Lograba ver la felicidad de su hija. Habían vivido en un aislamiento enfermizo durante años forzada por un hombre que pretendía consumir su vida en el abismo del orgulloso, su prepotencia y la terquedad. Romper las cadenas tomaban tiempo, y Rosalba a pesar de su delicadeza y la dulzura de sus encantos, logró con sus palabras doblar el carácter de su padre. Esperó el momento adecuado y creó ante él la receta con los medicamentos que doblegaron su alma.

Tomó su tiempo frente al tocador. Coloreó sus labios de rojo carmesí. Reordenó su larga cabellera. Acompañó sus pantalones cortos con una blusa crema. Su madre le susurró calmar sus nervios. Sosteniéndose de sus muletas, se presentó en la sala donde esperaba el joven que tuvo el valor de atreverse a visitarla.

—Hola.

Uriel se puso de pie. El dulce tono de voz a su espalda inquietó sus destrozados nervios. Sus ojos expresaron la admiración al encanto de su hermosa sonrisa.

—Buenos días, soy Emma, la madre de Rosalba.

Él respondió a Rosalba con una tímida sonrisa. La voz de Emma lo trastornó. Sus ojos se posaron ante aquella estrella que perturbó sus palabras.

—Señora, ¿cómo está? —tartamudeó Uriel con un tono tembloroso y torpe segundos después.
—¡Qué hermosas!, gracias —exclamó Rosalba al ver las flores en sus manos.
—Bienvenido. Eres el que acudió al rescate, ¿verdad? —preguntó Emma.
—Sí, señora, yo soy.
—Muchas gracias, estamos muy agradecido de ti —reconoció Emma—. Permíteme las flores y siéntate, por favor.

Emma tomó el ramillete: una rosa abierta y dos capullos color rojo. Estaban envueltas en un plástico transparente y enlazado con una cinta de tela del mismo color. Rosalba observó por un momento las flores, mientras Emma se marchaba con ellas, un fugaz pensamiento recordó la similitud del obsequio.

—¿Cómo estás? —preguntó Uriel.
—Mejorando, muchas gracias —contestó ella mientras intentaba sentarse—. La hinchazón ha bajado, ¿lo ves?
—Sí, ¡qué bueno! Déjame ayudarte —pidió al lograr relajarse y luego agregó en un momento de confusión provocado por los nervios—. No te voy a amarrar.

Titubearon por un instante. Rosalba sonrió a su ocurrencia y aceptó su ayuda. La tonalidad de su piel delató su timidez.

—Gracias, a pesar de tener dos soportes, necesito ayuda —se quejó Rosalba.
—Es parte del proceso, entiendo yo.
—Sí, así es —admitió Rosalba—. Ansío volver a caminar sin estas muletas. Es muy incómodo andar con ellas. Ahora sí que estoy en una cárcel.
—Ya pronto pasará. No te tortures. Veo que son muy amante de las rosas por aquí —dijo Uriel al observar el florero sobre la mesita.
—Ah, sí. Tienes razón, profesamos un exagerado amor por ellas —admitió Rosalba, dirigiendo su mirada hacia el florero también.
—Y yo trayendo más...
—¿Cómo ibas a saberlo? —susurró Rosalba inclinando la cabeza con un tono de voz débil y trémula—. Es un hermoso gesto de tu parte, muchas gracias. Están bellas.
—¿Qué dice el médico? —preguntó Uriel.
—Tiene un nombre muy técnico, pero, en definitiva, es una torcedura —explicó mientras intentaba agradar con su respuesta.
—Esguince. ¿Eso dijo?

—Sí, eso, ¿eres médico? —preguntó sorprendida.
—No, no, algunos cursos de primeros auxilios. Solo eso.
—¡Qué bien! Sabes, gracias por tu valentía en ir por nosotros. Fue un momento muy difícil en medio de esa tormenta —declaró Rosalba lidiando con la timidez que reprimía la cobardía mientras sonreía con delicadeza—. Creí que no lo lograríamos.
—Sí que lo fue. Fue un momento muy difícil. Los padres estaban muy preocupados. Solo hice lo que pude, ¡ayudar!
—¿Lo que pudiste?
—Sí, correcto —afirmó él con su mirada fija en ella declarando su verdadera intención.

Era inevitable ignorar los movimientos de sus labios que parecían danzar mientras ella hablaba. Su vista recorría cada espacio en su rostro, tan intensa era su mirada que, ella lograba sentir su calor. La hacía hablar pausada, perdiendo la uniformidad de la frase en cada expresión. El vaivén de sus labios simuló las ondulaciones de los movimientos de las aguas al ser acariciadas por el fresco viento otoñal. Sus arqueadas comisuras hacían palpitar su ya agitado corazón. Las largas pestañas resaltaban la altivez de sus encantadores ojos. Sus cejas eran una pincelada de arte que los bordeaba con encanto. Sus hoyuelos, al sonreír, lo hipnotizaban, alterando el ritmo de sus latidos.

—Quise agradecértelo, pero te habías ido. No te volví a ver.

La inquietud de los latidos de su corazón estremeció su agónica alma. El quebradizo tono al hablar distorsionado por el aroma del perfume de su piel penetró hasta lo más profundo de su ser, lo enloquecía. Platicaban cualquier palabra en su conversación, más sus almas y sus corazones se embriagaban con su mutua presencia, en un diálogo de pasiones tímidas. Ella era el agua que calmaba su sed. Era cada pétalo que formaba la belleza de una flor, el mismo aire que inhalaba y recorría todo su ser.

—¿Cómo supiste donde estábamos?

Rebuscaban las palabras, ella esquivaba su mirada, él dejaba expresado a través de sus ojos lo que mantenía oculto en su corazón. Emma se presentó con unos vasos con jugo, rompiendo el tenso momento donde los nervios intentaban salir de la artimaña de la traición y la piel ocultaba el matiz revelador que pondría al descubierto las verdaderas intenciones.

—La limonada siempre es buena, señora —presumió Uriel.
—Cierto, es muy buena para la temperatura —alegó Emma—, refresca.
—Es mi jugo favorito —comentó Uriel.
—¡Qué bueno! —respondió Emma dejándolo solo en la sala una vez más.
—Las piedras me la regaló Luis Enrique, la recogió en la playa —señaló Rosalba al darse cuenta de que Uriel miraba el florero con un semblante jocoso.
—¿Luis Enrique?
—Sí, él es primo de Isabela, mi mejor amiga. Es loco con la playa, ¿lo recuerdas? —preguntó Rosalba.
—Sí, sé quién es —dijo Uriel con un tono apagado.

El semblante de Uriel se transformó, decaía, apagaba la luz que ella encendió, mientras se refería a Luis Enrique. Lo conoció junto a ella mientras acompañaba a Abel en dirección a la playa. Las piedras y los cristales de colores trastornaron su ser. Ocupaban un lugar en la sala. Sus flores compartirán las mismas caricias de la fresca brisa del mar, las tonalidades del crepúsculo y la hermosura de su mirada. Sintió convulsión en sí mismo y por un instante, justo antes que ella lo percibiera, su alma caía en un profundo abismo de oscuridad, pero su angelical voz, lo salvó. Ella siguió la mirada de sus ojos como flecha lanzada al corazón, y su alma captó la sensación débil de su chispa y lo trajo de regreso con la indiscreción del susurro rogando batallar por la conquista de su amor.

—Solo seguí el instinto. Escuché a mi corazón y obedecí. Eso hice.

Rosalba inclinó su rostro. Quiso sonreír. Su voz estremeció más sus agitados nervios. Su piel palidecía. Sintió una chispa encender el ardor en su ser.

—Creo que debo irme.

Rosalba musitó un no y levantando la cabeza sus ojos rogaron que permaneciera un momento más. Sus labios danzaban las peticiones del alma que el temor impedía que él escuchara. Él quiso decir adiós regalándole un beso que ella ansió. Los nervios los turbaron. La torpeza floreció en sus movimientos y apenas lograron un roce de manos. Sus ojos azules destellaron al expresar lo que el alma apresuraba al corazón sentir.

—Gracias, por venir.

Uriel sostuvo su suave mano por un momento, ella no hizo objeción en que su piel dejara sentir lo que su alma expresaba. Con su mirada trasmitió lo que en lo más profundo de su corazón sentía de ella. Ella le regaló una radiante sonrisa como luz de luna. Rogó que no se marchara, pero suplicó que volviera, era su deseo. Él se llevaba su aroma, gravado en su alma, sus encantadoras miradas y el mensaje que percibió al rozar su suave piel.

Un gran suspiro de gozo se apoderó del ambiente en la casa. Un gran destello de felicidad nunca visto iluminó todo, de tal manera que, si algún indicio de oscuridad reinaba, se marchitaba. Su alma festejaba la inmensa alegría que su corazón gozaba. Las pupilas de sus ojos se dilataron como estrella exhibiendo su realzada hermosura. Era como abrir las ventanas de una nueva vida, era el renacer de las rosas, el mágico cantar del amor. Sus manos temblaban.

El otoño rompió el cálido ambiente y trajo la frescura. Ya no se temía a la sequía que tantas preocupaciones sembraron en el pueblo. La naturaleza se encargaba de dejar en el pasado las oscuras huellas que marcaron tanto dolor y frustración. La admisión de responsabilidad de su padre no era medicina para curar el cáncer que carcomía las entrañas mismas de su madre y abriría un profundo abismo en el que ella debía evitar caer. Apenas conocía a Uriel, y sus encuentros no han sido los mejores momentos. El disgusto de Luis Enrique pudo interpretarse como un arranque de celos más que una carencia de buenas costumbres de parte de Uriel.

Su visita fue casual, sus miradas delataron las intenciones. Su presencia hizo recobrar luces que quedaban impregnada en su corazón deseando que ahí permanecieran. Cuanto deseó poder saltar, brincar, de salir corriendo y contar su alegría. Minerva la observaba y sonreía. Su sonrisa era muy diferente a la de Altagracia.

—Es un joven muy galante, señorita —dijo Minerva.

—Sí, lo es —admitió Rosalba sonriente mientras divagaba en su sueño.

—Antes que el buitre vuele por encima, yo lo atrapo —recomendó Minerva.

—¡Qué locura dices, Minerva!

—El premio se atrapa corriendo a la meta —aconsejó Minerva—. Es una pelea donde todo está permitido, cuando el alma ordena el corazón obedece.

—Me asusta.

—Vas a decirme que no sientes maripositas en el estómago o algo así.

Rosalba se estremeció de la risa por la manera en la que Minerva se expresó. Una realidad a simple vista que se reflejaba sin ninguna minuciosa inspección. Mientras Uriel la visitaba, fue notorio el cambio de color en la piel y la mala jugada que causaron los nervios al dificultarle el habla.

***

El repentino interés de Uriel por la administración de los negocios sorprendió a su padre. Expuso sus preocupaciones con una acentuada madurez. Doña Malia, a pesar de las adversidades que causó la tormenta, rejuveneció de alegría por el cambio de actitud de su nieto. El regocijo liberó la casa de las tinieblas en que el tiempo la atrapó. Fue un mal que trajo bonanza, y a la vez, un futuro gris que la sonrisa de Adriel Coral evitó ocultar.

—Años de contrariedades debido a la sequía, y ahora todo se ha ido abajo en una sola noche. Pienso que es tiempo de orientar el negocio en otro sentido.

—¿Qué dices? —preguntó Adriel con la vista al suelo y apesadumbrado.

—Quiero hablarte de bienes raíces. Inversiones seguras.

—Un momento. Te acabas de interesar por la finca y ahora quieres dejarla —dijo Adriel desilusionado—. Es eso lo que me vas a decir, ¿verdad?

—Te explicaré —respondió, se tomó su tiempo y luego dijo—. El cultivo de frutos está muy expuesto a las condiciones climáticas.

Es muy riesgoso. Mira lo que ha pasado. No hemos quedado con las manos vacías.

—¡Ah, sí!, continua —replicó Adriel haciendo señal con las manos, mientras escuchaba.

—Bienes raíces es el negocio del futuro y nuestros recursos estarían más garantizados —apuntó Uriel.

—¿Mas garantizados? —reflexionó Adriel sintiendo incómodo por la actitud de complacencia en la mirada de su madre.

—Sí, el valor de las propiedades crece continuamente y esa es la parte buena.

—Entiendo, esa es la parte buena —razonó Adriel con antipatía.

—Sé que es difícil para ti. Es lo que has hecho toda tu vida —sustentó Uriel—. Por ejemplo, mira como la tormenta destruyó todo a su paso. ¿Qué nos ha dejado? Deudas, no podemos contar con un seguro. En cambio…

—Uriel, los negocios conllevan riesgos, y cada vez que encaremos dificultades, no tenemos que orientar a otras áreas —interrumpió Adriel con normalidad.

—Lo entiendo bien. Pero, sabemos que yo… yo no nací para dedicarme a la agricultura, ni nada parecido —confesó Uriel sintiendo que sus palabras lo herían.

—Lo sé —dijo Adriel absorbiendo todo el aire que podía—. Lo sé, y créeme te comprendo.

—Para mí también es difícil. Lo intenté, pero no puedo fingir que me siento cómodo, por eso, padre, me gustaría que considerara mi propuesta. Sé que por el momento sería difícil que la aceptará, pero deme la oportunidad de que lo tomarás en cuenta —solicitó Uriel con responsabilidad.

—Está bien, lo pensaré —prometió Adriel con cierta alegría en su corazón.

Doña Malia escuchó con entusiasmo. Mantuvo silencio mientras ellos dialogaron, sin ocultar su alegría de ver convertir a su nieto en un joven con madurez, aunque en el fondo sabía que ese repentino interés tenía otras razones. Uriel se mostraba más activo y perdía el interés de pasearse por la playa como acostumbraba. En varias ocasiones lo encontró en su habitación dejando que la luz de la luna lo acaricie, buscando algo perdido o tratando de sostener en su mano alguna estrella.

—El corazón siempre quiere decidir nuestro futuro —comentó Doña Malia una vez estuvo a solas con Uriel.
—¿Qué dice, usted?
—Las intenciones del corazón nunca la mezcle con los negocios —le aconsejó Doña Malia.
—¿De cuáles intenciones me habla usted?
—No trate de ocultarme nada —explicó Doña Malia—. Te he visto soñar despierto en algunos momentos, como si estuviera sonámbulo.
—Abuela, ¿qué está imaginando? —preguntó Uriel.
—Que en tu corazón ronda alguna mariposita, ¿no es así?

La edad de Doña Malia aventaja lo suficiente para interpretar la reciente conducta de Uriel. Ha estado a su lado más que cualquier otra persona. Parecía que sus canas podían anticipar sus pasos y los pensamientos de su corazón.

—Estoy perdiendo la cabeza —confesó Uriel con voz quebrada y melancólica.
—¿Alguna jovencita? —preguntó Doña Malia dejando entrecortada su insinuación—. Porque solo piensa en eso.
—¡Sí, y muy hermosa! —exclamó con una voz apagada.
—¿La conozco? —preguntó Doña Malia.
—No, creo que no. Es la chica que se retorció el tobillo durante la tormenta.

—¡Ah! Conozco esa escena, insinuaste ser el héroe —consideró Doña Malia al reprenderlo—. En vez de ella caer en la red como pececillo, tú te clavaste el anzuelo, ¿es así?

—Nada fue planeado. La había visto antes con unos amigos y desde entonces su imagen se adhirió a mi mente, es todo. Mi corazón se ha vuelto loco.

—Entonces, lo que quieres es un remedio para curarte de esa enfermedad.

—Abuela, es que… ella es la medicina.

—¿Qué clase de corazón es que tienes? —amonestó Doña Malia con firmeza—. Desde un tiempo para acá, mis oídos han escuchado muchas historias sobre ti, creo que tienes enfermo el cerebro. Si en verdad ama esa jovencita, mejor limpia bien los caminos por donde andas, no sea que tus locuras destrocen tu alma. Nunca se sabe. La envidia y los celos no tienen compasión, ¡son venenos!

Uriel enmudeció, Doña Malia lo amaba, pero a diferencia de su padre, no perdía la oportunidad de expresar sus creencias en el momento que sucedían los hechos. La imagen de Rosalba atormentaba a Uriel, cada momento se mostraba distraído, como inmerso en un letargo eterno, ausente. Su corazón estaba perdido, su vista se sumergía en la profundidad del camino queriendo encontrarla en algún lugar. Sentía que ella era omnipresente y la llevaba a su lado, justo en su corazón, en cada uno de sus impulsos que hacían vibrar la sangre por sus venas.

La vista de Doña Malia hendió el corazón y cerebro de Uriel, en cada uno de sus rincones, tratando de conocer la verdad de sus palabras. Su percepción determinó que la calentura de su corazón tenía un nombre que en verdad se había asentado en él. Su alma buscaba el faro que destellaba desde las rocas de la bahía, luchando contra viento y neblina, evitando encallar. Lo escuchó soñar despierto; sus latidos gritar de felicidad, y sonrió.

—Quiero que la conozca, abuela. Tiene una hermosa sonrisa, y sus hoyuelos ...

—¿Cómo se llaman sus padres? —preguntó Doña Malia.

—Su padre es Augusto Real y su madre...

Doña Malia fingió quejarse de sus piernas y buscó apoyo de la mesa. Uriel se levantó con rapidez y agarrándola evitó que se desplomara.

—Abuela, ¿está bien?

—Sí, estoy bien. Es el cansancio, los años, hijo mío —mintió queriendo ocultar como su alma se estremeció a escuchar el nombre del padre de la joven que lo tiene cautivado.

***

La brisa fresca del otoño hizo presencia. La temperatura era agradable y el majestuoso Sol se sumergía con lentitud en lo profundo del mar, en el lejano horizonte, dejando como recuerdo sus tonalidades entre las nubes que adornaban el cielo, apagando la tarde. Las cálidas aguas cristalinas de la playa se desplazaban con el vaivén de los suaves vientos que jugueteaban con ellas. Caía la tarde, y los hombres y mujeres mostraban disposición a sembrar en su memoria la felicidad que el día le regaló y borrar en el olvido los momentos grises que vivieron. Ellos acarreaban su cansancio con alegría hasta sus hogares. Las esposas renovaban sus energías con un sonriente beso.

En la playa, acurrucada así misma, con su mirada perdiéndose en el infinito, contemplaba Santa el atardecer, junto a su soledad. Lucía su mejor apariencia. Esperar se convertía en una desdicha y notaba que su naufragio era inminente, como lo bello de la despedida de la tarde, o quizás la llegada a destiempo de la oscura y fría noche. Los pescadores se lanzaban al mar, era una noche de pesca y esperanza. Llevaban consigo todos sus pertrechos y se apresuraban a su conquista. Santa en cambio se apresuraba al olvido.

Dio la espalda a la playa llevándose su soledad. Con sus zapatillas en mano y la blusa medio desabotonada, enarbolando al viento, sin la más mínima intención de mirar hacia atrás, porque nada dejaba. Se llevó sus recuerdos, besos fruto de la desesperación y la sensación de vívidos fulgores en su triste sonrisa. Recuerdos que quizás no serán parte de una añoranza ni estarán en un portarretrato viendo pasar el tiempo sobre la mesita que adornaría el rincón más oscuro de la sala. Se marchó sin despedida, se esfumó como la neblina con el calor de unas caricias tiernas.

***

Isabela dejaba escapar sus lágrimas que las carcajadas arrancaban a sus ojos. Rosalba mostraba la alegría de su corazón y la timidez de expresar sus sentimientos la mantenía en el limbo de la indecisión. Atreverse era demasiado riesgo, quedarse pasiva le aterraba por igual.

—¿Qué dijo qué? —preguntó Isabela entre carcajadas.
—Deja de reír, por favor —pidió Rosalba.
—Que ocurrencia la de Minerva, jamás te atrevas, no señorita.
—¿Y qué pasaría si ella tiene razón?
—¡Uy!, en verdad no sé, Rosalba —exclamó Isabela—. Dicen que con carnadas se atrapa el pez.
—Y ahora yo imposibilitada de desplazarme —se quejó Rosalba con tono átono y apagado.
—No te pongas sentimental —aconsejó Isabela—. Me dijiste que fue muy amable en su visita.
—Sí que lo fue —dijo Rosalba suspirando con ansia—. Cuando me ayudó a bajar de la montaña por un momento olvidé el dolor.

Estaba tan cerca que percibí los latidos de su corazón como si fueran los mío.

—¡Tengo una idea! —exclamó Isabela con picardía.

—¿Una idea? —cuestionó Rosalba simulando taparse los oídos y añadió—. Habla fuerte y claro, escucho.

—Invítalo a una cena como agradecimiento por ser tu salvador.

—¿Tú quieres matarme? Cómo se te ocurre semejante idea —declaró aterrada y luego se echó hacia atrás dejando caer su espalda contra el sofá y suspiró, aterrada.

Mientras Rosalba se conformaba con sus suspiros y anhelos, Isabela se acercaba al tocador. Por la mente de Rosalba cruzaron cientos de interrogantes buscando respuestas. La visita Uriel generó en ella una intensa pasión con la que no podía lidiar. ¿Debía permanecer en espera? Hacer algo, pero ¿qué? ¿Isabela y Minerva tendrían razón? Encrucijada era la primera palabra que organizaba sus pensamientos. Abrir su corazón a un hombre que solo ha conocido en momentos casuales, ¡ocurrencia del corazón!

—No te atormentes, mi querida amiga —dijo Isabela mientras pintaba de rojo sus labios.

—No me atormento —refutó Rosalba sumergida en sus delirios.

—Entonces, esos pequeños golpes en la cabeza, ¿a qué se deben?

—¡Ay, Dios! —gritó queriendo ahogarse en su propio suspiro.

Sufrir las penas de conservar las apariencias, sucumbir ante las necesidades o lanzarse al mar sin importar la profundidad de sus frías aguas en busca del tesoro, eran pobres salidas. Rosalba tras tantas tormentas, en medio de tantas tinieblas, su corazón palpitaba envuelto en llamas con tanto frenesí que no tenía la fuerza de saciar su sed. Ahogó contra el cojín un grito de desesperación que sacudió todo su ser.

—El amor —susurró Isabela con una sonrisa pícara, al verla ahogarse en los suspiros de sus ilusiones.

***

Los días pasaban y cada tarde las excusas se agotaban. Así lo recibía Rosalba con el deseo de detener el tiempo. Coincidieron sus miradas al ver la puerta girar sobre sus quicios, interrumpiendo su soledad y sus susurros. Rosalba levantó la cabeza mientras contemplaba a su padre hacer acto de presencia. La luz que irradiaba su rostro se disipó, como si una oscuridad la abrazara. La hermosa tarde que compartía con Uriel era arropada por una tormenta que extrajo repulsión desde su alma cuando vio quien hacía presencia. Uriel captó la manta gris que le arrebató la reluciente sonrisa que suplicaba para que permaneciera. Él quiso liberar su mano, más ella la sujetaba. A su espalda Augusto Real, cabizbajo con su sombrero en mano y una luz triste en sus ojos.

—Rosalba, quiero hablar contigo.
—¿Cómo estás, señor Augusto? —preguntó Uriel algo nervioso.
—Bien... sí, bien, gracias.
—Bueno, qué bien. Ya me marchaba... —tartamudeó Uriel mientras se ponía de pie.
—No, no... espera. Digo es que... todavía no hemos terminado... —dijo Rosalba clavando con firmeza su mirada en su padre.
—Mejor, nos juntamos en otro momento. Qué mejores.
—Jovencito, por cierto, muchas gracias. No logré verte... —interrumpió su habla y clavó su mirada en Uriel. Su semblante dejó escapar un amargo sabor de enojo y coraje.
—No es para tanto, señor. Hice lo que pude —interrumpió Uriel.
—¿Qué no es ese el hijo de Adriel Coral? ¿Qué hace él aquí? —

preguntó Augusto con desprecio señalando hacia la puerta una vez Uriel cruzó el umbral.

—Sí, lo es —respondió Rosalba—. Él se ha preocupado por mí, solo te diré eso.

Rosalba no ocultó su enfado. Dejó entrever que estaba molesta. Minerva, temblando de miedo, se retiró al jardín.

—Ahora, dime, ¿qué quieres? —preguntó Rosalba con un tono hostil y descortés.

—¿Qué hay con él?

—Ya te respondí, no es de tu incumbencia. Vamos, habla. ¿A qué viniste?

—No creo que la familia de ese joven sea de buenas influencias. A lo mejor son los consejos de tu madre. Bueno, tú sabrás. Creo que te debo una explicación. ¿Podemos hablar a solas?

—Ah, sí. Qué interesante. Pues, fíjate que no voy a ningún lugar. Si quieres decir algo, dilo y ya. A ver cómo me vas a justificar tu cobardía al abandonar una joven de dieciséis años embarazada. ¿Qué clase de hombre eres? Pues fíjate, ahora comprendo tus paranoias de aislarnos. Nos mantuviste alejado de todos. Ni siquiera fingiste, solo venia aquí a emborracharte. ¡Me arrebataste mi familia! Y no conforme, te las has arreglado muy bien. Se te da bien elegir nombres.

Uriel se estremeció al escuchar el tono dulce de voz de Rosalba estremeciendo de rabia. Quiso dar unos pasos hacia atrás, pero se contuvo. Era una rosa de delicados pétalos, pero llena de coraje y valentía.

—Comprendo tu enojo y tienes razón he sido un mal hombre...

—Mal hombre, no lo creo —replicó ella con sarcasmo—. ¡Eres

un monstruo! No creo que habrá lugar para ti en mi corazón, no deseo intoxicarme ni siquiera pensándolo. ¿Cómo podré perdonarte? Lo siento, no sé si podré, no ahora. Y con lo que respecta a ese joven, es agradecimiento que le debes, no repulsión.

Augusto Real permaneció de pie frente a su hija, su gran amor. Sintió cada una de sus palabras como un proyectil que buscaba destrozarle el corazón. Sintió que la vida se le iba cuando Rosalba dio la espalda para no verlo más. Rosalba expresó su rebeldía, quizás, una venganza por el menosprecio a su madre. Sus sentimientos lidiaban con una confusión espantosa contra un ser que amaba, pero su torpe cobardía arrebató la hermosa lucidez de su madre y no podía comulgar con un acto vil y cobarde, aunque un dolor carcomía su alma.

XXIV
Cartas agridulces

La noticia se expandió como pólvora. Un suceso inesperado. La gente del pueblo se dedicaba a lo que mejor sabían: agotar sus fuerzas en jornadas agobiantes. Los sudores, huellas de su salario, eran consumidos por el polvo del camino. Pero una vez se enteraron, nada importó. ¡Fue espantoso! Todo pareció detenerse, hasta el mismo tiempo. El luto fue común: la tristeza cobijó la pequeña casita y el pesar por la pérdida a otras. Vivió sus años siendo testigo cómo se fraguaba la historia del pueblo. En algunas ocasiones como protagonista, en otras, solo atinaba a guardar en sus memorias uno que otro suceso.

Deseó vivir su último aliento de vida en su cama, vestida con su impecable ropa blanca. Mientras la luz se apagaba, todos a su alrededor rindieron sus honores, callados y cabizbajos, esperando el final. La casita de madera con hendiduras en las paredes como adorno, techada de zinc, se convirtió en el centro del escenario. El vecindario aportaba su expresión de dolor a través de sus lágrimas y desconsuelos. Los familiares llegaban tan pronto se enteraban. Resaltaban los colores negros y blancos como muestra de su más sincero dolor.

El otoño era dueño del clima. La fresca brisa que descendía de las colinas escalofriaba a los más débiles. Los rayos del sol eran tibios y las nubes pasajeras dejaban caer sus suaves precipitaciones y sus sombras, un afecto de la naturaleza. Los árboles se vestían para la época y las aves, algunas llegaban de visita, otras eran gratas residentes que con su cantar alegraban el ambiente.

Elena recorrió todo el pueblo a pie llevando un encargo muy especial. Pasaban las doce del mediodía y una ligera llovizna obligaba el uso del paraguas. Cansada y sudada, localizó la casa, destino del encargo. Inhaló profundo, y a pesar de sus temores, venció sus nervios y avanzó hacia la puerta. Vestía una blusa blanca y falda negra que les cubría las rodillas, zapatos negros cerrados y sus cabellos recogidos con un cintillo negro de plástico sin adorno. Ella no coloreó su rostro, su semblante lucía triste, reflejando el dolor que llevaba en el alma. Penetró al jardín, avanzó con lentitud esperando que las vieran, más luego, subió los escalones de manera pausada, como si los estuviera contando y parada frente a la puerta con la mano derecha tocó tres veces y dando un paso atrás, esperó.

—Buenas tardes —respondió Minerva al llamado—. ¿En qué te puedo ayudar?

—Busco a la señora Emma, le traigo un mensaje —respondió con su tono de voz tembloroso y queriendo lucir su débil firmeza—, es urgente.

Las expresiones en el rostro de Elena no dejaban espacio a las dudas y Minerva se apresuró a localizar a Emma, después de invitar a la joven a entrar a la casa. Con la ayuda de su madre, en ese momento, Rosalba comenzaba a usar solo una de las dos muletas y mostraba una gran alegría por el mejoramiento que sentía. Se podía escuchar tras la puerta de su habitación las risas con que disfrutaban de la ocasión.

—Señora, una joven pregunta por usted, dice que es urgente.

—¿Qué es urgente? —preguntó Emma asombrada, intentando disimular el sobresalto que le causó la expresión.

—Sí, señora, eso dijo.

Hicieron todo el esfuerzo de no hacer conjeturas y evitar adelantarse a los hechos. Minerva trasmitió el mensaje con todas las expresiones faciales de su portadora. Preocupada, ayudó a Rosalba a alcanzar el sofá y sentarse. Luego dio un profundo respiro y se apersonó en la sala donde aguardaba la joven con la noticia.

—Hola, soy Emma.

—Traigo un mensaje para usted, señora.

—Siéntate, por favor. ¿Quieres tomar algo? —pidió enseguida a Minerva para que le ofreciera algo de beber a la joven.

—Muchas gracias, señora.

—Bien, ¿cómo te llamas?

—Elena.

—Luces cansada. ¿Has venido de muy lejos?

—Vengo de Los Charamicos. Vine por la playa y un poco asustada porque estaba muy solitaria. El mar estaba callado, como triste: así los árboles, mudos.

—Sí, comprendo. Bien, dices que tienes un mensaje para mí.

—Sí, así es —respondió Elena al tomar de las manos de Minerva un jugo Emma la animaba a bebérselo.

—Estás muy tensa, me imagino que es algo muy importante.

—Veo que usted no me recuerda. Cuando pequeña, mi tía me trajo aquí —comentó con firmeza la joven—. Recuerdo que jugaba con las muñecas de su hija.

—Con tu tía. ¿Quién es tu tía? —preguntó Emma sorprendida—. ¿Cómo se llama?

—Altagracia, señora... soy sobrina de Altagracia...

Emma enmudeció, fue una sorpresa inesperada. La joven

enmudeció, y sus ojos se humedecieron al pronunciar el nombre de su tía. Lo dijo queriendo sonreír, pero sus labios temblaban al pronunciarlo. Un nudo en su garganta impidió continuar con sus palabras. Minerva que permanecía junto a ellas, le ofreció una servilleta que aceptó agradeciendo entre sollozos el amable gesto. Aunque a la joven se le imposibilitó terminar su expresión, la preocupación y los nervios se encargaron de transformar aquel momento en un estado sombrío.

Rosalba se impacientó, y no quiso esperar a sola en la habitación. El semblante de Minerva la inquietó cuando les avisó. La expresión de Minerva confirmaba la mala corazonada que sintió. Escuchó la desgarrada voz pronunciar el nombre de Altagracia. Rosalba sintió su alma romperse en pedazos, la sintió abandonar su cuerpo. Su semblante se vistió de gris y el corazón contristarse. Emma a darse cuenta de la presencia de Rosalba, se le acercó. Sujetándola, la ayudó a sentarse. Minerva se sentó junto a la joven que no cesaba de llorar y la consolaba.

—Tía me pidió decirle que por favor acuda a verle —sollozó mientras habló, contuvo por un momento pronunciar palabras e inclinando la cabeza agregó—. Pueda que sea muy tarde para esta noche. Ella insistió en que le implore.

El dolor de la noticia despedazó su alma. Las palabras se ausentaron, por sus rostros corrían las lágrimas, como muestra de dolor. Emma sintió un gran vacío en su alma. Altagracia fue la compañera de sus días grises. Rosalba lloró, sintió que el corazón se detuvo, como si fuese el final de la vida. Creció alrededor de su falda, cultivó un gran aprecio que, aunque manchado por la actitud de su padre, sintió un cariño especial.

Ante la solicitud de la joven, Emma mostró turbación e indecisión. Rosalba no podía acompañarla con el tobillo lastimado. Sintió el deber de acudir y cumplir con su deseo de morir en paz.

Isabela acompañada de Luis Enrique llegaba a la casa, justo en ese momento, y ante el cuadro de dolor se ofrecieron a ayudar. Emma vistió de negro. Amarró sus cabellos con una cinta blanca. Su semblante resaltó los colores de la tristeza. Isabela permaneció con Rosalba, mientras que Minerva acompañó a Emma junto con Elena.

Durante el trayecto a la casa de Altagracia, Elena le indicaba a Luis Enrique como llegar al barrio donde residía. Sumergida en un profundo silencio, con miles de interrogantes en su cabeza y unos ojos aguados, Emma hacía todo el esfuerzo de mantener su cordura y darle la oportunidad de despedirse en paz a una pobre mujer que al igual que ella fue víctima de las insensibilidades de su esposo. Absorber en su ausencia todo cuanto podía, un oficio enmascarado tras el delantal y que cumplía bajo amenazas, sin nunca considerar el daño que causaba.

Minutos después, penetraron a un barrio, donde las casas estaban construidas una a continuación de la otra, más junta no podían estar. Los perros vagabundos recostados por todas partes como guardas soñolientos hacían vigilia. El cacareo de las gallinas recogiendo todo a su paso y siguiendo su sombra, sus pollitos. El saludo de los parroquianos y el gesto de asombro de algunos al ver acercarse el carro intentaba en vano arrancar una sonrisa. Elena le indicó a Luis Enrique donde detenerse.

Era un angosto callejón. Los curiosos bloqueaban la entrada con sus rostros lánguidos y pensativos. Los vecinos rondaban la casa en la misma medida que la noticia era conocida. Cabizbajos, con sus rostros tristes, y en silencio esperaban su último aliento de vida, se acurrucaban a un eterno adiós. Emma tomó un tiempo antes de descender del carro, sintió temor por lo que Altagracia quería expresarle, miedo a enfrentar más verdades. Luis Enrique se le acercó y abrió la puerta del carro.

—¿Se siente bien, señora? —preguntó Luis Enrique con delicadeza, ella solo lo miró. Comprendiendo su silencio, le hizo señas a Minerva de que se le acercara.

—Señora, cuando decida, entramos —susurró Minerva.

—Acompáñame —le pidió.

Cedieron espacio a Elena y observaron con asombro a la elegante mujer que le seguía. Emma miró a todo su derredor, como quien procura saber dónde se encontraba. La nostalgia la atrapó y recordó el barrio donde vivía en la capital. Detuvo la marcha un instante. Sentía las miradas de los vecinos de Altagracia sobre su espalda, queriendo entender sus murmullos. Elena esperaba en la galería, próximo a la puerta de entrada. Emma con Minerva, justo a su lado, avanzaron los pocos metros que las separaban de la casa. Un triste rostro le daba la bienvenida, pero complacida de poder cumplir con el encargo. Una casita de madera pintada de verde. En el frente un jardín de girasoles y las rosas rojas.

***

—¡Amigo! ¿Qué haces aquí?

—Abel, ¿cómo estás? —respondió Luis Enrique entusiasmado—. Acompaño a Emma, vino a ver a Altagracia.

—Bien —dijo Abel con un tono triste.

—Una señora muy querida, ¿verdad? —preguntó Luis Enrique al ver la aglomeración en la entrada del callejón.

—Sí, muy querida —confirmó Abel y añadió—. ¿Es ella la madre de la chica del tobillo, Rosa...?

—Rosalba.

—¿Cómo está ella? ¿Ya se sanó?

—Bien, bien. Sanando, la hinchazón ha bajado mucho... —dijo cortando su triste voz e hizo silencio—. Ahora solo usa una muleta.

—Estoy convencido de que al corazón siempre le gusta lo

difícil. Yo evito... mientras puedo. Uno se apega y después no sabe qué hacer. Las americanas son liberales... prefiero ir por ellas.

—¡Oh! Ya entiendo el color dorado de tus cabellos. ¡Con que una americana! Pensé que tú y Miguelina...

—Sí, sí, ella está bien, ¿comprendes? Es que, no quiero seguir atrapado aquí —expuso cautivado por el paso de un avión y luego pasando su mano por la cabeza dijo—. ¡Eso es lo que me gusta, hombre! Miguelina lo entiende perfectamente. ¡Tengo suerte!

—Oye, ¿cómo salgo de aquí?

—Descuida, no hay perdedera. Esto es como un círculo.

—Ajá.

—Te explico. Mira allí está la gallera. Sigue derecho, luego te veras obligado a doblar a la derecha y si eres buen conductor sabrás que hacer.

—Pero ¿puedo girar aquí mismo?

—¡Claro, hombre!

***

Emma se detuvo en la pequeña salita, la melancolía insistía en atraparla. Recordó la casa de sus padres, el juego de sala de mecedoras casi junto a la mesa de cuatro sillas, el comedor. El techo de zinc desnudo, sin nada que lo oculte, casi alcanzable a las manos y las cortinas que servían de puertas a las habitaciones.

—¿Señora? —preguntó Minerva casi al oído de Emma cuando ella se detuvo.

—Estoy bien, gracias —contestó.

Elena movía a un lado la cortina abriendo espacio hacia la habitación de Altagracia. Avanzó con lentitud. Recostada sobre la cama, el débil cuerpo de Altagracia casi inmóvil. Una sábana blanca le cubría y un paño resguardaba los cabellos blancos que el honor del tiempo le dieron el privilegio de llevarlos. Giró su cabeza buscando el rostro de Emma al reconocer el olor de su presencia. Una débil sonrisa de gratitud floreció en su rostro mostró el pesado cansancio de los años acumulados. Emma se conmovió ante la triste escena, sus rodillas sentían la pérdida de la fuerza. Minerva se le acercó y colocó su mano sobre su espalda y al instante sus ojos se humedecieron. Una silla esperaba a Emma próximo a la cabecera de la cama.

—Tía, Emma está aquí —musitó Elena acercándosele al oído.
—Sí, lo sé —exclamó Altagracia casi con dificultad—. ¿Viniste?
—Sí —respondió sonriente y apenada.
—Gracias —balbuceó.
—Debe descansar —dijo Emma sintiendo que el alma se le partía.

La pequeña habitación se cubría de dolor y pesar. Las sonrisas de agrado eran forzadas, los gestos de amor florecían junto al dolor. Todos mostraban el debido respeto con su más discreto silencio, con su tristeza larga y el corazón afligido. Emma sentada al lado de la cama, sujetó la mano de Altagracia en un gesto de amor y humildad. Elevó su mirada a la pared de madera, su cabecera, el espaldar de la cama y se encontró con una imagen de la Virgen de la Altagracia su protectora. Una cruz de hojas de palmeras y un Cristo crucificado, símbolos de su fe.

—Mandé a buscarte... —dijo Altagracia con voz entrecortada—, porque no quiero irme sin pedirte... perdón.

Emma no pudo contenerse, y su rostro fue testigo de un torrente de lágrimas que emanaban desde el fondo de su misma alma. Elena dio la espalda, se colocó en uno de los rincones de la habitación, buscando ocultarse de su tía que perdía la batalla ante la vida, apagándose su ya débil chispa. Minerva no pudo ocultar sus emociones y su sensibilidad le dominó.

—Igual yo, Altagracia —pronunció apenada, tratando de dibujar una sonrisa y acarició su brazo—. Yo también te perdono.
—Lo sé... eres... eres una buena mujer —afirmó queriendo sonreír.
—Mejor descansa y no hables más —suplicó Emma.
—Elena... —Movió su cabeza buscando con sus miradas a su sobrina.
—Estoy aquí, tía —intervino Elena al darse cuenta de sus movimientos—. Dígame
—Busca en mi cartera... —dijo Altagracia buscando el aire con dificultad—, dentro hay un sobre... es para Emma.
—Así se hará —respondió Elena con lágrimas en sus ojos.

Cerraba sus cansados ojos. Elena acomodaba la sábana que le cubría y enseguida buscó la cartera que colgaba de un clavo de la pared en un rincón de la habitación. Era una cartera color negra desgastada por el constante uso. En algunos lugares el color se perdía. Dentro un sobre sellado, pequeño, parecía contener algo en su interior, Elena lo tomó y se lo entregó a Emma.

Altagracia no habló más, mantuvo sus ojos cerrados. Un ligero movimiento en su rostro dio a entender la satisfacción que sentía. Emma se paró de la silla. Elena sonrió a Emma agradeciendo su asistencia. Se dirigía a abandonar la habitación y luego se detuvo, giró y una vez más se acercó a la cama donde yacía Altagracia. Se despidió regalándole a Elena un fuerte abrazo y un beso. Las emociones las apesadumbraron, entristeciendo su dolor. Un ligero movimiento de sus labios reflejó el agrado y el reflejo de un triste adiós.

***

Los colores del alba no cautivaron con sus encantos. Fue una mañana triste. Las campanas doblaban por Altagracia. Emma y Rosalba vistieron para la ocasión, unidas al dolor de la pérdida de una mujer que su único pecado fue servir a la obediencia de Augusto Real, y que la arrastró a un mar de arrepentimiento ante la gente que la amó. Rosalba lució un vestido blanco con encaje por debajo de las rodillas, con tres cuartos de mangas y un cuello en semicírculo. Unas medias negras y por primera vez después del accidente en el tobillo, se ponía zapatos cerrados sin tacos. Lució en su cabellera un cintillo envuelto en cinta de seda negra. Portó una rosa blanca en las manos. Continuaba apoyándose en su muleta. Emma lució más discreta. Un largo vestido blanco sin detalles, una cartera negra colgando de su brazo izquierdo y sus cabellos recogidos. Ambas mostraron la frescura de sus tristes rostros.

Cuatro hombres cargaron el frágil ataúd que reflejaba la humildad de la pobreza y lo colocaron en el pasillo frente al altar. Los colores negro y blanco cubrieron los asientos de la capilla para escuchar el mensaje de amor y resignación. Rosalba y Emma, fueron invitadas por Elena a sentarse al frente. Compartieron un sincero abrazo interpretado en los gestos y murmullos de los parroquianos como expresión de humildad de ambas.

Las palabras del párroco correspondieron a la sencillez que la ocasión requería. El genuino llorar clamaba eternidad y el dolor, recordó en los vecinos, los clavos de la cruz, un simple acto de amor. Rosalba colocó la rosa sobre el ataúd de las tantas que su vista disfrutó por años en el jardín que bordeaba su lugar de trabajo. Era un sincero adiós, la marcha prosiguió hacia su destino final.

En la explanada frontal de la capilla, sin sombra de árbol alguno, bajo los tibios rayos de sol, confundiéndose entre la gente, Rosalba se encontraba con su padre. No era casual, era su confidente, su empleada de años que avanzaba a su morada final.

—Papi.

Las hermosas gemelas se lanzaron contra Augusto Real, haciendo que el sudor corriera sobre la frente. Atemorizado por la llegada inoportuna de las niñas, el encuentro de las miradas entre él y Rosalba, pareció inmovilizar el tiempo. Sus ojos permanecieron quietos, sus párpados dejaron de moverse, Rosalba dejó exponer todo su enojo y parada allí con una muleta en la mano no fingió lo desagradable de enterarse, frente a la capilla y el pueblo, lo que definía a su padre. Emma casi sufrió un desmayo. Ambas se sostuvieron, sus miradas se enfocaron cargadas de odio al hombre que les destrozó su vida.

—Niñas, dejen de correr.

Casi de inmediato tras la niña la madre, y deteniéndose, junto a Augusto Real, posaron para una imagen que captó el corazón de Rosalba como una espina desgarrándole su alma.

—No podía haber mejor lugar para desenmascarar al diablo —dijo Emma, sujetando la mano de su hija para no caerse.
—¡Hay, papi! ¡Qué vergüenza! —reprendió Rosalba con enojo.
—Eres un canalla, sinvergüenza —arremetió Emma alterada en voz baja, manteniendo la cordura, mientras Augusto permaneció en silencio—. Cínico.

Cargando la vergüenza del disgusto, Rosalba y Emma, se marcharon en sentido opuesto al entierro. Augusto Real permaneció parado, junto a las niñas y su madre, frente a la capilla. Era imposible que la curiosidad no motivara a la gente. Las olas de rumores rugieron. Fueron blanco del ímpetu del desdén. Su sombrero no era suficiente para ocultar la vergüenza y la gente se apresuraba a decir sin ningún tipo restricción ni contemplación, *«no es ella Sofía, la sobrina de la difunta».*

Caminaban las polvoreadas calles con su frente en alto, a diferencia, a ellas, la acompañaba un sentimiento de empatía. La sombra de sus propias sombrillas no la abandonaban, permanecían fieles. La confesión de un truhan, sin palabras. Su urgente necesidad de embriaguez cada atardecer y su apresurada salida en la mañana, como si estuviera compitiendo con el Sol, confirmaron su confesión. Sus largas ausencias y ese temor que infundía sobre Altagracia para mantenerlo al tanto de todo cuanto ocurriera en la casa, su confabulación. Por un largo momento, escasearon palabras entre ellas.

***

Minerva comprendió que no solo el sepelio las afligió, sino que, otras razones resaltaron expresiones de rabia e impotencia en ellas. Una tarjeta roja sobre una cajita envuelta con papel de regalo con su nombre en tinta dorada reposaba en la mesa. El remitente plasmó una frase, una expresión de amor. Rosalba tomó la caja en su mano, y mientras la derecha sostenía la muleta, se acercó a la mesa circular de la cocina, la misma que su madre adoraba. Emma se dirigió a su habitación, esta vez no mostró interés por la llegada del obsequio, apenas sobrevivía a su estado de ánimo, y prefirió estar a sola.

Una vez más volvió a leer la tarjeta con la inscripción. Su nombre y un poco más abajo, como en diagonal, en cursiva, *«por una sonrisa tuya»,* la leyó en voz alta, como si la pregonara al viento, como si fuera leída con el alma, la llevó contra su pecho, cerró los ojos y sonrió. Luego bajo la mirada de asombro de Minerva destapó la caja, y sus ojos se agrandaron de la sorpresa al descubrir un sobre color rojo. Quiso volver a tapar la cajita, pero se detuvo, una indecisión producto de la traición de los nervios, levantó la tapa y tomó el sobre que reposaba encima de una hermosa cajita de chocolates.

Por un largo momento no supo qué hacer. Sintió temor de abrir el sobre y saber su contenido. Acababa de ser testigo de la deshonra más vil y descarada protagonizada por su padre, frente a todo el pueblo. Sepultó lo que restaba del amor que sintió por él. Humilló y destrozó la dignidad de su madre, ocultando su verdadera personalidad por tanto tiempo.

—¡Lindo sobre! —comentó Minerva—. No tengas miedo de conocer su contenido.
—Realmente tengo temor de conocer lo que dice esta carta. —confesó Rosalba confundida y nerviosa.
—No te atormentes —aconsejó Minerva—. Tienes una cara de tragedia. ¡Sonríe!
—No es para menos, mi padre asistió a misa con su otra familia.
—¿¡Qué dices!? Lo siento mucho —se lamentó Minerva.
—Descuida, el naufragio de este hogar, hace tiempo que tocó fondo, ya hasta las marcas del tiempo se borraron. Pensé que tenía al mejor padre del mundo, pero sigue siendo un hombre... creen tener derecho ir tras todas las faldas.

Los ojos de Rosalba se aguaron, contuvo su llanto. A pesar de su aflicción, veía el regalo como un rayito en el oscuro cielo. Minerva se le acercó intentando consolarla.

—Siempre es escuchado que tropezar hace levantar los pies —aconsejó Minerva con cautela—. Ese joven que ha rondado a tu lado, bajo la tormenta y luego tuvo el valor de interesarse por tu salud, viniendo hasta aquí, debes descubrir si es el mismo que envía esos bellos obsequios. Mientras, tú recibías ese duro golpe tanto de tu padre como la pérdida de esa señora que admiraba, él tuvo el cuidado de que tú recibieras parte de su corazón en esa cajita.

Acarició la caja con ambas manos. Quedó pensativa, volvió a colocar el sobre encima de los chocolates y lo cubrió con la tapa. Miró a Minerva con su rostro triste y, alejó de ella el obsequio. Su corazón estaba contristado por las sucesivas olas de hipocresía que cada día descubría a su alrededor. El daño recibido a su tobillo la tenía atada al hogar y se sentía presa. Esperaba con ansias ver el momento de dejar a un lado las muletas y volver a correr.

—¿Quieres que le prepare algo de comer?
—No, gracias. He perdido el apetito.
—Cuando el alma está triste, hay que cuidar del cuerpo —alentó Minerva.
—En verdad eres un amor. Te agradezco tus consejos, pero creo que mami necesita mejor medicina que yo.
—Tienes toda la razón, es una situación muy incómoda y lamentable la de tus padres —comentó Minerva—. Tienes que ser muy objetiva o te puedes arruinar la vida —aconsejó.
—Es que quizás no sepa que hacer —dijo y después de un breve silencio declaró—. Nos sentimos muy solas.
—Eso pronto cambiará —declaró Minerva con una sonrisa pícara mirando la cajita.
—¿Tú crees?
—Sí, lo creo —afirmó Minerva con firmeza y agregó—. Prepararé algo para las dos, hay que acumular energía.
—Sí, está bien. ¡Qué insistente eres!

Minerva se ganaba la confianza de Rosalba, ella leía la vida de tristeza en su alma. La casa parecía estar en una eterna penumbra, y el temor de abrir las puertas a la luz se disipaba cada vez. Rosalba acumulaba ira en su corazón que le impedía encontrar la felicidad. Preparó un ligero almuerzo. Minerva la acompañó y mientras comían, se empeñó en hacerla sonreír. Pudo con sus ocurrencias e historias arrancar algunas que otras sonrisas forzadas en su rostro. El obsequio atraía los ojos de Rosalba como un imán, pareciendo desear que descubriera lo que en su interior guardaba.

***

El otoño trajo un mejor clima, el viento arrastraba nubes que dejaban caer suaves lloviznas. Los rayos del sol se ocultaron y así la lluvia encontró la ansiada tierra que deseaba acariciar. Detrás la ventana, una escena nostálgica se apoderó del momento. Fue un resultado donde la magia de sus pensamientos cedió a momentos melancólicos, pero el corazón, sin embargo, lidiaba con sobrevivir los falsos encantos.

Amanda e Isabela llegaban a la casa con sus hermosas sombrillas en manos cubriéndose de la llovizna. Era una visita anhelada, eran bienvenidas como oasis en medio del desierto. Isabela se acercó a Rosalba y tomó un lugar en la mesa de la cocina, y Amanda, se dirigió a la habitación a hacerle compañía a Emma. Isabela notó el obsequio sobre la mesa y se apresuró a tomarlo en sus manos.

—Por una sonrisa tuya —leyó Isabela en voz baja—. ¿Es el nombre de un chico? A que sí. ¡Qué frase más chula! ¡Oh, qué lindo!

—Sí, es un nombre muy especial —dijo Minerva mirando de reojo a ambas.

—Pero el nombre creo que no importa mucho, ¿verdad? —comentó Isabela con picardía—. ¿Qué hay dentro de esta hermosa cajita? A ver... —insistió con curiosidad, intentando abrir la caja.

—Bien, dentro de la cajita tenemos otra cajita con chocolates y, además, tiene nombre —informó Rosalba aparentando perder la paciencia.

—¡*Matrioska*! —exclamó Isabela.

—¡Válgame, Dios! —exclamó Minerva asombrada—. ¿Y con ese nombre se crio?

—Uno dentro del otro y dentro... ja, ja, ja —agregó Isabela sonriendo con picardía.

—¿Qué es eso? —curioseo Minerva.

—Es una muñeca rusa, símbolo de la fertilidad y maternidad... aunque, estos son cajitas. ¡Genial! —explicó Isabela y con sarcasmos agregó—. Este chico va muy rápido.

Rieron de sus ocurrencias, excepto Rosalba que permaneció pensativa. Su humor no estaba dispuesto. Sus pensamientos brotaban con el dolor de un alma angustiada. Anhelaba ver esa sonrisa radiante exhibirse de alegría en el rostro de su madre, la felicidad de su corazón. Despojarse de las cadenas que doblegaron sus alas y la ataron robándole su libertad, sus sueños. Deshacerse de ese sabor agridulce que destrozó el más sublime acto de respeto y que desangró sin misericordia la vida, dejándola a merced del odio, el rencor y la torpe sed de venganza que oscurecieron el más grato placer de humildad, la compasión. Miraba con los ojos tristes y cansados, entre el eco de las carcajadas de sus amigas, el haz de luz que anhelaba abrazar y acariciar con la más íntimas de sus fuerzas, su amor. La cobardía le recordó la carta, el miedo mismo en que la atrapó. Vino a su mente la escena bajo la lluvia, cuando el simple roce de su mirada calmó su dolor, más agitó tanto sus latidos como el ímpetu con el que las olas se estremecen contra la playa y entregándose, calmaba su pasión, arrastrándose sobre la arena, así, el ardor quemaba sus ansiedades. Su alma gritaba, más el viento se llevaba su voz entrelazada entre los tibios rayos. Ansío surcar los cielos, danzar entre los surcos agitados del aleteo de las garzas y refugiarse en los brazos osados que esperaban abiertos entre las líneas de la carta. Invitó a Isabela a tomar el obsequio y seguirla. Deseó leer el contenido de la carta, pero, al mismo tiempo, cierto temor le impedía abrir el sobre, una batalla que ganaba la cobardía. La frase parecía insinuar quien era el remitente. Su corazón estaba acongojado y no quería echar a perder el hermoso momento con el que siempre ha soñado para que su alma se regocije. Porque ansiaba con urgencia acosar el infortunio que pretendía acobardarla. Quería encontrar un momento, un lugar, un espacio de tiempo para deleitar su contenido que esperaba fuera lo que el corazón necesitaba. Al entrar a la habitación, Isabela ya había sacado de la cajita el sobre. Tomó uno de los chocolates y se lo comió.

—¡Están riquísimos! ¿Quieres uno?
—¡Ay, amiga! —se quejó Rosalba con los ojos húmedos.
—Pero ¿qué te pasa?
—¿Recuerda las gemelas? —preguntó Rosalba.
—Sí, por supuesto que las recuerdo. ¿Qué hay con ellas?
—Allí estaba papi con ellas, en misa.

Rosalba sintió, al confesarse, el peso del mundo sobre sus hombros. Un flujo incontrolable de lágrimas salió de los ojos. Estaba inconsolable. Isabela consternada, atinó a abrazarla tratando de calmarla. No tenía palabras para consolarla, apenas un abrazo. Pudo tolerar el momento de humillación frente a la capilla, frente a todo un pueblo, pero, su alma necesitaba derramar toda la presión que represaba. Leer la carta debía esperar, rogaba al tiempo volar veloz y llevarse sus penas y angustias. El momento en el que la princesa esperaba su príncipe salvador, debía ser pospuesto. Rogaba que la carta no hubiera llegado, no era el momento para saltar ni gritar de felicidad. Isabela no encontraba las palabras adecuadas que se correspondieran con el momento, solo podía ofrecer su presencia y escuchar el desahogo de su mejor amiga en silencio.

***

La llegada de Amanda vino a hacer como un salvavidas en medio del mar, llegó justo cuando el barco era doblegado por las turbulentas oleadas y lo más profundo de las aguas frías reclamándolo. Emma se consumía en su propia desgracia. Su alma se cargaba de penas que buscaban donde liberarse. Parecía ser una tormenta eterna, y al final caía descuartizada por los fuertes rayos sin contemplación. Se quejaba, aunque estaba consciente de que no era una solución, ni mucho menos la mejor opción.

—Toda mi vida ha sido una ruina… —se quejó Emma.

—¿Como pudo suceder todo esto? —cuestionó Amanda de forma incomprensible.

—Si fuesen unas semanas, pero estamos hablando de dieciocho largos años, toda una vida, me tomó como una estúpida —comentó Emma enojada consigo misma—. No sé qué hacer.

—Como madre, te diré: concéntrate en tu hija —aconsejó Amanda y luego dijo—. Ella te necesita. No puedes darte el lujo de echarte a rodar de lástima. Tienes que levantarte, tienes que ser fuerte.

Emma buscó su cartera de mano y extrajo el sobre. Al parparlo, un contenido rígido, resistente, que guardaba en su interior, llamaba la atención, además de estar sellado. Al abrirlo en su interior encontró una llave y un pedazo de papel con una nota que decía *«desván»*. Era un pedazo de papel arrancado a un cuaderno. La llave de color bronce, indicaba pertenecer a algo viejo, no una puerta, ni mucho menos un candado.

—No es una llave cualquiera —comentó Amanda.

—Creo que la inscripción en el papel indica el lugar de la casa donde debo ir a buscar —conjeturó Emma.

—Claro que sí, tienes razón, Emma.

—¡Vamos! Es en el cuarto de servicio. Estoy segura.
—Para algo que proviene de Altagracia, tiene sentido —comentó Amanda.

Se dirigieron al cuarto de servicio, próximo a la cocina. Al entrar encendieron las luces, y notaron que todo estaba acomodado en su lugar, lucía nítido, en extremo. Caminaron en su interior, y mirando hacia arriba encontraron lo que indicaba ser el lugar de acceso al desván, un orificio en el techo.

—Bien, ¿ahora qué hacemos? —preguntó Amanda.
—Lo que esta llave abre debe estar ahí arriba.
—Pero ¿cómo se sube? No hay una escalera ni nada parecido por aquí.
—Eso es, una escalera —dijo Emma—. ¡Necesitamos una escalera!

Minerva al ver la puerta abierta, se acercó a la habitación. Por un momento sintió miedo de que alguien hubiera penetrado, su cuerpo vibró al agitarse sus nervios. Se acercó con cuidado, en silencio, al mismo tiempo en que ellas salían y se encontraron en la puerta de repente. El rostro de Minerva se tornó blanco y llevándose una mano al pecho, se percibió como sus latidos aceleraban.

—Señora, ¿es usted? —preguntó Minerva asustada respirando con dificultad.
—Lo siento, Minerva, si te asusté —se disculpó Emma.
—Minerva, ¿sabes si hay una escalera aquí? Necesitamos una para poder subir al desván.
—Pero ¿para qué quieren subir ahí? —cuestionó Minerva.
—Pronto entenderás. Ahora necesitamos subir —explicó Emma.

—Sí, creo que sí, recuerdo haber visto una en el cuarto de atrás. Voy en un momento.

Minerva localizó la escalera y la acomodó debajo del agujero que conduce al interior del desván. Ella decidió subir. Subió despacio y con temor, luchando con las telas de araña que se le pegaban mientras ascendía. Se la escuchó estornudar y luego toser. El polvo acumulado hacía difícil la respiración. Sus pisadas se sentían, objetos caían de algún lugar y luego se escuchó que arrastraba algo pesado. Se acercó al agujero y dijo:

—Aquí hay algo que parece ser un cofre viejo.
—¿Puedes moverlo? —preguntó Emma.
—No, señora, es muy pesado y además está cerrado —dijo y luego agregó—. Necesitamos más de un hombre para bajarlo.
—Está bien, mejor baja de ahí —sugirió Emma.

Minerva se apresuró a descender por la escalera, mientras era sujetada por Emma y Amanda. Mientras tanto, Rosalba e Isabela, tuvieron temor de los pasos que escucharon sobre sus cabezas. Sin saber que pasaba salieron de la habitación y al no encontrar a nadie cercas de ellas, preocupadas y desconociendo el origen de los pasos, temblando de miedo se acercaron a la cocina, y al ver la puerta de la cocina abierta, turbadas, se asustaron. Dando pasos, en cuclillas, se acercaron a la salida de la cocina, entonces vieron la puerta del cuarto de servicio abierta. Sus corazones se apresuraron a aumentar los latidos cada vez que se sentían más solas. Escucharon voces, pero el miedo no les permitió reconocer de quienes eran, viendo a Minerva se espantaron tanto que intentaron huir, pues, ella estaba toda llena de polvos y telas de araña que al momento no la reconocieron. Pero reaccionaron rápido y se echaron a reír. Minerva pareció estar celebrando el día de San Andrés.

—Minervas, ¿qué te ha pasado? —preguntó Rosalba casi sin poder contener la risa.
—Subí a limpiar el desván —respondió ella no muy contenta.
—Ahí arriba, está lo que esta llave abre —comentó Emma mientras salía del cuarto de servicio.
—¿De qué llave hablas, mami? —inquirió Rosalba.
—Altagracia pidió a su sobrina que me entregara un sobre que guardaba en su cartera. Y dentro del sobre estaba esta llave.
—¿Para eso envió por ti?
—Sí, hija mía, entre otras cosas.

Minerva se retiró a limpiarse. Emma y Amanda entraron a la casa preocupadas de cómo bajar el cofre del desván. Rosalba e Isabela permanecieron en el jardín. Aunque su corazón estaba triste, creía que, al leer la carta, un rayo de luz iluminaría su vida. Se acomodaron en el banco frente a las Coronas de Cristo, disfrutaban observarlas.

—¡Ha sido un día muy triste, Isabela!
—Creo que tus días de tristeza pronto terminaran.
—¿Eso crees?
—Eso siento. Estoy convencida, hermana.
—Mi padre, nos engañó todo el tiempo, siento un gran vacío dentro de mí. ¿Qué pretendía? No logro comprenderlo... ¡Qué desilusión!
—Te comprendo, aunque no sé qué decir. De hecho, no entiendo bien lo que pasa, Rosalba.
—Con tu presencia es suficiente, y te lo agradezco.
—Creo que la carta...
—No sé porque temo leerla —confesó Rosalba interrumpiéndola.
—Pueda que contenga lo que realmente tu corazón anhela, creo que ahí está tu miedo. Debe arriesgarte —expuso Isabela

mirándola a los ojos—. Hermana, no temas abrir el sobre y leer esa carta, abre tu corazón a la luz.

—Temo que no sea la persona adecuada.

—Lo sé —dijo Isabela desviando su mirada—. Te comprendo. Yo también espero que sea la persona adecuada.

Rosalba escuchó con paciencia a Isabela, permanecía callada y pensativa. Paseaba su mirada por las flores frente a ellas. El carpintero detrás de ellas en lo alto de la palmera rompió el silencio. Las palabras de Isabela encontraron lugar en su alma y, su rostro sonreía con timidez. Una llovizna les sorprendió, y expusieron su rostro al cielo para humedecerlos. Permanecieron un rato bajo la suave lluvia, se pararon, Rosalba le dio un abrazo a Isabela como agradecimiento por su hermoso gesto de estar a su lado y sonrieron. La lluvia continuó, más fuerte y se apresuraron a entrar a la casa, empapadas.

—¡Qué bueno, señorita! —exclamó Minerva con alegría—. Al fin decidió dejar la muleta.

Rosalba no comprendió de inmediato las palabras de Minerva hasta que Isabela aplaudiera de alegría. En ese momento comprendió que no era necesaria la muleta para apoyarse y de lejos la miró, la había dejado justo al lado del banco bajo la lluvia.

XXV
Confesión del Diablo

El pueblo amaneció bajo una suave y persistente llovizna con la intención de permanecer por un largo tiempo. La bahía estaba cubierta por una densa niebla. Las aguas del mar lucían serena. La temperatura fresca de la mañana cruzaba los brazos de los hombres que se desplazaban a sus lugares de trabajo. En la playa se recibieron a unos felices pescadores que regresaban con buenos resultados. El clima detuvo por un momento la vida, todo se atrasaba, la puntualidad no era una prioridad. Las nubes impidieron el paso de la luz y el silencio permaneció acompañando al pueblo desde la noche anterior.

Era otoño, llegó con su frescura. La gente del pueblo lo recibió con temor, pues su llegada coincidió con la tormenta, un mal recuerdo que tomará tiempo en ser borrado de las memorias de todos. Aunque solía ser una época de paz y serenidad, la desesperación de ver culminada la sequía dejaba un sabor agrio. La llegada del otoño recordaba tormentas. La llovizna estaba fría, el viento lucía cansado y apenas lograba moverse. Los árboles recogían las aguas que le caían del cielo con un aspecto sombrío y triste. Eran las cosas curiosas del otoño que avivaba la llama de la nostalgia, otros, solos se abrazaban así mismo.

El polvo se mojó tanto que se convirtió en lodo. Los pocos rayos del sol que lograron vencer a las cortinas de nubes no llegaban con el calor necesario para socorrer la tierra que se ahogaba. Las palomas se resguardaban de la lluvia en el campanario de la capilla, mostrándose tímidas a lanzarse a sus conquistas. Era como si fuera el día del silencio, el día de la melancolía. Un pueblo de sonámbulos atrapados en la expresión vaga con el que se ve caer la lluvia.

Minerva llegó con unos amigos para poder bajar el pesado cofre del desván. Pesaba lo suficiente que hasta ellos se quejaron. Les ayudaron hasta dejarlo en la sala. Era un cofre de caoba, barnizado, con dos argollas para sostenerlos y una cerradura de metal de color bronce oscuro en la parte frontal. No contenía ningún tipo de inscripción. Sobre el cofre, midiendo el tiempo, reposaba el polvo.

Augusto Real se alejó de la casa después de su confesión. Su ausencia no dejó ningún vacío, más que el dolor fruto de su indignación contra la madre de su hija. Si algo construyó, él mismo lo derrumbó. Él creó con su rencor, un mundo de falsedad de atalayas sembradas en bases de algodones de azúcar y que el tiempo se encargó de derretirlo. La escena que protagonizó frente a la capilla terminó de turbar su atormentado corazón que se ganaba cada vez más el desprecio de su amada hija. Desde entonces, ha permanecido en silencio y el tiempo lo ha limitado a permanecer sentado, meditando en un rincón de la casa del rancho, ahogándose en alcohol.

Estaba atrapado en las llamas de sus pensamientos. La madre de las gemelas las había apartado de él. Ella misma se apartó también, sintió el menosprecio de los que acudieron al sepelio de su tía. Las murmuraciones penetraron por sus oídos como misiles encendidos y las miradas destruían su alma. Las gemelas en su inocencia fueron rociadas por la lástima que expresaron los parroquianos, la desdicha de ser concebida por el pecado.

Emma no concilió el sueño, su ansiedad impidió que reposara en paz. La curiosidad daba vuelta en su cabeza queriendo saber el contenido dentro del cofre. En ningún momento soltó la llave que recibió de Altagracia. Cuando su corazón aceptó el perdón y Altagracia ordenó la entrega de la llave, notó una hermosa sonrisa de luz en su rostro, como si estuviera recibiendo paz en su alma. Estaba a punto de conocer el alcance de su confesión. Observó a Minerva llegando con los dos amigos. Con los ojos cerrados, desde la misma ventana en que veía a Augusto Real marchar cada mañana, percibió inmóvil el ruido que provocaban los hombres mientras movían el cofre. El ruido coincidía con cada latido de su apenado corazón. Inhaló cada sorbo de aire al compás de cada movimiento, de cada desesperación de sus nervios, como si estuviera viendo caer al vacío su propia alma sin poder sujetarse. ¿Qué tan valioso secreto ocultaba ese cofre? ¿Por qué guardaba en su casa Altagracia la llave? La expresión de sonrisa en el adiós de Altagracia se fijó en su mente como si fuese la más valiosa oportunidad de perdón jamás realizada.

El chirrido de la puerta de metal de la entrada desde la calle alertó a Emma, dejándole saber que los hombres se marcharon, entonces abrió sus ojos y se apoderó de ella un escalofriante nerviosismo de angustia y ansiedad. Inquieta dio unos pasos en su habitación, absorbiendo todo el aire que podía, respiró profundo, queriendo controlar sus inquietantes nervios. Minutos después, el fuerte olor a café, le indicó que todo estaba listo, era el momento de conocer tan valioso secreto.

Rosalba fue vencida por el cansancio. Quedó dormida observando la caja de chocolate que guardaba el sobre rojo. Sus párpados poco a poco cayeron vencidos. Deshacerse de las muletas y recuperar su normal caminar se anotó como la única buena noticia que recibió. El sobre habría alegrado su corazón, sin embargo, el miedo a enfrentar el mensaje que contenía le perturbaba. El aroma del café la espabiló volviendo en sí. Se levantó, se dirigió a su tocador, sacó el sobre y lo apoyó del espejo frente a ella. Permaneció con su mirada puesta sobre él, tanto que, su vista se distorsionaba.

Emma se sentó en su amada mesa circular de la cocina, después de desearle a Minerva los buenos días. Acarició con la mano derecha sobre la superficie de la mesa. Sujetó su cabeza sobre sus manos mientras sus dos codos se apoyaban en la mesa. El humo del fuerte café caliente la trajo de su quimera.

—El cofre está en la sala —dijo Minerva queriendo romper el frío silencio en que se sumergía.
—Sí, gracias, Minerva, lo vi.

Realmente lo había visto. Pasó a su lado como el que camina al lado de un río desbordado o sintiendo la misma sensación de dar unos pasos próximos a un precipicio con el viento en contra. Por un instante, sintió la necesidad de tomarlo y arrojarlo lo más lejos que pudiera. Estaba cansada de tantas desventuras que pensó que una más terminaría con su vida. Se bebió el café con más paciencia que nunca, esperando que el tiempo se consumiera y perdiera la oportunidad de abrir el cofre. Con la llave en la mano izquierda, miró en varias ocasiones de reojo al cofre, deseando poder incinerarlo con su vista. Unos suaves toques a la puerta captaron su atención. Minerva acudió a recibir a quien tocaba y por un instante, se turbó. La persona frente a ella era la menos esperada y sintió pánico.

—Buenos días, señor —atinó Minerva asustada y turbada a responder sin poder controlar sus nervios.

Emma reconoció perfectamente el sonido de la voz que acababa de escuchar. Sentada desde la cocina volteó para cerciorarse de que en realidad la voz pertenecía a la persona menos esperada. El sonido de su vehículo no se escuchó entrar, él lo parqueó en la calle, como un extraño cualquiera. Esperó en la puerta hasta que Minerva le pidiera que entrara, su ánimo rodaba por el suelo, su orgullo sobrevivía y su dignidad se extraviaba.

—¡Vaya! —exclamó Emma con desdén—. ¡Qué desagradable sorpresa! Ahora sé en verdad que el Diablo no duerme. ¡Qué frase más atinada!
—Solo vengo a hablar con mi hija.
—Ja, ja, ja. ¡Que valentía! Puedes decirle a tu orgullo que es bienvenido también —dijo con ironía Emma.
—Por favor, señorita, dígale a Rosalba que estoy aquí —dijo él evitando ver a Emma.
—Coincidencias extrañas —atribuyó Emma señalando el cofre y mostrándole la llave.

Augusto Real quiso ignorar la actitud de Emma. Permaneció en la puerta a la espera de Rosalba que no tardó en reunirse con ellos en la sala. Parecía haber sido planeado, Emma sentía que el destino le hiciera justicia. Ese sentimiento extraño que vivió al observar el cofre en la sala dio un giro rotundo y más que nadie ansiaba tomar esa llave y descubrir lo que en su interior guardaba. Rosalba permaneció distante de ambos, miró a su padre, casi con repulsión y con sentimiento de pena al mismo tiempo, luego su mirada se dirigió a su madre que se mantenía en posición de ataque, más que en ventaja.

—¿Quieres hacernos el honor? —pidió Emma con sarcasmo.

Emma mostró la llave del cofre como si fuera un cuchillo para partir el bizcocho de la celebración. Augusto Real restó importancia a la escena de valentía. Rosalba avanzó un poco más y quiso invitar a su padre a sentarse.

—Que permanezca de pie, así dolerá más la caída.

—Está bien, abre tu maldito cofre y muestra la basura que hay dentro —dijo él con arrogancia levantando la voz.

—¿Eso quieres? —formuló Emma con altivez—. Ahora mismo, ya verás.

Mientras se agachaba para abrir el cofre, sintió una sensación de paz y la imagen de Altagracia se mezcló con los de sus padres. Aparento, por un momento, perder el equilibrio, sin embargo, Rosalba se apresuró a sostenerla. Como si fuese una revelación, pasó tan fugaz que se debilitó por un instante su cuerpo a la inesperada sensación de luz que percibió.

—Mami, ¿estás bien?
—Mejor que nunca. ¡Me siento feliz, hija mía!

Insertó la llave en el ojo de la cerradura del cofre, disfrutando girarla. Se escuchó el sonido del enganche al quedar libre y luego levantó la pesada tapa. Sorprendidas, ambas se levantaron apoyándose entre sí, cuando sus ojos pasmados, queriendo salir de sus órbitas y con las bocas abiertas, lograron ver su contenido. Por un largo instante el mismo tiempo se detuvo, como si no existiera. Fue un silencio intenso donde podría escucharse los secos golpecitos de la aguja que marcaba los segundos del reloj colgado en la pared de la cocina y la suave caída en el césped de cada gota de agua de la lluvia. El cuerpo de Augusto Real se estremeció, sus rodillas perdieron fuerzas y los latidos de su corazón golpeaban con fuerza su pecho, queriendo abandonarlo y volar, menospreciando la opción de salir corriendo.

Rosalba miró a su padre con toda la fuerza del desprecio. En Emma, los ojos actuaron como fuente de agua y la ira se le encendió. Pareció todo estar paralizado, las palabras se ausentaron de su hablar, pero las expresiones de sus rostros podrían cortar de una sola vez el cuello de Augusto Real. El cofre contenía cientos de sobres, las cartas que Emma remitía a su familia.

—¡Eres un maldito canalla! ¡Genio del mal! —gritó Emma con ira e impotencia.
—Pero... ¡Dios mío, papi! ¿Qué clase de monstruo eres? ¿Cómo has podido? —cuestionó Rosalba sin poder contener las lágrimas.
—¡Habla! —vociferó Emma con rabia—. Se te perdió tu hombría. Explícame, ¿por qué lo hiciste? ¡Desgraciado! Cobarde.

Augusto Real permaneció sobre sus pies tambaleándose. Su respiración se acortaba. Su piel se tornó blanca. Solo atinaba a ver la reacción de Emma y Rosalba sin saber que decir, parecía estar sorprendido. En ese momento, Emma tomó en sus manos un grupo de cartas y se las lanzó a Augusto Real alcanzándole en el pecho. Quiso avanzar sobre él, pero Minerva se acercó y la contuvo, abrazándola. La sujetó contra su pecho con todas sus fuerzas mientras ella se retorcía de rabia e impotencia. La escena se tornó violenta y, a pesar de eso, él lograba permanecer callado, solo miraba.

Minerva logró sentarla en el sofá. Su llanto alcanzaba el cielo y su rostro estaba empapado. Rosalba se acercó a Augusto Real, y parado frente a él, clavó su mirada en el mismo centro de sus ojos queriendo fulminarlo.

—Te suplico, papi, que me dé una explicación —demandó en su propia cara y luego gritó—. ¡¡Y ahora!!
—No escondí esas cartas, lo juro por Dios, lo juro, yo no lo hice —tartamudeó él tembloroso y con voz quebrada.
—¿Cómo quieres que te crea? —cuestionó casi rozando su rostro—. Mira cómo has destruido la vida de mi madre desde que me formé en su vientre —dijo ella alejándose y señalando a su

madre y añadió—. Todo lo has tenido planeado, me duele decirlo, pero, eres un bastardo.

—Sé que no he sido lo mejor para tu madre, pero a ti, hija mía... nunca te he abandonado...

—¿A qué precio? —interrumpió a grito—. Humillando a mi madre. Haciéndola sufrir por tu estúpido remordimiento en contra de tu hermano.

—Eso no es verdad...

—Claro que sí, nos recogiste y como basura nos trajiste a este pueblucho. Has sido un egoísta. Nos alejaste de la familia. Nos ha mantenido encarceladas apartada de todos —gritó mostrando sus brazos al cielo.

En ese instante, Emma se puso de pie. Avanzó unos pasos hacia Augusto Real con su rostro entristecido. Miró todas las cartas regadas por el piso y levantando su mirada hacia él, reclamó:

—Bien, veremos ahora que tanto te dolerás el golpe del látigo —declaró con malicia y picardía dando unos pasitos frente a todos.

—¿Qué quieres decir? —preguntó Augusto impaciente y agregó—. No tengo idea porqué están todas ahí. Tienes que creerme, lo juro. ¿No has visto todas esas situaciones en la capital? ¿Cómo crees que las dejaría vivir así allá? Ha sido una época difícil, las intervenciones militares, la revolución, no podía permitir ponerte en peligro. La capital era un caos. Debiste saberlo.

—¡Ah, sí! Tú y Altagracia me han desquiciado con todas sus historias. —Hizo una ligera pausa y avanzó unos pasos más hacia él y al detenerse con las manos en la cintura dijo—. ¿Sabes qué? Pensándolo bien. Ejerceré mi derecho, quiero el divorcio.

El mundo se le vino abajo a Augusto Real. La solicitud de Emma llegó como arma afilada al mismo centro de su corazón, una estocada mortal. Él podría sentir la torrencial hemorragia brotar desde su alma. Su rostro se transformó, pudo sobrevivir la escena frente a la capilla con el pueblo de testigo. Un divorcio, era para él, una cuerda en el cuello y Emma se apresuraba a que sus pies colgaran. Sintió la sensación de vacío en el alma, la vida escapándosele. Ahora su mirada pedía misericordia y sensatez, caía arrodillado a sus propias maldades. Emma entendía aquella leve sonrisa de Altagracia en su lecho de muerte. ¿Planeó utilizarla como venganza? O quizás, se conmovió a misericordia clamando justicia en un verdadero acto de arrepentimiento.

Augusto Real no encontraba palabra alguna para responderle a Emma. Estaba acorralado en un pequeño bote en medio del mar rodeado de hambrientos tiburones y para poder alcanzar la orilla, debería utilizar sus brazos, pues, los remos y el viento lo habrían abandonado. Emma esperaba respuesta, mientras absorbía su miedo que en otras ocasiones era el arma para doblegar y satisfacer su ego.

—No sé si odiarte o aborrecerte —externó Rosalba envuelta en llantos—, no se cual me dolerá más. ¿Cómo podré sentir orgullo de mi padre? ¿Acaso es veneno que corre por tus venas? Los mejores libros, un hermoso jardín, cuidado de esto o de aquello. El mejor colegio en Puerto Plata ¡Hipocresía! —vociferó de rabia e impotencia—. ¿Esas niñas, las trata igual o simplemente finges para ellas? Mis hermanas, ¡amarlas! En común tenemos ser hijas del mismo monstruo enfermo. ¿Será esa nuestra conexión? Espero que ni siquiera Dios te perdone y así sentir lo mismo que tú sientes... y te sientas orgulloso de tu hija. ¡Tu imagen! ¿Satisfecho?

—Las niñas no tienen ninguna culpa de mis errores —declaró él cabizbajo.

—¿Verdad? Buen razonamiento. Entonces, ¿ella? —preguntó Emma con desdén y mirándolo con asco—. ¿Planearon exhibir su preciado trofeo en público? Que conveniente momento elegiste.

—Solo acudíamos al sepelio de su tía… era su tía, ¿qué podría hacer?

Habló sin pensarlo, traicionado por los nervios y la tensión. Cayó en su propia fosa. En aquel momento Augusto Real, hubiera preferido que la misma tierra se partiera en dos y lo tragara. Confesaba su verdadera naturaleza, descubría quien era. Rosalba tapaba con sus manos la boca, mientras sus ojos se expandieron al escucharlo. Las gemelas eran hijas de una sobrina de Altagracia. Emma sucumbía ante la ignominia que causaron sus palabras. El sonido de su aberrante confesión era nauseabundo. Expiraba todo lo que había construido su fatídico poder, su presunción de poder, el alcance de sus tentáculos lo atraparon así mismo. El reflejo de su interior le hacía justicia, y su sentencia era irrevocable. Caminaba descalzo bajo el mismo fango que a otros forzó; su abismo era inmenso.

Su confesión quedó registrada para la eternidad entre tantas huellas de sus rastros sobre Emma sin ningún consuelo de piedad. La misma mujer que la acompañó desde el nacimiento de Rosalba, la obligaba a permanecer en la casa para cubrir sus caprichos. Ahora Emma comprendió la manera en la que dejó Altagracia la casa y se marchó para nunca volver. Comprendió en aquel instante esa ligera sonrisa de paz que marcaba el final de su vida, sentía por única y última vez el valor de la libertad.

—¿El sepelio de su tía? —preguntó Emma encolerizada.

La pregunta esperaba una respuesta que procedía de la eternidad y en el viaje no tenía tiempo de llegada. Augusto Real tragó en seco, la torpeza lo acorraló. En la escena era un personaje perturbado, confundido, la tensión lo sacó de control. Se sintió como un pez rodeado de tiburones, sin escape. Miró como lo suelen hacer los cobardes a la puerta, a su espalda, que aún se mantenía abierta.

—¡Pobre, mujer! —exclamó Emma—. Qué pena me da por ella, no sabe cuál caballo estaba ensillando.

Minerva se acercó a la puerta, con timidez, se paró a su lado y con la expresión de su rostro le pedía que se marchara. No tenía oportunidad de justificar sus hechos, todo lo contrario, él mismo se clavó el anzuelo en su alma y lo haló con fuerza sintiendo como le hurgaba el alma y el dolor le retorcía el corazón.

—Disculpe, por favor, señor, es mejor que se retire —imploró Minerva.

Quizás, Minerva tenía razón. Quizás, Minerva se convertía en su salvación, a lo mejor ofrecía un salvoconducto de escaque. Sucumbía en vida el soldado altivo que con su arma rendía a todo en su derredor. Sucumbía ante el orgullo y la prepotencia. Su castillo de arena era arrastrado por el viento y perdía lo único que su corazón amó, si en verdad se llamaba amor lo que sentía por Rosalba. Ante la petición de Minerva, cedió, salió por la puerta de la casa cargando su pesada cruz de odio. Bajaba los escalones de la galería como caminando hacia su propia tumba. Se detuvo por un instante y miró de reojo hacia la mesita en la galería, donde solía embriagarse con *whisky* y recordó el libro que le ofreció su amada hija como si fuese un ramo de laurel en momentos de tormentas. Recordó la dulce sonrisa de su hija cuando le propuso el camino a escoger, solo que la botella estaba vacía, el libro lleno de vida y lo olvidó hasta ese preciso momento. Bajo la suave llovizna, que no cesaba, con su sombrero de vaquero en mano, daba pasos lentos como tratando de detener el tiempo. Alcanzó a escuchar tras si el golpe de la puerta al cerrarse y fue cuando entendió que ya no era más su casa y que perdía a su amada hija.

Sabía su destino, conocía el camino a donde se dirigía, lo había andado por dieciocho años, cada uno de los días. Esta vez, la llovizna impidió que el polvo lo acompañara. El otoño no le era complaciente, le había golpeado desde su llegada. Podría convertirse en la época del año que más odiara. Altagracia no se llevó con ella sus secretos a la tumba, no, los dejó todos sobre la superficie justo donde andaban sus pies, para que al caer conociera cuan alto creía estar. Llegó al rancho, su único destino. Detuvo la camioneta y concentró su mirada en la puerta de la casa, bajo el dintel, estaba parada la madre de las gemelas vestidas de luto. Las niñas se acercaron a la madre una vez escucharon el sonido de la camioneta, pero contrario a otras ocasiones, ellas no salieron corriendo a su encuentro. Les custodiaban sus maletas, era su adiós.

El silencio acompañó a Rosalba y a Emma. Lloraron con angustia y dolor. Emma tirada en el suelo frente al cofre, tomaba cada sobre y cada uno era un dolor diferente que en el tiempo buscaba sanar, pero que la esperanza de recibir respuesta quedaría vacía en su alma. Minerva recogió aquellas esparcidas por toda la sala y las trajo cerca de ella. Rosalba llena de angustia y frustración deseaba que ese momento pasara. Estaba perdida, sin orientación, y su única opción era que el tiempo la arrastrara con ella.

El día pasaba lento, tan largo como un año. La lluvia menguaba y el frío aumentaba. Emma permanecía ahogada en su dolor frente al cofre navegando entre las cartas. Rosalba contemplaba a su madre desde el sofá, acuclillada. Minerva se alejó a la cocina, no comprendía la situación, imaginaba un mundo color de rosa en una casa rodeada por un hermoso jardín. Las palabras que escuchaba no tenían ninguna similitud a las que oye en el barrio donde vive, pero sí, estaban cargadas de un odio y rencor mucho más fuerte que las de su gente. Eran palabras con veneno en la punta de la lanza, destrozaban con más ímpetu al prójimo, sin contemplación.

Nadie se acercó a la puerta, nadie osó acercarse. Estaban sumergidas en su propia soledad. El frío aumentó a medida que el día envejecía. Minerva buscó una frazada para Rosalba, que no quería perder de vista a su madre. Emma dejó de llorar, contemplaba sus cartas, aquellas que nunca llegaron a mano de sus padres y que escribió con tanto amor. Sus pensamientos, los besos y las bendiciones permanecieron al igual que ella estancada en un pueblo alejado de su gente. ¿Con qué derecho el destino le había pagado tan malo? ¿Qué le cobraba? Lo único que había recibido como regalo, era una hermosa niña que sufría al igual que ella la desdicha de haberse encontrado en su vida con un monstruo.

Cada carta permanecía intacta dentro de su sobre tal y como ella las selló. Solo el tiempo cambió la fecha en la que derramó sobre aquellos papeles la alegría de esperar tener noticias de sus padres y arrancarles, en la lejana distancia, la sonrisa de un simple perdón. La nostalgia se adueñó del momento y Emma, dejaba escapar destellos de sonrisa al tocar algunos de los sobres. Allí les atrapó la noche, Rosalba cedió al sueño y Emma dormitaba recostada sobre el cofre. Minerva hacía lo suficiente, observaba envuelta en dudas, solo podía esperar.

XXVI
Sueños y delirios

El tamborileo del pájaro carpintero le anunció a Rosalba que se empeñaba en su ardua labor. Trabajaba sin cesar para perfeccionar el agujero sobre la corteza de la palmera. Las cortinas de la ventana no pudieron impedir que unos tibios rayos de sol penetraran a su habitación. Aunque el clima permanecía frío, el cielo lucía radiante y azul.

Su mirada se encontró con el sobre rojo que descansaba recostado del espejo en el tocador. Permanecía al lado de la caja de chocolate, el paso del tiempo no le afectaba, solo esperaba que Rosalba tomara la iniciativa y leyera cada palabra escrita en el papel que guardaba en su interior. Acostada boca arriba, giraba constantemente su cabeza hacia el tocador tratando de encontrar ese estímulo que le empujara a vencer la inercia del miedo que la acorralaba. Las maquiavélicas escenas de sus padres cercenaban su anhelo de convivencia. Se sentó en la cama, miró hacia el exterior, buscando el ave en la palmera. Tomó su abrigo, se lo colocó por encima de sus pijamas y asomándose por ventana, queriendo encontrarse con el pájaro carpintero, respiró profundo el fresco aire buscando nuevos bríos.

Minerva entró a la habitación sin esperar ser invitada a pasar.

Llegó con una sonrisa pícara que sorprendió a Rosalba. Venía decidida con un cargamento de felicidad para repartir. Tratando de ignorar los saludos de cortesía, abrió el closet, alcanzó varias prendas y las colocó en la cama. Luego posó con algunas de ellas frente al tocador, como modelo de pasarela, aceptando una, rechazando otras y seleccionando la que mejor le parecía. Rosalba permaneció junto a la ventana y por más que preguntaba, parecía que el viento se llevara sus palabras o caían en oídos sordos.

—Pero ¿qué haces? —preguntó Rosalba sin lograr captar su atención—. ¿Estás sorda? ¡Hola!

Minerva continuó su atareado juego de ignorarla; Rosalba reía a carcajadas. Seleccionó su mejor vestido, zapatos y hasta una sombrilla que combinaba con la ropa. A su lado colocó una bufanda roja y un hermoso cintillo con una flor bordada que le hacía juego. Una vez terminó, como sirvienta ante su majestad, se colocó a un lado y luego estalló de la risa.

—¡Estás loca! —exclamó Rosalba.
—La tristeza va de viaje, así que mi querida amiga, ese sobre lo abres tú o lo leo yo —sentenció Minerva.
—No sé ni que hacer. Tengo miedo a la verdad. Tengo temor de que no sea lo que espero.
—No debes temer —dijo Minerva mientras la tomó por el brazo y la sentó junto a ella en el sofá.

Rosalba la miró con rostro de tristeza, cruzó sus brazos y subió los pies al sofá. Minerva pasó con suavidad la mano por su cabeza, mimándola, luego sostuvo su rostro con sus dos manos y buscó su mirada.

—No creas que siempre he sido una pobre sirvienta, el miedo ha sido mi peor enemigo, me dejé vencer fácil por él. —explicó

Minerva y luego añadió—. No quiero volver a ver repetir esa historia, jamás.

Las palabras de Minerva estaban cargadas de amor y sinceridad. Los ojos de Rosalba buscaban derramar gotas de lágrimas, su tristeza residía en su propia alma. Deseaba volver a recibir la visita de aquel joven que la hizo sonrojar con solo mirarla, del valiente que se atrevió a sujetarla en sus brazos y rescatarla, pero el miedo la vencía y caía derrotada.

—Así que, no más lágrimas, vístete con tus más hermosos pétalos, como la bella y dulce Rosalba que todos aprecian. Abandona la tristeza y deja que tu corazón te guie.

Minerva enjugó las lágrimas de los ojos de Rosalba, ella devolvió una gentil sonrisa. Se atrevió a darle un beso en la frente y se marchó. Rosalba quedó a sola en su habitación; el sobre en el tocador y ella en el sofá. Su alma motivó a su corazón y dando unos pasos como el que no quiere alcanzar el destino, se acercó hasta tomar el sobre en sus manos. Leyó de nuevo la inscripción, en medio de un profundo suspiro, lo besó, rompió uno de sus lados y sacó la carta. Deseando que las palabras escritas sean las que tantos han anhelado escuchar. Sus manos temblorosas sujetaron el papel donde el remitente había estampado sus más sinceras expresiones. Y leyó con los ojos de su alma.

«*Hola.*
Cada noche, recostado en mi cama, contemplo a través de la ventana, a la estrella más hermosa que brilla en el firmamento y que he nombrado igual que tú. Tu presencia es cautivante y agonizo en mis debilidades deseando estar frente a ti. Mi alma escribe estas palabras por disposición de mi atormentado corazón que clama sentir tu agradable presencia. Robar una sonrisa a tu

bello rostro, tu dulce alma.

En la estrella, que eres tú, contemplo tu hermoso rostro que anhelo acariciar, jugar con tus tiernos labios y hacerte sonreír. En mis debilidades, arrodillado ante ti, te suplico sanar mi moribunda alma que desea estar a tu lado.

Cada momento de mi vida, cada suspiro de mi existencia, cada hilo de vida que hay en mí, caería al profundo y oscuro abismo de no ser socorrido por tus angelicales manos, donde deseo ser preso de tus besos y así embriagarme de las ternuras de tus más íntimas pretensiones con el grato olor del perfume de tu piel. Eso quiero.

Uriel».

Abrazó el papel contra su pecho. Parecía estar sumergida en un sueño. Confundida en si debía llorar o gritar de la alegría, prefirió cerrar los ojos y querer soñar. Apenas eran unas pocas líneas, quizás las suficientes, sin embargo, pareció una eternidad leerla. Volvió a leerla, una y otra vez, hasta que su corazón volviera a conocer la alegría y su rostro mostró una hermosa y radiante luz que su alma se agitaba de tanto placer.

—Es él —susurró para sí—. Es Uriel. ¡Dios mío, es él!

Vistió aquel día, hermosa, como acostumbraba a hacerlo. Dejó entrar cada rayo de luz que podía a su habitación y como loca salió al jardín corriendo, queriendo encontrarse con el pájaro carpintero y contarle sus nuevos anhelos. Minerva conoció aquella reacción, no necesitaba escuchar la historia. Buscó en el jardín las tres rosas que cada día eran colocadas en la mesita en el florero junto a la ventana de la sala. Hizo a un lado las piedras y los cristales de colores y solo hizo espacio para ellas. Vertió en el florero agua fresca y colocó las flores. Luego, se acercó a Rosalba que trataba de localizar el ave en la palmera.

—Creo que la bufanda no te queda con ese vestido.

—Pensé igual, pero quiero escucharlo de él —dijo Rosalba girando en sí misma como si estuviera danzando.

—¿Tiene nombre el príncipe azul? —preguntó Minerva.

—Sí, sí, tiene nombre —respondió ella sonriente y susurrando repitió—. Sí, tiene nombre.

—¿Y...?

—¿Y... qué? ¿Qué cuál es su nombre?

—No chica, ¿qué cuando le vas a escribir? —preguntó Minerva entusiasmada.

—¿Qué? —preguntó Rosalba nerviosa—. ¿Tengo que hacerlo?

—¿Qué te pasa? Si que no sabes de nada. ¿Qué crees que él espera?

—Me pones nerviosa, eso de escribirle. En verdad crees que deba.

—Y, ¿cómo piensas dejarle saber que leíste la carta?

—¿Debo hacerlo? —preguntó Rosalba con timidez.

—¡Piensa!, lo haces tú u otra ocupará ese lugar.

Ella lo sabía, sin embargo, necesitaba ese empuje, alguien que la motivara que la sacara de la rutina fatal en que se convertían los días en la casa. Alguien que le extendiera la mano y la trajera de nuevo a la vida. Minerva veía en Rosalba la chica que anheló ser toda su vida. Ella no tuvo las agallas suficientes para enfrentar y fue vencida con facilidad desde su interior. Se había sumado a la familia en un momento muy difícil, pero Amanda, le describió antes de su llegada, la penosa situación por la que atravesaban. Comprendió el porqué de la súplica de Amanda para que aceptara el trabajo. Además de empleada, sería la consejera para Rosalba a quien Amanda e Isabela adoraban.

Rosalba no perdía la sonrisa que la carta le hizo brotar. Su rostro disfrutaba de un hermoso semblante, radiante como la Luna en la misma oscuridad. En medio de todas sus flores, en el jardín, giró hacia todos los lados y contempló cada flor que dejaba percibir su belleza.

—Son hermosas, ¿verdad?
—Sí, son hermosas, señorita, muy hermosas —acentuó Minerva.

Entraron a la casa. Mientras pasaba al lado de la mesita, próximo a la ventana, de repente se detuvo. Por un instante permaneció inerte, justo donde marcó su última pisada. Observó el florero y una extraña sonrisa de curiosidad brotó en su rostro. Se acercó a la mesita, tomó una de las rosas y disfrutó de su aroma. Concentró su vista en el contenido del florero y mientras lo observaba encorvada miró a Minerva.

—Despejando el camino —dijo Minerva asintiendo con la cabeza.

Continuó a su habitación y sentándose frente al tocador, observó su imagen, como pidiéndole vestirse de valor. Miró con firmeza en su reflejo y al instante tomó un bolígrafo y a través de su tinta derramó sobre el blanco papel lo que su alma ordenó a su corazón expresar. Tuvo el cuidado en cada letra de las palabras que con su puño entintó sobre el papel y que expresaran lo más íntimo de su sentir. Moldeó cada palabra como el escultor tiene la delicadeza de manifestar sus sentimientos de la imagen gravada en sus pensamientos, con cada golpe del mazo sobre el cincel que al transmitirlo a la piedra la transformara en una obra de arte, su más bella expresión. Dejaba plasmada la suave sonrisa que sus labios dibujaban en la superficie de su rostro y que su propia alma impulsaba con la fuerza del amor. Las letras se acomodaban como los pétalos de la flor más tierna sobre el cáliz que con gallardía las sostienen como su más admirable guarda de su belleza.

Cinceló con todo el esfuerzo de su amor, tratando de esculpir su más apreciada obra. Cada trazo se convertía en un delicado suspiro. Cada anhelo marcaba su forma, sus delicadas curvas, líneas y sus bajos y altos relieves. Ella las escogía en el diccionario del que surge su amor, cada una vestida con sus tildes, sus puntos y sus delicados adornos. La dobló con amor, la llenó de su más preciado perfume. La roció con delicados besos de sus suaves y tiernos labios. La colocó en el sobre, escribió su nombre, él sabía el de ella.

Leyó cada línea, vivió cada palabra. En el momento de delirio quiso navegar hasta la lejana estrella que había nombrado con su nombre. Los destellos de las estrellas cursaron la distancia hasta hacerle compañía, rociando calor sobre su almohada. El perfume de sus palabras, que su carta transportó, penetró hasta su más íntimo rincón de su alma. Acariciaron su corazón con la suavidad expresada de sus angelicales labios. Su dulzura la derramó en un éxtasis de amor y abrazando la carta, bajo la mirada de su estrella predilecta, durmió. Las estrellas en el firmamento cubrieron su cuerpo en el frío otoño con sus tibios destellos, imitando su cálida presencia. Soñó en su sueño con ella, con su anhelada amada, con su carta entre él y su almohada.

Ella con la esperanza puesta en sus palabras, sostuvo su carta, disfrutando la hermosa y radiante luz de la Luna sobre su cama. Sentía sus latidos, la Luna lo reflejaba, lo robaba de su almohada y lo entregaba en sus sueños con su reflejo. Ella leyó una vez más con toda su pasión donde plasmó la entrega de su amor. La leyó hasta saciar su alma y emborracharse de locura mientras arrodillada anheló su presencia.

Los traicionó la distancia, aquella noche. Los acompañaban el deseo de verse, saciarse y rendir sus sueños sobre sus almohadas. Compartieron la esperanza del tiempo anhelando estar juntos, sujetar sus manos con firmeza y dejarse guiar con locura hasta que ella sintiera su presencia y él abordara al muelle que la luz del faro le indicó ostentar. Así, aquella noche ella abrió su corazón, soñaron ser uno.

***

Emma aceptaba su nueva vida. La libertad que tanto deseó su hija llegaba al puerto y era recibida con una abierta bienvenida. Una vez más leyó cada una de las cartas que escribió a sus padres. Deseó conservarlas, era su historia, su vida. El corazón de su hija sonreía y mostraba felicidad al ver a Rosalba siendo alcanzada por la magia de las luces de las lumbreras de la noche que la acariciaban. Augusto Real lidiaba con la estaca que cercenaba su corazón. La solicitud de divorcio era la fosa de su ataúd. Veía al verdugo levantar el hacha, sintió su rostro ser cubierto por la capucha, la sangre correr por su cuello y la soledad exprimir su corazón.

Minerva se convirtió en su compinche. Llegó a amarla como si fuera su propia hija. Marcaba un paso adelante, tanto su historia, como la de su madre, debían ser evitadas. A pesar del fresco viento del otoño, las ventanas de la casa dejaban penetrar los cálidos rayos del sol. La casa cobraba vida, las flores del jardín resplandecían de belleza. El rocío sustituía las suaves lloviznas que acariciaban la tierra.

Se vistió hermosa. Con su agradable sonrisa hizo saber, su disposición para salir. Minerva sintió la dicha de la felicidad de haberla rescatado, sintió ser ella misma. Caminó la calle como si fuera una pasarela, su vestido jugaba con la frescura del viento queriendo que se vea lo oculto, solo atinaba a sonreír ante el asombro de los curiosos que observaban con los ojos queriéndoseles salir de sus órbitas. Se apreciaba su dulce encanto en cada paso, su sombrilla hacía sombra sobre ella y el juego de las luces buscaban alcanzarla. Su bolso que colgaba del brazo hacía una espléndida combinación con sus hermosos zapatos. Todos querían, pero nadie lograba piropearla porque quedaba embelesado como estatua de hielo tieso. Las palomas alzaron el vuelo dibujando círculos en el cielo. La sombra de los flamboyanes la acariciaron con ternura y pasión que cambiaron el color mamey de sus flores por el de la magia.

Alcanzó la casa de su querida amiga Isabela. Se detuvo frente a la puerta y llamando esperó inquieta ser recibida. Irradiaba de felicidad. Deslumbró con su sonrisa mientras veía la puerta abrir. Jugueteó con los dedos de su mano derecha con el mechón de sus cabellos que adornaba su felicidad. Sin embargo, así como la neblina se disipa con el calor de las acaricias, se evaporó el brillo de sus ojos azules. Su respiración siguió los pasos de sus latidos al perder su ritmo. Su piel se erizó y la humedad tornó su tez de blanco. Luis Enrique tartamudeó con dificultad el saludo. Sus nervios estremecieron su alma y su corazón captó la luz apagada que vestía frente a él. Él permaneció acariciándola con el fuego de su mirada, ella inclinó su cabeza, escondiendo sus ojos. Era la paz del centro de una tormenta. Los vientos buscaban descansar. Los truenos callaban. Los relámpagos cedieron su oficio al faro de la esperanza y la lluvia humedecía los tristes ojos marrones de Luis Enrique expresando la agonía en la que sucumbía.

Bastó el silencio. Callados expresaron sus anhelos. Brotaron en él las expresiones de sus súplicas de amor y las confesiones agónicas clamadas en sus recitales. Ella dejó correr por su piel ámbar claro cada gota del rocío acompañada de la tenue luz lunar que la acariciaba. La voz de Isabela a su espalda recató del suspenso en que el tiempo atrapaba a Rosalba y, entonces, Luis Enrique exhibió un semblante lúgubre, al sentirse su alma derrotada. Ella pasó a su lado, él perdido en la distancia cuando comprendió cuan largo ha sido el camino que sus pies han andado sin saciar su moribunda alma. Sintió el frágil roce de la mano de su prima sobre su hombro, un acto humano de condolencias que repugnó. El verano se había marchado; el frío otoño lo desplazó.

—¡Isabela! Pasa, ven entra.

Luis Enrique permaneció callado. Sus ojos no la siguieron mientras pasó a su lado. Tragó en seco al sentir el suave toque de su prima recorrer todo su cuerpo. Cerró suavemente la puerta tras su salida y se marchó.

Isabela tomó del brazo a Rosalba y la acompañó a la terraza. La rescató de una inmersión de agonía. Al sentarse miró varias veces sobre su hombro, pero luego captó la esplendidez de la bahía. Respiró profundo queriendo buscar calma y serenidad. Los botes la habían abandonado y la playa descansaba tranquila. El Sol deseaba resplandecer, más el frío solo le permitía acariciar su delicada piel. Abrió su bolso y sacó el sobre rojo. Isabela deslumbró de alegría al ver la carta. Rosalba le dejó saber la felicidad de su alma que expresó su rostro.

—¡¡Síííí!!

Gritó con fuerza Isabela que las gaviotas se alzaron en vuelos, despavoridas. Ambas se confundieron en un fuerte abrazo y la felicidad estuvo con ellas. La alegría de Rosalba dio entender que el tiempo había permitido que la tormenta se alejara, dejando en su lugar una nueva esperanza. Amanda las observó de lejos y, comprendió que la tormenta era desplazada por destellos de felicidad.

—Luis Enrique, ¿dónde habrá ido? —preguntó Rosalba preocupada.

—Qué crees, a pesar del frío, él nada más piensa en la playa.

—¿En verdad?

—Dice que tiene que aprovechar al máximo el tiempo que le queda por aquí. A lo mejor va en busca de su amigo Abel.

—Sabes que —dijo Rosalba con un tono triste—, no sé, pero, me da un poco de pena con él.

—¡Qué locura dices, amiga! —exclamó Isabela sobresaltada—. Nada de tristeza, bueno, él entenderá, es muy compresivo. ¿Quién manda en el corazón?
—Tú sabes que, aquel día se molestó mucho...
—Olvida eso, ¿quieres?, por favor.
—De acuerdo, ¿la vas a leer?
—Por supuesto, cuando me dejes, ja, ja, ja.

Isabela leyó en voz alta, la recitó como si se tratara de un poema de amor. Cada línea la convirtió en versos y con su dulce voz la mezcló con una armoniosa melodía para deleitar los oídos de su amiga, mientras su piel sonrojó. Rosalba exhibió el color del atardecer en su piel, mientras Isabela se paseaba por la terraza acariciando cada palabra que expresaba. Rosalba mostró una felicidad como nunca había sentido.

La bahía era un mundo mágico, Rosalba dejó perder su mirada en el horizonte. La voz de Isabela era una música que deleitaba sus oídos, engrandecía su alma. El viento acariciaba el mar, las olas no obedecían, permanecieron tranquilas como si estuvieran durmiendo. Las gaviotas se afanaban en sus vuelos, subían veloz hasta el cielo y luego caían con sus alas abiertas entretejiéndose con el viento. Una escena de paz.

—Ahora dime, amiga, ¿cómo fue?
—¿Cómo fue qué...? —preguntó Rosalba atónita retorciéndose los dedos de los nervios.
—¿Qué no sabes a que me refiero? —preguntó Isabela rosando sus labios con los dedos.
—Isabela, ¿qué estás insinuando?
—No te hagas la ingenua, puedes decirme. Bien, dime...
—Es que no entiendo lo que dices —interrumpió Rosalba ruborizada.

—Pensé que no había secretos entre nosotras. Está bien, entiendo —dijo Isabela fingiendo estar molesta.
—No hay ningún secreto, en verdad, no lo hay.
—Eso crees. Después de tanto tiempo ahí arriba y bajar tan acaramelados, ¿fue solo eso?
—¡Isabela, amiga! —exclamó Rosalba encolerizada y avergonzada—. Solo me ayudó a descender amarrada con las sogas en la cintura.
—Entonces, ¿nada?
—Habla claro y deja de pasarte los dedos por los labios…

En ese momento fue entonces que comprendió a que Isabela se refería. Sonrió y luego ambas rieron a carcajadas. Rosalba tomó la carta en sus manos y la guardó en su bolso. Ambas se acercaron a la costa, recogieron algunas piedras y la lanzaron al mar tan fuerte y lejos como pudieron.

Jugueteó la desdicha a su alrededor como su sombra misma, toda su vida. Surgieron nuevas alas, nuevos horizontes que surcar. Se desprendieron las escamas que ocultaban sus sonrisas. Se desnudaba su corazón a unos atrevidos brazos que ansiaban acariciarla. Era su felicidad, las caídas de los barrotes que cercenaron la libertad de su madre, un dolor en su propia alma, una espina clavada por el odio de su padre que, sangrando, logró derribarla. Curó esa herida al enjugarlas con las lágrimas de su alma, con la triste ilusión de socavar el amor de su padre.

***

Un nuevo corazón latía en el pecho de Doña Malia, golpeado por la agonía. Sus cansados ojos por fin pudieron observar en su nieto un rostro alegre, pero su alma se acongojaba. Uriel no necesitaba dar razones de su alegría y su padre disimuló una paz en un alma que se retorcía de angustia. Solo la madre de Uriel había logrado crear en su vida momentos de felicidad y pudo verlo en su hijo a través del corazón de su madre. Los rencores que amargaron su vida resurgían. Su madre que había encendido la chispa de su vida, hoy apenas eran momentos de una triste nostalgia.

La tristeza emergió de nuevo en el corazón de Adriel Coral. Doña Malia lograba que su corazón latiera. Maldijeron mil veces al destino, tantas que ansiaron arrancar su alma y despedazarla. La confesión de Uriel estremeció su ser, como las garras de las aves rapiña ante el cuerpo inerte. Uriel expresó los sentimientos de su corazón con tanta alegría, y pronunció el nombre de su amada con un tono dulce y angelical. Adriel Coral lo abrazó, no dijo nada, solo actuó en silencio. Dio la espalda a la casa y cabizbajo se marchó. Quizás, imploraba su alma. Quizás, los ruegos de su corazón. Quizás, los tumbos que dio lo llevaron frente a la tumba de su amada Eda, y allí, gritó fuerte que perdió las fuerzas de su alma desplomándose a la sombra de su cruz.

Al llegar la fría y solitaria noche, tomó el cuadro de su amada, lo colgó en la pared de su habitación frente a su cama y cada vez que lo miraba, susurraba un *«gracias»* por el hijo que le había regalado, con la voz más triste que la desgracia planeó en su destino.

XXVII
Rumores grises

La tonalidad de la piel de Minerva cambió cuando recogió del umbral de la puerta un estrujado papelito. Mientras lo leía, sus ojos se expandían y el corazón aceleró su palpitar. Sus nervios se turbaron y se sobresaltó del susto al escuchar la voz de Rosalba a su espalda. Un escalofrío encrespó todos sus vellos.

—¿Qué haces ahí parada, Minerva?
—Nada —respondió con voz temblorosa.
—¿Qué escondes? Vi que recogiste algo del suelo. Déjame ver, ¿sí?
—No es nada, solo un papelito. Eso es todo —respondió Minerva al mismo tiempo que su voz se apagaba.

Rosalba permaneció frente a ella con la mano extendida. Sonreía mientras pedía ver el papelito.

—Está bien. Pero... no vayas a hacerle caso. La gente no soporta la felicidad del otro. La envidia siempre está al acecho.

Rosalba tomó el papelito y lo desdobló. Mientras lo leía, su tonalidad palidecía, sus ojos se aguaron y dio pasos flaqueados como si su cuerpo se fuera a derrumbar. Minerva preocupada se acercó y evitando que Emma escuchara, susurró.

—No le haga caso. Son solos rumores.

Su rostro expresó rabia. Lo apretó con todas sus fuerzas mientras ansió gritar de enojo. Minerva turbada la acompañó hacia la cocina intentando calmarla.

—Entonces es cierto. ¡Es un picaflor! Él es un picaflor, anda como las aves de ramas en ramas. Espero que tenga una buena explicación porque si él cree que soy una más con la que está acostumbrado a arrastrarse se va a llevar una sorpresa.

Unos golpecitos en la puerta quebraron los nervios de Minerva que por un instante se llevó las manos al pecho creyendo que su corazón se detenía. Corrió a ver quién llamaba. Con la mirada de Rosalba tras su espalda y arrastrando sus pies, pensó que nunca llegaría a alcanzar la puerta. El tiempo pareció detenerse y el aire ausentarse, su visión borrosa le impedía ver a donde se dirigía. Se persignó, miró hacia arriba y cuando logró abrir la puerta sus instintos atinaron a cerrarla con violencia.

—¿Quién es, Minerva?
—Nadie —tartamudeó sosteniéndose de la puerta.
—¿Cómo que nadie? —preguntó Rosalba mientras se aproximaba—. Entonces, ¿por qué la cerraste de esa manera? Déjame ver.
—Rosalba, espera, por favor. Escúchame, ¿sí? No te apresures, puedes arrepentirte más tarde. Hazme caso.

La puerta se abrió contra la voluntad y súplica de Minerva. Uriel permaneció parado en suspenso sin comprender. Rosalba se presentó con la misma deslumbrante belleza que lo ha enloquecido, pero, esta vez era una aguerrida armada de rabia que ansiaba destrozar su corazón. La posición de ataque que presenciaron sus ojos, lo avistaron de que una tormenta caería sobre él sin misericordia. Extendió sus brazos, no preguntando, sino rogando saber qué pasaba.

—¡Estúpido! ¿Qué crees que soy? ¿Una cualquiera?

Lanzó a su pecho con toda su rabia el papelito. Uriel permaneció estático ante aquella pesadilla que pensó, soñaba. Permaneció en suspenso, perplejo y estupefacto ante la actitud de Rosalba. El papelito cayó al suelo y deseó que este abriera la tierra y se lo tragara. Intentó mover sus labios, pero las ásperas palabras de Rosalba lo contuvieron.

—No quiero verte, nunca más, ¿entendiste? Nunca más. Increíble. ¡¡Son todos iguales!! ¡¡Todos!!

Vociferó con todas sus fuerzas hasta tal punto que pareció que los cimientos de la casa se tambalearon. Uriel se inclinó sin apartar sus ojos de la puerta y al recoger el papelito, con su mano temblorosa, dejó en su lugar la rosa roja que trajo. Al levantarse sintió tambalear todo su cuerpo como si el empujón que ella le dio a la puerta destrozara su corazón. Rosalba corrió en busca de los brazos de su madre. Sintió su alma herida. Lloraba sin compasión. Uriel se espantó cuando creyó ver la puerta venir sobre él. Pero la voz que habló lo detuvo.

—¿Qué has hecho?

Uriel permanecía embelesado mirando el papel que sostenía sus manos temblorosas. Su cuerpo se estremecía de las fuertes agitación de sus nervios y a su mente le cubría una manta gris que impedía pensar con claridad.

—Es que no sé. Cómo puedo saberlo. Ni siquiera sé quien escribió esto. Te juro que no tengo ni idea. Mira cómo me recibió, ni siquiera quiso escucharme.
—Pero eres estúpido. No ve el dolor que le has causado —increpó Minerva de manera severa.
—No he sido yo. Créeme, Minerva, digo la verdad. No me juzgues.
—Ves lo que han provocado tus andadas. Vas por ahí queriendo levantar cada falda que ves como si fuera el viento.
—Claro, eso es. Quien escribió esto sabía que ella reaccionaría así. ¡Mira esto ahora!
—Más te vale que lo arregles, si no la vas a perder —aconsejó Minerva—. Está muy enojada contigo.
—Dile por favor, que me permita explicarle —suplicó Uriel con un tono de voz tembloroso.
—Mira, ahora no es buen momento. En un rato hablo con ella, pero ahora no. Dale espacio y cuando se encuentren, ojalá tengas una buena explicación.

Eran las trincheras del amor. Batallas sin misericordia ni compasión. Los gritos se escuchaban con el redoble del tambor anunciando el último suspiro del caído, así fallecía su corazón. Lanzó el trapo con los colores del orgullo de su patria, y antes de caer, juguetearon con el viento, entre las locuras y los deseos del deleite con los que juega la pasión. Rugió como león ensangrentado, arrodillado, pidiendo misericordia, más su voz se perdía junto a sus gritos entre los suspiros que enarboló su petición. Vendó su herida, con las mismas palabras que doblegaron a su amada, desesperado para detener la hemorragia. Dio unos pasos atrás, no de huida, no de torpeza, sino para despojarse de la cobardía y luchar por su amor. Eran los mismos truenos que retumbaron sobre ellos, la misma lluvia que calmó su ardor, la misma chispa ardiente que deslumbró su alma. Los perdigones no le intimidaron, el valor resurgía y una vez más, se lanzó a rescatarla.

***

Aquella tarde la belleza de la playa no cautivó a Uriel. Su corazón estaba turbado. Sentía estar perdido en alta mar, azotados por impetuosos vientos y la nubosidad gris que le rodeaba perturbaba la claridad de sus pensamientos. A su mente llegaba la fresca imagen de Rosalba, su belleza, sus sonrisas y su voz que persistía en su mente como melodía que suplantaba los latidos de su corazón. Llegaron a sus pensamientos los consejos de su abuela, y bajo los destrozos en que fallecía, sonrió. Entonces, percibió una luz, un faro que sobresalía a pesar de que las turbulentas aguas lo escondían. Al principio era una luz tenue, frágil, pero cuando el viento soplaba del norte, permitía ver la bahía donde estaba.

Se tumbó sobre las finas arenas y se topó con la intensa luz del sol sobre su rostro que le abofeteaba rogándole que reaccionara como todo guerrero valiente. Aquella luz le reclamó su debilidad al convidarlo a levantarse y seguir los pasos que su corazón ansiaba. Los chirridos de las aves que saltaban entre las ramas del almendro lo espabilaron de la inmersión en la que se escondía. Se levantó y dando la espalda a la cautivadora belleza de la playa se atrevió a obedecer la voz de su abuela.

—¡Uriel! —exclamó Isabela conmocionada de verle—. Pero... pero ¿qué te pasa?

—Necesito hablar contigo —suplicó Uriel.

—Ven, entra, por favor. No te quedes ahí parado. Pero mira cómo estás, vuelto un estropajo.

Era un náufrago. Las olas lo arrastraron hasta la orilla con los destrozos de su embarcación. Agonizaba, las palpitaciones de su corazón se apagaban. Lo cubrió el sudor, humedeciendo todo su cuerpo. Sus nervios temblaban por el acecho de las aves de rapiña que dejaban caer sus sombras sobre él. Sin embargo, la extraña sensación con que las olas acariciaban la playa recorrió todo su cuerpo. Aún sumergido en su letargo de incertidumbre, Isabela sujetó con firmeza su mano derecha y atravesando la sala, lo condujo a su habitación. Cerró con seguro. Él anonadado y asustado, extendió sus brazos queriendo saber qué hacía.

—Habla bajito —musitó Isabela sonriendo de manera picara—. Luis Enrique está aquí.

Penetró a la habitación casi a empujones. Volteó al escuchar cuando el seguro trabó la puerta y observó en Isabela una sonrisa burlona que le pareció estar rebosada de picardía. Isabela se recostó sobre sus manos apoyadas a la puerta. Luego, levantó sus cejas al mismo tiempo que aparentó ir sobre él.

—Tranquilo, no te voy a devorar, Rosalba es mi hermana. Si vieras la cara que has puesto. ¡Hombre te vas a morir!

Buscó en el clóset una toalla y se la lanzó. Luego le indicó que se sentara. La silla estaba entre el tocador y la cama. Isabela se tumbó sobre su cama dejando las piernas colgando, mientras miraba el techo, pensativa. Luego se acomodó en diagonal dándole el frente. Acomodó una almohada a su pecho y cruzó sus piernas al levantarlas. La falda que vestía con los movimientos sobre la cama descubrió sus muslos haciendo que Uriel, ruborizado, buscara el cielo con sus ojos como el que pide misericordia.

—Eres muy débil. Tus ojos te delatan. ¡Qué no te acostumbras a ver los encantos de una mujer!

Él le pasó el húmedo papel que traía entre su puño. Sus nervios arrebataron la firmeza de sus manos. Isabela se sentó cruzando las piernas sobre la cama mientras leía atónita lo que narraban aquellas líneas, su semblante palideció. Eran letras conocidas. Debió fingir, fingió. Él la vio apretar su puño y golpear la almohada, pero calló. Un largo instante de silencio les sobrecogió. Unos botones saltaron dejando libre el sostén. Sus ojos cayeron entre sus entrepiernas, ella lo consintió hasta que él percibiera su mirada advirtiéndole.

—¡No tienes remedio! A ver, ¿qué ves? —preguntó encorvándose, siguiendo la dirección de la mirada de Uriel—. Esmeralda, una chica hermosa. Santa encantadora, no la conozco, pero los rumores corren. Sin embargo, ja, ja, ja, Rosalba, y ve que soy mujer, es un manjar codiciable. Solo un tonto lo estropearía: Tú. Tienes que arreglarlo o la perderás. Ella no juega.
—Ni siquiera me dejó hablar. Por favor... —rogó él.
—No, no, no, no puedo.

Uriel suspiró profundo y apoyando los codos sobre sus muslos, sostuvo su cabeza. La agonía retorcía su alma. Sintió la proximidad de Isabela y al mirarla suplicó. La falda le había corrido hacia arriba. Ella se le acercó, acarició su cabeza. Él se apoyó en su vientre y lloró. Ella reordenó su blusa, luego movió la cadera para acomodar su falda, pudiendo sentirse el tamborileo de su corazón estremecerse y al apretar sus labios para evitar reír, dijo:

—No te prometo nada, pero, hablaré con ella.

La abrazó con toda su fuerza, como el niño cuando se entrega al cuidado y protección de su madre. Susurró incontables veces gracias hasta que ella sonriera.

—Tienes que saber algo. Ella ha vivido todos estos años en un infierno que le ha costado la separación de sus padres. Cuando ella vea la mínima chispa de algo parecido, seguro que dará la vuelta. Y no tendrás una oportunidad más. No es una advertencia. Espero que sepas usar el sentido común.

—Por favor, ¿sí? No sabría qué hacer si ella me deja.

Isabela respiró profundo, clavó sus ojos en Uriel por un instante, leyó las súplicas de auxilio en su semblante de salvarlo del infierno en que yacía.

—Rosalba me va a matar por culpa tuya —dijo Isabela tumbándose de espalda sobre la cama con los brazos extendidos—. Solo espero que el remordimiento te exprima el corazón.

—Dime qué hacer, ya —suplicó Uriel que esta vez ignoró el atrevimiento de la falda al descubrirla—. Esta agonía me mata.

—Bien, cada cumpleaños lo pasamos genial. Ella decide que hacer en el mío, y yo en el de ella.

—¿Qué quieres decir? No comprendo.

—Es mi turno, haremos lo que yo decida, es decir, dime qué quieres hacer.

—¿Y cuándo es su cumpleaños?

—El lunes, en seis días.

Uriel sintió estar envuelto en una nube mágica que lo levantaba, sus ojos resplandecieron, su semblante destelló. Preguntó una vez más, porque por un momento pensó que el destino planeó una jugada cruel. Al insistir, Isabela gritó para asegurarse de que escuchara. Dio vueltas en círculos tantas veces que los ojos de Isabela enloquecieron.

—Pero ¿qué te pasa? Cálmate. Es un cumpleaños, nadie ha hablado de boda. ¡Ah, los hombres!

—Es que el lunes estamos a...

—A cinco, cinco de octubre, ¿y qué? —interrumpió ella—. ¿Qué pasa con el lunes? ¿Algún problemita? Ya sabía, lo ves... no tienes remedio.

—No chica, es que... es mi cumpleaños, también.

Quizás, el grito no fue suficiente alto, pero estremeció de alegría a Isabela que se abalanzó sobre él y lo abrazó. Uriel permaneció inerte, disimuló sonreír y desvió su mirada. Hizo silencio, calló. Era su fecha de cumpleaños, la misma de la mujer que amaba y la que en su corazón llevaba clavada la imagen que le han descripto de su madre.

—Déjamelo a mí.

Uriel sintió la fluidez de su sangre correr por sus venas. El pecho reventarse de emoción. La felicidad rebosó en su rostro. El túnel mostraba indicios de luz, una leve en la distancia, pero lo suficiente para mantener viva la llama del amor.

—¡Qué locura!

***

Rosalba corrió abrir la puerta creyendo que era Uriel que había osado en acercarse. Isabela entró como un bólido, fingió ignorar a Rosalba que cedió espacio ante el empuje que llevaba. Corrió y abrazando a Minerva, musitó a sus oídos «ayúdame, por favor». Luego, despreciando la intensa mirada de enojo y la forzada sonrisa que arrancaba a Rosalba, saludó con besos a Emma y la abrazó.

—Si tú crees que me vas a suavizar con tu pobre escenita de ángel de la guarda, mejor ahorraste tu discurso.

—El pobre ni siquiera sabe de qué se le acusa —declaró Isabela.

—Es que la jovencita Rosalba no lo dejó ni respirar. Le entró como un rayo y lo atemorizó que quedó mudo —contó Minerva—. Si hubieran visto la cara que puso. Parecía haber visto al mismísimo Diablo.

—Y tú, ¿cómo te enteraste? No me digas que se echó a llorar a tus pies.

—No lo culpo, cualquiera —comentó Minerva—. Tan linda pareja que forman. Parecen dos tortolitos en la galería, ja, ja, ja. Yo apuesto por una oportunidad. Por lo menos, escúchalo. Un bomboncito así se ata bien con cadenas. Tú no tienes idea de las lobas que merodean buscando saciar sus instintos.

Rieron a carcajadas cuando Minerva movió las caderas y gesticuló guardar entre sus senos la llave del candado. Isabela aplaudió al mismo tiempo que gritaba: ¡Mujeres! Emma observaba, escuchaba con atención. Sonreía, aunque se tapaba la boca para no incomodar a Rosalba que ya había señalado de que se estaban burlando de ella. Isabela se aproximó a Rosalba con lentitud, mientras intentaba arrancarle con sus gracias una sonrisa. Se apartaron a la habitación y una vez dentro, cerrando la puerta Isabela dijo:

—Sabes bien que él tiene un pasado. No puedes juzgarlo por las huellas que sus pies han plasmado en el camino. Es verdad que las faldas lo... perturbaban, ¿comprendes? ¿A qué hombre no? Acaso una es tan pura, pecamos igualito.

—Sí, lo sé. Pero el papelito...

—Lo leí. Alguien quiere hacerles daño, y por eso estoy aquí. Sabes bien que no voy a apostar por el mal para ti.

—¿Cómo estás tan segura?

—Lo estoy, en verdad que sí. Él ha estado contigo estas últimas semanas, y sale tarde para su casa. A esa hora de la noche solo hay prostitutas merodeando como buitres a quien atacar.

—Isabela, por Dios, no hables así.

—Ja, a qué tú crees que se pierden los hombres de vez en cuando. ¿A jugar dominó? ¿Billar hasta el amanecer? Crees que en este barrio solo hay guayabas y avispas. ¡No seas ingenuas!

—Sí, pero cuando lo leyó, no negó, sino que calló.

—A lo mejor lo asustaste con la escenita de celos que montaste. ¿Le diste la oportunidad de escucharlo?, no. Lo empujaste, lo echaste así no más. ¡Ay, hermana mía! no hay mundo perfecto, no lo hay. Sé que te aterras repetir la historia de tu madre, pero no sucederá. Si hubieras visto como lloraba en mis brazos.

—¿En tus brazos?

—Sí, en mis brazos. Aquí apoyó su destrozada cabeza. ¿Qué mejor lugar que este? A ellos les encanta. Quizás, para escuchar los latidos, creo. Tuve que encerrarlo en mi habitación para traerlo de vuelta a la cordura porque sin ti no se imagina la vida. ¡¡Es que no capta!! —gritó Isabela presionando su sien hasta que descargó su rabia.

La tarde vistió triste. El carpintero dejó a un lado sus ajetreos. Los camiones ya no cargaban como en otros tiempos sus pesadas cargas. El polvo era más discreto. Los pies cansados que arrastraban los hombres preñados de sudores iban silentes. El correteo tras las palomas no levantó tempestades. El armónico latir de sus ansiedades traicionaba el tiempo queriendo fluir en sentido contrario de lo que dirán. Los colores del ocaso se alistaban a presentarse. La tarde no intentó detenerse, corrió tan aprisa que se desvaneció al encontrar la noche y entregándose, suspiró en ella. Rosalba se sentó en su cama. Isabela caminó en círculos hasta encontrarse a sí misma en el espejo del tocador.

—¿Y ahora qué hago?

Isabela la escuchó. Una vez más se buscó en el espejo. Consultó a su imagen. Ansió penetrar a través de sus ojos a su alma y escuchar su respuesta. Solo percibió el mismo silencio roto por los suspiros de unas jovencitas intentando encontrar las luces del camino que la trajeran de vuelta a la cordura a pesar de escasear en madurez.

—Pregúntale a tu corazón.

Sí, pareció acertada la respuesta. La tensión se apoderó de ellas. Sintieron girar en el mismo seno de un tornado. Percibieron la ingenuidad dibujada a sus alrededores. El mal era opción que deberían experimental y temían a los fuertes látigos con que azotaba.

—¿Y qué si el corazón se equivoca?

Isabela abandonó su aterrorizada posición en el tocador. Quiso golpear el espejo, sintió frustración. Pensó en su alma y le suplicó entre inaudibles susurros el favor de despojar las espinas que aparentando adornar, estropeando el camino.

—Solo lo sabremos cuando lleguemos ahí.

Entonces sus miradas se encontraron arropadas de terror. Sus cuerpos vibraron de miedo. Extendieron sus manos y se agarraron con firmeza. Rosalba lloró, el corazón de Isabela se contristó. Eran fuertes ventarrones golpeando frágiles cuerpos sin compasión. Marcaban los azotes sus delicadas pieles, pero lograron soportar y permanecer firmes.

—No me hago la idea de ser propiedad de alguien —temió Rosalba con voz átona.

—No lo serás.

—Cómo puedes saberlo si ambas somos tan jóvenes, sin experiencia. Qué hay ahí afuera buitres, palomas...

—Porque los une el amor. Lo veo en sus ojos y en sus corazones. El destino los ha unido y estarán atados tan fuerte que nada ni nadie lo desatará.

—¿Cómo sabes que él me ama? —preguntó Rosalba con voz desgarrada y trémula.

—No lo sé... solo lo percibo. No creo que exista alguna forma de describirlo o saberlo, solo se sabe y nada más.

—Estoy tan confundida, hermana.

—Es porque lo estás viendo con los ojos que derramaron lágrimas por tus padres. Tienes que verlo con los ojos de tu corazón, sentirlo en tu alma —consideró Isabela con un tono suave y melódico.

Les rodeó el silencio. Las aves ennudecieron. El susurro del viento fue succionado entre las ramas. Era la noche, sin los acostumbrados chirridos que emergían de la vida en los matorrales. La Luna se ausentó y un manto de nubes ocultaron los destellos en el cielo.

—Sí hubieras visto como se le querían salir los ojos, parecían dos huevos hervidos.

—No... ¿te atreviste? Eres tremenda, Isabela.

—Lo sé, ja, ja, ja...

—No te das....

—Vergüenza —interrumpió Isabela—. ¡Qué ingenua eres! En trajes de baños, las fantasías vuelan. ¿Cuál es la diferencia?

—¡Estás loca! Qué sí.

La noche vio la tarde despedirse, llevándose sus tristezas, sus desventuras y su irresistible apego nostálgico. Luego reinó por completo la oscuridad haciendo adulta la noche con sus anhelos y sueños. Cuando la luz del alba alertó el canto del gallo, el desvelo retorcía la espina en el corazón y la ansiedad despertó la añoranza. Una ligera llovizna coqueteó al día que se asomaba. Brindó el aroma del rocío para calmar la sed que ardía en el alma por la ausencia de los besos. Los tibios rayos que se escabullaron entre las nubes apenas brindaron el calor ansiado, más la melancolía trajo recuerdos y las lamentaciones de lo que pudo ser.

Minerva irrumpió despojándolas de las sábanas que les acariciaban. Estaban allí, tumbada sobre la cama vistiendo solo lo necesario que cubriera sus esbeltos cuerpos. Movió las cortinas, abrió la ventana, hasta que la pereza brincara de sus lados. Durmieron vencidas por sus historias, sus anhelos y sus sueños. Ellas le rogaron que las dejara como si ansiaran detener el tiempo. Entonces, Emma hizo presencia. Avistó que la tormenta había pasado y que el clima apostaba un mejor ambiente. Sonrió, rebosaba de alegría. Echó sobre el hombro de Minerva su brazo y la invitó a un café.

***

Los días pasaban lento y agónico, parecían semanas eternas. Cada vez más, parecía imposible hacer sonreír a Rosalba. Ellos no querían ser partes de un calendario que solo acumulaba polvos y garabatos de recuerdos. Uriel lanzó las señales de auxilios, un salvavidas recibió. Rondaba como alma en penas la casa de Rosalba con el fuerte anhelo de percibir su aroma, estar cerca de su sombra y robarle una sonrisa. Compartían la tarde, la puesta del sol y la prima noche. Minerva rompía con sus indirectas la tensión, mientras que Isabela intentaba encontrar la manera en la que Uriel continuara su idílica batalla.

—No seas tan cruel. Todos tenemos derecho a una segunda oportunidad. Apretar mucho puede ser fatal. ¿Qué no sabes? Un hombre arrepentido puede abandonar la lucha y por más amor que sienta, el orgullo podría rendirlo y hacer que volteara la cara. Jugar con fuego arde, pero también quema. Y esas cicatrices son memorias eternas, siempre presentes e inolvidables. Así que piensas bien lo que haces, no sea que tu arrepentimiento llegue tarde —aconsejó Minerva.

Emma asintió al consejo de Minerva. En ese momento, unos suaves toques llamaron su atención. Rosalba pretendió ignorarlos, Minerva dejó escapar su alegre sonrisa y Emma se apresuró a ir al encuentro.

—¡Hola!

Vocifero Isabela de tal forma que estremeció todo. Llegaba acompañada de Uriel. Ella empujó a Uriel provocando que Emma lo saludara con un fuerte abrazo. Zarandeando la envoltura del miedo que lo encogía. Luego se aproximó a Minerva que se derretía de felicidad. Rosalba permaneció ensimismada ante la traicionera escena. Sus ojos delataron la conmoción de su sorpresa. Permaneció sentada sobre sus pantorrillas, abrazándose a sí misma en una esquina del sofá, esta vez, no intentó escabullirse. Él se aproximó con timidez, como el que camina hacia el altar. Quizás, implorando el beneficio de la duda, o quizás, el cordón no apretara tanto al cuello. Estaba determinado a luchar. Zozobraba y pendía de un hilo su vida. Su mirada buscó su rostro, ella intentó ocultarlo. La complicidad del tiempo jugó a su destino, no había donde huir. Ella permaneció con su cabeza inclinada, calmada, serena, aunque los tormentos en su interior destruían su ego. Él se encorvó hacia ella, pareciendo colocarle el anillo en su anular, suplicando a sus nervios no traicionarlo. Ella cerró sus ojos e hizo un sutil gesto que hizo vibrar su alma. Musitó con voz quebrada y temblorosa a su oído:

—Feliz cumpleaños.

La fuerte corriente levantaba olas gigantes. Golpeaban con fuerza la débil embarcación haciéndola ladear como una pluma en el aire. El viento era poderoso e hizo quebrar la asta. Los hombres, con sus corazones agitados, desfallecían de terror. Las grises nubes ocultaron la luz del cielo. La oscuridad los arropó. Pedían clemencia, suplicaban. Vociferaban con lo que apenas sus pulmones permitían. Empapados por la lluvia que azotaba, caían arrodillados sobre la cubierta con la esperanza de la vehemencia clamada. De repente, la algarabía tronó, una luz sobre una bahía brindaba la oportunidad de salvar sus vidas. Saltaron de alegría. El regocijo les cubrió. Un faro destellaba radiante. Una luz despegaba para sí misma la oscuridad, venciéndola.

Un regocijo declamaba una tierna sonrisa. Un discreto susurro pronunció el agrado del cumplido. Una sensación electrizante arropaba su piel que le estremeció el alma, cuando sus labios se atrevieron a acariciar su mejilla.

XXVIII
Cadenas rotas

El chirrido de la puerta de metal la alertó. Isabela corrió a su encuentro. La desesperación angustiaba sus nervios. Luis Enrique regresaba tarde en la noche. Una costumbre que preocupaba a Isabela y a sus padres. Entró como bólido a la casa, deteniéndose en seco al escuchar la pregunta de su prima.

—¿Dónde estabas?
—¿Acaso importa?

Él aparecía como soldado vencido, llenos de mugre, abatido. Su piel guardaba los vestigios de los rasguños de la alambrada. Su rostro decaído, su alma destrozada. Exhibía sus cabellos desaliñados, un semblante tétrico y amargado. Su tono de voz dejaba entrever que la rabia y el enojo suplantaban la cordura que había tirado al zafacón, al escuchar el reclamo de Isabela. Amanda permaneció callada, comprendiendo cuanto dolor le embargaba. Su tío solo observaba.

—Me voy al amanecer.

Siguió sus pasos moribundos hacia su madriguera. Retumbó la casa al cerrar la puerta de la habitación como si fuera la melodía que acompañara su expresión de enojo. Era el canto de su retirada que entonaba la trompeta; sonido de una triste despedida. Isabela no dudó en seguirle.

—¿Dónde vas? —preguntó Gustavo contrariado—. Déjalo.
—Es que...
—No te metas —interrumpió Gustavo sosteniendo a Amanda por el brazo— ¡Cómo puede ser tan estúpido! Todos se daban cuenta menos él.
—Es desgarrador. Está destruido, el pobre —dijo Amanda con voz triste—. ¡Qué vergüenza!
—No te preocupes, Isabela ya le traía ganas de estrujarle la verdad en la cara. ¡Tonto!

Amanda cedió, nerviosa. Gustavo Punto estremecía de enojo por la ingenua actitud de su sobrino.

—¿Qué quieres? —vociferó Luis Enrique enojado al notar que Isabela lo siguió.
—Me haces sentir culpable. Ya te había dicho que Rosalba no es tan ingenua como aparenta ser. Ella es muy inteligente...
—Claro que sí, muy hábil. Insinúa muy bien...
—Ella no... tú imaginaste lo que quería ver. Luis Enrique, primo, sé cómo te sientes, pero ella... solo agradaba como lo hago yo... y hasta yo me sentía incómoda conociendo tus intenciones —le habló con un tono tierno y que disminuía con la misma sensación desgarradora del suplicio que padecía él.
—¿Viste como ella le correspondía? La muy gatita muerta... a ese tarado.
—Eso no es verdad, ¿acaso has olvidado que yo estaba ahí? Los celos te han vendados los ojos y tu discernimiento. ¿Cómo crees que ella podía evitar esas miradas? Él la desnudó y fue tan fuerte que la hizo ruborizar, pero ella... ella no consentía, respetó el momento. ¿Crees que es una cualquiera? ¿Qué se supone que debía

hacer? Reclamarle, con qué derecho. ¡Oye, tú!, no mires así. ¿Por qué me mira con desprecio?

—Abogada del Diablo. Mira como la defiende...

—Un momento... ¿Qué dices? Estás hablando locuras. Acaso pensaste que yo mandaría en su corazón. ¿Quién manda en el corazón? Los celos te han envenenado el alma, caes a lo más bajo y miserable. Qué quieres que le diga. Rosalba es muy independiente. No te confundas creyendo que ella es una ingenua, es así, porque es apegada a su madre. Mira esto, lo que me faltaba. Ah, ya sé, Rosalba, él es mi primo, apuesto, inteligente, le fascina viajar y su familia es muy acomodada. Has confundido la amabilidad con amor. Sus sonrisas con insinuaciones. La cortesía con un acto de desesperación, en vez de comprender y aceptar la humildad de su educación, has creído captar un corazón desesperado. Así, ¿verdad?

—Que ridícula suenas.

—Pero es lo quieres, ¿verdad? El amor no nace así. No se empuja. No es algo que se compra o se planea, no... salta desde dentro de una manera espontánea que hasta uno misma queda anonadada... es un sentimiento puro, te entregas, así no más... ¡Oh, Dios mío! Has enfermado. Y para colmo esta basura que le enviaste.

Isabela mostró el papelito. Luis Enrique se estremeció. Su rostro blanqueó. Le dio la espalda sosteniendo su cabeza con ambas manos.

—¿Cómo se te ocurre semejante bajeza? ¿En que estabas pensando?

—¿Qué quieres que haga? Estar ahí disponible como un sirviente, ¿eso? El bueno de Luis Enrique.

—Así de una manera tan cobarde. Te imaginas si todos se enteraran de que fuiste tú, ¡qué vergüenza! Armaste junto a tu amigo la travesía al campo imponiendo condiciones. Fue tan simple adivinarlas. Confundiste su manera de ser, sus sonrisas, su gentileza, ella es así... nos has puesto en una situación incómoda.

—No me diga. Entonces todo está claro, mi presencia aquí es incómoda. Eso lo puedo entender.

—Tú has querido ver lo que ella no.

—Entonces, ¿a que ella juega? Insinúa a la ligera. Ilusiona... aceptó todas mis pretensiones...

—Aceptamos, queras decir, ¿no? —dijo Isabela con voz quebrada y agregó—. Los celos te han desquiciado. Pero la venganza destruye tu corazón y solo cosecharás rencor. Sé que la ama, pero... ella... ella está enamorada de otro, tienes que aceptarlo.

—Por supuesto. Ahora sé dónde yo encajo. Tienes razón, estoy desquiciado por haberme enamorado de una soñadora que todavía cree en cuentos de hadas. Pretendiendo que el mundo de sus páginas es lo que cruza el portal de su casa. La chica perfecta. ¡Inalcanzable!

—No te tortures así, por favor. Ella no es de la que se deja domar muy fácil. Es muy libre. ¿Crees que ella no sabes de tus intenciones? Si no es así, estás muy equivocado. Evitó siempre hablar. Evitó lastimar nuestra amistad. Lo siento, siento mucho que no funcionara como tú esperabas, pero así son las cosas, ¡lo siento!

Luis Enrique enmudeció. Su semblante palideció. Sus ojos desearon llorar. Dio unos pasos en círculos, turbados. Sintió el peso del mundo sobre él. Sintió dolor en su corazón. Se detuvo frente a su adorada prima, levantó la cabeza y sonrió.

—¡Qué tonto he sido!

—Ven aquí. —Isabela extendió los brazos mientras se le acercaba y se abrazaron—. ¡Pueda que no sea la mujer que te mereces!

Era una simple ilusión. Una atracción que intoxicó sus pensamientos. Su sonrisa, el brillo de sus ojos, su voz, hasta la timidez juguetearon con sus sentimientos creando la impresión de un espejismo que solo su corazón percibía. Isabela zarandeó las mismas raíces de su ser para rescatarlo de una tormenta que jugaba en sus pensamientos, confundiendo los caminos de espinas por las caricias que esbozaba su inmaculada sonrisa.

***

—¿Minerva? Ven para acá

—Dígame, señorita.

—¿Por qué tiene que ser sábado? Es que no hay otra fecha para las bodas.

—Pensando en boda. ¿No es muy pronto? —preguntó Minerva mientras se acomodaba a su lado.

—No pienso invitar a mi padre, ¿para qué? —expuso con dolor en el alma y un rostro triste.

—¿Es lo que tu corazón siente? —preguntó buscando sus ojos y acercando la mano al pecho de Rosalba sobre el corazón.

—No estoy segura, pero, su comportamiento con mi madre lo hizo galardón de ese premio. Además, deseo que mi madre sonría y sea tan feliz como lo estoy hoy, y su presencia sería muy desagradable para ella. Él se lo buscó —explicó cabizbaja y alejándose de Minerva con los brazos cruzados.

—¿Habla tu conciencia? ¿Estás segura de lo que haces?

—Sí, deseo la felicidad de mi madre —afirmó con un gran suspiro.

—Bien, si así lo quieres.

—Pero…

—Pero ¿qué, Rosalba?

—Me gustaría invitar a las gemelas.

Deslumbraron pensamientos y afectos que estremecieron el alma: roció de ternura y amor. Minerva revelaba un místico cariño.

Murmuró unas palabras que reflejaban alegría y la bondad del corazón de Rosalba. Ella permaneció por un largo momento pensativa, con su vista perdida en algún lugar, como si estuviera soñando despierta, mientras Minerva la observaba. Impedía llorar. Hacia un gran esfuerzo por no llorar. Minerva se le aproximó y abrió sus brazos y ella se dejó mimar por un momento.

—¡Eres un hermoso ser humano! Y una cosa...
—¿Sí, Minerva?
—¿Cómo te fue con la visita?
—De maravilla. Su abuela, Doña Malia, me hizo pan de maíz. Estaba riquísimo. ¡Es un amor! Pero a su padre se le ve triste.
—Creo que él la quería mucho, tanto tiempo después... y sentir amor.
—Sí, así es, parece que la quería mucho —afirmó Rosalba con la imagen de sus padres revoloteando en su cabeza.

***

La tarde era acariciada por una suave llovizna. Los gritos de júbilos estremecían la habitación de Rosalba. Las risas alardeaban de su armonía frente al tamborileo del carpintero en la palmera. Los rayos de sol destellaban entre las gotas de agua cuando intentaban adormecer en las hojas. El fresco viento mecía las ramas.

—¡Será un paraíso! Amanda y tú se encargarán de todo. Nadie mejor que ustedes.
—¿Tú crees que el sacerdote lo aceptará? Ya sabes cómo piensan —dijo Minerva.
—Es una boda. Alardearan de haberlo logrado. Además, mi padre es muy gentil, ¿comprendes?
—Ni que sean tan ingenuas. Es el motor social, todo lo mueve —acentuó Isabela frotando varias veces el dedo pulgar sobre el índice y el mayor, haciéndolas sonreír.

—Quiero que las rosas estén por todas partes: rojas, blancas... un arco de rosas blancas dará entrada al pasillo que caminaré hacia el altar.

—¡Ah, Dios! —suspiró Isabela—. Creo que el amor te ha vuelto loca, ja, ja, ja.

—Cintas de sedas rojas ataran los bancos y en cada uno, un ramillete...

—De rosas rojas, ¿verdad? Ya me imagino a las señoras de la iglesia refunfuñando...

—¡Qué va, Isabela! —exclamó Minerva y agregó—. Ya verás cómo les encantará. Solo tienes que ponerla en primera fila.

Isabela fingió tomar notas. ¡Soñaban despierta! Las expresiones de felicidad eran extensas. Animaron a Minerva a acompañarlas.

—¿Y qué de tus hermanitas? —preguntó Minerva con temor a ser ignorada.

—Yo, yo, yo... —dijo Isabela apresurada queriendo responder—. Ellas vestirán como princesas.

—¡Obvio! —asintió Rosalba extrayéndole una sonrisa a Minerva.

—Una de ellas, cortara la cinta todo el pasillo hasta el altar. La otra llevará una canasta de pétalos rojos que rociará por todo el camino que la feliz novia caminará. Y la dama de honor...

—Qué eres tú, mi querida hermanita —vociferó Rosalba de alegría.

La emoción atrapó a Isabela y un nudo en la garganta le arrebató las palabras. Sus ojos se humedecieron e intentando hablar, sonreía. Rosalba se le acercó y la abrazó tan fuerte como pudo.

—¡Te quiero mucho, hermana! —susurró Rosalba—. Sin ti no

sabría qué hacer. Has tenido la paciencia de enjugar mis lágrimas y permitir que mis días grises te arruinen los tuyos.

—Me vas a hacer llorar. Sabes que no me gusta.

Minerva nunca pensó encontrar tanto afecto de humildad en una casa que sobresalía por su estado lúgubre. Pero por el corazón de Rosalba no solo corría sangre, más sus latidos empujaban a todo su ser, amor.

—Y tú vestirás un hermoso vestido blanco, con escote... se arrastrará sobre los pétalos rojos, caminarás despacio mientras suenan las notas del piano. Eso sí, ya veremos hasta dónde llega el escote. Ya te conozco bien. Siempre has querido ser dama de honor, ¿no?

—Sí —sollozó Isabela sobre el hombro de Rosalba.

—Esto parece más que una novela. Mejor las dejó soñar sus fantasías —dijo Minerva evitando que notaran su conmocionado corazón.

Isabela aguardó que Minerva se retirara. Respiró profundo al escuchar la puerta cerrar.

—Dejemos de soñar. Tengo que decirte algo de Luis Enrique.

—¡Isabela! —exclamó Rosalba por el tono de triste y acongojado con que habló.

—Me dio tantas penas, el pobrecito. Tiene el corazón destrozado.

—Lo siento mucho, de verdad. Pero, cómo ha podido... nunca pensé que eso pasaría. Me ha dado mucha pena. Él me confesó sus sentimientos, fue un momento difícil, yo... yo, no pude, quedé sorprendida. Sabía que él me apreciaba, pero no para... está muy confundido. Me dio mucha pena.

—Sí, así es. Pero tú tranquila, hablé con él. Le hice ver la realidad, eso espero...

—Es muy incómodo esta situación, prefiero no hablar del asunto. Además, es tu primo...

—Olvida eso, ¿sí? Además, él se marchó. Se fue sin decir adiós —interrumpió Isabela sosteniendo sus manos y sonriendo agregó—. Aquí solo importa tu felicidad. Pero, cuéntame, ¿cómo te fue?

—Te cuento.

—Sí, estoy ansiosa de escuchar.

—¡La pasamos genial!

Rosalba fue atrapada por sus pensamientos. Narró su historia con un tono angelical. Las promesas de amor. Sonrió al hablar de las caricias y los besos y los juramentos de eterno amor. Contó como robaron al crepúsculo protagonizar con sus encantos. Vieron los colores ámbar reflejarse sobre las calmadas aguas del mar. El ocaso ser testigo de su amor. El sendero guardaba las sombras de sus pasos, las aves buscar refugios, el ensordecedor chirrido en los matorrales encenderse y las flores dormir con la melodía del gozo de sus latidos.

Sucedió como si estuviera leyendo las páginas de sus libros. ¡Un sueño perfecto! Narró, mientras su rostro delineaba la más radiante sonrisa, como los tiernos rayos del sol jugueteaban con los pétalos de las flores. Las danzas de las mariposas que custodiaron con sus encantos las flores del jardín. El apresurado agitar de sus corazones lidiando con la calculada traición de sus inquietos nervios. La flama encendida en sus pieles. Las declaraciones de sus miradas. El deseo de sus labios. Las caricias que hicieron temblar su alma. Ser los luceros cuando la tarde, en complicidad con el tiempo, apagó la luz al envolverse en sus abrazos. Narró su sueño sintiéndose la mujer más feliz en la calidez de la tarde que regalaba el otoño.

***

Emma estaba irreconocible después de haber visitado a sus padres. Amanda satisfecha, irradiaba de alegría. La jovial belleza relucía en ella. A pesar del sufrimiento en la que estaba encadenada, podría verse el aura de felicidad rodearle. Su semblante resplandecía al narrar el encuentro con sus padres. Rosalba logró animarla a hacer el viaje después de pasarse los días en el suelo alrededor del baúl leyendo una y otra vez las cartas que ella misma escribió. Era una escena tétrica que protagonizaba.

—Quieres decir que tus padres pensaban que vivía en España. ¡Válgame, Dios!

—¿Puedes creerlo? Nunca me imaginaría que él fuera capaz de semejante atrocidad. Y para colmo, se la arreglaba para enviarle dinero a mi nombre. Cartas donde expresaba la falta que me hacían. Fotos de Rosalba. Mi madre me lo mostró todo.

—Pero ¿por qué hizo eso contigo? No comprendo. Es difícil de asimilar. ¿Quizás, arrepentido?

—Si es así, es muy tarde. Su hermano tiene mucha culpa en esto. No significa eso que no sea culpable, lo es y en gran medida, sobre todo conmigo, destruyó mi juventud, mi vida. Nunca lo perdonaré, jamás. Dios me perdone. Él nunca pudo reponerse de la vil y cobarde traición que armó en su contra su propio hermano. Se desquitó con todos en el camino. Vivió lleno de amarguras, y de forma miserable.

—¿Y el divorcio?

—No habrá divorcio —dijo esbozando una sonrisa pícara—. Seré siempre su esposa hasta el portal de la casa. Solo quería que supiera que ya no soy la niña cobarde que tuvo en sus brazos. Una cosa es verdad, no hará nada que marchite a Rosalba, es mi beneficio. Ahora mismo es imposible imaginar lo que sufre. ¿Entiendes ahora por qué me retuvo todo este tiempo? Además, no le voy a ceder mi lugar a esa. Obtendrá migajas, en vez de manjar.

Aunque escuché que ella se había marchado.

—Aquí le traigo su café, sé que te encantas, Amanda —dijo Minerva.

—Ya ese aroma me tenía loca, Minerva. Debe estar riquísimo —respondió Amanda.

Minerva colocó la bandeja, con las dos tazas y la azucarera, en la mesita de centro. Amanda susurró dando las gracias, mientras Emma expresó una gentil sonrisa.

—Tú siempre estaba ahí...
—Sé a lo que te refieres. ¿Si él me tocaba? Me usaba. Al principio, cuando llegamos, las cosas marchaban de manera aceptable, pero, todo cambió después del viaje a la capital. Parece que revivió en él aquel desdichado momento. Luego, sus miradas no me buscaban, huían de mí. Entonces comenzó a ocultarse tras el alcohol. En muchas ocasiones me sentí sucia. Luego caí en la sumisión en que Altagracia entendía era el papel de una mujer, callar, sufrir en silencio, mientras enarbola la bandera bajo la cual te protegía con la insignia de tu hija. Mientras tanto, llevaba doble vida, un amargado y resentido atado a esta casa por el amor a su hija y un cobarde que saciaba sus instintos salvajes bajo otro techo.

—Confieso que Gustavo y yo hemos tenido momentos difíciles, pero uno cultiva el arte de la tolerancia. Nos hemos apartados, hemos fingidos, todo bajo la sombra de las sábanas. ¿Lo perdonará, Emma?

—No lo sé, Amanda. ¿Cómo podría? —preguntó y después de suspirar ligeramente agregó con un tono apesadumbrado—. Me preocupa más que Rosalba sienta resentimiento por su padre. El odio y el desprecio pueden destruirla. Mientras tanto, él debe comprender que nos ha hecho mucho daño. Vengó conmigo el abandono de María Teresa y el engaño de su hermano. A eso le temo que pueda afectar la felicidad de Rosalba.

—Comprendo, y qué dice Rosalba.

—Ella lo amaba, ahora... no sé. Sin embargo, creo que es mejor distanciarse por un tiempo.

—Perdonar es difícil —reflexionó Amanda.

—Lo es... solo ansío la felicidad de Rosalba y estoy dispuesta a protegerla. No quiero que viva en la oscuridad en que estaba sumergida.

—Y tú, Emma... ¿qué piensas hacer? ¿Vas por una segunda oportunidad?

Emma sonrió. Una mezcla de emociones pícaras y maliciosas se reflejaron en su rostro. Amanda al comprender sus gestos, permaneció anonadada y ansiosa, envidiando los fulgores que se encendían en el corazón de Emma.

—Pueda que sí. Quizás es mi momento de... ¡Vivir! Sentir la sensación de las cadenas rotas; la libertad.

Exclamó levantando la taza de café invitando a Amanda a un brindis. Luego dejó su vista vagar a través de la ventana sobre las rosas en el jarrón. Unos segundos de silencio eterno en que Amanda la vio ser feliz y sonreír del regocijo que su alma sentía.

—Ves lo feliz que está mi hija, yo no cometeré los mismos errores que el orgullo y los prejuicios hicieron cometer a mis padres.

***

Se desvanecía la gris penumbra en la casa de Emma. La mancha que marcaba su vida era removida. De pronto, como despertando de una horrible pesadilla, el tono de unos murmullos captó su atención. Se detuvo en medio de su habitación sintiendo los látigos en su pecho, el revoloteo de una energía que la vigorizaba sustituyendo el miedo por coraje. El sobresalto le advirtió y sin pensarlo, apartó las cortinas de la ventana, el mar estaba en calma, así sus nervios. Los barrotes que robaron su libertad se disipaban como la neblina al sentir el calor. Entonces, percibió a través del cristal de la ventana a Augusto Real mover agitadamente sus brazos protagonizando una de sus escenas cobardes. Asegurándose de que Rosalba no la viera, se apresuró a ocupar su lugar, esta vez, frente al telón.

—¿Qué estás haciendo?
—Lo que me corresponde como padre.
—Que estupidez dices.

Emma se interpuso entre Augusto Real y Uriel, y dándole el frente, levantó la mano derecha, rosando su dedo índice en su rostro, advirtió. La ira le hizo pausar, en silencio, como si perdiera el habla y después de un gran suspiro en que deseó fulminarlo con su enojo, habló:

—Mejor deseas que te trague la tierra, si se te ocurres arruinar la felicidad de mi hija, porque no te lo permitiré.
—No sabes lo que dices…
—Uriel, nos disculpa, por favor.

Uriel sintió un electrizante escalofrío crispar sus vellos y el susto lo espabiló al sentir la fría mano de Minerva sujetarlo, al apartarlo. Leyó en el rostro de Emma la suplica de guardar silencio. Asintió, y con pasos torpes y tímidos entro en la casa, custodiado por Minerva. Emma observó a los alrededores. La calle estaba solitaria, sin testigo, sin susurros, sin melodías, nada interrumpió el silencio, solo las palabras de Emma.

—Conozco bien lo que pasó con María Teresa y tú. Tus celos la asfixiaron tanto que huyó de ti. Creíste haberme arruinado la vida con las conspiraciones de tu querido hermano que te han hecho delirar como un paranoico desquiciado. Las travesuras de Francisco no van a destruir la vida de mi hija, como hicieron conmigo. Eres un desgraciado, cobarde. Te juro que soy capaz de cualquier cosa si tú interfieres para desdichar a mi hija. ¡Mírate!, tu ego te ha destruido. Aléjate, déjanos solas. Déjanos soñar y saborear la libertad. Deja a mi hija ser amada, porque de lo contrario soy capaz de arrancarte el corazón. ¿Te queda claro?

Augusto Real solo la observó, sintió su alma abandonar su cuerpo. Sus manos temblaron, su cuerpo se estremeció de tal manera que cada palabra la sintió como una lanza que buscaba despedazar su corazón. Emma hurgó con el fuego de su penetrante mirada deseando quemar su alma. Él escuchó su sentencia, como soldado deshonrado, su adiós.

Obras del autor

Gracias por tu atención querido lector.
Si te ha gustado **Anoche escuché el mar**, no dejes de leer.

Made in the USA
Columbia, SC
09 November 2022